Izabelle Jardin
Erntejahre
Was wir sind

TINTE & FEDER

Das Buch

Evas Tochter Bettina wird in eine zerrissene Welt hineingeboren. Sie ist noch ein kleines Mädchen, als der Bau der Berliner Mauer das Land und ihre Familie trennt. Die Bilder verfolgen sie ein Leben lang: Hilflos muss sie mitansehen, wie Grenzsoldaten verhindern, dass Eva ihre Mutter Constanze noch einmal in die Arme schließen und sich mit ihr aussöhnen kann.

Im freien Westen der Siebzigerjahre reift Bettina zu einer politisch engagierten jungen Frau heran, die sich schon früh der Friedensbewegung anschließt. Dann steht plötzlich ihr unbekannter Halbbruder aus den USA vor der Tür und Bettina ahnt, wie wenig sie über ihre eigene Familie weiß. Sie will Antworten und beginnt Fragen zu stellen …

Die Autorin

Izabelle Jardin studierte Sozial- und Politikwissenschaften in Oldenburg und Braunschweig. Sie lebt mit ihrer Familie in einem verschlafenen norddeutschen Dorf, ist Mutter zweier Söhne und verheiratet mit dem »idealen Mann«. Die vielseitigen Romane der passionierten Autorin und Pferdezüchterin sind regelmäßig auf den deutschen Bestsellerlisten zu finden. Mit ihrem bei Tinte & Feder erschienenen Roman »Funkenflug« und mit »Libellenjahre«, dem ersten Band ihrer Saga um die Familie von Warthenberg, stand sie wochenlang an der Spitze der Kindle Charts.

I Z A B E L L E
J A R D I N

Erntejahre

Was wir sind

DIE WARTHENBERG-SAGA

Roman

TINTE & FEDER

Deutsche Erstveröffentlichung bei
Tinte & Feder, Amazon Media EU S.à r.l.
38, avenue John F. Kennedy, L-1855 Luxembourg
Juni 2021

Umschlaggestaltung: bürosüd° München, www.buerosued.de
Umschlagmotiv: © Inspiring / Shutterstock; © BigBoom / Shutterstock;
© Yuri Shevtsov / Shutterstock; © Kathrin Ziegler / Getty Images;
© Sparwasser / Getty Images
Lektorat: Rainer Schöttle
Korrektorat: Manuela Tiller/DRSVS
Gedruckt durch:
Amazon Distribution GmbH, Amazonstraße 1, 04347 Leipzig /
Canon Deutschland Business Services GmbH, Ferdinand-Jühlke-Straße 7,
99095 Erfurt /
CPI books GmbH, Birkstraße 10, 25917 Leck

ISBN 978-2-91980-559-4

www.tinte-feder.de

Die Familie von Warthenberg

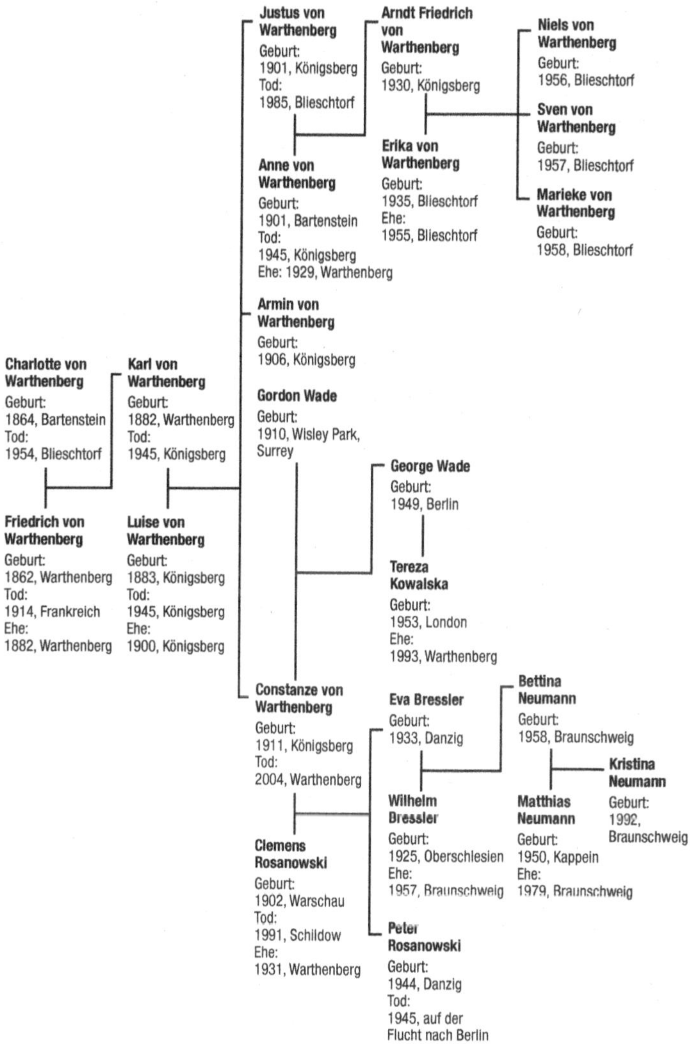

Geerbt

Du kannst das überhaupt nicht beurteilen, hörte sie immer wieder von denen, die es beurteilen konnten. Nur wer Hunger, eisige Kälte, rings um sich her einschlagende Bomben, brennende Städte, ausgebombte Wohnungen, Bunkernächte, Flucht und Vertreibung … und Angst, richtige Todesangst, selbst erlebt hat, könne etwas vom Leben verstehen, fügten sie hinzu und ergänzten, nur der Krieg bringe das Beste aus jedem Menschen hervor. Manchmal allerdings, das müsste man zugeben, auch das Schlechteste.

Gelegentlich sah jemand sie dabei sogar mit einer Art Triumph aus vielleicht schon wässriger werdenden alten Augen an, behauptete, wie sie es schon häufig gehört hatte, sie habe ja keine Ahnung, garnierte dies obendrein mit einem Blick voller Herablassung. Als wären sie was Besseres, als wären sie ihr weit überlegen. Schlicht und einfach ob der Tatsache, dass sie wussten, wie sich anfühlte, was sie, Gott sei Dank, nicht hatte erleben müssen.

Bisweilen guckten sie garstig dabei. Womöglich meinten sie es gar nicht böse. Vielleicht hatte fortschreitende Verkalkung ihren einst warmen, klaren Augen schon jeden Schmelz, jede Güte genommen. Die ursprüngliche Irisfarbe längst verblasst und zu irgendeinem undefinierbaren Muschelpuschelton mit einem merkwürdigen hellen Ring geworden.

Sie konnte nichts dafür, dass sie nach dem Krieg geboren worden war. Sie konnte auch nichts dafür, dass ihr Heimatland ihn entfacht hatte. Sie konnte nicht verstehen, bestenfalls logisch nachvollziehen, warum die Generationen ihrer Mutter und Großmutter mitgelaufen waren, vielleicht mitgemacht hatten. Sie wusste viel. Immer mehr, je älter sie wurde. Man konnte es schließlich nachlesen. Und wusste dennoch nichts. Weil sie, weil die, die es ihr hätten erzählen und nahebringen können, so lange nicht geredet hatten. Weil man ihnen jeden winzigen Wurm aus der Nase ziehen musste. Weil sie sie nicht in ihre Herzen hatten schauen lassen. Sonst hätte sie nicht nur logisch nachvollziehen, sondern auch begreifen und nachfühlen können.

Aber sie trug die Last, das fest verschnürte Bündel, dessen Inhalt sie nicht kannte, nur mit viel Fantasie erahnen konnte. Ein Bündel aus Schrecken, die sie nicht spürte. Aus Ängsten, die nicht ihre waren und die sie dennoch ängstigten, seit sie ein Kind war. Ein Bündel aus Emotionen, die nichts je in ihr erregt hatte. Aus Schuld. Für etwas, wofür sie nicht verantwortlich war.

Es war ihr fest auf den Rücken gegurtet worden. Ohne Inhaltsangabe, ohne Gebrauchsanweisung, ohne Hinweis auf seine Nebenwirkungen. Sie trug es, ohne es ablegen zu können. Es war ihr fremd und gehörte doch zu ihr. Denn sie war ein Packesel jener Generationen vor ihr. Sie hatte es geerbt. Sie war ein Kriegsenkel.

Und ihr war vom Schicksal die Aufgabe zugeteilt worden, Stück um Stück eines zerschlagenen Mosaiks mühsam zusammenzusuchen. Zusammenzufügen! Um am Ende nicht nur ein vollständiges Bild zu erhalten, sondern dieses Bild mit all seinen Figuren auch noch zu neuem Leben zu erwecken und sich selbst darin zu finden.

Erster Teil

1

BRAUNSCHWEIG, MAI 1958 – VIER WORTE

Heute vielleicht? Ein Tag für Wunder? Der Tag für *das* Wunder?

Schon in aller Früh, die Sonne hatte den Morgendunst mühelos zu erfrischendem Tau verwandelt und erklomm flugs den wolkenlos postkartenblauen Himmel, ließ sich erahnen, es konnte nur ein schöner, vielleicht sogar ein besonderer Tag werden. Konnte nur? Was hatte der blaue Himmel mit solch einer Erwartung zu tun? Vermutlich nichts! Weil auch an herrlich schönen Tagen, die vielversprechend, hell und blau daherkommen, Dinge schiefgehen, Hoffnungen zerstört und Leben ausgelöscht werden. Trügerisch, solch ein wundervoller Morgen. Manchmal. Manchmal auch nicht.

Eva Rosanowski strich sanft über ihren Babybauch. Ungewöhnlich ruhig war das Kind heute Morgen. Ob das etwas zu bedeuten hatte? Noch gestern Abend hatte es kräftig gestrampelt, jeden Versuch vereitelt, endlich einzuschlafen. Unruhig hatte sie sich im Ehebett hin- und hergewälzt, um eine günstige Position zu finden, mal hier, mal da ein Kissen hingestopft. Der Rücken schmerzte, der Bauch war so mächtig geworden, dass es gar nicht mehr möglich war, ohne Stütze auf der Seite zu liegen.

»Das wird ein richtig schöner Brummer«, hatte die Hebamme letztens gesagt, und Eva konnte es inzwischen kaum noch erwarten, ihren »Brummer« erstens endlich loszuwerden und zweitens kennenzulernen. Was es wohl war? Mädchen oder Junge? Dunkelblond, wie sie selbst, schwarz wie Wilhelm, glatzköpfig wie sein Vater, der die Geburt seines Enkelchens nicht mehr erleben durfte? Wie furchtbar schade! Er war ein so gütiger, liebenswerter Mensch gewesen. Aber immerhin war er jetzt bei seiner Agnes. So recht gewollt hatte er nicht mehr, nachdem sie gestorben war.

Ein Kind ohne Großeltern, dachte Eva wehmütig. Kinder sollten Großeltern haben. Menschen, die nicht mehr hetzen und hasten müssen wie ihre jungen Eltern. Ruhepole, die Güte, Erfahrung und Weisheit mitbringen und an ihre Enkel weitergeben können. Mama! Oh, mein Gott ja, Mama. Sie würde eine so wundervolle Großmutter abgeben. Wie schön wäre es doch, sie in dieser Zeit jetzt bei sich zu haben.

Um Wilhelm nicht zu wecken, versuchte Eva, ihr unwillkürliches Stöhnen zu unterdrücken, das halb den trüben Gedanken, halb der unkomfortablen Lage geschuldet war. Es gelang ihr nicht. Schlaftrunken streckte er seine Hand nach ihr aus, berührte sanft ihre Schulter, murmelte: »Wieder so schlimm, Liebling?«, und war schon wieder weggedämmert.

Gegen zwei Uhr war ihr Blick ein letztes Mal zum Wecker gegangen. Jetzt war es halb sieben, und sie verspürte beinahe Erleichterung, dass die kurze, wenig erquickende Nacht vorbei war. Matt gähnte Eva ihrem Spiegelbild im Bad entgegen, registrierte, wie angestrengt sie aussah. Vor beinahe drei Wochen war der errechnete Geburtstermin verstrichen. Seither erfolgten die ärztlichen Kontrollen engmaschiger, und auch heute hatte sie wieder einen Termin in Dr. Jespers kleiner Privatklinik hinter der Paulikirche. Jener Kirche, wo sie und Wilhelm sich vergangenes Jahr das Jawort gegeben hatten. Diese Erinnerung konnte ihr immerhin ein Lächeln entlocken. Hochzeit, Flitterwochen, Ausgelassenheit, pures Glück. Und das kleine Mitbringsel in ihrem Bauch, dessen ersten Auftritt im Licht der Welt die ganze Familie so heiß ersehnte.

Leise klopfte es an der Badezimmertür. »Brauchst du noch lange?«

Es war Ulli, der jüngere der beiden Buben, die Wilhelm mit in die Ehe gebracht hatte.

»Schon fertig. Ihr könnt euch waschen kommen«, antwortete Eva, fuhr noch einmal mit der Bürste übers glänzende Haar und öffnete die Tür. Jeder einen kleinen Kleiderstapel auf dem Arm, hatten die Jungs höflich gewartet.

»Guten Morgen, Eva. Den Frühstückstisch haben wir schon gedeckt, die Eier kochen, musst du nur in zwei Minuten rausnehmen, Kaffee ist fertig und Papa müsste gleich mit Brötchen zurück sein«, verkündete Horst, Evas Großer.

»Ihr seid eine Wucht!«

»Du musst geschont werden, sagt Papa«, erklärte Ulli ernsthaft und sein Bruder, ganz erwachsener, verantwortungsvoller Gymnasiast, nickte beflissen.

Für Eva gab es in der Küche nach dem Eierabschrecken nichts mehr zu tun. Sie musste sich nur noch auf den Stuhl setzen, wo irgendjemand fürsorglich ein kleines Polster extra für sie hingelegt hatte. Was waren es doch anfangs für schwierige Monate gewesen mit den Jungen! Ulli hatte entsetzlich unter der Scheidung seiner Eltern gelitten und beinahe jegliche Nahrungsaufnahme verweigert, Horst in ihr, der jungen Stiefmutter, zunächst ziemlich unverschämt eine Art »jagdbares Wild« zu erkennen geglaubt. Das hatte Kraft gekostet. Inzwischen war die Familie zusammengewachsen. Wilhelms kluge Art (er selbst umschrieb sie gern mit »klar Schiff machen«, und Eva bewunderte ihn für sein pädagogisches Talent) hatte für Frieden gesorgt und die Nachricht vom zu erwartenden Nachwuchs zudem ein ganz neues gemeinschaftliches Selbstverständnis gezaubert. Jetzt waren sie das, was man eine »glückliche Familie« nennen konnte. Es fehlte nur noch eines: das Baby, das Dr. Jesper inzwischen scherzhaft als »kleinen Faulpelz« bezeichnete.

Ein neuerlicher Griff an ihren Bauch, in dem es heute so ungewöhnlich still war, ließ Eva einen Moment erstarren. Ein heißer Schauer jagte über ihren Rücken. Nichts tat sich. Auch nicht, wenn sie hier oder da ein bisschen drückte, womit sie normalerweise gleich eine Reaktion provozieren konnte. Ob es …? Oh, bitte, nein!

Eigentlich hatte sie nie Angst vor den Untersuchungsterminen gehabt, aber heute hatte sie ein sehr merkwürdiges Gefühl. Immer waren die Herztöne des Kindes kräftig und regelmäßig gewesen. An sich war es ja am Tage, wenn Eva bei der Arbeit in ihrer florierenden Gärtnerei viel in Bewegung kam, häufig ruhig gewesen. Wahrscheinlich fühlte es sich gemütlich geschaukelt und genoss den langen Aufenthalt in Mutters warmem, weichem Bauch so sehr, dass es einfach noch gar keine Veranlassung sah, in die Welt hinauszukommen. Und schließlich war es bis zwei Uhr früh auch noch ausgesprochen rege gewesen. Es wird müde sein von der nächtlichen Toberei, beruhigte Eva ihre aufkeimende Sorge.

»Es wird noch müde sein«, bestätigte Wilhelm beim Morgenkuss ihre Überlegungen und legte die Brötchentüte auf den Tisch. »Mach dir keine Sorgen und lass uns hören, was der Arzt nachher sagt.«

* * *

Der Doktor, bisher immer gelassen und ruhig wie ein Fels in der Brandung, wirkte plötzlich überhaupt nicht mehr unerschütterlich. Eva entging die steile Sorgenfalte hinter dem Nasensteg seiner Brille nicht und auch nicht die feinen Schweißperlen, die auf einmal über seinen Augenbrauen erschienen.

Eva musste bleiben, bezog ein Einzelzimmer mit Blick auf grüne Bäume und Kirche. Der Raum war hellgrün gestrichen, das Licht, das durch die dichten Blätterdächer fiel, war grün, das Fruchtwasser war grün. Und sickerte langsam durch einen immer noch fast komplett zugekniffenen Muttermund.

»Den kleinen Schlingel kriegen wir schon rausgelockt«, sagte die Hebamme zuversichtlich. »Drin geblieben ist uns hier noch keins.«

Der Arzt entschied sich zu Wehenspritzen.

Zunächst einmal passierte ein Weilchen gar nichts. Doch dann begann es. Mit aller Macht. Eva krallte sich schmerzerfüllt an Wilhelms Schultern und japste.

»Atmen Sie, Frau Rosanowski«, sagte die Hebamme. »Genau so, wie wir es geübt haben.«

Eva atmete, wie sie es geübt hatten. Und schrie auf den Höhepunkten der Wehen, die nicht etwa die Freundlichkeit hatten, in sich langsam steigernden Wellen zu kommen, sondern mit solcher Wucht und Geschwindigkeit über sie hereinbrachen, dass kaum Zeit zum Luftholen blieb.

Acht Stunden lang. Ohne dass das Tor in die Welt sich für das Kind öffnen wollte. Alle naselang beorderte die Hebamme Eva in Rückenlage, schaute nach, schüttelte jedes Mal wieder, zunehmend frustrierter, den Kopf.

Nun gab es einen Wehentropf. Weitere acht Stunden später war Eva heiser vom Schreien, spürte nichts mehr als Schmerz, nicht enden wollenden, verzehrenden, brennenden Schmerz, gepaart mit einer Kraftlosigkeit, die Dr. Jesper veranlasste, eine Entscheidung zu treffen.

Er flüsterte der Hebamme zu. Und Eva hörte es doch. »Kaiserschnitt! Zackig! Sonst verlieren wir beide.«

Sonst verlieren wir beide!

Nur noch diese vier Worte drehten sich in Evas Kopf, während sie aus dem Bett gehoben, auf eine Trage gelegt und in den kleinen, fruchtwassergrün gestrichenen OP-Raum gebracht wurde.

Wilhelm hielt ihre Hand, flüsterte beruhigende Worte. Dann wurde er weggescheucht, sie war allein mit dem Team, das retten sollte. Sie. Das Kind. Hauptsache, das Kind! Letzte Gedanken vor dem Wegdämmern, wieder und wieder diese vier Worte:

Sonst verlieren wir beide!

2

BRAUNSCHWEIG, JUNI 1972 – DIE MACHT DER BILDER

Die Geschichte ihrer Geburt war, seit sie denken konnte, immer wieder Thema in Bettinas Familie. Natürlich hatte sie selbst daran keine Erinnerung, aber es wurde derart lebendig geschildert, dass sie sich manchmal einbildete, sie hätte doch welche. Es mussten wohl bange Tage gewesen sein, in denen niemand sicher sein konnte, ob Mama überleben würde. Aber am Ende waren sie beide, abgesehen von ein paar hässlichen Narben, die nie ganz verblassten und die dramatischen Umstände eindeutig belegten, unbeschadet davongekommen.

Zu ihrem Namen war Bettina über eine gefühlsselig verklärte Idee ihrer Mutter gekommen. Während der letzten Schwangerschaftswochen hatte sie mit Begeisterung Bettina von Arnims romantische Gedichte gelesen. Eine Gewohnheit, die sie später an Bettinas Kinderbettchen fortgesetzt hatte. Mit so sanfter Stimme rezitierte Mama, dass Bettina schon als ganz kleines Mädchen Freude an Texten hatte, deren Sinn ihr noch völlig abging.

Gut. Ihr Name war Bettina. So rief man sie. Dabei hatte Mama weit ausgeholt und zusätzlich die Vornamen ihrer Großmutter und Urgroßmutter ins Stammbuch schreiben lassen. Bettina Constanze Charlotte Bressler. So stand es in der Geburtsurkunde. Und Bettina hatte immer den Eindruck, mit diesen beiden Namenszusätzen sozusagen geadelt worden zu sein. So ehrfürchtig jedenfalls, wie Mama ihre Namen nannte, mussten es Frauen gewesen sein, denen nachzueifern sich unbedingt lohnen würde.

* * *

Inzwischen war Bettina vierzehn Jahre alt. Sie saß im Wohnzimmer der elterlichen Wohnung, hatte soeben ein Telefongespräch mit ihrer besten Freundin Gaby beendet und den moosgrünen Hörer zurück auf die Gabel des moosgrünen Apparates gelegt.

Die Balkontür stand offen, warme Luft zog herein, auf der Balustrade blühten üppig Mamas legendäre, selbst gezogene Geranien, die jedes Frühjahr wieder aus ihrem Winterquartier im Keller geholt und in die Kästen gepflanzt wurden. Die Hausaufgaben waren erledigt, und bis die Eltern heimkommen würden, war noch Zeit. Ein Zitronenwasser holen und sich ein Weilchen draußen in aller Ruhe unter die gelb-weiß gestreifte Markise setzen? Ein bisschen lesen vielleicht?

Bettinas Blick fiel auf die lange Reihe der Fotoalben. Ordentlich, nach Daten geordnet, standen sie unterm breiten, niedrigen Fensterbrett und waren immer schon Bettinas Anschauungsmaterial für Familiendinge gewesen. Und Zeitvertreib an langen, langweiligen Sonntagnachmittagen im

Winter, die ihr, Einzelkind, das sie war, manchmal nie enden wollend erschienen waren.

Vater war ein leidenschaftlicher Fotograf. Alles, was es ihm wert erschien, bannte er mit seiner Kamera. Für später. Meist schaute er seine Ergebnisse nur ein einziges Mal an. Nämlich dann, wenn er die entwickelten Filme im Fotoladen abholte und zu beurteilen hatte, was verwackelt, was gut und tauglich war und wovon man Abzüge herstellen sollte. Mama war diejenige, die später diese Bilder ordnete, in stundenlangen Abendsitzungen winzige Klebeecken in bunt gebundene Alben pappte, kleine Sprüchlein, Anekdoten oder Erklärungen zu den einsortierten Fotos schrieb, hin und wieder auch mal eine getrocknete Blüte dazulegte, ein Kleeblatt, sogar auch die eine oder andere ausklappbare Wanderkarte oder Ähnliches. Mamas Alben waren Kunstwerke. Auf die Rücken schrieb sie Daten, Orte, Stichworte.

Schon länger hatte sie keines mehr zur Hand genommen. Sie griff nach dem rosa Band mit der Rückenaufschrift »Bettina – Geburt – 1958«. Ganz vorn auf der ersten Seite links klebte das, was die Familie »das Gruselbild« nannte.

Papa hatte dieses scheußliche Foto damals gemacht, als Dr. Jesper aus dem Kreißsaal gekommen war. Blutverschmiert sein weißer Kittel; ins Gesicht des erfahrenen Frauenarztes hatte Verzweiflung scharfe Falten geschnitten. Einen strahlenden Doktor mit einem drallen Säugling auf dem Arm hatte Vater zu sehen erwartet und reflexhaft auf den Auslöser gedrückt. Dann das! Dieses Foto bedurfte keiner Erklärung, da war etwas ganz gewaltig schiefgelaufen. Etwas, das anscheinend in eine Katastrophe münden sollte. Manchmal sagten Bilder so viel mehr als tausend Worte. Und wie immer verfehlte auch heute die Aufnahme nicht ihre Wirkung. Bettina lief es kalt den Rücken runter.

Natürlich konnte sie sich nicht an den Tag ihrer Geburt erinnern. Natürlich fand sie beim Blättern unendlich viele weitere, ganz zauberhafte Bilder von ihr und Mama, nachdem sie endlich aus der Klinik entlassen worden waren. Trotzdem blieb dieses allererste Bild auch beim Betrachten der vielen entzückenden Aufnahmen immer im Hinterkopf und hinterließ ein klammes Gefühl. Seit sie denken konnte, hatte es ihr bewusst gemacht, wie hoch die Wahrscheinlichkeit gewesen war, entweder gar nicht erst lebendig auf die Welt zu kommen oder mutterlos aufzuwachsen. Dieses klare Bewusstsein verstärkte einmal mehr die sowieso außerordentlich starke, zärtliche Mutter-Tochter-Bindung.

Sie klappte das Album zu, ließ es auf dem Schoß liegen, schloss die Augen und ließ ihre Gedanken schweifen.

So musste es zwischen Mama und ihrer Mutter Constanze auch gewesen sein. Immerhin hatten sie während Krieg und Flucht, dann in den bitteren Nachkriegsjahren im zerbombten Berlin ganz allein und sehr eng beieinander ums Überleben gerungen.

Nur ein einziges Mal hatte Bettina ihre Großmutter gesehen und damals hatte niemand ein Foto geschossen. Niemand hatte festgehalten, was Bettinas allererste eigene und für alle Zeiten fest in ihrem Bewusstsein verankerte Erinnerung ausmachte. Immer wieder schien dieses Bild in ihren Tag- und Nachtträumen auf, und auch jetzt drängte es sich wieder in den Vordergrund.

* * *

Eine Berliner Straße im ersten Morgenlicht. Mitten über der Fahrbahn Stacheldrahtrollen. Scharfzahnig, bedrohlich, ausgrenzend, einsperrend. Trotz der frühen Stunde viele Menschen auf beiden Seiten. Zivilisten mit ratlosen Gesichtern, Uniformierte mit Gewehren. Und Bettina auf Mamas Arm. Ganz genau erinnerte sie sich, dass sie freudige Erwartung gespürt hatte. Richtig zappelig war sie gewesen, denn sie würden Oma treffen! Endlich würde sie eine Oma haben wie andere Kinder auch. Es musste wunderbar sein, Oma wiederzufinden, denn Oma musste wunderbar sein. Wenn Mama von ihr sprach, sah sie glücklich aus. Und traurig zugleich, denn Oma war ja nie da gewesen.

Plötzlich entdeckte Mama eine Frau auf der anderen Seite des Zauns.

»Oma?« Bettina hüpfte ein bisschen in Mutters Armen und Mama nickte.

So sah sie also aus. Eine ganz graue Frau. Graues Kostüm, graue Haare, ein graues, altes Gesicht. Sie schaute zu ihnen herüber, kurz nur, wandte sich ab, dann eilte sie davon, immer am Zaun entlang, als wollte sie vor ihnen flüchten. Mama lief, hatte Bettina abgesetzt, hielt fest ihre Hand.

Noch in diesem stillen, friedlichen Moment auf dem Balkon spürte sie jetzt den eisernen Griff und rieb sich instinktiv das Handgelenk.

Mama rief, rief immer wieder: »Mama! Mama, so bleib doch stehen, ich bin es, Eva!«

Bettina konnte kaum so schnell mitrennen, stolperte, fiel hin, Mama riss sie wieder hoch, hetzte weiter. Dabei hatte Bettina jetzt doch ein Loch in ihrer schönen neuen Strumpfhose.

Fast hatten sie sie eingeholt, diese graue Frau, die Oma sein musste. Aber Oma ließ sie einfach nicht richtig herankommen. Warum tat sie das?

Mamas Stimme überschlug sich. Und auf einmal blieb sie stehen. Anscheinend hatte sie aufgegeben. Bettina konnte sehen, dass sie weinte, und ihr Kinderherz sagte, es würde ihr nicht gelingen, sie zu trösten.

Dann tat Mama etwas ganz Komisches. Sie holte ihre Mundharmonika aus der Tasche und spielte. Wie sehr Bettina es immer liebte, wenn sie das tat! Sie konnte ganz leise Schlaflieder spielen, konnte fröhliche Musik machen, so fröhlich, dass Bettina danach tanzte. Aber an diesem Tag war es anders. Heute spielte Mama nicht leise, wie ein Schlaflied, sondern so laut sie konnte, und das war sehr, sehr laut. Sie spielte eins von Bettinas Lieblingsliedern, dessen Melodie sie so gern mochte. Fast kannte sie den Text sogar schon auswendig. »Kein schöner Land« hieß es, und Bettina wurde ruhig, sang nicht mit, hörte nur zu.

Sie blickte zu Mama auf. Tränen liefen, Mutters Gesicht war rot, die Augen voll Traurigkeit. Bettina sah sich um. Alle Menschen auf der Straße standen still und hörten zu.

Auch die graue Frau, die bestimmt Oma war, blieb stehen. Endlich!

Nun kam sie sogar ganz nah an den Stacheldraht heran. Streckte Mama die Hand entgegen, und Mama streckte ihre über den grässlichen Draht. Beinahe hätten ihre Fingerspitzen sich berührt. Mutter spielte immer noch. Bis zum letzten Ton. Dann hob sie Bettina hoch, sagte: »Mama! Schau, das ist meine Tochter Bettina.«

Bettina winkte. »Oma?«

Oma nickte und lächelte. Bettina sah Tränen in ihren Augen funkeln.

»Evchen, mein Evchen!«, schluchzte Oma, und: »Hallo, Bettina. Du bist aber eine Hübsche.«

Eigentlich hätte Bettina ihre Großmutter jetzt gern in den Arm genommen. Da war sie ja. Jetzt war alles gut. Und so grau sah sie auf einmal gar nicht mehr aus. Sondern lieb; nur furchtbar traurig. Warum so traurig? Bettina reckte ihr die Ärmchen entgegen, wollte sie trösten. Das konnte sie doch so gut.

Aber es waren Männer in Uniform gekommen. Einer zog Mama und sie zur Seite, einer griff so furchtbar grob nach Oma, dass Bettina erschreckt aufschrie, drehte ihr den Arm auf den Rücken und schob sie weg. Bald konnte Bettina sie nicht mehr sehen.

Hilflos und verwirrt stand sie neben Mama. Die saß an eine Hauswand gekauert auf dem Pflaster. Und dann spielte Mama wieder. »Ade nun zur guten Nacht!«. Und heulte und heulte und heulte.

* * *

Je älter Bettina geworden war, desto bewusster wurde ihr, was sie an jenem Augusttag 1961 in Berlin erlebt hatte. Sie war Zeugin der Teilung Deutschlands gewesen. Wenn auch keiner diese Familienszene fotografisch festgehalten hatte, so gab es doch, nur einen Tag später, in der Presse ein Bild. Ein junger Volkspolizist hatte in derselben Straße den Sprung über den Stacheldraht von Ost nach West gewagt. Dieses Foto ging um die Welt. Aber es wurde niemals Bettinas Bild von der Zerreißung. Ihr Ureigenes war es, das Schmerzen in ihrer Brust auslöste, denn Oma hatte keinen Sprung gewagt und fehlte noch immer in Bettinas Leben.

Bettina fand sowieso, sie wusste viel zu wenig über die Familienchronik der von Warthenbergs. Mama hatte einiges erzählt. Besonders aus sehr weit zurückliegenden Generationen, die sie selbst gar nicht mehr kennen konnte. Aber immer, wenn Bettina sich Gedanken darüber machte, stellte sie fest, wie viele Lücken insbesondere in der jüngeren Vergangenheit klafften.

Da war Großmutter Constanze, eine geborene von Warthenberg, deren einst dunkelblondes, welliges Haar

Bettina angeblich geerbt hatte. Sie lebte mit ihrem Mann Clemens Rosanowski in der DDR und trotz Mamas verzweifelten Versuchen war es all die vielen Jahre bis heute bei dieser einen einzigen Begegnung geblieben, die Bettina miterlebt hatte. Mutter bekam immer wieder abschlägige Bescheide von »drüben«, wenn sie einen Besuchsantrag gestellt hatte. Das war kein Wunder, und Bettina fragte sich manchmal, warum sie es überhaupt immer wieder versuchte, um bei jeder Absage wieder tagelang in Tränen aufgelöst zu sein. Inzwischen hatte doch jeder begriffen: Mama umging mit ihren Versuchen das übliche Prozedere und konnte eigentlich gar keinen Erfolg erwarten. Bürger der DDR mussten nämlich zunächst eine Einladung aussprechen. Die kam aber nicht. Was kam, waren Mamas Briefe. Und zwar ungeöffnet und angeblich unzustellbar zurück. Dabei hatte sie doch seit diesem Augusttag damals eine konkrete Adresse ihrer Eltern in der Bernauer Straße 11. Aus diesem Haus zwischen lauter mehr oder weniger zerstörten Gebäuden, halb oder ganz geräumten Trümmergrundstücken, war Oma gekommen. Da wohnte sie. Höchstwahrscheinlich zusammen mit Großvater. Warum, zum Teufel, waren dann Briefe nicht zustellbar? Auch wenn man umzog, wurde doch Post nachgesendet. Oder war das in der DDR anders?

Bettina hatte ihre Mutter gefragt. Oft. Aber sie hatte keine Antworten gewusst. Nur erzählt, dass Opa 1949, als er bereits von Amts wegen für gefallen erklärt worden war, plötzlich wie aus dem Nichts wieder aufgetaucht war und niemandem preisgegeben hatte, was er in den letzten Kriegsjahren und während der vier langen Jahre danach gemacht hatte.

Mama schien sich die Schuld für die seit 1954 abgeschnittenen Kontakte zu den Eltern zu geben. Seit sie den Schritt aus dem Ostteil Berlins herausgewagt hatte, um in Bettinas Geburtsstadt Braunschweig zu studieren, gab es diesen entsetzlichen Zustand. Keiner wusste vom anderen. Unerbittlich hatte offenbar das System einen Riegel vor alles Zwischenmenschliche geschoben. Zu gern hätte Bettina gewusst, was geschehen war, zu gern diesem einen, einzigen Bild, das sie von ihrer Großmutter Constanze im Kopf hatte, weitere, neue, lebendige, glückliche hinzugefügt. Man hörte ja viel über die DDR. Viel über sie und nichts aus ihr. Bettinas Fantasie jedenfalls genügte bei Weitem nicht, um sich vorzustellen, was wirklich geschehen war.

3

OSTBERLIN, JUNI 1954 – UNTER BLAUEM LICHT

Constanze nahm heute nicht die Straßenbahn. Millionen winziger Insekten flirrten im goldenen Gegenlicht der untergehenden Sonne, die Luft war lau, die Straße vor der Charité still und menschenleer. Ein bisschen die Füße vertreten nach dem langen Sitzen im Büro des Labors, ein wenig allein sein, die Gedanken schweifen lassen.

Dort im Westen, wo die Sonne sich zur Nachtruhe begeben würde, da war Evchen. Wie mochte es ihr gehen? Wie kam sie zurecht, das erste Mal allein in einer fremden Stadt? Ob sie Jan, ihren geliebten Jan, wohl gleich gefunden hatte? Ob er sie überhaupt hatte aufnehmen können? Hoffentlich! Dieses Braunschweig war doch dem Vernehmen nach auch so furchtbar zerstört worden. Constanzes Mutterherz war voller Sorge. Vierzehn Tage war es nun schon her, seit sie ihre Tochter das letzte Mal in die Arme genommen hatte. Noch gab es kein Lebenszeichen von ihr. Täglich war Constanzes erster Weg beim Heimkommen der zu Mutter Klawuttke gewesen. Sie nahm die

Post des ganzen Hauses in Empfang, denn einzelne Briefkästen für jeden Mieter wären ein unsinniger Luxus gewesen. Mutter Klawuttkes Kitteltasche, die war das Briefverteilzentrum. Niemandem machte es etwas aus, dass sie genauen Überblick hatte, wer was bekam. Es war einfach so. Und wenn es etwas Unangenehmes gab, wurde aus dem Briefverteilzentrum auch gleich der Kummerkasten, denn ihr konnte man alles anvertrauen. Immer schon.

Constanze schritt forsch aus. Atmete frische Luft und ab und zu ein liebestrunkenes Mückenmännchen, das sich im Tanz in ihre Nase verflog. Niesen musste sie dann. Es schien den Kopf frei zu machen, die Sorgen leichter.

Ach, mein Gott, Evchen war ein Kriegskind. Was hatte sie alles schon durchgemacht, ohne dabei je zu verzweifeln! Sie wusste sich zu helfen, würde schon durchkommen. Und sicher bald von sich hören lassen. Clemens hatte sie beruhigt, »sie wird schon wiederkommen, mach dir keine Sorgen« gesagt und hinzugefügt, sie sei schließlich seine Tochter und er am Ende auch wiedergekommen, obwohl er ja bereits »von Amts wegen tot« gewesen sei. Musste er sie immer wieder daran erinnern? Constanze wischte sich mit dem Handrücken über die Stirn. Wenn sie an diese entsetzliche Sache dachte, brach ihr immer noch der Schweiß aus. Sie hatte ihn wieder. Sie hatten sich wieder.

Aber alle Kinder, die sie auf die Welt gebracht hatte, waren ihr aus den Händen entglitten. Jetzt waren sie allein. Zu zweit allein. Immerhin! Und doch … sie hätte sie alle so gern noch um sich. Peters wachsbleiches Gesichtchen schien vor ihrem inneren Auge auf. Bis heute hatte sie Clemens nicht von ihm erzählt. Und was mochte aus dem kleinen George geworden sein? Auch von ihm hatte sie Clemens nie erzählt. Oh, Constanze, mach dir keine Sorgen, sagte sie sich ein zweites Mal. Er hat in Gordon den wundervollsten Vater, den ein Junge sich wünschen kann. Und wozu hätte es geführt, wenn sie Clemens aufgeklärt hätte? Stillschweigen. Manchmal war Schweigen wirklich Gold. Und doch war jeder Gedanke an die beiden kleinen Jungen nichts als Schmerz, der nie vergangen war. George wurde bald fünf Jahre alt. Ob er sich an sie erinnern konnte? Nein, wahrscheinlich nicht. Er war viel zu jung gewesen. Ihn einmal noch in den Arm nehmen dürfen! Wenn sie in diesem Augenblick einen Wunsch frei gehabt hätte ...

Die rote Sonne verschwand hinter den Häuserschluchten, Constanze bog in die Straße ein, wo sie nun schon seit kurz nach ihrer Ankunft in Berlin im Februar 1945 zu Hause war. In der eigenen Wohnung war es noch dunkel. Sie wusste, Clemens war zu einer Versammlung der Partei gegangen und würde spät erst zurückkehren. Aber nanu?! Oben im zweiten Stock brannte Licht. Erst kürzlich waren die Renovierungsarbeiten beendet worden. Handwerker konnten es keine mehr sein. Ein flaches Dach hatte das Haus endlich. Das oberste, den britischen Bombern zum Opfer gefallene Stockwerk hatte es endgültig eingebüßt, aber jetzt war es nach langen Jahren endlich wieder dicht. Die Klawuttke wollte neu vermieten. Vielleicht hatte sie einen Bewerber da, vielleicht hatte man ihr einen aufgedrückt. So etwas passierte, da hatte man bisweilen gar keinen Einfluss.

Geräuschvoll fiel die Haustür hinter ihr ins Schloss, Constanze stieg die paar Stufen ins Parterre hinauf.

»Constanze? Biste da? Komm mal ruff, hab wat für dich!«, tönte Mutter Klawuttkes Stimme von oben.

Sie klang fröhlich. Vielversprechend. Constanze stürmte die Treppen hinauf. Ob vielleicht ...?

Da stand sie schon, oben auf dem Absatz, honigkuchenpferdbreit grinsend, und wedelte mit einem Umschlag. »Von unserm Evchen, Constanze!«

Das Herz schlug ihr bis in die Kehle. Nicht vom Laufen.

»Endlich!«

»Komm rin, kannste gleich meine neue Mieterin kennenlernen.«

»Ach, bitte, ich will erst mal lesen, was sie schreibt«, jammerte Constanze, griff nach dem Brief, aber die Vermieterin zog ihn ihr immer wieder weg, ehe sie zufassen konnte.

»Wat denkste denn? Ick will och wissen, wat se schreibt. Komm rin, lies vor!«

Nur einen winzigen Moment lang zögerte Constanze, dann fiel der aufkeimende Widerspruch in sich zusammen. Natürlich wollte sie gern zuerst und allein lesen. Aber hatte Frau Klawuttke nicht ebenso ein Anrecht? Schließlich war sie es gewesen, die Eva zusammen mit allen anderen Kindern des Wohnblocks stets heile in den Bunker geschafft hatte, wenn die Sirenen gingen. Die Mütter »uff Arbeit«, da musste sie doch sorgen für die »armen Kleenen«. Nein, nein, da konnte man sich wirklich nicht weigern. Bereitwillig ließ sich Constanze in die frisch renovierte Wohnung ziehen.

Eine nackte Glühbirne an der Decke verbreitete blaues Licht. Zwei Schemel standen. Sonst nichts. Auf einem hockte eine fremde Frau. Mutter Klawuttke tätschelte ihr das Knie. »Jetzt biste bei mir, biste in Sicherheit. Kriegerwitwe isse, die Hedel. Die Amis, verstehste, Constanze, hast ja selbst nicht die besten Erfahrungen jemacht.«

Wie sich herausstellte, war sie Mutter Klawuttkes Cousine, die nun also als neue Mieterin einziehen würde. Verhärmt, ein bisschen knittrig und sehr ärmlich sah sie aus. Das Leben schien ihr wirklich übel mitgespielt zu haben. Aber hinter billigen, dicken Gläsern blitzten schlaue Augen.

»Setz dich, Constanze, und lies vor.«

Constanzes Seitenblick auf Hedel quittierte Mutter Klawuttke mit einer lässigen Handbewegung.

»Nee, ach wat, die kann ruhig mithören. Wir ham keine Jeheimnisse. Nu lies schon!«

Die Sache war Constanze unangenehm. Aufmunternd war der Blick der Fremden, und eigentlich war es ja auch gar nicht schlimm, aber dieses war der allererste Brief ihrer Tochter aus dem Westen. Und damit etwas Besonderes, das zu teilen ihr schwerfiel.

Langsam faltete sie die Seiten auseinander, überflog zunächst alleine, spürte die Blicke der beiden Frauen auf ihrem Scheitel, verharrte bei Evas letzten Worten und weinte.

»Wat is, Constanzchen? Wat Schlimmet passiert?« Sofort war die vertraute Seele bei ihr, schlang den Arm um ihre Schultern, hatte ein Taschentuch parat. »Nu heul erst mal.«

Das tat sie. Ausgiebig. Mutter Klawuttke drängte sie nicht, und diese Cousine gegenüber, die vermochte sie momentelang sogar ganz auszublenden. Es dauerte, bis sie endlich in der Lage war, sich zu schnäuzen, die Tränen wegzuwischen, aufzusehen. »Nein, nichts Schlimmes. Es ist nur einfach so …«

»Versteh ick! Aber nu lies schon vor. Wat schreibt unser Evchen?«

Constanze nickte. Belegt klang die eigene Stimme, versagte ein paarmal den Dienst, bis sie sich fest geräuspert hatte und endlich flüssig vorlesen konnte.

Braunschweig, den 18. Juni 1954
Liebste Mama, lieber Papa,
gleich ganz vorneweg, damit Ihr Euch keine Sorgen macht: Es geht mir gut!

Ich hoffe sehr, Dein Groll über mich ist schon ein bisschen verflogen, Papa! In Deinem tiefsten Innern kannst Du mich doch sicherlich ein bisschen verstehen, oder? Ich musste so handeln. Welche Chancen hätte ich denn in der DDR gehabt? Bitte, allerliebster Papa, verzeih mir. Ich wäre so froh.

Jetzt aber will ich ein wenig erzählen, wie es mir ergangen ist.

Arndt-Friedrich hat mich sicher nach Braunschweig gebracht und ist so lange bei mir geblieben, bis er guten Gewissens nach Blieschtorf zurückkehren konnte.

Jan haben wir prompt gefunden. Er hat ein Zimmerchen in einer sehr traditionellen Studentenverbindung. Ich füge die Adresse am Ende des Briefes an, denn dorthin könnt Ihr mir Eure Post vorläufig schicken. Natürlich hat er sich gefreut! Aber er war auch ganz schön durch den Wind, denn selbstverständlich ist es nicht möglich, eine junge Frau im Verbindungshaus unterzubringen. Er musste, plötzlich vor die vollendete Tatsache gestellt, dass ich da war und bleiben wollte, alle Hebel in Bewegung setzen, um mich irgendwo unterzubringen.

Die historische Innenstadt Braunschweigs, müsst Ihr wissen, ist im Oktober 1944 von den Bombern der Royal Air Force zu neunzig Prozent zerstört worden. Zwei Tage lang soll es damals gebrannt haben und am Ende war von dem Stadtbild, das einmal sehr schön gewesen sein muss, so gut wie nichts mehr übrig. Zusammen mit Jan suche ich nach den Überresten und kann mir allmählich eine Vorstellung machen. Hübsch geplant war dieser Angriff. Es hat in dem mittelalterlichen Stadtkern mit seinen engen Gassen natürlich, anders als damals bei uns in Berlin, wo die Häuser überwiegend aus Stein, die Straßen breit waren, wie Zunder gebrannt. Und genau das haben sie vorgehabt! Ich frage mich manchmal, warum. Und warum, wenn die Alliierten so geschickt vorgehen konnten, haben sie nicht auch einfach die Konzentrationslager freibomben können? Da hätten sie doch ausnahmsweise was Gutes bewirken können. Kann mir doch niemand erzählen, dass sie davon nichts wussten.

Na, aber ich schweife ab. Darüber müssen wir beim nächsten Mal, wenn wir uns sehen, vielleicht in Ruhe sprechen.

Jan hatte also keinen Platz für mich. Aber es gibt einen wunderbaren Zusammenhalt zwischen den Studenten und einer wusste Rat. Glaubt nicht, dass ich luxuriös untergekommen wäre. Ich hause zusammen mit Susanne, einer sehr lieben Krankenschwester am hiesigen Klinikum, in einem Kellerverschlag. Lauter kleine Kabuffs, nur mit Holzlatten voneinander abgetrennt. Wir sind insgesamt zu zwölft. Hört sich furchtbar an, nicht? Ist es aber gar nicht. Die Leute sind alle nett. Sie teilen, was da ist, helfen einander, sind kameradschaftlich, jeder nimmt Rücksicht auf den anderen. Und es herrscht ein ungeheuer freier Geist hier. Alles ist im Aufbruch, selbst in unserem Keller ist die Luft weniger dumpf als draußen auf den Straßen Ostberlins. Man kann durchatmen, wisst Ihr? Ich genieße es sehr. Sozialismus hin oder her. Die Idee klingt ja an sich gut. Aber ich habe seit dem Aufstand immer das Gefühl ungeheurer Enge in der Brust gehabt.

Das ist weg. Vollkommen weg. Ihr müsstet es erleben, dann wüsstet Ihr, was ich meine.

Tja, Ihr seht ja, ich fühle mich pudelwohl. Nur mit der Privatheit ist es natürlich unter diesen Wohnbedingungen Essig. Aber Jan und ich nutzen den Sommer, wir halten uns viel draußen auf und erkunden die Stadt. Es wird schon so viel gebaut! Ach, Papa, das wäre eine Stadt, die Deine Fähigkeiten bräuchte. Ihr müsst unbedingt überlegen, ob Ihr nicht doch kommen wollt. Ich wäre so glücklich, Euch hierzuhaben!

Susanne will versuchen, mir eine Stelle im Krankenhaus zu besorgen. Wenigstens so lange, bis das Wintersemester beginnt, für das ich als Quereinsteiger noch einige Prüfungen ablegen muss. Das wird ganz schön anstrengend, aber Jan hilft mir. Ich schaffe das schon.

Wenn es in der Klinik klappt, könnte ich ja vielleicht als Springer eingesetzt werden, eventuell auch später, während des Studiums Nachtdienste übernehmen, um mich finanziell besser über Wasser halten zu können. Im Nachhinein bin ich froh, Mama, dass Du mich damals gezwungen hast, die Ausbildung zu machen. Man hat einfach etwas in der Hand, womit man überall ankommen kann. Die Charité hat einen Ruf wie Donnerhall. Wer dort abgeschlossen hat, kommt wahrscheinlich überall unter. Dich, Mama, würden sie hier sofort mit Kusshand nehmen.

Jetzt bin ich gespannt auf Eure Antwort!

Jan kommt mich gleich abholen und ich will diesen meinen ersten Brief an Euch aus dem freien Westen gleich noch schnell zur Post bringen.

Zu Weihnachten möchte ich nach Berlin kommen. Wenn Ihr mich denn dann bei Euch haben möchtet. Es sei denn, wir sehen uns schon viel früher. Soll ich mich für Euch umhören? In der Korporation laufen Tausende Verbindungen zusammen. Papa kennt das doch auch noch aus Danzig. Jeder Student hat einen »alten Herrn« und ich sage Euch, da sitzen welche in ganz wichtigen Positionen. Überlegt es Euch. Bitte. Bitte, bitte!

Eure Euch so sehr liebende und vermissende
Eva

Constanze ließ die Blätter auf den Schoß sinken. Eines rutschte auf den Boden. Hedel hob es auf, warf einen flüchtigen Blick darauf und reichte es an Constanze zurück. »Eine schöne, klare Handschrift hat Ihre Tochter, Frau Rosanowski«, sagte sie lächelnd und Constanze lächelte stolz zurück.

4

BRAUNSCHWEIG, JUNI 1972 – WER SIND DIE GUTEN?

Nichts davon konnte Bettina wissen. Und selbst hätte sie davon gewusst, was sich da in Ostberlin unter kaltem, blauem Licht abgespielt hatte, hätte sie es kaum einordnen, kaum die richtigen Schlüsse ziehen können. Insofern war es egal, ob sie wusste oder nicht wusste. Das Einzige, was sie ahnte, wie sie so dasaß, im strahlend hellen Sonnenlicht des warmen Juninachmittags, war, dass es mühsam werden würde, die fehlenden Puzzleteile für ein vollständiges Familienbild zusammenzusuchen.

Da war doch zum Beispiel noch so ein ganz bemerkenswertes Foto gewesen. Sie blätterte weiter, suchte, stellte das Album auf die Kante, schüttelte, fand es nicht. Aber sie erinnerte sich. Reiner Zufall, dass sie es irgendwann einmal in die Hand bekommen hatte. Absolut nicht zuordenbar, denn dieses Bild war nirgends eingeklebt gewesen, sondern einfach aus dem Album herausgefallen. Jetzt war es weg.

Es hatte drei fröhliche junge Mädchen im Tennisdress gezeigt, die vor einem ziemlich beeindruckenden riesigen Haus mit unzähligen Schornsteinen, Erkern und sogar Türmen standen. Solche Häuser hatte sie schon einmal gesehen. Papa besaß einen wunderschönen großformatigen Bildband »Englische Landsitze«. Genau so sah das auf dem Foto auch aus, solche Häuser gab es in Deutschland nicht, und außerdem hing am Fahnenmast eine Flagge, die allein von der Farbgebung her ganz bestimmt keine deutsche sein konnte.

Im Hintergrund auf der Freitreppe war schemenhaft eine Frau mit Kind auf dem Arm zu sehen. Das Mädchen, dort, links, das war doch Mutter!? »Bist du das?«, hatte Bettina gefragt und Mama hatte ihr das Bild ganz schnell abgenommen, etwas wie »Freundinnen … von früher … nicht wichtig« gemurmelt.

Von früher? Sie musste ungefähr fünfzehn oder sechzehn gewesen sein, als die Aufnahme entstand. Da war sie doch mit Großmutter in Berlin gewesen. Was machte sie also mit »Freundinnen … von früher« in England? Und warum erzählte sie nichts? Warum erzählte sie überhaupt nie, wie es gewesen war, damals, als sie Berlin während der letzten Kriegsmonate zusammen mit ihrer Mutter Constanze erreicht hatte? Warum nie von ihrer Kinderzeit in Danzig? Bettina hatte es letztlich so hingenommen. Aber sie spürte, dass Mutter irgendwelche Geheimnisse haben musste. Beispielsweise war es ihr irgendwie deutlich anzumerken gewesen, dass es für sie selbst durchaus kein derart großes Glück gewesen war, den Vermissten zurückzuhaben, wie anscheinend für Großmutter. Warum, wieso, weshalb, das verschwieg sie. Offenbar ein sehr wunder Punkt, an dem Bettina zwar schon lange nicht mehr zu rühren wagte, der sie aber eigentlich brennend interessierte.

Dann waren da die Fotos mit den beiden Buben. Der Größere schob Bettinas Korbkinderwagen durch den nahe gelegenen Park, ein Kleinerer prellte daneben einen bunten Ball. »Nachbarskinder«, hatten die Eltern gesagt. Für »Nachbarskinder« tauchten sie ein bisschen zu häufig auf, fand

Bettina. Schoben Jungen Kinderwagen? Spielten sie wirklich so gern mit Babys? Merkwürdig!

Was steckte hinter all dem?

Familienzusammenhalt und Geschichte mussten früher eine enorme Rolle gespielt haben. Mamas Blick verklärte sich, wenn sie »ach, mein Danzig …« oder »früher, in Ostpreußen …« seufzte, ohne sich genauer zu erklären. Papa guckte sehnsüchtig, wenn irgendwo auch nur das Wort »Oberschlesien« auftauchte. Beide schienen einen Begriff von »Heimat« zu haben, mit dem Bettina nichts anfangen konnte. Sie kannte weder die eine noch die andere Region, würde beides auch nie kennenlernen, so viel stand fest, denn sie lagen ferner als fern hinter dem Eisernen Vorhang. Und der, da waren sich alle einig, würde sich nie wieder heben.

Die Tradition ihrer eigenen kleinen Familie war kurz und begann während der 1950er-Jahre in Braunschweig. Während Mitschüler und Freundinnen Groß- und Urgroßeltern, haufenweise Onkel, Tanten, Großcousinen etc. hatten, alte Familientraditionen pflegten, ständig irgendwo zu Feiern auf irgendwelchen Höfen im Umland mussten, die seit Generationen im Familienbesitz waren und auf denen alle zusammenkamen, klaffte bei Bettina gähnende Leere. Da war nichts. Nichts von früher. Nichts Greifbares. Nicht mal Bilder.

Eigentlich waren weder Mama noch Bettina selbst »richtige« Warthenbergs. Natürlich, sie waren keine Männer, durch Heirat war ihnen der alte ostpreußische Adelsname verloren gegangen. So war das nun mal. Auf dem herrlichen Holsteiner Gut in Blieschtorf, das Urgroßmutter Charlotte durch ausgesprochen glückliche Umstände geerbt hatte, da saßen die wahren Warthenbergs. Großonkel Justus und sein Sohn Arndt-Friedrich, der wiederum Erika, einzige Erbin einer wohlhabenden Großgrundbesitzerfamilie, geheiratet hatte. Drei Kinder hatten die beiden. Zwei Jungs, Nils und Sven, ein Mädchen. Mit Marieke, die in Bettinas Alter war, verstand sie sich prima. Ein paarmal war die Großstadtpflanze Bettina schon in den Sommerferien auf dem Gut gewesen. Eine andere, eine wunderschöne, heile Welt. Sie liebte es. Aber sie fühlte sich nicht richtig zugehörig, kam sich stets nur als Gast vor. Und hatte das Gefühl, selbst die »echten« Warthenbergs waren sich der Tatsache bewusst, dass sie auf dem Gut eigentlich nur »Zugereiste« waren, deren Wurzeln, gekappt vom Krieg, ganz woanders lagen. Offensichtlich hatten sie sich in Blieschtorf festgekrallt. Aber besonders tief reichte das junge Geflecht noch nicht in die holsteinische Erde.

In Mamas kleiner Gärtnerei am Stadtrand, da war es schön. Fast ein Paradies für Kinder. Die frische Luft, der viele Platz, die langen Reihen voll blühender Rosen und Stauden, die Pracht in den Gewächshäusern, wo einem immer ein bisschen der Schweiß ausbrach, weil es so feucht war. Der flache, sandige weidenbestandene Bach hinterm Grundstück, in dem man an heißen Tagen so herrlich beschattet waten und den durchs klare Wasser flitzenden silbrigen Fischen zuschauen konnte. Oder einfach nur im Gras liegen und in den Himmel träumen. Da war das liebevoll renovierte, alte Bürohäuschen, dem Vater nach und nach immer mehr Anbauten hinzugefügt hatte, damit die Familie bequem die Sommerwochenenden dort verbringen konnte. Erst hatte er für Bettina ein Kinderbettchen in eine winzige Abstellkammer gezimmert, später, als sie nur mehr mit angezogenen Beinen darauf liegen konnte, kurzerhand einen Wanddurchbruch für ihre Füße zum Flürchen hin geschaffen. Noch später, als sie fast zehn gewesen war, unter Bettinas tatkräftiger Mithilfe einen hellen, luftigen Wintergarten gebaut, der endlich richtig viel Raum für alle drei bot. Dabei hatte sie gelernt, mit Hammer, Säge und Bohrmaschine umzugehen. Solche Fähigkeiten konnte man immer gebrauchen. Auch als Mädchen.

Gern erinnerte sie sich an Kindertage. An lauschige Sommerabende, wenn Papa ein kleines Lagerfeuer entfachte, Mama Lampions aufhängte und alte Lieder spielte, Bettina erst spät ins Bett musste. In ihr Kämmerchen, wo reichlich Mückenspray die nächtlichen Plagegeister erlegt hatte und es ein wenig zitronig und sehr chemisch roch. Ein Weilchen hatte sie dann immer noch gelauscht. Mutters leisem Spiel, den vertrauten, nun flüsternden Stimmen, die sie in den Schlaf begleiteten. Freundinnen hatte sie immer mitbringen dürfen. Ja. Kinderparadies!

Aber Bettina war kein Kind mehr. Die Erkenntnis war so frappierend plötzlich gekommen: vorbei die behütete, sorglose Kindheit. Sie war vorbei gewesen, als sie begonnen hatte, ihren Horizont zu erweitern, nicht nur direkt um sich herumzublicken, sondern über die Grenzen ihres kleinen, begrenzten Universums hinauszuschauen. Als hätte ihr eines Tages jemand ein Fernglas in die Hand gedrückt und gesagt: »Schau! So sieht die Welt wirklich aus.«

Es hatte sie zutiefst erschreckt, denn mit einem Mal gerieten all ihre Weltbilder ins Wanken. Bettina wusste vom Zweiten Weltkrieg. Natürlich. Und ihr kindlicher Geist hatte sehr schlicht in Gut und Böse einzuteilen gewusst. Die fürchterlichen Erkenntnisse über den Holocaust, welche der Schulunterricht nach Kräften zu vertiefen vermocht hatte, waren noch lange nicht verarbeitet. Böse, abgrundtief böse war der Nationalsozialismus gewesen. Noch hatte Bettina nicht recht für sich eingeordnet, welche Rolle die eigene Familie während dieser Zeit gespielt hatte, aber sicherlich war niemand böse gewesen.

Die Sowjets waren als Erste in Berlin einmarschiert. Hatten sie Deutschland befreit? Nein, ihnen diese Heldentat zuzugestehen, wäre zu viel der Ehre gewesen. Immerhin hatten die ja dafür gesorgt, dass halb Deutschland abgeschnitten,

Familien wie ihre eigene getrennt waren, und lieferten sich seither mit dem Westen einen Kalten Krieg, der voll martialischer Drohgebärden und abenteuerlicher Agentengeschichten war. Journalisten berichteten täglich, Schriftsteller schrieben darüber Bücher, Regisseure drehten Filme. Bettina hatte in letzter Zeit viel gelesen und gesehen. Es standen einem die Haare zu Berge.

Aber eine Nation zumindest war doch gut! Durch und durch. Ihre tapferen Männer hatten Deutschland aus den Klauen der Bestie Hitler befreit, und das zählte. Zählte lange, nachdem der verdammte Zweite Weltkrieg beendet worden war, mehr für ein deutsches Mädchen als diese grässlichen Geschichten mit den Atombomben in Japan. Obwohl ... Bettina blätterte ein Album aus dem Jahr 1966 durch. Da musste doch irgendwo ...

* * *

Ja, da! Schulfasching. Bettina in schwarzen Strumpfhosen, ein kurzes Hängerkleid in Rot mit lauter schwarzen Punkten, auf dem Kopf ein flaches Käppchen mit Fühlern aus schwarzen Pfeifenreinigern. Marienkäfer. Klar. Neben ihr eine Prinzessin. Krönchen auf dem weizenblonden Haar, schneeweiße, lange Spitzenrobe, hellblaue Schärpe. Su-Ella. Sie hieß wirklich so und war ein absolutes Biest.

Ganz besonders biestig hatte sie sich einer bestimmten neuen Schülerin gegenüber verhalten, die in der Vierten neu in die Klasse gekommen war. Tukuku. Was für ein Name! Anlass für Su-Ella, sich vom ersten Tag an über sie lustig zu machen. Das Mädchen mit dem tiefbraunen Pagenkopf und den dunklen, mandelförmigen Augen wurde neben Bettina gesetzt. Sie freundeten sich an. Aber Su-Ella hatte nichts Besseres zu tun, als Tukuku permanent zu hänseln. Weil sie anders aussah, weil sie einen kleinen Akzent hatte, obwohl Deutsch ihre Muttersprache war und sie nie Fehler machte. Und weil »die

Japaner den Deutschen im Krieg nicht richtig geholfen hatten«, wie Su-Ella allen Ernstes zu wissen glaubte.

Öfter war Bettina in dem weißen Bungalow von Tukukus Familie am westlichen Stadtrand zu Besuch gewesen. Freundliche, stille, sehr, sehr gebildete Leute. Sie kamen aus Osaka. Tukukus Vater war ein japanischer Arzt am städtischen Klinikum, ihre Mutter Deutsche. Sie lebten noch nicht lange in Braunschweig, waren aber bald nach dem Krieg nach Deutschland gekommen, weil sie in Japan schon lange nichts mehr hielt. Urgroßeltern, Großmutter, Tanten und Onkel waren verloren gewesen, noch ehe Tukuku das Licht der Welt erblickte. Dennoch kannte das Mädchen die Geschichte sehr genau und Bettina konnte sich gut erinnern, wie Tränen in ihren klaren, dunklen Augen aufgestiegen waren, als sie ihr davon erzählte. »Ich habe noch nicht einmal Bilder von ihnen. Nichts ist übrig geblieben«, schluchzte sie und Bettina, die das Gefühl hatte, eine Seelenverwandte gefunden zu haben, nahm sie in den Arm.

Es war purer Zufall gewesen, dass Tukukus Vater zusammen mit dem Großvater in Osaka gewesen war, als am 6. August 1945 die U.S. Air Force eine Atombombe mit dem niedlichen Namen »Little Boy« auf die Heimatstadt ihrer Vorfahren geworfen hatte. Kein Familienmitglied hatte überlebt. Eine Metropole, ausgelöscht binnen Minuten, 70 000 Tote sofort. 140 000 zu beklagende Opfer insgesamt, denn die Folgen dessen, was der »Kleine Junge« an den Überlebenden anrichtete, waren fürchterlich gewesen.

Bettina hatte Tukuku beim Übergang zum Gymnasium aus den Augen verloren. Schade eigentlich, dachte sie und überlegte, ob sie nicht einfach mal versuchen sollte, bei ihr anzurufen. Da war sie, auf diesem alten Bild. Links die Prinzessin Su-Ella. In der Mitte der Marienkäfer. Und rechts Tukuku. In einem ganz zart rosafarbenen Seidenkimono mit weißem

Kirschblütenmotiv und rosa Obi, der traditionellen breiten Stoffschärpe. An den Füßen trug das Mädchen dünne weiße Strümpfe und Holzsandalen, die Tukuku »Ashida« nannte. Sie hatten hohe Holzsohlen und hielten mit einem Riemchen zwischen erstem und zweitem Zeh. Bettina hörte das flinke Klappern auf dem Schullinoleum heute noch.

Prinzessin Su-Ella hatte sich natürlich den Sieg im Wettbewerb um das schönste Kostüm ausgemalt. Bettina grinste in sich hinein. Nichts war es gewesen. Tukuku gewann. Bescheiden nahm sie den hübsch verpackten Preis, der sich als Astrid Lindgrens »Die Kinder von Bullerbü« entpuppte, von der Lehrerin in Empfang und verbeugte sich tief. Die Mitschüler hatten applaudiert. Alle. Nur Su-Ella nicht.

* * *

Bettina seufzte und schlug das Album zu. Hiroshima … letztlich hatte sie diese Katastrophe, der Tukuku einen ganz nahen, persönlichen Hintergrund gegeben hatte, verdrängen können, denn es war Geschichte, war aus und vorbei. Moment! War Geschichte eigentlich jemals aus und vorbei? Ganz sicher war sich Bettina da neuerdings gar nicht mehr. Eines war jedenfalls sicher: Geschichte hatte immer etwas mit Krieg zu tun. Nie waren überall gleichzeitig Ruhe und Frieden gewesen, und zwar offenbar solange die Menschheit existierte.

Krieg, das hatte Bettina gelernt, war ja immer grausam und man sah seine Folgen. Es war nicht allein der Anblick von Mamas Fuß. Diesen Fuß konnte man leicht verbergen, andere Verletzungen hingegen waren viel offenkundiger. Einarmige, Einbeinige, leere Jackettärmel und Hosenbeine, hochgesteckt mit Sicherheitsnadeln, Männer mit verbrannten Gesichtshälften und Glasaugen, vernarbte Hände oder gleich schwarze Lederprothesen, Nachbildungen einst zugriffsfähiger

Männerhände, Rollstühle mit jenen, denen nur noch der Torso geblieben war. All das gehörte ganz selbstverständlich zum Straßenbild.

Bettina war dieser Anblick ebenso vertraut wie die Wunden, die der Krieg den Städten geschlagen hatte, war mit dem Anblick von Ruinen aufgewachsen, denn längst waren noch nicht alle Zeichen beseitigt. Sie hatte sich mit Schulfreunden getroffen, um diese unheimlichen Orte – Betreten verboten! Einsturzgefahr! Eltern haften für ihre Kinder! – zu erkunden. Abenteuerlust. Harmlose. Kindliche. Es war höchstens mal ein Stück Zement irgendwo aus einer schwarz verkohlten Mauer gebröselt, und sie hatten sich angenehm gegruselt.

In Deutschland war kein Krieg mehr.

Leichenberge in Konzentrationslagern gab es nur noch auf Zelluloid und in schaurigen Bildarchiven. Wunden waren geheilt, manch fehlende Gliedmaße durch ein künstliches Gebilde ersetzt. Aus dem einst gefürchteten deutschen Aggressor war eine friedliebende, aufstrebende, blühende, demokratische Republik geworden.

Und es war doch Krieg. Ausgerechnet diese doch so großartige Nation USA führte seit Jahren, und ganz aktuell immer noch, einen Krieg, der an Grausamkeit kaum zu überbieten war.

In einem fernen Land. Weit, sehr weit weg. Geführt von den Guten. Gegen die Bösen? Gegen Männer, Frauen, Kinder, Greise und sogar gegen die Wälder und Felder dieser Bösen?

So einfach konnte es nicht sein. Nicht mehr seit vorgestern.

Denn vorgestern hatte sie das Foto gesehen. Und der Krieg der Guten hatte wieder ein Gesicht bekommen. So wie damals, als Tukuku von Hiroshima erzählt hatte. Dieses Mal war es das Gesicht eines kleinen, schreienden, nackten Mädchens, dessen Rücken von Napalm verbrannt war.

Einmal hatte Bettina sich in der Adventszeit den Zeigefinger an einer Kerze verbrannt. Eine kleine Blase war entstanden, die so schmerzte, dass der Finger die Nacht in einem Glas mit Eiswasser verbringen musste, das Mama und Papa alle halbe Stunde frisch an ihr Bett brachten. Es war eine scheußliche Nacht gewesen und dabei vergleichsweise eine so winzige Verletzung. Wie sehr musste dieses neunjährige Mädchen leiden! Wofür? Warum hatte ihr nicht sofort jemand geholfen, sondern fotografiert? Oder war dieser Reporter Nick Út so kaltblütig gewesen, dass er erst das grauenvolle Bild schoss, um der Welt einen Beleg vom Wahnsinn dieses Krieges vor die Nase halten zu können, und ihr danach half? Hatte sie das überlebt? Wenn ja, wie mochte es ihr gehen?

Seit Bettina dieses Foto gesehen hatte, das zuerst die New York Times gedruckt hatte und inzwischen alle Medien weltweit zeigten, verspürte sie Übelkeit, und eine ungeheure Wut über die eigene Hilflosigkeit tobte in ihr. Sie wusste, dass bereits seit 1955 Konflikte in dieser asiatischen Region ausgetragen wurden, wusste, dass die heiß verehrte Schutzmacht Deutschlands sich später eingemischt hatte und mit unerbittlicher Gewalt gegen den Norden des geteilten Landes vorging, der wiederum von der Sowjetunion unterstützt wurde. Den Begriff »Stellvertreterkrieg« hatte sie aufgeschnappt. Ost gegen West. Amerika gegen die Russen.

Sie wusste von den Demonstrationen, die es insbesondere in den 1960er-Jahren gegen diesen Krieg gegeben hatte. Weltweit. Und in Berlin. In der Stadt, die ohne die Luftbrücke verhungert und erfroren wäre. Mama hatte mal erwähnt, wie im Juni '48 die ersten Rosinenbomber der US-Luftwaffe in Tempelhof gelandet waren. Das waren Freunde! Und Freunde waren gut!

Dagegen standen wutverzerrte Studentengesichter, die in den Nachrichten und in Zeitungen zu besehen waren. Verwirrend dann andererseits die ganz merkwürdige Ermunterung des amerikanischen Präsidenten anlässlich einer Rede bei einem seiner Berlin-Besuche: »Leute, mischt euch ein. Demokratie ist, wenn ihr euch beteiligt. Macht was.«

Ach, Kennedy! Von dem hatte Bettina viel gehört. Warum nur hatte ihn ein Irrer erschossen? Kennedy, da war sie sich sicher, hätte das nicht so gemacht wie sein Nachfolger Lyndon B. Johnson. Der hatte im März 1965 angefangen, vietnamesische Dörfer zu bombardieren, zigtausend Tote unter der Zivilbevölkerung billigend hingenommen. Kennedy hingegen war doch »ein Berliner« gewesen und so sympathisch!

Sympathieträger waren diese langhaarigen, grimmig guckenden Studenten hingegen wirklich nicht, obwohl es den meisten letztlich um Pazifismus ging. Aber warf man als Pazifist mit Pflastersteinen auf Polizisten? War es erlaubt, pazifistische Ziele ohne Rücksicht auf Kollateralschäden durchzusetzen? Das widersprach sich doch! Einerseits Joan Baez' Lied »We shall overcome« singen, das ja nun wahrlich nicht die Hymne für aggressive Randalierer sein konnte, sondern eine Welt ohne Gewalt und Diskriminierung apostrophierte, neuerdings total entrückt John Lennons »Imagine« mitsummen … und dann andererseits solche Gewaltausbrüche? In Hörsälen und Mensen jedenfalls wurde das Thema heißblütig diskutiert.

Diffus alles. Äußerst undurchsichtig.

Noch war sich Bettina nicht im Klaren darüber, wie sie dazu stehen sollte, zumal sie bisher viel zu jung gewesen war, um selbst dabei zu sein. Und irgendwie betraf es sie ja dann auch wieder nicht wirklich, denn schließlich lebte sie geliebt, beschützt, behütet im friedvollen Wirtschaftswunderland Deutschland, das es nie gegeben hätte, wären nicht die wundervollen Freunde, Beschützer, Verbündeten, Retter, Erlöser, wären nicht die fantastischen Amerikaner gewesen. Wie konnte man nur … gegen diese Wunderbaren demonstrieren?

Das Foto hatte alles verändert. Plötzlich waren ihre Augen weit geöffnet.

Das schreiende, flüchtende Mädchen, dessen Schmerz Bettina durch Mark und Bein ging, hatte ihr politisches Denken erwachen lassen, und die Frage nach »Gut« und »Böse« ließ sich endgültig nicht mehr so ohne Weiteres beantworten.

* * *

Vorhin im Telefongespräch mit Gaby, da war es um die Redaktionssitzung der Schülerzeitung gegangen, die gleich für den zweiten Schultag nach dem Ende der Sommerferien anberaumt war. Bettina, unlängst zur Chefredakteurin gewählt, war ziemlich stolz auf ihren Aufstieg. Bisher hatte sie sich als Anzeigenbeschafferin eingebracht, die sich in den nahen Geschäften rund um ihr Gymnasium die Hacken wund lief, um die Finanzgrundlage für den Druck zu sichern. Sie hatte bezüglich redaktioneller Inhalte nichts zu sagen gehabt und eigentlich, wenn sie ganz ehrlich war, auch nicht viel sagen wollen.

Jetzt hatte sie Glück gehabt. Das Ausscheiden der bisherigen Posteninhaberin nach dem Abitur und ein zwar kleiner, aber viel beachteter Artikel zur unglücklichen Situation der vielen Fahrschüler, zudem die Tatsache, dass sich im Grunde sowieso niemand um den arbeitsintensiven Posten riss, hatten Bettina den Weg freigemacht. Nicht, dass die Fahrschülersache unbedingt ihr größtes Herzensanliegen gewesen wäre. Natürlich war es blöd, dass sie morgens häufig eine halbe Stunde vor Unterrichtsbeginn ankamen, in der letzten Stunde früher gehen mussten, um ihren Bus zu erreichen, viel Zeit mit Warten und unterwegs verbringen mussten, während andere ausschlafen beziehungsweise dem Unterricht bis zuletzt folgen konnten, bloß weil die Fahrpläne sich nicht mit den Schulzeiten vereinbaren ließen. Aber ... nein ... wenn sie es jetzt recht betrachtete: War es nicht ein großartiger Einstieg gewesen, um vielleicht bald Beiträge zu wirklich wichtigen Themen unterbringen zu können?

Jetzt hatte sie etwas zu sagen. Sie würde etwas sagen! Und sie war wild entschlossen, sie zu nutzen: die Macht der Bilder.

5

BRAUNSCHWEIG, AUGUST 1972 – NEUE AUFGABEN

»Das dürfen wir nicht benutzen!«, sagte der baumlange Sportredakteur Andreas und wies auf jenes Foto, das Bettinas ersten großen Artikel in der Schülerzeitung auf erschütternde Weise in den Fokus jeden Betrachters rückte.

»Das dürfen wir *doch* benutzen«, erwiderte Bettina mit stolzgeschwellter Brust, und Gaby sprang ihr zur Seite: »Für wie blöd hältst du unsere neue Chefredakteurin, Andreas? Selbstverständlich hat sich Bettina gekümmert. Eine nicht ganz einfache Sache, die allerhand Überzeugungskraft gekostet hat und ganz schön an unserem schmalen Budget knabbert, aber Bettina hat alles mit der AP geregelt.«

»Mit der was?«, fragte Andreas, nuckelte betont gelangweilt an seiner Sunkist-Tüte und machte dazu ein karpfenblödes Gesicht.

Gaby triumphierte: »Mit der Agentur ›Associated Press‹, du Ahnungsloser. Zuerst hat sie geschrieben, dann, als keiner antwortete, hat sie Papas Telefongebühren in schwindelnde Höhen getrieben. Und tatsächlich im Saigoner Büro einen Menschen erreicht, der sowohl Deutsch sprach als auch geneigt war, der Redaktion eines kleinen Schulblattes die Genehmigung zum Abdruck zu erteilen. Aus unerfindlichen Gründen hatte der anscheinend irgendeinen Narren an Bettina gefressen. Egal, wir haben es! Und jetzt lest, was sie geschrieben hat.«

Die Köpfe der acht Anwesenden senkten sich über cremegrauweiße Blätter, die noch warm waren und den typischen Geruch der Druckfarbe aus der schuleigenen Vervielfältigungsmaschine ausströmten. Bettina mochte den Geruch. Er versprach normalerweise Neues, Unbekanntes, Spannendes. Heute mischte er sich mit dem komischen Duft von Befürchtung. Dass sie zu weit gegangen war mit ihrem – in ihren Augen – ziemlich emotionalen und deutlich pazifistischen Pamphlet, das, obwohl sie sich nach Kräften bemüht hatte, politisch ausgewogen zu bleiben, zwischen den Zeilen durchaus Anklage enthielt. Durfte man die »Guten« anklagen?

Sie beobachtete die Augen der Lesenden, verfolgte, wie sie Zeile um Zeile, jeder in seinem eigenen Tempo, den Text wahrnahmen. Achtete darauf, ob sich Atemfrequenzen änderten, womöglich jemand scharf die Luft einsog, mit den Schultern zuckte, den Kopf schüttelte. Nichts dergleichen geschah. Einer nach dem anderen beendete die Lektüre, hob den Kopf und schaute sie an. Zustimmung konnte sie in den Augen lesen. Wenn sie sich nicht ganz täuschte, sogar Anerkennung. Aber keiner kriegte einen Ton heraus, bis endlich Gaby die Stille durchbrach. »Da fehlt ein Komma, Bettina«, sagte sie und zeigte auf einen Satz. »Aber sonst … Donnerwetter!«

Endlich klopfte die ganze Redaktion Beifall.

Sogar Schmiedel (Sport, Mathe, Physik), sehniger, jung gebliebener Betreuungslehrer der Zeitung, lobte: »Großartiger Einsatz, die Sache mit dem Foto, Bettina. Und wirklich guter Artikel. Der wird zum Nachdenken anregen. Finde ich prima, dass du es den Lesern überlassen hast, eigene Schlüsse zu ziehen, und niemandem deine Meinung zum Thema überzustülpen versuchst. Man begreift genau, wie du denkst, aber du hast es vermieden, schulmeisterlich zu wirken. Wünschte mir manchmal, wir Lehrer könnten das auch. Die aufgeworfenen Fragen stellen wir uns doch im Grunde alle. Und hinter deiner Forderung im Schlusssatz kann hoffentlich jeder stehen: Nie wieder darf Krieg von deutschem Boden ausgehen! Ich kann mir gut vorstellen, dass dein Beitrag Anlass zu Diskussionen gibt, und darin besteht schließlich die Aufgabe unserer Schülerzeitung. Also alles richtig gemacht.« Der Lehrer schaute auf seine Uhr und erhob sich. »Ich muss euch jetzt leider allein lassen, aber ich denke, wir haben es für heute. Die anderen Beiträge sind auch in Ordnung. Von mir aus kann alles so in den Druck gehen.«

Bettinas Anspannung löste sich und wich einem Gefühl von Stolz. Lediglich noch das nächste Treffen mit der Handvoll Mitstreiter, die gleich am kommenden Abend Druckvorlagen erstellen wollten, musste fix abgesprochen werden. Dann waltete sie ihres Amtes und löste die Sitzung auf. Schweigend zogen alle ihre Jacken an, schweigend verließen sie das moderne Schulgebäude. Diskutieren mochte offenbar jetzt niemand, aber immerhin herrschte eine gewisse Nachdenklichkeit.

»Tschüss, bis morgen« war alles, was noch ausgetauscht wurde, dann strebte das Grüppchen auseinander. Die anderen eilends Richtung Bushaltestellen, während Bettina nur die belebte Straße zu überqueren hatte, denn das Gymnasium lag (man musste sozusagen nur einmal lang hinschlagen) direkt ihrem Elternhaus gegenüber.

Lehrer Schmiedel hatte sich mit seinem Käfer in den stockenden Verkehr eingereiht, bremste für Bettina, damit sie gefahrlos auf die andere Straßenseite wechseln konnte, und winkte ihr noch einmal zu. Schmiedel war klasse. Fanden alle. In seinem erklärten Lieblingsfach Sport verlangte er den Schülern nicht nur Höchstleistungen ab, sondern gab stets selbst den Vorturner. Häufig zum Staunen mehr oder weniger talentloser Jugendlicher. Er quatschte nicht nur, er konnte das, was er ihnen beizubringen versuchte. Manche bewunderten ihn regelrecht, andere mochten ihn einfach nur, und weil sie ihn mochten, bemühten sie sich redlich, dem ehemaligen Kaderturner nachzueifern. Diejenigen, die Sport als lästigste Sache der Welt empfanden, waren ihm dankbar, dass er nicht nach absoluten, sondern individuell auf die tatsächlichen Fähigkeiten seiner Schüler abgestimmten Parametern wertete. Hauptsache, er konnte erkennen, dass man alles gab. Das allein garantierte, nie unter eine Dreiernote zu fallen. Er galt bei den Schülern als fair, wurde jedoch von seinen stocksteifen Kollegen ob seines Lehrstils angegriffen. Schmiedel ließ sich nicht beirren. Seine Argumente waren inzwischen auch in die Klassen durchgedrungen: Man könne nicht von jedem erwarten, als Sportskanone auf die Welt gekommen zu sein, entscheidend sei allein das Bemühen, und er sähe kein besseres Vorgehen, Menschen jede Freude an Bewegung zu nehmen, als sie von Kindesbeinen an zu frustrieren. Folglich habe er nicht die Absicht, irgendetwas zu ändern.

Bettina hatte, wie viele ihrer Mitschüler, immer etwas neidisch auf die Klassen geschaut, die das Glück hatten, von Schmiedel unterrichtet zu werden, und lange andere Sportlehrer ertragen müssen. Sie war nie sehr gut in Leichtathletik gewesen, hatte Angst an Barren und Schwebebalken und schaffte es einfach nicht, das verdammte Kletterseil bis oben hinauf zu erklimmen. Leidlich funktionierte es nur in den Ballsportarten, wo es auch auf Teamgeist, gute Übersicht und Einschätzung ankam. Ihre Lieblingssportart war allerdings das Schwimmen. Seit Jahren hatte sie eine Saisonkarte im Raffteichbad, das von Mutters Gärtnerei aus in ein paar Minuten zu Fuß erreichbar war. Wunderbarer Ausgleich für die Tatsache, dass die Familie in den Sommerferien kaum mal auf Reisen gehen konnte. Bettina verbrachte ganze Tage dort, war aus dem Wasser kaum herauszukriegen und schwamm wie ein Fisch.

Seit dem Start der achten Klasse im vergangenen Sommer hatte sie allerdings die Hoffnung gehegt, endlich von der leidigen Vier in Sport, die ihr bisher – in schöner Eintracht mit dem geradezu verhassten Fach Latein – die Mittelstufe hindurch den Schnitt verdorben hatte, herunterzukommen, denn ihr Gymnasium hatte sich außerordentlich innovativ gegeben und nach den großen Ferien seine neue Attraktion präsentiert. Eine Schwimmhalle war fertiggestellt und mit viel Pomp eingeweiht worden. 25-Meter-Becken, hochmoderne Technik. Hebeboden für unterschiedlichste Wassertiefen, schicke Dusch- und Umkleideräume. Darüber hinaus, zu Bettinas großer Freude, der legendäre Schmiedel als Sportlehrer.

Es hatte geklappt. So was von geklappt! Endlich hatte Bettina ihre Stärken ausspielen und auf dem letzten Sommerzeugnis eine Eins in Sport feiern können. Lediglich Claudia (Speedo-Badeanzug, letzter Schrei, an der Hüfte mit errungenen Abzeichen bepflastert), die seit Jahren im Verein schwamm, hatte sie immer um Sekundenbruchteile verfehlt. Allerdings konnte die nicht tauchen, da war ihr Bettina überlegen.

Über ihrem Bett hingen jetzt Schwimmerfotos. Besonderes Augenmerk galt Mark Spitz, dem amerikanischen Superstar. Gestern hatte er bei den Olympischen Spielen in München gleich zwei Weltrekorde und einen olympischen Rekord aufgestellt, heute Abend um halb acht würde er in die Zweihundert-Meter-Freistil-Konkurrenz gehen und Bettina hatte gar keine Zweifel, dass ihm auch in dieser Disziplin eine Sensation gelingen würde. Sie schwärmte. So gern hätte sie ihn einmal live schwimmen sehen wollen, vielleicht sogar ein Autogramm ergattert. Sie hatte Papa bekniet, nach München zu fahren, aber der hatte zu viel zu tun, Mama hätte ihr die Freude eigentlich gern gemacht, aber auch sie war in der Gärtnerei fürchterlich eingespannt. Blieben also nur die Übertragungen im Fernsehen. Bettina klebte deshalb, sooft es ging, gebannt an der Mattscheibe, um die Berichterstattung zu verfolgen. Ärgerlich, dass ausgerechnet Schwimmen nicht der allergrößte Publikumsmagnet war und oft nur Ausschnitte aus den Wettkämpfen gesendet wurden.

Häufig blieb sie jedoch auch an anderen Sportarten hängen. Diese deutschen Olympischen Spiele machten einfach Freude. Die Jugend der ganzen Welt traf sich zum fröhlichen und friedlichen Wettkampf. Fairness war zu beobachten. Es schien vollkommen egal zu sein, welcher Religion, Hautfarbe, Ethnie die Sportler angehörten, sie hatten nur ein Ziel: sich aneinander zu messen und Spaß zu haben. Was für ein Unterschied zu den letzten Spielen, die 1936 in Deutschland ausgetragen worden waren! Konnte es nicht immer, überall so zugehen?

* * *

Mark Spitz gewann. Stellte Rekord um Rekord auf, brachte es bis zum Ende der Schwimmveranstaltungen am Abend des vierten September auf die siebte Goldmedaille. Bettina jubelte. Nicht nur wegen der Erfolge ihres Schwimmidols hatte sie dieser Tage allerbeste Laune. Bis in die Nacht hinein hatten sie übers Wochenende in der winzigen Hinterhofdruckerei am »Ring« gearbeitet, die ein ziemlich unterbeschäftigter junger Drucker den Schülern mitsamt seiner Hilfsbereitschaft zur Verfügung stellte, um die neue Ausgabe pünktlich am Montagmorgen fertig zu haben. Heute früh hatten sie die säuberlich gebündelten Ergebnisse ihrer Bemühungen unter die Schülerschaft gebracht. Zwanzig Pfennig das Exemplar. Alle weg, schon in der ersten großen Pause.

Etliche Male war Bettina auf ihren Artikel, den sie mit B.B. unterzeichnet hatte, angesprochen worden. »Das hast du geschrieben, stimmts?«, »Der war von dir, nicht?«, hatte man sie schnell identifiziert und ihre Signatur führte von Stund an dazu, dass Mitschüler sie nur noch selten mit ihrem Namen, sondern »Bibi« riefen.

In den Toilettenräumen hatte die frisch entstandene »Bibi« Gespräche über ihre Arbeit hinter der Kabinenwand belauscht und sogar mit dem Spülen noch etwas gewartet, um alles mitzukriegen. In der zweiten zwanzigminütigen Pause hatte sie registriert, dass viele Schüler das geheftete DIN-A5-Blättchen exakt in der Mitte aufgeschlagen hatten, wo die Aufnahme des vietnamesischen Fotografen die rechte Heftseite einnahm. Tatsächlich! Die Mühe um das Foto hatte sich gelohnt. Hier blieben die Blicke hängen. Es wurde diskutiert. Und Betroffenheit lag in der Luft. Mit dem überaus zufriedenen Gefühl, etwas bewegt zu haben, ging Bettina an diesem Abend zu Bett.

6

BRAUNSCHWEIG, SEPTEMBER 1972 – SCHWARZER SEPTEMBER

Und dann kam der Morgen des 5. September.

Wie immer lief zum Frühstück das Radio. Vater legte gesteigerten Wert darauf, umfassend informiert in jeden neuen Tag zu starten, und Bettina war es von klein auf gewöhnt, während der Nachrichten still zu sein. Was früher nur ein oft unverständliches Hintergrundrauschen gewesen war, interessierte sie seit einiger Zeit zunehmend.

Fassungslos lauschte die Familie, der Sprecher klang gehetzt, nur sehr mühsam beherrscht. Im olympischen Dorf war geschossen worden. Man gehe von einem terroristischen Attentat aus.

»Das darf nicht wahr sein!«, flüsterte Bettinas Mutter Eva leise. Ganz bleich war sie, hatte die Hand vor den Mund geschlagen, presste mit schreckgeweiteten Augen hervor: »Gott sei Dank, dass wir nicht gefahren sind, um die Schwimmer zu sehen. Dann wären wir womöglich jetzt noch in München. Nicht auszudenken …«

»Und bis gestern Abend war alles so friedlich … Was ist da nur passiert?« Bettina spürte, wie ihr die Tränen kamen.

Vater stand auf. »Ich mache den Fernseher an. Vielleicht bringen sie was.«

Noch gab es nichts als das Testbild. Im Radio wurde später verlautbart, dass der Münchner Polizeipräsident eine vorläufige Nachrichtensperre verhängt hatte. Erst in den nächsten Stunden sollten sich die Neuigkeiten wie ein Lauffeuer durch die Welt verbreiten. Kein Wunder, denn das olympische Dorf war natürlich während der »heiteren Spiele« gestopft voll mit Journalisten aus aller Herren Länder. Stückchenweise bekam Bettina im Verlauf des Schulvormittags mit, was passiert war. Es gab kein anderes Thema. Weder im Unterricht noch in den Pausen konnte sich irgendjemand auf etwas anderes konzentrieren.

Ein Signal an den ganzen Globus hatte es sein sollen. Die »heiteren Spiele« sollten beweisen, dass aus dem ehemaligen Kriegstreiber Deutschland eine friedliche, demokratische Nation geworden war. Um ja keinen falschen Eindruck aufkommen zu lassen, hatte man auf eindeutig erkennbare Polizeipräsenz verzichtet, unbewaffnete Ordner in helle Kleidung gesteckt, wollte jeden Anschein von Anwesenheit einer Staatsgewalt vermeiden. Und hatte mit diesem Konzept ausgerechnet denen leichtes Spiel verschafft, die nicht in friedlicher Absicht kamen.

Im Morgengrauen waren arabische Terroristen über den Zaun des olympischen Dorfes geklettert. Ein paar Beamte des Olympiapostamts, just auf dem Weg zur Frühschicht, hatten das Grüppchen Männer ob ihrer Trainingskleidung wohl zunächst für Athleten gehalten, die sich heimlich einen feuchtfröhlichen Abend in der bayrischen Metropole gegönnt hatten, und keine Meldung gemacht.

Ein Riesenfehler, wie sich schnell herausstellen sollte, denn die Palästinenser hatten ein bestimmtes Ziel. In die Unterkünfte der israelischen Sportler drangen sie ein, Schüsse fielen, dem

Vernehmen nach war der israelische Ringer Moshe Weinberg sofort erschossen worden, sein Mannschaftskamerad, der Gewichtheber Yossef Romano, verblutet. Neun weitere Sportler befanden sich aktuell in der Gewalt der Eindringlinge, über die genaue Zahl der Terroristen herrschte Unklarheit.

Zum Entsetzen aller Mitschüler liefen die Wettkämpfe trotz dieser entsetzlichen Vorkommnisse, trotz der unübersichtlichen Lage weiter. Keiner konnte das verstehen.

Bettina hatte einen kurzen Schultag. Ab dem frühen Mittag hockte sie allein daheim vor dem Fernseher, hört Conrad Ahlers sprechen, dessen unergiebiges Statement lediglich Zuständigkeiten darlegte. Warum, zum Teufel, gab es nicht mehr zu erfahren? Später, viel später, folgten endlich umfassendere Presseberichte zur Lage.

Über die Mattscheibe sah man den Auflauf der Journalisten vor dem hochmodernen Gebäude im olympischen Dorf flimmern. Die Sportler der DDR waren aus ihrem gegenüber gelegenen Haus evakuiert worden und standen nun rat- und heimatlos in Trainingsanzügen herum. Die Rede war von einem Ultimatum. Bis neun Uhr früh, so hatten die Terroristen zunächst gefordert – dann schnell auf Mittag zwölf Uhr abgeändert und quasi stündlich verlängert –, sollten zweihundert Personen aus israelischer Haft entlassen und ein Flugzeug bereitgestellt werden.

Die Drähte der Diplomatie liefen heiß. Israel lehnte ab. »Wenn wir nachgeben, wird sich kein Israeli irgendwo auf der Welt noch seines Lebens sicher fühlen«, begründete Premierministerin Golda Meir die Haltung der israelischen Regierung und spielte damit den Ball an die bundesdeutschen Verhandlungsführer zurück, welche signalisiert hatten, durchaus in gewisser Weise zum Nachgeben bereit zu sein. Die Terroristen ihrerseits wiesen die angebotene, unbeschränkt hohe Lösegeldzahlung zurück. Es ging ihnen offenkundig nicht um Geld.

Auf der Liste fanden sich unter anderen mehr oder weniger bekannten Terrortätern auch die Namen der Deutschen Andreas Baader und Ulrike Meinhof. Bettina zuckte bei der Nennung dieser Namen zusammen. Die Konterfeis der beiden RAF-Terroristen kannte jeder. In Banken, Kaufhäusern, Poststellen, Geschäften, an Litfaßsäulen, Bushaltestellen ... überall hatten die Suchplakate mit ihren und den Konterfeis ihrer Verbündeten ewig lange gehangen, bis man die zwei endlich gefasst hatte. Was hatten sie mit Palästina zu tun? Warum wollte man sie freipressen? Bettina wusste es nicht und beschloss, sich baldmöglichst zu informieren.

Das Foto eines vermummten Terroristen wurde gezeigt. Der Mann lehnte sich über den Balkon der israelischen Unterkunft. Über den Kopf gestülpt trug er etwas, das aussah wie ein überdimensionales Kondom mit Reservoir.

Irgendwann war zu hören, welche Hintergründe die Eindringlinge zu diesem Wahnsinn veranlasst hatten.

»Es ist ein Akt der Rache, denn die Araber wurden im Jahr 1948 von den Israelis verjagt. Es ist schlimm für Menschen, keine Heimat zu haben«, hatte der Anführer der Terroristen einer Polizeibeamtin, Schichtleiterin des Ordnungsdienstes, angeblich in deutscher Sprache gesagt, und auf deren Nachfrage »Warum gerade München?« erklärt: »Hier, wo die Welt zusammengekommen ist, müssen wir aufmerksam machen auf das Leid der Araber.«

»Verflucht«, entwischte es Bettina, die auch nach Stunden immer noch regungslos vor dem Apparat saß, sich verkniffen hatte, endlich pinkeln zu gehen, nicht aß, nicht trank, um ja nichts zu verpassen, stets die bange Hoffnung im Herzen, es möge bloß um Himmels willen schnell gut ausgehen. Verflucht!, dachte sie. Ich weiß nichts. Nichts über den Staat Israel, nichts übers Wegnehmen von arabischem Land für die jüdischen Menschen, nichts über die Vertreibung der Araber aus ihrer Heimat. Wer ist denn auf diese Idee gekommen? Warum?

Es war später Nachmittag, als Vater aus seinem Immobilienbüro heimkehrte. Er fand sie auf der Sesselkante, mehr klemmend als sitzend. »Liebe Güte, wie lange hockst du schon hier?«, fragte er, während er den Krawattenknoten löste und das Jackett abstreifte.

»Seit ich aus der Schule gekommen bin. Inzwischen berichten sie live. Guck, überall Scharfschützen auf den Dächern. Gerade eben hat der Stadionsprecher bekannt gegeben, dass sie die Wettkämpfe endlich unterbrechen. Ich kann gar nicht verstehen, dass die den ganzen Tag über weiterlaufen durften. Jetzt müssen wir nur hoffen, dass nicht nur die Geiseln, sondern auch die Besucher da heil rauskommen. Aber … Papa … ich müsste dringend … bleibst du einen Augenblick und passt auf? Ich will mir nichts entgehen lassen.«

»Geh schon!«

Rasend schnell war Bettina zurück.

»Ich mache uns einen Kaffee und gucke mal, ob Mama noch Kekse dahat«, sagte Vater, stand auf und wies kopfschüttelnd auf ihre Hände. »Irgendwas musst du in den Magen kriegen. Vielleicht hörst du dann auf, schon wieder an den Fingernägeln zu kauen.«

Schuldbewusst schaute Bettina ihre Finger an. Als kleines Mädchen hatte sie das gemacht. Immer, wenn etwas wahnsinnig spannend oder aufregend war. Beim Lesen beispielsweise. Nachts, mit der Taschenlampe unter der Bettdecke, wenn Papa zum x-ten Mal »Licht aus!« gerufen hatte und Bettina doch nicht aufhören konnte. Es passierte einfach, das mit der Kauerei. Sie hatte es meist gar nicht bemerkt. Mama hatte alles Mögliche versucht, um es ihr abzugewöhnen. Jahrelang erfolglos. Bis sie auf die Idee verfallen war, Bettina etwas von ihrem perlmuttrosa Nagellack auf die abgekauten Nägel zu streichen. Das hatte gewirkt. Erstens kaute sich das Zeug wirklich eklig, sie schmeckte endlich, dass sie etwas tat, das sie besser lassen sollte; ein prima Signal. Zweitens war bei Bettina etwa mit zwölf so etwas wie erste Eitelkeit erwacht. Es hatte hübsch ausgesehen und wurde immer hübscher, je besser sich die stummelkurzen Nägel erholten und die malträtierten Nagelbetten abheilten. Ewig war es kein Thema mehr gewesen, aber anlässlich der nervenzerfetzend angespannten Situation war sie doch wieder auf die dumme alte Gewohnheit verfallen. »Mist!«, fluchte sie und Vater warf ihr im Hinausgehen ein Nicken zu. Ein weniger vorwurfsvolles als vielmehr verständnisvolles Nicken, fand Bettina.

Vater kehrte zurück, eine Packung Bahlsens »Süße Last« unterm Arm, balancierte er zwei Tassen Kaffee, stellte eine neben ihren Sessel aufs Beistelltischchen. Viel Milch. Schwapp, in die Untertasse. Bettina schlürfte die Neige, zog ein Tempo aus der Jeanstasche, ohne hinzusehen, wischte. Trank. Langte in die hingehaltene Kekspackung, auch ohne hinzusehen, schob etwas mit Schokolade, dann mit süßem, halbfestem Marmeladenklecks in den Mund, während ein Reporter die Kamera auf Tausende schaulustige Stadionbesucher schwenkte, die sich jetzt vor dem Absperrzaun drängten.

»Ich würde ja ganz schnell machen, dass ich da wegkomme«, entfuhr es Bettina. »Wer weiß, womöglich schießen die noch in die Menge. Warum müssen die Leute so neugierig sein und sich in Gefahr bringen? Ich finde es weiß Gott spannend genug von hier aus.«

»Du sitzt ja hier auch ganz gemütlich und wirst umfassend informiert«, warf Vater ein. »Im Grunde bist du genauso neugierig.«

Ja, ja, eigentlich hatte er wirklich recht. Bettina fühlte sich ertappt.

»Nee, oder?«, entfuhr es Bettina entsetzt, als sich im nächsten Moment derselbe Journalist beiläufig fragte, ob die Terroristen wohl genauso guten Fernsehempfang hätten wie hoffentlich die Zuschauer daheim an ihren Geräten. »Wenn die genau mitkriegen, was draußen passiert, kann es doch gar nicht gelingen, sie auszuschalten.«

Vater schüttelte den Kopf, murmelte: »Das wäre in der Tat idiotisch! Ich kann mir nicht vorstellen, dass den Zuständigen solch ein fataler Fehler unterläuft.«

Ein Weilchen schauten sie beide schweigend, knabberten nervös an ihren Keksen, verfolgten, wie die Polizei die Menge zerstreute, dann Innenminister Hans-Dietrich Genscher zusammen mit dem Bürgermeister des olympischen Dorfes, Walther Tröger, zu den Terroristen ins Haus gelassen wurde.

»Die müssen Nerven wie Drahtseile haben«, sagte Bettina. »Hoffentlich lassen sie sie überhaupt wieder raus.«

Banges Warten. *Die* Gelegenheit für Bettinas Frage: »Was ist da eigentlich passiert in Palästina, Papa? Wie war das damals? Wer hat beschlossen, einen Staat Israel auf palästinensischem Boden einzurichten?«

Papa seufzte tief, stand auf, drehte den Fernseher leiser und begann zögerlich: »Ich bin nicht sehr gut in Geschichte, Bettina. Es wird das Beste sein, du fragst deinen Geschichtslehrer. Der wird es genauer wissen. Aber ich versuche mal, die wichtigsten Eckpunkte aus der Erinnerung zusammenzutragen. Der Wunsch der Juden nach einem eigenen Staatsgebilde, einer räumlichen Heimat, ist natürlich uralt. Du weißt, jüdische Menschen sind immer schon verfolgt und diskriminiert worden.«

Bettina, die umfassenden Einblicke während des letzten Schuljahres deutlich vor Augen, nickte. »Klar, irgendwo möchten sich Menschen eben auch sicher fühlen können, wollen mit Leuten zusammenleben, die dieselbe Sprache sprechen, demselben Glauben anhängen, die gleichen Traditionen haben. Überall in der Welt verstreut zu sein, ohne ein gemeinsames Zuhause, ist einfach Käse. Aber ausgerechnet mitten zwischen den Arabern? Ist das so schlau? Die sind sich doch nie so richtig grün gewesen.«

»Na ja, da hast du schon recht, aber schließlich entstammen sie alle demselben Fleckchen Erde. Schon im elften Jahrhundert vor Christus hat in diesem Landstrich ein Königreich Israel existiert. Seit Christi Geburt hatten dort nacheinander Römer, Byzantiner, Araber, die Osmanen und zum Schluss die Briten die Herrscherhosen an. Die dort seit Jahrtausenden ansässigen Juden wurden im Laufe der Geschichte x-mal vertrieben. Seit Ende des 19. Jahrhunderts nahm die Verfolgung europäischer Juden bekanntlich immer mehr Fahrt auf und natürlich wuchs damit die Sehnsucht nach einem sicheren Staatengebilde, einer Zuflucht, einer echten Perspektive für die Menschen. Die Thora nennt das Gebiet, das als Wiege des Judentums gilt, ›Kanaan‹. Und verspricht es explizit den Israeliten. Wenn das also in der alten Schrift steht, muss es in Ordnung sein. Das sehen die Araber allerdings anders und fanden es nicht lustig, dass nach dem Zweiten Weltkrieg, als lediglich Schweden und Frankreich bereit waren, die Juden aufzunehmen, welche den Holocaust überlebt hatten oder irgendwo auf der Welt im Exil untergekommen waren, plötzlich ein neuer Staat Israel auf ihrem Land entstehen sollte. Zuständig waren seit 1922 per Völkerbundmandat die Briten. Nach dem Zweiten Weltkrieg gingen viele Juden nach Palästina und begannen, staatliche Strukturen zu installieren. Sehr zum Ärger der Araber; es kam zu heftigen Streitigkeiten. Die UN drängte … lass mich überlegen … ich glaube um 1947, auf eine einvernehmliche Lösung, aber die geplante Teilung wurde natürlich von arabischer Seite abgelehnt. Ich meine mich zu erinnern, dass es im

Frühjahr 1948 eine Unabhängigkeitserklärung des Staates Israel gab … lass es April, Mai gewesen sein. Die wurde aber gleich mit einem militärischen Angriff der arabischen Nachbarstaaten quittiert. Seither vergeht kaum mal ein Monat ohne irgendwelche Meldungen über arabisch-israelische Konflikte. Du hast ja auch schon ab und zu etwas davon mitbekommen.«

Bettinas Blick fiel auf die Mattscheibe. »Schau! Genscher und Tröger kommen wieder raus. Haben sie sie doch nicht gleich als zusätzliche Geiseln festgehalten.«

»Dann wird weiterverhandelt. Das kann wieder dauern. Also zurück zu unserem Thema. Wo war ich?«

»Arabisch-israelische Konflikte«, gab Bettina das Stichwort.

»Stimmt. Eigentlich war es das so weit. Nur noch eine Überlegung: Ich persönlich meine ja, das Hauptproblem heute ist sicherlich die von außen aufgepfropfte Staatsgründung Israels inmitten einer Gegend, die inzwischen überwiegend von andersgläubigen Arabern bewohnt wird. Ich bin der Auffassung, es geht nie wirklich gut, wenn die Zusammensetzung einer Bevölkerung nicht natürlich gewachsen ist. Meist kommen die Menschen, egal, ob sie unterschiedlichen Glaubens oder verschiedener Herkunft sind, ganz gut miteinander aus, weil sie sich einfach seit Generationen kennen. Wenn man aber plötzlich ganz neue, unbekannte Nachbarn irgendwo hingesetzt bekommt, ist man zunächst misstrauisch, ob die Leute was taugen. Man muss gar nicht bis nach Palästina schauen. Schlimm war es im ganzen Osten, da wurden die Leute nach dem Krieg von A nach B umgesiedelt, aus ihren lange bestehenden Sozialstrukturen gerissen, bloß weil irgendein alliierter Oberindianer der Meinung war, er müsste alles hübsch und neu ordnen. Deutsche, Ungarn, Polen, Ukrainer, Balten, Slowaken … viel Elend bringt so was mit sich, Bettina! Das Kriegsende war für viele Menschen nicht das Ende des Leidens.

Für Millionen ging es dann noch mal richtig los … aber das ist wieder ein ganz anderes Thema …«

Bettina hatte aufmerksam zugehört. Jetzt schwieg sie, denn die Erinnerung an die kleine japanische Mitschülerin schoss ihr durch den Kopf und sie hatte das mulmige Gefühl, ein ähnliches Muster erkannt zu haben. Su-Ella hatte Tukuku wie einen Fremdkörper behandelt, hatte sich nie mit ihr unterhalten, sie nie wirklich kennenlernen wollen. Ob bei Papa etwa die gleiche Abneigung vor Fremdem vorhanden war? Das konnte sie sich nicht vorstellen, denn schließlich hatte er doch am eigenen Leib erfahren, wie es sich anfühlte, wenn man vertrieben worden war und irgendwo ganz neu anfangen musste. Nein, so konnte er es nicht gemeint haben.

»Du hast nicht etwa Vorurteile, Papa …?«, versuchte sie vorsichtig, ihrem komischen Bauchgrimmen Ausdruck zu verleihen.

Erstaunt sah er sie an. »Wie kommst du darauf?«

Bettina erläuterte offen, woran sie seine letzten Ausführungen erinnert hatten.

»Unfug!«, sagte er resolut. »Ich weiß nur einfach, wie die Menschen sind. Es hat keinen Sinn, ihnen zu unterstellen, dass sie großmütig zum Teilen bereit sind. Jeder Stamm verteidigt seine Pfründe mit Klauen und Zähnen. Menschlichkeit, Bettina, ist ein seltenes Gut. Ich bin froh, dass du so reagierst und nachhakst. Du denkst menschlich, und das gefällt mir sehr. Bleib so. Aber schaff dir ein halbwegs dickes Fell an, denn die menschlichen Menschen haben es nicht immer leicht im Leben und werden schnell fassungslose Opfer derer, die über Leichen gehen, ohne mit der Wimper zu zucken.«

Bettina lächelte. »Bist du selbst schon einmal Opfer gewesen? Du denkst doch wie ich, aber du sprichst so, als ob du ein ganz harter Kerl wärst.«

Vater lachte kurz bitter auf. »Wenn es um die Wurscht geht, kann man sich bisweilen nicht mal auf die nächsten Angehörigen verlassen. Aber lassen wir das. Reicht dir das bisschen, das ich dir erzählen konnte?«

Sie machte eine wegwerfende Handbewegung und zwinkerte ihm zu. »Das ›bisschen‹? Und du sagst, du verstehst nicht viel von Geschichte?«

»Ach, in groben Zügen kann ich schon Auskunft geben«, schmunzelte Vater bescheiden, und Bettina hatte das Gefühl, dass er ziemlich untertrieb.

»Ich muss dich öfter fragen, Papa. Geschichtsunterricht ist meistens furchtbar trocken, und oft rauscht die ganze Sache nur so an mir vorbei, weil es sich auf schiere Fakten und Zahlen beschränkt. Ein Urteil kann man sich daraufhin nicht bilden.«

»Hinter diesen Fakten und Zahlen stehen immer Menschen, Schatz … siehe oben … sie sind so, wie sie sind, und sie waren schon immer so«, sagte Vater, langte nach ihrer Hand auf der Sessellehne und drückte sie liebevoll. »Frag mich, wenn dich in Zukunft etwas besonders interessiert. Wenn ich etwas nicht weiß, und ich sage dir, je älter ich werde, je mehr ich zu wissen glaube, desto bewusster wird mir, wie viel ich eben nicht weiß …«, er unterbrach sich lachend, schüttelte ein bisschen resigniert den Kopf, und für Bettina sah es so aus, als mischte sich eine Art Schuldbewusstsein mit kluger Erkenntnis, »… na, dann werden wir eben einfach gemeinsam einen Weg suchen, es herauszufinden.«

Bettina lächelte ihm zu, erwiderte den sanften Druck seiner Hand. Sie fand, er war wundervoll.

* * *

Für ein paar Minuten waren sie so vertieft gewesen, dass sie gar nicht mehr mitbekommen hatten, was sich im Fernsehen inzwischen tat. Draußen war es dämmrig geworden und unbemerkt war Mutter hinter sie getreten. »Na, ihr zwei … schlimm, was da in München vor sich geht, nicht?« Beide schreckten zusammen, drehten sich um, bekamen einen Begrüßungskuss.

»Im Autoradio habe ich gerade gehört, sie wollen jetzt Geiseln und Terroristen nach Fürstenfeldbruck transportieren und von dort gen Ägypten ausfliegen lassen. Ich glaube ja nicht, dass sie sich die Chance entgehen lassen werden, zuzugreifen. Auf so einem Flugfeld wird das bestimmt leichter zu bewerkstelligen sein als da zwischen den Häusern. Ich hoffe …«

Vater stand auf, schob Mama auf seinen Sessel. »Du siehst müde aus, Eva. Anstrengender Tag?«

Mutter nickte, streifte die Schuhe ab, nahm Vaters Angebot dankbar an, die Beine auf dem herbeigeschobenen Puff hochzulegen.

»Abendessen? Tee, Eva?«

»Gern!«, seufzte sie erleichtert. »Nur ein paar Minuten, Wilhelm, du musst nicht …«

»Quatsch, Liebling, du bleibst sitzen. Ich sitze den ganzen Tag im Büro auf dem Hintern und du bist zwölf Stunden auf den Beinen.«

»Du müsstest nur den Topf bei kleiner Flamme auf den Herd stellen. Es ist noch eine schöne Portion Hühnerfrikassee von gestern da. Reis ist schon drin. Genug für uns drei. Bloß nicht anbrennen lassen, ja?«

Vater nickte. Streichelte im Gehen noch einmal flüchtig ihre Schulter. Sie blickte dankbar zu ihm hinauf. Es waren diese kleinen, liebevollen Gesten, die Bettina so sehr am Umgang ihrer Eltern miteinander mochte. Einer versuchte, dem anderen etwas abzunehmen. Sie achteten aufeinander. Vater war weiß Gott keiner vom Typ Hausmann. Eigentlich kümmerte sich Mama um Einkauf und Küche. Aber er passte sie beispielsweise häufig ab, wenn sie mit schweren Taschen zurückkehrte, trug alles nach oben, war sich nie zu fein, auch mal den Müll rauszubringen, sorgte selbstverständlich dafür, dass die Ölöfen im Winter nicht leer wurden, damit Mutter nicht kannenweise aus dem Keller heraufschleppen musste. Er sagte immer, schließlich arbeiteten sie beide, er hätte kein Recht, die Hände in den Schoß zu legen, wenn er heimkäme, denn Mama schufte den ganzen Tag in der Gärtnerei, während er sich den Hintern im wohltemperierten Büro platt säße. Da wäre es doch eine Selbstverständlichkeit, sie wenigstens am Abend zu schonen.

So sahen das nicht viele Männer. Bettina wusste von ihren Klassenkameraden, wie es in deren Familien zuging. Entweder stellten die Väter an sich selbst den hohen Anspruch, es sich leisten zu können, dass ihre Frauen nicht arbeiten mussten, weil sie es allein schafften, die Familie zu ernähren. Oder sie nahmen es stillschweigend hin, dass ihre Ehefrauen mitarbeiteten, überließen ihnen aber trotzdem die volle Verantwortung und Mühe um Haushalt und Kinder, ohne daheim auch nur einen Finger krumm zu machen.

Wenn Bettina an Gaby dachte ... Es schauderte sie immer noch, als sie an dieses eine, bestimmte Vorkommnis dachte. Beide Eltern arbeiteten Vollzeit bei Siemens. Ihr Vater als Ingenieur, ihre Mutter als Sekretärin. Gaby hatte noch eine kleine Schwester. Ein Grundschulkind. Eines späten Abends, als Bettina bei ihrer Freundin übernachtete und flink noch einmal über den Flur gehuscht war, um sich im Bad die Zähne zu putzen, hatte sie mitbekommen, wie die Eltern im Wohnzimmer stritten. Um ungewaschene Gardinen und Staub auf dem allerheiligsten Fernseher war es gegangen. Vorwürfe hatte sich Gabys Mutter gefallen lassen müssen, und der Vater war richtig laut geworden, als seine Frau kleinlaut einwarf, sie sei schließlich genauso den ganzen Tag außer Haus wie er, kümmere sich überdies allein um die Kinder ... Hausaufgaben, Wäsche ... und so weiter und so fort.

Bettina hatte das alles gar nicht hören wollen. Es war ihr entsetzlich peinlich, wie sie da im Nachthemd stand, ganz wie ein Lauscher an der Wand. Als Gabys Vater dann donnerte: »Du bist schließlich die Hausfrau. Soll ich mir vielleicht eine Camelia umbinden und den Besen schwingen? Wenn es dir nicht passt, gehe ich morgen zu deinem Vorgesetzten und kündige. Dann war es das aber mit Italienurlaub, ständig neuen Schuhen und Mänteln für dich und die Mädchen, mein Schätzchen. Solchen Luxus können wir uns nicht mehr erlauben, wenn sich die Dame auf die faule Haut legen will.«

Scharf, wenn auch viel leiser kam die Antwort der weiblichen Stimme: »Die Mädchen werden größer, Werner! Anscheinend sind sie nur deine Töchter, wenn sie dich stolz machen, weil sie gute Noten heimbringen, und grundsätzlich nur meine Kinder, wenn sie etwas angestellt haben oder aus ihren Kleidern herauswachsen. Es ist wirklich kein Luxus, ihnen etwas Anständiges anzuziehen, und wirklich lächerlich, die zwei Wochen Campingurlaub als solchen zu bezeichnen. Andere Männer schaffen es ganz allein, ihre Familien zu ernähren, da müssen die Frauen nicht arbeiten gehen. Die reden nicht so wie du, Werner …«

Bettina zuckte zusammen, als sie ein Klatschen vernahm, das wie eine feste Ohrfeige klang. Dann hörte sie Schluchzen. Husch, war sie im Bad verschwunden, zog geräuschlos die Tür hinter sich zu und schloss zweimal um. Das war doch unglaublich!

Am nächsten Tag hatte sie ihrer Mutter von der ganzen Sache berichtet und erfahren, wie es um die offiziellen Regelungen bestellt war. Nicht mal ihren Arbeitsvertrag hätte Gabys Mutter ohne Zustimmung des Vaters unterschreiben dürfen. Der Gesetzgeber sah vor, dass Ehemänner ihre Zustimmung verweigern und sogar eigenmächtig Beschäftigungsverhältnisse beenden durften, wenn ihnen irgendetwas nicht passte. Stand nicht im Grundgesetz der Bundesrepublik Deutschland etwas von Gleichheit vor dem Gesetz? Sollte das für Frauen also nicht gelten?

* * *

Vater, Teller und Besteck in der Hand, schob mit dem Fuß die Tür auf und ein Schwall leckeren Abendessenduftes zog ins Wohnzimmer. Bettina sprang auf, um Vater das Geschirr abzunehmen, blieb aber immer mit einem Auge bei der Berichterstattung.

»Sie scheinen immer noch zu verhandeln. Aber kein arabisches Land will die Terroristen mit ihren Geiseln haben«, beantwortete Mutter Papas unausgesprochene Frage.

»Das kann ein langer Abend werden«, mutmaßte Vater. »Lasst uns erst mal essen.«

Es wurde ein langer Abend, und Papas übliches »jetzt aber ab in die Falle, Bettina, sonst kommst du morgen früh nicht aus den Federn« blieb heute aus. Es war schon halb elf, als sich die Hubschrauber mit Geiseln und Terroristen im olympischen Dorf mit dem Ziel Flugplatz Fürstenfeldbruck in den Münchner Nachthimmel erhoben. Für Bettinas Familie endete der Abend um kurz nach halb zwölf mit der beglückenden Eilmeldung, die Geiseln seien befreit, die Aktion ein voller Erfolg gewesen. Vater goss zwei Schnapsgläschen mit Zwetschgenwasser voll, ein paar Tropfen in ein drittes für Bettina. Sie stießen an. Atmeten alle drei tief durch, lächelten. Gott sei Dank! Beruhigt ging Bettina zu Bett. Zwei tote Athleten, das war furchtbar. Aber ganz offenbar war eine größere Katastrophe verhindert worden.

Am nächsten Morgen stand es so in den Zeitungen. Nicht allein im lokalen Blatt, das die Familie stets pünktlich in aller Früh im Briefkasten vorfand. Zahlreiche Redaktionen waren auf eine

Meldung hereingefallen, die unglücklicherweise mit dem wahren Ausgang der Ereignisse nichts zu tun hatte. Die Wahrheit war eine ganz andere und das Radio ihr Übermittler.

Fassungslose Stille herrschte am Frühstückstisch, nachdem sie gehört hatten, was wirklich passiert war.

Flammendes Inferno, explodierte Hubschrauber. Ein stundenlanger Schusswechsel zwischen Scharfschützengewehren und den Kalaschnikows der Terroristen. Fünf von ihnen erschossen, nur drei festgenommen. Ein Polizist tot. Und alle Geiseln.

Vorbei alle Heiterkeit. Schwarzer September.

7

SCHILDOW, DDR, SEPTEMBER 1972 – WAS FEHLT

Es dämmerte, als Constanze den Trabant vor dem Gartentor zwischen den beiden alten Linden abgestellt hatte. Laub würde sie fegen müssen. Gelbbraunmatschig der Untergrund. Beinahe wäre sie ausgerutscht.

Im Wohnzimmer brannte Licht hinter den zugezogenen Gardinen. Wunderbar, Clemens war schon daheim. Er würde ihr helfen müssen, denn die Pappkartons mit den ergatterten Badezimmerfliesen wollte sie nicht allein hineinschleppen. Nur die kleine Schachtel nahm sie gleich mit ins Haus.

»Gute Nachrichten, Liebling!«, rief sie, während sie die schwergängige alte Eingangstür hinter sich zuzog und das Licht auf der winzigen Tenne anknipste. »Ich habe einen Wasserhahn bekommen. Schau!«

Er trat aus der Wohnzimmertür. Im Hintergrund lief der Fernseher.

»Wahrscheinlich bringst du die einzigen guten Nachrichten des Tages …«, murmelte er, küsste ihre Stirn, nahm ihr den kleinen Karton ab, öffnete den Deckel. »Donnerwetter! Sogar mit Anschlussstücken und Dichtmaterial. Du bist ein Filou! Wie du so was immer machst …!?«

»Tja«, lächelte sie und erkannte am vergnügten Aufflackern in seinen Augen, dass es ihr gelungen war, ihren lange nicht mehr gezeigten mädchenhaft verschmitzten Gesichtsausdruck endlich einmal wieder hinzubekommen. »Tja, ich habe eben manchmal Glück.«

»Oder Beziehungen, was?«

»Von mir aus nenn es so. Hauptsache, wir können endlich das Bad fertig machen.«

»Dafür fehlt uns aber noch allerlei«, gab er zu bedenken.

»Dann komm mal mit zum Auto«, erwiderte sie triumphierend.

Er schlüpfte aus seinen Pantoffeln und zog sich Schuhe an. Sie klemmte den kleinen Holzkeil unter die Haustür, damit sie offen blieb.

»Was für ein Anblick!«, sagte er strahlend, als er die Kästen im Kofferraum und auf dem Rücksitz erblickte. »Dann wissen wir ja, was wir die nächsten Wochenenden vorhaben.«

Sie zog zwei Papiertüten aus dem Fußraum hinter den Vordersitzen hervor. »Habe an alles gedacht. Nur anrühren und schon kannst du kleben. Guck, einen Zahnspachtel habe ich auch. Ach, ich freue mich!«

Wortlos trug er Kiste um Kiste ins Haus. Da war noch etwas, das er ihr eigentlich heute am liebsten verschwiegen hätte. Sie war so überschwänglich fröhlich, wie er sie lange nicht erlebt hatte. Tatsächlich war es ein Wunder, dass es ihr gelungen war, das Baumaterial zu beschaffen, sie hatte allen Grund, glücklich zu sein. Sechs Quadratmeter Fliesen hätten ihnen dieses Jahr zugestanden. So sah es das Verteilungssystem der Planwirtschaft vor. Was er gerade hereintrug, war mindestens das Doppelte.

Und alle von derselben Art. Wann gab es schon mal ein Bad, das in einem Guss gefliest war? Alljährlich wechselten schließlich die Dekors, man wusste nie, was man bekam, manchmal waren die Ergebnisse an der Wand ausgesprochen scheußlich. Aber man nahm eben, was man kriegte.

Sollte er ihr jetzt, ausgerechnet jetzt, diesen Brief auf den Abendbrottisch legen? Er wusste, sie würde es hassen, wenn er ihn verbarg. Vorwürfe würde sie ihm machen. Und zu Recht! Vor Jahrzehnten hatten sie sich einmal geschworen, sich gegenseitig nichts mehr zu verbergen, immer über alles zu reden. Doch es war eine Zeit gewesen, in der sie jeden Schritt gemeinsam getan hatten, als es noch nichts gegeben hatte außer ihnen beiden.

Er wusste genau, wie schwer sein großer, sein wirklich großer Verstoß gegen diesen Schwur wog. Niemals hatte er ihr erzählt, wie es damals gewesen war, nachdem er den letzten Marschbefehl bekommen hatte. Jahre, die auch heute noch ein blinder Fleck in ihrer gemeinsamen Geschichte waren. Sie rührte nicht daran. Wie auch er nie versucht hatte, seine brennende Wissbegier zu befriedigen. Was hatte sie getan in den Jahren, seit er sie hatte verlassen müssen?

Er wusste auch, sie wartete darauf, dass er eines Tages doch noch sein Schweigen brechen würde. So wie er wusste, dass auch sie wusste: Irgendwann würde sie ihm alles erzählen müssen …

Es gab zu viel, das ungeklärt war. Wo sollten sie anfangen? Nie war der richtige Zeitpunkt. Nie war Ruhe. Jahre des Aufbaus. Einfügen in das neue System, das er persönlich anfangs bis aufs Blut verteidigt hatte. Weil er überzeugt gewesen war. Und etwas gutzumachen hatte. Anfangs war sie es gewesen, die kritisiert hatte, die die Idee aufbrachte, in den Westen zu gehen. Damals, 1954, hatte er nicht gewollt. Und sie war bei ihm geblieben. Trotz des entsetzlichen Verlusts der gemeinsamen Tochter Eva. Trotz der furchtbaren Geschehnisse nach ihrer beider Rückkehr nach Ostberlin. Sie hatte irgendetwas getan, über das sie nicht sprach, und hatte letztlich bewirkt, dass man sie beide seither verschonte. Inzwischen war er kritisch geworden. Was Wunder, die Erfahrung hatte ihn belehrt! Aber er hielt den Mund, denn er wusste nur allzu gut, was folgen konnte, spräche er offen. Es hatte ihn zunächst gewundert, wie anpassungsfähig er sein konnte. Wie stark er seine Ansprüche zurückzuschrauben in der Lage war. Nicht jene, die sich um pure Grundbedürfnisse drehten, sondern die, welche der Kopf als solche definierte. Clemens hatte begriffen. Sein Wunsch nach Freiheit war der Dankbarkeit für die gnädig gewährte Unversehrtheit gewichen. Ganz tief in seinem Herzen, da lebte noch der Rebell. Der frei seine Meinung äußern, seinen Lebensraum selbst bestimmen wollte. Aber den hatte er in Ketten gelegt, wie er ihn schon so oft in seinem Leben in Ketten hatte legen müssen, und fütterte ihn nur selten, auf dass er schwach bliebe und nicht etwa die Idee entwickelte, aufsässig zu werden.

Dankbar, das waren sie beide. Stille, zuverlässige, systemtreue Bürger ihrer DDR. Die sich freuten wie die Schneekönige, dass es für ihr kleines Häuschen hier draußen im abgeschiedenen Schildow ein paar Quadratmeter zueinander passender Fliesen und einen Plastewasserhahn gegeben hatte.

Das war ihr Leben! All die Elemente, die schon so unendlich lange fehlten … ja, mein Gott, daran hatten sie sich doch beinahe schon gewöhnt. Sie hatten einander. Auch wenn Constanze nur noch selten so sprühte wie früher, auch wenn sie so grau geworden war. Nicht nur das Haar, nicht nur ihre Wangen. Vielleicht sogar ihre Seele. Grau und oft genauso trüb wie dieser neblige Septemberabend.

Als er mit den nächsten Paketen hereinkam, lachte sie ihm zu. Constanze lachte! Und war so schön wie damals, als sie ihn bei der allerersten Begegnung mit ihrem Segelmanöver ausgetrickst hatte, als sie den ersten Tanz mit ihm getanzt, ihm das Jawort gegeben, als sie ihm das Kind geschenkt hatte, als sie … Die Erinnerungen hüllten sein Herz in warmen, weichen Samt. Siehst du? Nicht hadern, Clemens! Wozu rühren am Vergangenen, wozu Salz in schlecht verheilte Wunden streuen, wozu aufreißen, womöglich neue Schmerzen provozieren, wenn ein einziges Lächeln ihn so glücklich machen konnte?

So sagte er nur »Uff, geschafft«, lächelte zurück und beschloss, den vergleichsweise winzigen Betrug zu wagen und ihr nicht zu zeigen, dass der neue Besuchsantrag für ihr Evchen, für die gemeinsame Tochter aus dem Westen, wieder einmal negativ beschieden worden war. Vielleicht war es jetzt auch besser. Vielleicht sowieso lieber nächstes Jahr? Drüben hatten sie doch ganz andere Standards. Erst einmal das Bad kacheln!

8

BRAUNSCHWEIG, SEPTEMBER/OKTOBER 1972 – USCHIS

Bettina erstand im Dekohaus gegenüber der mit einem Bauzaun gesicherten Ruine des Neustadtrathauses ein Poster von ihrem Schwimm-Idol Mark Spitz. Sämtliche Medaillen um den Hals gehängt, strahlte der Superstar der zunächst so unbeschwerten, ausgelassenen Münchner Olympiaveranstaltung mit blitzweißen Zähnen. So weiß wie die Sterne auf seiner amerikanischen Flaggen-Badehose.

Ein Weilchen stand sie noch vor einem großartigen Posterdruck des Washingtoner Capitols. Auch blitzweiß. Vor flaggenstreifenblauem Himmel. Eigentlich würde sich das doch perfekt neben Spitz ausnehmen, überlegte sie. Aber wie hätte das zu ihrer frisch erwachten Wut auf die Kriegspolitik der Vereinigten Staaten gepasst? Nein, entschied sie, dann doch lieber einen von diesen neusilbernen Peace-Symbol-Anhängern, die an dünnen Lederbändern neben der Kasse hingen. Ja, genau der sollte es sein, nickte sie der Verkäuferin zu, wies lächelnd das angebotene Papiertütchen zurück und hängte ihn gleich um den Hals.

Der Präsident des Olympischen Komitees Avery Brundage hatte am Tag nach dem entsetzlichen Massaker in Fürstenfeldbruck anlässlich der Trauerfeier für die israelischen Athleten die beinahe trotzig wirkende Entscheidung verkündet: »The games must go on!«

Schockiert war Bettina im ersten Moment gewesen. Bei genauerem Nachdenken allerdings kam sie zu dem Schluss, dass er die richtige Entscheidung getroffen hatte. Bei aller Traurigkeit war es das Signal für die Welt, dass Terrorismus und überbordender Hass keinesfalls die zart keimenden Pflanzen Freundschaft und Frieden zertreten durften. Das war die eigentlich wichtige Botschaft, und die beabsichtigte sie in ihrem Artikel für die Oktoberausgabe der Schülerzeitung, der sich seit Tagen in ihrem Kopf formte, in den Fokus zu stellen.

Natürlich! Geknickt wirkten viele Athleten, die überschäumend fröhliche Leichtigkeit der Spiele war dahin. Aber es wäre zweifellos falsch gewesen, sich ganz und gar zu beugen und dem Attentat den Rang einzuräumen, den die Männer des »Schwarzen September« sich erhofft hatten. Etwas zu beenden, in Kugelhagel und Feuersturm zu töten, das gedacht gewesen war, neue freundschaftliche Bande über den gesamten Globus hinweg zu knüpfen. Nein! Das durfte nicht passieren, und Bettina wollte in ihrem kleinen Kreis ihren persönlichen Beitrag leisten.

Ein paar Hintergrundinformationen galt es noch zu recherchieren. Zum Beispiel wollte sie herausfinden, wer eigentlich dieser IOC-Präsident war. Ein ehemaliger Olympionike. Amerikaner. Mehr wusste sie nicht. Wer konnte Genaueres wissen? Natürlich! Die Idee schoss wie ein Blitz durch ihren Kopf und musste sofort umgesetzt werden.

Sportunterricht fand in den letzten beiden Stunden statt. Abschleppen einer Person in schweren, unförmigen

Leinenanzügen, die jede Bewegung im Wasser schwierig machten. Bettina keuchte noch immer, als sie Herrn Schmiedel abpasste. »Haben Sie ein paar Minuten Zeit für mich?«

Der Sportlehrer nickte, nahm die Pfeife vom Hals, hängte sie an den mit seinem Namen gekennzeichneten Platz neben dem Eingang zur Lehrerumkleide, während Bettina die weite Hose des wassergetränkten Leinenanzugs von den Hüften rutschen ließ.

»Natürlich, Bettina. Worum geht's?«

»Ich arbeite an dem nächsten Artikel. Können Sie mir was über den IOC-Präsidenten erzählen? Ich hatte während der Trauerfeier das merkwürdige Gefühl, dass er längst nicht so betroffen wirkte wie jeder sonst. Ich meine … verstehen Sie, was ich sagen will? Elf tote Israeli … also mir war den ganzen Tag zum Heulen zumute.«

Er hatte mit gesenktem Blick zugehört und Bettina meinte einen Anflug von Bitterkeit in Schmiedels Zügen zu entdecken, als er antwortete: »Na ja, es lag in seiner Hand zu entscheiden, ob die Spiele weiterlaufen sollten. Das fällt nach solch einer Katastrophe sicherlich niemandem leicht. Außerdem musste er sehr zügig seine Rede verfassen. Du hast gesehen, er hat sie abgelesen. Da kann man schon mal unemotional wirken, und ich denke, das war der Grund, warum Slavery Avery so ungerührt wirkte.«

»Bitte … wer? Slavery Avery? Habe ich das richtig gehört?«

Schmiedel hob den Kopf und schaute sie geradeheraus an. »Den Spitznamen hat er schon seit Jahrzehnten weg, das ist kein Geheimnis. Er hat nie einen Hehl aus seiner rassistischen Weltanschauung gemacht, war begeisterter Bejubler von Adolfs Olympischen Spielen 1936. Ich will nichts unterstellen, Bettina, das ist dünnes Eis. Aber vielleicht behältst du es einfach im Hinterkopf, wenn du schreibst.«

Bettina atmete tief durch. »Und so ein Typ ist heute noch Präsident des Internationalen Olympischen Komitees? Hört das denn niemals auf?«

Der bittere Ausdruck in den Zügen des Lehrers verstärkte sich. »Es hört nie auf, Bettina. Gut, dass du zu denen gehörst, die einen scharfen Blick für so etwas entwickeln. Die Menschen, Bettina, die werden sich nie ändern, und hinter der Geschichte …«

Sie fuhr ihm dazwischen: »Hinter der Geschichte stehen immer Menschen! Das hat mir mein Vater vor ein paar Tagen in anderem Zusammenhang auch gesagt.«

»Klar, welches politische System man ihnen auch immer überstülpt, sie passen sich an, spielen mit, aber im Inneren bleiben sie, wie sie sind. Nahezu jedem ist das Hemd näher als die Jacke, das eigene Wohl, bestenfalls noch das der Familie hängt immer höher als jedes Ideal. Nur die paar, die sich vorwagen, sind vielleicht anders. Aber die verbrennen sich auch mindestens die Finger. Oder sich selbst gleich ganz und gar.«

»Puh«, machte Bettina, senkte den Kopf, rubbelte sich mit ihrem Handtuch das Haar trocken, dachte: Kann man das nicht ändern? Ist das alles so in Stein gemeißelt?

»Du bist vierzehn«, setzte Schmiedel nach. »Für dein Alter machst du dir schon ziemlich viele Gedanken. Das ist an sich gut, Bettina. Aber vergiss darüber nicht, dein junges Leben auch zu genießen. Krall den Blick nicht nur an solchen Dingen fest. Schau auch nach dem Guten, dem Schönen. Die Welt ist voll davon. Du wirst ja sonst trübsinnig.«

Sie sah nicht auf, schüttelte leicht den Kopf.

»Sieh mich an!«

Bettina gehorchte, schaute schief zu ihm auf.

»Versprich mir, dass du nicht mehr nur grübelst!«

Sie lächelte. Und nickte. Aber es fiel ihr schwer.

* * *

Es wurde leichter. Gar nicht viel später.

Vater brachte eine Einladung mit. »Schau mal, Einweihungsparty bei unserem neuen Etagennachbarn Neumann. Hat das ganze Haus bekommen.«

Bettina gefiel es nicht so recht, dass die bisherigen Mieter auszogen. Gerne hatte sie dem jungen Paar nämlich das Ausführen ihres umwerfend netten Jagdhundes abgenommen und war manchmal stundenlang mit ihm spazieren gegangen. Eine kleine Taschengeldaufbesserung. Leicht verdientes Geld. Jetzt hatte sich Nachwuchs angekündigt und für Kind und Hund hatten die beiden sich ein kleines Häuschen am Stadtrand gemietet. Schade! Trotzdem nahm Bettina jetzt ihrem Vater die Karte aus der Hand. Die Köpfe dicht zusammengesteckt lachten sie zwei Gesichter an. Ein kleiner Junge mit Pagenkopf, vielleicht sieben oder acht Jahre alt, und ein Mann mit Schnauzer, dunklen Locken, die offenbar schon lange keinen Friseur mehr gesehen hatten. Hinter einer runden Intellektuellenbrille Augen, so blau wie der Himmel an einem Septembermorgen, Augen, die vor Vergnügen blitzten.

Bettina erinnerte er verflixt an jene Studenten, die man häufig in Zeitungen und Magazinen zu sehen bekam, wenn über irgendwelche Demonstrationen berichtet wurde. Wobei die dann aber meist nicht fröhlich, sondern eher wütend, mindestens jedoch wild entschlossen und düster guckten. Papa hatte einen Namen für sie. Er pflegte sie provokant »langhaarige Bombenleger« zu nennen. Mit einem Zwinkern garniert, dessen Bedeutung Bettina sehr wohl verstand. Natürlich wusste er, dass es nicht korrekt war, jeden Parkaträger ohne Fassonschnitt, der schlicht sein Recht auf Versammlungsfreiheit wahrnahm, mit den tatsächlich bombenlegenden RAF-Mitgliedern in einen Topf zu werfen.

»Ups«, machte Bettina und sah ihren Vater mit ihrem herausforderndsten Lächeln an. »Langhaariger Bombenleger gleich auf derselben Etage? Na, Papa, ob dir das so gefällt?«

Vater machte eine wegwerfende Handbewegung. »Sind nicht alle so, Bettina. Unser neuer Hausbewohner scheint ein netter Kerl zu sein. Habe ihm gestern Abend geholfen, seine Regale raufzutragen, da hat er bisschen erzählt. Er ist frisch geschieden, der Kleine ist bei ihm, weil die Mutter gerade ihre erste Stelle als Ärztin im Praktikum an der Medizinischen Hochschule in Hannover angetreten hat und die beiden den Zweitklässler nicht aus seiner Umgebung reißen wollten. Vernünftig, finde ich. Er selbst ist Doktorand am biologischen Institut. Kommt ursprünglich von der Küste. Sein Vater ist Oberstudienrat. Griechisch, Geschichte und Latein. Scheint eine ordentliche Familie zu sein.«

Bettina verdrehte die Augen. Vater Lateinlehrer … ausgerechnet!

»Ordentliche Familie … oh Mann, Papa! Und ein netter Kerl trotz Wallemähne? Das von dir? Du sagst doch immer, du findest es fürchterlich, dass man angeblich heutzutage Mädchen und Jungs kaum mehr unterscheiden kann, wenn man sie von hinten sieht.«

»Ich finde es einfach etwas merkwürdig … alle lange Loden, alle Jeans, Parka, Beduinentücher, plumpe Boots an den Füßen …« Er zeigte auf Bettinas Kleidung, rümpfte die Nase und sie befürchtete die übliche Diskussion.

Gott sei Dank bewahrte sie heute das Klingeln des Telefons davor. Vater setzte sich in Bewegung. Gute Gelegenheit für Bettina, noch eine kleine Stichelei unterzubringen, ohne mit einer Widerrede rechnen zu müssen. »Na ja, Papa, wenn man von hinten nicht mehr erkennt, ob ich Junge oder Mädchen bin, musst du dir wenigstens keine allzu großen Sorgen machen, dass ich ›nachts im Park‹, wie du immer so schön sagst, von irgendjemandem ›in die Büsche‹ gezogen werde.« Er kriegte gerade noch mit, was sie sagte, ehe er sich am Apparat meldete, zog die Augenbrauen hoch und schüttelte resigniert den Kopf.

Bettina lief nie nachts durch irgendwelche Parks. Aber Vater hatte ständig solche Anwandlungen, seit sie in die Pubertät gekommen war. Sie vermutete, er hatte schlicht Angst um sie. Natürlich konnte sie sich auch schick machen! Wenn der Anlass gegeben war, zog sie gern auch mal einen kurzen Rock zu Stiefeln mit etwas höherem Absatz, dazu ihren Maximantel an und gefiel sich richtig gut. Was Papa dann aber auch wieder nicht recht passte (»Knöpf wenigstens den Mantel zu«), denn »nachts im Park« … und so …

Im Schulalltag trug sie jedenfalls ausgesprochen gern die übliche »Uniform«, die neben der unbestreitbaren Bequemlichkeit einen weiteren Vorteil hatte. Sie machte nämlich Jungs und Mädchen zumindest äußerlich ziemlich gleich. Und das fand Bettina gut, weil modern. Mama lief auch nicht ständig in Kleidern und Pumps herum. Das wäre in ihrem Job sowieso lächerlich gewesen. Allerdings gab sie sich immer Mühe, sich möglichst weiblich zu kleiden, ja, zu *geben*, sobald sie nach Hause kam. Papa liebte das anscheinend. Aber die beiden waren schließlich eine andere Generation. Da war so was noch üblich. Am Ende hatte Vater im Haus buchstäblich doch noch »die Hosen an«, obwohl er es Mama weniger deutlich spüren ließ, als es die Männer anderswo ihren Frauen gegenüber herauskehrten.

* * *

Bettina war am Samstagnachmittag vor der Party gespannt auf die neue Nachbarschaft. Einen Moment überlegte sie, was sie anziehen sollte. Vielleicht doch den groß karierten Mini zum engen Rolli? Nein! Sie blieb bei Jeans, Boots, hellblau-weiß schmal gestreiftem Fischerhemd samt dem neuen

Peace-Anhänger. Der dokumentierte auf jeden Fall ganz klar und eindeutig ihre Geisteshaltung.

Draußen unter den alten Linden vorm Haus reihten sich jetzt schon dicht gedrängt lauter bunte Autos. Renault R4, Käfer, die absonderlich bemaltesten Enten, zwei Bullis. Im Treppenhaus ging es bereits turbulent zu, dauernd läutete die Türglocke, obwohl die Einladung erst auf acht Uhr gelautet hatte. Schon seit Stunden drang Musik über den Flur. Beatles, Stones, Dylan, Irish Folk, Hendrix' unnachahmliche Gitarre, Cat Stevens und Ähnliches. Gute Musik, die gute Laune machte, befand Bettina. Geschmack hatte der jedenfalls. Anscheinend auch, was die Beköstigung der Gäste anging, denn ein feiner Duft nach Oregano, Tomaten, Salami und irgendwas aus Teig zog durch alle Ritzen herüber. Eigentlich mochte Bettina nicht gern riechen, was es im Haus so zu essen gab. Das war der definitive Nachteil an einer Mietwohnung. Wenn im Erdgeschoss beispielsweise winters der Braunkohl garte … igitt!, oder Leber … pfui Deibel, dann hielt sie die Luft an und nahm gleich zwei Stufen auf einmal, wenn sie die Treppen hinaufflitzte.

Dieser Duft da von drüben, der ließ ihr allerdings das Wasser im Mund zusammenlaufen. Ob die da drüben selbst Pizza backten? Ungewöhnlich! Konnte man die auch zu Hause machen? Bisher kannte Bettina das typisch italienische Gericht nur aus einem der wenigen Restaurants, die Italiener in Braunschweig aufgemacht hatten. Seit Beginn der 60er-Jahre waren immer mehr sogenannte »Gastarbeiter« nach Deutschland gekommen. Hier in der Region waren es viele. Man brauchte sie in Braunschweig und Wolfsburg im Volkswagenwerk. Junge Arbeiter hatten gleich die ganze Familie mit angeschleppt und so mancher pfiffige alte Patron brachte die ortsansässigen Gastronomiekollegen ganz schön zum Staunen. Auf die Faust mitnehmen konnte man sich in der Innenstadt für wenig Geld ein ordentlich belegtes Stück Pizza auf Pappboden und war ratzfatz satt und zufrieden. Lecker!

Aber nicht nur das. Schüler liebten es, in Horden beim Italiener einzufallen, denn anders als in den vornehmen, steifen deutschen Speiserestaurants wurde man hier spätestens beim zweiten Besuch schon mit Vornamen angesprochen, mit einer Herzlichkeit empfangen, als wäre man mindestens der verlorene Sohn, die verlorene Tochter, und spürte eine so warme, familiäre Atmosphäre, dass die Pizzerien bald zu den beliebtesten Schüler- und Studententreffpunkten geworden waren.

Na, vielleicht hatte ja der neue Nachbar einem sein Rezept abgeluchst. Bettinas Magen knurrte, sie schaute auf die Uhr. Fünf vor acht.

»Wollen wir langsam, Mama?«, rief sie vor der geschlossenen Badezimmertür.

»Bin gleich fertig. Momentchen noch«, kam es von drinnen.

Vater erschien im dunkelblauen Zweireiher. Eigentlich war er immer im Anzug, wenn er nicht gerade Mama in der Gärtnerei half. Seriös wirkte er, geradezu weltmännisch. Und wohlriechend. Papa eben. Einen vermutlich edlen Tropfen, als Mitbringsel nett verpackt, hielt er beim Flaschenhals.

Mama erschien. Jawohl, sie erschien! Donnerwetter, dachte Bettina. Mit ihren knapp vierzig Jahren konnte man sie wirklich als voll erblühte Schönheit bezeichnen. Kein Wunder, dass Papa so stolz wirkte, wenn er sie am Arm hatte.

Mutter griff nach dem Körbchen, das sie vorbereitet hatte. Frisches Brot und ein Glastöpfchen voll Salz. So machte man das hier, wenn neue Mieter begrüßt wurden.

Klingeln. Warten. Ob man das drin überhaupt noch hören konnte? Ganz schön laut. Gut, dass das ganze Haus eingeladen war. So konnte wenigstens keiner meckern. Papa klingelte noch mal. Der Kleine öffnete, brüllte: »Noch mehr Brot und Salz! Das reicht jetzt für drei Monate«, machte einen ziemlich eloquenten Diener, eine einladende Handbewegung und stellte sich als »Joachim, könnt aber Achim zu mir sagen, machen alle« vor.

Bettina schob sich hinter den Eltern in die Wohnung. Achim drückte die Tür hinter ihnen zu, was ob des Gedränges gar nicht so einfach war, sah zu ihr auf und fragte spontan: »Willst du mein Zimmer sehen? Wie heißt du?«

»Ja, unbedingt!«, lächelte sie ihm zu. »Ich bin Bettina.«

Er griff nach ihrer Hand, zog sie in einen Raum mit Fenster zum Balkon. Bettina sah sich um. Hochbett, kleiner Schreibtisch, Schrank und etliche Spielzeugkisten. »Klappe zu«, sagte Achim und grinste schelmisch. »Die Bude ist mir zu voll. Papa hat alle Freunde eingeladen. Und all seine Weiber.«

»Hat er mehrere?«, wollte Bettina kichernd wissen.

Er zog die Nase unter seinen Sommersprossen kraus, kam Bettina ganz nah, schottete mit der Hand am Mund nicht anwesende Mithörer ab und flüsterte ihr verschwörerisch ins Ohr: »Du musst wissen, die sind alle hinter ihm her. Weißt du nie, welche du morgens findest, wenn du ihn wecken willst.« Dann rückte er ein wenig ab, schaute sie an, als wolle er die Wirkung seiner Botschaft überprüfen, schien zufrieden mit Bettinas ungläubigem Gesichtsausdruck und ergänzte lässig: »Ich merke mir die Namen nicht mehr und nenne sie alle Uschi, seit er mal 'ne Uschi aus 'ner Kommune in Berlin hatte. Irgendwann sind die Uschis immer wieder weg und andere sind da.«

»Und deine Mama?«

»Die ist keine Uschi. Das ist Moni. Aber die ist jetzt endgültig weg. Mit Papas Freund Hasso. Ist in Ordnung. Hasso ist nett und hat'n Segelboot, aber keine Uschis, und das findet Moni gut. Ich war schon paarmal mit segeln. Kannst du auch segeln?«

»Ich? Nein. Meine Großmutter soll eine fantastische Seglerin gewesen sein, die hat sogar Regattapokale gewonnen, damals an der Ostsee, wo Mamas Familie herkommt. Aber hier kann man nirgends segeln. Segelfliegen, ja, das schon. Mein Vater war lange Fluglehrer und ich durfte als kleines Kind oft mit. Aber jetzt fliegt er nur noch selten. Keine Zeit mehr. Darüber bin ich ein bisschen traurig. Ich glaube, er vermisst es auch sehr.«

»Fliegen ist bestimmt toll. Aber Hasso hat ein Boot am Steinhuder Meer. Ist nicht weit weg. Ich werde jedenfalls Segler. Und du?«

»Ich werde Journalistin.« Es war das erste Mal, dass Bettina ihren Berufswunsch tatsächlich klar formulierte, und sie wunderte sich selbst, dass die Antwort wie aus der Pistole geschossen gekommen war.

»Aha! Du wirst ein Zeitungsfritze«, sagte Achim wenig beeindruckt und lenkte Bettinas Aufmerksamkeit auf seine Holzeisenbahn. »Wollen wir die aufbauen? Dauert nur paar Stunden. Ist riesig. Will ich eigentlich im Flur fahren lassen, aber heute geht das nicht wegen der Leute.«

»Wegen der Freunde und der Uschis …«, sagte Bettina.

Achim streckte ihr die flache Hand entgegen, schaute sie verschmitzt an und sie schlug ein. Er lachte. Dann wurde er plötzlich ernst. »Mensch, Bettina, du musst erst mal was essen. Und Mathias kennenlernen.«

»Es riecht gut. Bin schwer dafür. Aber wer ist Mathias?«

»Na, mein Papa!«

»Du nennst deine Eltern beim Vornamen?«

»'türlich. Tun wir alle, seit wir in der alternativen Kindergruppe waren. Toff da. Konnte man alles machen, was man wollte. Einmal haben wir unsere Betreuerin, die Leni, nackig ausgezogen und mit Fingerfarben angemalt. Dann haben wir sie über ein Bettlaken gerollt. Tolles Muster war das nachher. Haben wir an die Wand gehängt und die Eltern waren alle total stolz auf uns.«

Bettina glaubte, ihren Ohren nicht zu trauen. So also ging das zu in den berühmt-berüchtigten alternativen Kindergärten. Sie brauchte einen Augenblick, um sich zu fangen, ehe sie erwiderte: »Ganz schöne Umstellung für dich jetzt in der Schule, was? Stillsitzen, zuhören und so …?«

Er schüttelte seinen haselnussbraunen Pagenkopf. »Nee, ach was. Ich kann schließlich differenzieren.«

Bettina kräuselte sich innerlich vor Lachen darüber, was der Zwerg so abließ. Altkluges, offensichtlich total antiautoritär erzogenes Kind. Das erste, das sie kennenlernte.

Achim packte wieder ihre Hand, hatte die Klinke schon gefasst. Doch ehe er die Zimmertür öffnete, schaute er noch einmal zu ihr hoch und hatte auf einmal ein sehr bedeutungsvolles Gesichtchen. »Sag mal, Bettina … du wohnst ja direkt nebenan. Ich habe da eine Idee. Mathias zwängt mir immer eine von seinen doofen Uschis als Babysitter auf, wenn er abends lange im Institut ist. Könntest du nicht vielleicht …?«

Er war so niedlich, wenn er nicht auf taff und erwachsen machte. Seine Augen waren so blau wie die seines Vaters, und er hatte ein kreisrundes Grübchen am Kinn, das beim Sprechen lustig hopste. Babysitter war so ziemlich das Einzige, womit man sich in Bettinas Alter ein wenig Taschengeld verdienen konnte. Viele ihrer Mitschülerinnen machten das. Bisher war sie als Hundesitter ja ganz gut beschäftigt gewesen. Aber warum nicht mal Kinder? Wieder hielt Achim ihr die Handfläche hin. Sein Blick war bittend. Und wieder schlug sie ein.

Er zog sie zwischen den dicht gedrängten Gästen hindurch ins Wohnzimmer. Spiegelgleich zur elterlichen, diese Wohnung, stellte Bettina fest. Auf dem breiten Marmorfensterbrett, direkt neben der Musikanlage, die gerade aus enormen Boxen »A Whiter Shade of Pale« schluchzte, thronte im Schneidersitz sein Vater. Schlicht in Jeans, Nickipulli, Wollsocken und Birkenstocks. Ihm zu Füßen lauter Uschis in Patchouliwolken.

Richtige Blumenkinder. Die meisten in indischen, afghanischen oder gebatikten Flattergewändern, manche mit bunten Stirnbändern, viele barfuß mit Kettchen um die Sprunggelenke, alle langhaarig, zwei mit tausend winzigen Zöpfchen, alle mit beeindruckend kajalbetonten Augen, alle außerordentlich hübsch und anscheinend schon leicht beschwipst. Oder womöglich sogar bekifft? Riechen tat es jedenfalls so. Bettina kannte diesen speziellen Duft aus dem Schulklo. Es roch immer ein bisschen, als hätte jemand einen feuchten Lappen angesteckt, der schon ein Weilchen irgendwo in der Ecke gegammelt hatte. Was die sich da rauchend weitergaben, sah jedenfalls nicht aus wie einfache selbst gedrehte Zigaretten.

Zielsicher steuerte jetzt Achim, Bettina im Schlepptau, auf seinen Vater zu.

»Hey, Mathias. Das hier ist Bettina. Sie ist meine neue Babysitterin. Und keine Uschi. Nur dass du das gleich weißt.«

Bettina konnte sich kaum noch halten und prustete los. Mathias schaute sie an. Nicht irgendwie prüfend, sondern aufmerksam, unwiderstehlich lächelnd und beinahe … nein, man konnte es eigentlich gar nicht anders bezeichnen: liebevoll.

9

BRAUNSCHWEIG 1973 – BRÜDER

Wenn Bettina später an die Zeit zurückdachte, und sie dachte oft an diese Zeit, stellte sie fest, dass sie eigentlich das ganz normale Leben einer Jugendlichen geführt hatte. Sie ging zur Schule, erlebte die gewöhnlichen Höhen und Tiefen, gute Noten, verhauene Klassenarbeiten, Spaß, Reibereien, die ersten Tanzstunden, den einen oder anderen jungmännlichen Annäherungsversuch auf Schulfeten inklusive allererstem Liebeskummer, wenn es einer durchaus nicht so ernst meinte, wie es ausgesehen hatte, sondern offensichtlich nur auf »das Eine«, sprich auf einen Kuss aus gewesen war, was selbstverständlich ja nun wirklich absolut nicht ging. Sie kam drüber hinweg, ließ sich von Mama trösten, trocknete ihre Tränen und ging ziemlich aufrecht weiter. Es passierte nichts, das nicht verwindbar gewesen wäre.

Aber es passierte so viel in der Welt! Bettina hatte immer wieder versucht, die Spreu vom Weizen zu trennen, wenn sie für ihre kleine Zeitung schrieb. Unregelmäßig, aber mindestens viermal im Jahr erschien das Blättchen und Bettina hatte den Ehrgeiz entwickelt, stets ein ganz besonderes Thema zu verwursten.

Was war wichtig?

Dass Willy Brandt im September '72 die Vertrauensfrage im Deutschen Bundestag stellte und die Abstimmung verlor, um schon im Dezember erneut als charismatische Galionsfigur einer erstarkten SPD aus den Neuwahlen hervorzugehen? Bewahre! Damit würde sie gelangweiltes Gähnen ernten.

Dass Ende Oktober die drei inhaftierten Terroristen des Münchner Attentats per Flugzeugentführung von Palästinensern freigepresst wurden und Israel mit heftigen antideutschen Reaktionen aufwartete? Dass in diesem Zusammenhang der Verdacht im Raum stand, so widerstandslos, wie auf die erneuten Forderungen der Terroristen eingegangen wurde, wären den Deutschen gar die Beziehungen zu den arabischen Staaten wichtiger als jene zum Staat Israel, dem sie ja nun qua Geschichte weiß Gott Loyalität schuldig waren? Für ihr persönliches Bild wichtig. Aber breit ausgewalzt ungeeignet für das Schulblatt und bestenfalls eine kleine Notiz wert.

Dass die DDR und die Bundesrepublik sich kurz vor Weihnachten 1972 auf einen gemeinsamen Grundlagenvertrag einigten, in dessen Vorfeld der Staatsrat der DDR eine umfassende Amnestie politischer Gefangener inklusive ihrer Überstellung in die Bundesrepublik beschloss? Daran gab es zumindest familieninternes Interesse, denn das konnte Auswirkungen haben. Wenn die Dinge jetzt politisch auf einen vernünftigen Weg gebracht wurden … durfte das nicht ein Anlass für leisen Optimismus sein?

Solange Bettina denken konnte, stellte Mama jeden Abend bei Einbruch der Dunkelheit eine Kerze in das Ostfenster der Wohnung. Jeden Abend! Niemals vergaß sie es. Viele Menschen taten das. Lief man in den Abendstunden durch die Straßen, konnte man in etlichen Fenstern dieses Symbol der Verbundenheit, Erinnerung, der Liebe, der Traurigkeit und vor allem der Hoffnung sehen, die bisher kaum jemand vollkommen aufgegeben hatte.

Sie sprachen über die neuesten politischen Entwicklungen beim gemeinsamen abendlichen Abwasch. Mutter, die Hände in der Prillauge, seufzte: »Vielleicht sind sie ja dabei, wenn die DDR jetzt ihre Staatsfeinde zu uns abschiebt.«

Da war so ein Funke in Mutters Augen, als sie ihr den nächsten tropfenden Teller in die Hand drückte. Ein Funke, der beinahe ... aber nur beinahe das Seufzen übertrumpfte.

»Sag mal, Mama ...«, versuchte Bettina vorsichtig, etwas mehr herauszubekommen. »Was können sie denn überhaupt Furchtbares getan haben, dass sie als politische Häftlinge einsitzen?«

»Ich weiß es nicht, Bettina, aber ich werde das Gefühl nicht los, dass alles mit mir zu tun hat. Genau besehen war ich sowieso nie konform genug. Habe mich geweigert, in die FDJ einzutreten. Du weißt ja, die Strafe folgte schnell. Sie wollten mich nicht studieren lassen. Meine Chancen standen von vornherein schlecht, denn ich war kein Arbeiterkind – meine Eltern beide Akademiker –, außerdem renitent und zu allem Überfluss in der Kirchenjugend engagiert. Dann meine Teilnahme an der Demonstration am 17. Juni 1953. Damit war ich erledigt. Und am Ende meine Quittung, indem ich einfach hierblieb. Das hat doch dem Ganzen die Krone aufgesetzt. Ach, Bettina, es war mit Sicherheit kein Zufall, dass ich bei der Entlassung aus der Klinik nach dem Motorradunfall eine durchwühlte Wohnung vorfand. Glaub mir, da habe ich Angst bekommen. Ich weiß nicht, was ich getan hätte, wenn dein Papa mich nicht sofort zu sich genommen hätte. Sie wären wiedergekommen, irgendwann hätten sie mich zu fassen gekriegt. Man kann es sich kaum vorstellen, aber es gab Fälle von Rückholung im Studentenkreis, ich wäre nicht die Einzige gewesen. Möglicherweise war es spätestens mein allererster Brief? Ich habe meine Eltern ja damals gebeten, sich zu überlegen, ob sie nicht auch nach Braunschweig kommen wollten. Vielleicht wurde der schon abgefangen. Sie haben jedenfalls nie geantwortet. Plötzlich waren sie spurlos verschwunden, die Wohnung aufgelöst, keiner wusste etwas von ihnen. Onkel Justus hat einen Anwalt beauftragt, der hat alle Hebel in Bewegung gesetzt. Erfolglos. Da muss ich doch nicht weit denken!«

»Aber hör mal, Mama«, empörte sich Bettina, »was ist das bloß für ein Staat, der aus derart nichtigen Gründen solch einen Aufstand macht? Hat der das nötig, die gesamte Bevölkerung einzusperren hinter Hochsicherheitszäunen mit Selbstschussanlagen, Wachtürmen, Grünstreifen, auf denen scharfe Hunde laufen? Und reicht nicht mal das aus? Muss man dann auch noch einzelne Leute wegen so was in den Knast stecken? Kommt doch eh keiner mehr weg da, und wenn er es versucht, wird er notfalls totgeschossen. Antikapitalistischer Schutzwall. Meine Güte! Trauen die ihren Bürgern so wenig Loyalität zu? Wenn sie alle weglaufen wollen, kann doch mit dem System was nicht stimmen. Zufriedene Bürger bleiben gern, wo sie sind.«

»Damals, als ich ging, gab es noch Wege … Über Berlin sowieso. Heute kommt natürlich wirklich keiner mehr raus. Weißt du, Mutter hätte gewollt. Papa absolut nicht. Ich weiß nicht, warum. Er hat nie mit mir darüber gesprochen … wir haben alle sowieso viel zu wenig gesprochen …«, murmelte Mama, stützte die nassen Hände auf dem Spülstein ab und lehnte die Schläfe gegen den Arm. Bettina sah, dass ihre Schultern zuckten, sie umschlang Mutters Taille, legte den Kopf auf ihren Rücken und hielt sie.

»Ich habe solche Angst um sie«, schluchzte Eva. »Selbst wenn sie 1954 wegen geplanter oder auch nur vermuteter Absicht auf Republikflucht einkassiert worden wären … dann würden sie doch nicht heute noch einsitzen. Nein, Schatz, ich glaube, wir dürfen nicht hoffen.«

»Wir geben die Hoffnung niemals auf, Mama«, versuchte Bettina zu trösten. »Eines Tages, pass mal auf ...«

»Ja, vielleicht ... eines Tages. Ich träume oft davon, dass Deutschland wieder ein schönes, vereintes Land ist.«

Bettina hörte eine Melodie, die keiner spielte.

Jetzt nicht.

Eines Tages?

Die Medien berichteten von freigekauften politischen DDR-Häftlingen. Aber Bettinas Großeltern waren nicht unter den Glücklichen.

* * *

Ja!

Sie hatte den absolut richtigen Riecher gehabt. Bettina war hochzufrieden mit sich, denn tatsächlich zeichnete die Jury der renommierten niederländischen Stiftung »World Press Photo« Nick Úts Bild des verbrannten, schreienden Mädchens, das inzwischen den Titel »The Terror of War« trug, mit dem Preis für das Pressefoto des Jahres 1972 aus. Die honorigen Jurymitglieder waren sich einig, dass diese Aufnahme, wie in den Statuten gefordert, nicht nur die fotojournalistische Verkörperung des Jahres darstellte, sondern auch ein Ereignis von hoher journalistischer Bedeutung zeigte, das der Fotograf mit einem besonders hohen Maß an Wahrnehmungsvermögen und Kreativität geschossen hatte. Dass diese Aufnahme, wie sich inzwischen herausgestellt hatte, bei einem von Südvietnamesen versehentlich ausgeführten Angriff auf das südvietnamesische Dorf entstanden war, tat im Nachhinein nichts mehr zur Sache. Entscheidend blieb die Botschaft. Und die war nicht nur bei Bettina angekommen.

Im November 1972 gab es dann einen persönlichen Aufreger für sie. Ihre spezielle Hassfigur Richard Nixon wurde in den USA tatsächlich wiedergewählt. Damit, so ihre stinkwütende Einschätzung, stand der Krieg in Vietnam offensichtlich noch immer weit vor der Beendigung.

Bettina schrieb schon an ihrem neuen Brandartikel, als sich im Januar 1973 herausstellte, dass ausgerechnet die Nixonregierung, der sie natürlich im Leben keine vernünftigen Ideen zugetraut hätte, plötzlich beschloss, die Angriffe auf Nordvietnam einzustellen. Auf Bettina wirkte das Zurückziehen der Amerikaner wie ein Wahlgeschenk Nixons an unzählige Soldatenmütter, die endlich ihre Söhne wieder daheim haben wollten. Entsprechend bissig fiel ihre Würdigung dieses lange herbeigesehnten Ereignisses aus.

Die Entscheidung der USA beendete zwar nicht den Krieg zwischen den verfeindeten vietnamesischen Lagern, aber immerhin kam ein Waffenstillstand der Amerikaner mit den Machthabern im Norden zustande und schon Ende März kehrten die amerikanischen Gefangenen aus nordvietnamesischen Lagern zurück. Hinter ihnen lagen Jahre zwischen unmenschlicher Gewalt und Vernichtung in brackigen, brutheißen Sümpfen voller potenziell todbringender Tsetsefliegen und – mit Abertausenden abgeworfenen Tonnen Agent Orange – von der US-Luftwaffe höchstpersönlich entlaubten Wäldern. Das Fatale: Zigtausend Soldaten litten an den verheerenden Nebenwirkungen des eingesetzten Herbizids.

Mission accomplished? Sie taten so. In Wahrheit ließen sie ein ausgeblutetes Land im Chaos zurück, das weit vom Frieden entfernt war.

Zurück im Land der unbegrenzten Möglichkeiten dekorierte man seine Helden mit reichlich Lametta. Das amerikanische Volk huldigte ihnen. Der Begriff »Vietnamveteran« wurde zum hochachtungsvoll geflüsterten Synonym für den amerikanischen Superkrieger. Superkrieger, die so viel Leid und Elend erlebt – und verursacht – hatten, dass sie entweder seelisch zerbrachen, gesundheitlich nie wieder auf den Damm kamen oder völlig abhoben. Ein verschworener Männerclub, eine Truppe aus Gewaltverherrlichern, Brutalinskis, Versehrten und Traumatisierten. So sah Bettina das, so schrieb sie das für die Frühjahrsausgabe und niemand hielt sie auf.

Nur für einen winzigen Moment kam ihr ein lästiger Zweifel. War das nicht ein reichlich borniertes Urteil aus der Ferne, aus dem gemütlichen Wohnzimmer, aus der Sicherheit ihrer heilen kleinen Welt, garniert mit dem schreienden Wunsch nach Frieden und Liebe auf dem gesamten Globus und dem beinahe wohligen Gefühl, auf der Seite der völlig unbeteiligten, unschuldigen Beobachter zu stehen?

Sie verwarf den Gedanken.

* * *

Es war ein Sonntagmorgen im April. Draußen goss es in Strömen, rauer Wind zerrte an den kahlen Straßenlinden. Ein Blick hinaus genügte, um sicher zu sein, das würde ein gemütlicher Sonntag zu Hause werden.

Papa hatte Frühstück gemacht, Mama ließ sich Zeit in der Wanne, genoss offenbar ausgiebig den stressfreien Morgen im Avon-Schaumbad. Bettina gönnte es ihr, denn sie liebte solche Badeorgien genauso. Sich stundenlang aalen, umhüllt vom Bouquet ihres sahnigen Erdbeer-Badezusatzes aus dem hübschen weißen Porzellankännchen, immer mal wieder warmes Wasser nachlaufen lassen, ein Buch dabei, etwas Musik aus dem Kofferradio … herrlich!

Als Mutter endlich erschien, duftend und unübersehbar entspannt im legeren dunkelgrünen Hausanzug aus weichem Samt, hatten Bettina und Vater schon mit dem Kaffee begonnen. Papa schaute von der »ZEIT«, seinem bevorzugten Wochenblatt, auf, Bettina sah ein wohlgefälliges Aufblitzen in seinen Augen. Immer noch ist er verliebt, dachte sie bei sich.

Komisch nur, dass die beiden heute häufig so merkwürdige Blicke tauschten.

»Du oder ich?«, fragte Vater plötzlich und schob die Krümel auf seinem Teller irgendwie unentschlossen, fast verlegen mit dem Messer zusammen.

Bettina runzelte die Stirn. »Was ist denn hier los?«

Mama sagte: »Du, Wilhelm!«

Vater räusperte sich. Und noch mal. »Gut … also ich. Bettina, wir müssen dir etwas sagen.«

Die Luft war elektrisch aufgeladen, Bettina spürte, da kam etwas Großes. »Was Schlimmes?«

Schon wieder diese merkwürdigen Blicke.

»Nein«, erwiderte Vater. »Nichts Schlimmes. Eigentlich sogar etwas Erfreuliches.«

»Na, dann schieß doch endlich los und drucks nicht so rum.«

»Es ist nicht so einfach … es gibt da etwas, das du nicht weißt. Vielleicht hätten wir es dir nie erzählt, weil es im Grunde für dich nicht so wichtig ist, aber jetzt lässt es sich nicht mehr verschweigen. Also kurz und deutlich: Du bist nicht mein einziges Kind.«

»Ach!«, machte Bettina, wartete darauf, dass er fortfuhr. In ihrem Kopf kreisten die Gedanken, Vater schien sich innerlich zu winden, nach den richtigen Worten zu suchen, machte eine furchtbar lange Kunstpause und plötzlich keimte ein Verdacht in ihr. »Moment mal!«

Sie sprang auf, kniete sich vor die Fensterbank, fuhr mit den Fingern die Rücken der alten Fotoalben entlang, wusste genau, was sie suchte, fand, zog es heraus. »Bettina – Geburt – 1958« stand da. Flink blätterte sie, schlug die Seite auf mit Klein-Bettina im Korbwagen, dem großen Jungen, der ihn schob, dem kleinen mit dem Ball, kehrte an den Esstisch zurück, legte das Album zwischen die Teller der Eltern, tippte auf das Foto, sagte: »Ihr habt mich für dumm verkauft, nicht? Nachbarskinder! Soso.«

»Du hast das geahnt, Bettina?«, fragte Mama. Offensichtlich war sie geplättet.

»Ich bin nicht besonders blöd, Mama«, grinste Bettina. »Wenn diese sogenannten ›Nachbarskinder‹ so oft auftauchen und plötzlich gar nicht mehr ... Gut, sie hätten weggezogen sein können. Aber mir schwant da schon lange was. Warum erzählt ihr es jetzt? Warum *erst* jetzt?«

»Setz dich mal hin.«

Vater ergriff sanft ihre Hand und ließ sie nicht mehr los, bis er fertig erzählt hatte. Er sprach lange. Sprach von Oberschlesien, erzählte, wie er seine erste Frau kennengelernt hatte, dass es in der Ehe gehakt hatte, sprach über die panische Flucht vor der Roten Armee, als er seine Familie auf einer Höllenfahrt im geklauten Wehrmachtsauto durchs zerstörte Deutschland in den Westen gerettet hatte. Zum ersten Mal überhaupt redete er über den Krieg. Langsam begann einer der vielen blinden Flecke Farbe zu bekommen. Düstere Farbe, fand Bettina. So, wie er es erzählte, klang Todesangst durch, hatte sie beinahe das Gefühl, dabei zu sein, zog unbewusst die Schultern zusammen, knöpfte ihre Strickjacke mit fahrigen Fingern bis zum Hals zu, als spürte sie den beißenden Frost der eisigen Winternacht. Der eisigen Winternacht. Gewiss nicht der Zugluft von der schlecht schließenden Balkontür! Duckte sich unter russischem Kalaschnikow-Feuer. Das da war. Keinesfalls verwechselt mit dem schweren Regen, der an die Wohnzimmerscheibe prasselte! Atmete auf, als die Schüsse verklangen. Roch die Abgase des zu Höchstleistung gezwungenen Holzvergasers. Des Holzvergasers! Ganz sicher nicht des Qualms von Mamas nachlässig ausgedrückter Zigarette im Aschenbecher. Fand sich in einem verlassenen Bauernhof, verbrachte die Nacht zwischen Ziegen in einem warmen Stall, erwachte mit dem Geschmack von frischer Ziegenmilch auf der Zunge. Und zweifelsfrei nicht mit dem von Honigmilch aus ihrem rot-weiß gepunkteten Becher.

Warum hatte er noch nie darüber gesprochen? Er konnte so mitreißend erzählen. Das alles stellte ihn doch in ein ganz neues Licht. Er war Organisator, war Beschützer, war durchtriebener Dieb, Lügner, Betrüger, Ernährer, war Angsthase und Held gewesen. Für seine geliebte Familie. Das gehörte doch zu ihm!

Je länger er sprach, desto leichter schien es ihm zu fallen. Er erzählte von der Geburt des Kleinen, schon in Braunschweig, redete über die unselige Trennung von seiner Frau, wagte es, seine verletzliche Seite bloßzulegen. Am Ende hatten die vermeintlichen Nachbarskinder endlich Namen. Hatte Bettina es nicht geahnt? Ein triumphierendes Gefühl machte sich in ihr breit. So war das also gewesen, und Horst und Ulrich hatten in Mama eine neue Mutter gehabt.

»Ich habe zwei Brüder. Das ist toll, das muss man doch nicht verschweigen! Und sie waren deine ersten Kinder, Mama«, sagte Bettina.

Mutter nickte, aber sie sah überhaupt nicht fröhlich aus. »Nur … nicht lange nach deiner Geburt, als wir dachten, wir sind eine große, glückliche Familie, sind sie uns weggenommen worden. Papas erste Frau heiratete einen Amerikaner, beanspruchte das Sorgerecht für die zwei, bekam recht. Wir fielen aus allen Wolken, versuchten alles, denn die Jungs wollten bei uns bleiben. Trotzdem konnten wir nicht verhindern, dass sie sie mit in die USA nahm. Ein grausamer Abschied für uns alle. Plötzlich waren wir eine kleine, glückliche Familie, denn wir hatten ja dich. Aber sie haben eine Riesenlücke hinterlassen, wir haben sie sehr vermisst.«

Bettina entdeckte Tränen. Sie streichelte Mutters Schulter. »Das muss schrecklich gewesen sein. Habt ihr es nie erzählt, weil es euch so wehtat?«

Sie nickten beide.

»Und jetzt? Warum sprecht ihr ausgerechnet jetzt darüber?«

»Weil Ulli zurückkommt, Bettina.«

»Was? Das ist ja irre. Lerne ich ihn kennen? Herrje, wie aufregend!«

Bettina war aufgesprungen und tanzte um den Tisch. »Ich habe zwei Brüder in Amerika und einer kommt, einer kommt …«, sang sie. Gott sei Dank, sie lachten. Der Tag war gerettet. Oder doch nicht? Irgendwie klemmte das Lachen, war nicht richtig frei. »Wann kommt er, warum kommt er, bleibt er hier?«

»Papa hat ihm eine Wohnung und einen Wagen besorgen sollen. Ist dir das Käfer Cabrio vor dem Haus nicht schon aufgefallen?«

»Ach, ich dachte, das gehört irgendeinem Freund unseres neuen Nachbarn.«

»Nein«, erklärte Vater. »Das wird Ulli gehören. Und eine Wohnung habe ich auch gefunden. Gar nicht weit weg, in der Eulenstraße.«

»Tsss, als zukünftige Journalistin hätte ich wirklich gewisse Zeichen besser deuten sollen«, ärgerte sich Bettina. »Das war also kein ›falsch verbunden‹, wie du immer behauptet hast, Papa, wenn mitten in der Nacht das Telefon ging?«

»Nein, die sind da um die sechs Stunden zurück. Bei Ulli war es jeweils Abend, wenn er anrief.«

»Warum kommt er zurück? Gefällt es ihm nicht mehr in den Staaten? Oder hat er Sehnsucht nach euch?«

»Vielleicht beides ein bisschen. Es gibt allerdings einen weiteren und sehr konkreten Grund. Sein Stiefvater hat als hochrangiger Offizier in Vietnam gekämpft, und …«

»Oh, so einer!«, fuhr ihm Bettina dazwischen, deren Geist flott dabei war, einen Brutalinski zu entwerfen, der mit teuflischem Heidenvergnügen Napalmbomben auf kleine nackte vietnamesische Mädchen warf. »Hoffentlich hat ihm 'ne Mücke die Malaria eingepikt und es geht ihm richtig dreckig.«

»Bettina!«, rügte Vater in scharfem Ton.

»Na, ist doch wahr!«

Vater schüttelte den Kopf. »Wahr ist, dass er vermisst wird. ›Missed in action‹, nennen die Amis das. Er war weder in einem der entsetzlichen nordvietnamesischen Gefangenenlager, noch ist er mit der Truppe heimgekehrt. Seinen Tod konnte auch niemand nachweisen. Die Folge ist für meine erste Frau, dass sie jetzt unversorgt dasitzt, denn mit diesem Status ihres Mannes hat sie nicht die Anrechte einer Kriegerwitwe. Sie selbst hat keinen Job, verdient nichts und hat keine eigene Krankenversicherung. Das ist in Amerika nicht so sauber geregelt wie bei uns. Sie leidet unter schwerster Arthrose und kann sich kaum noch bewegen. Die Behandlungen sind teuer, das kann ein Normalverdiener da drüben unmöglich aus eigener Tasche bezahlen. Du siehst also, es gibt viele Faktoren, die dazu beitragen, dass sie nichts mehr in den Staaten hält, jetzt, wo ihr Don verschwunden oder sogar höchstwahrscheinlich gefallen ist, was in dem Chaos da unten keiner wird beweisen können. Sie hat alle Geldmittel zusammengerafft, derer sie problemlos habhaft werden konnte, und will versuchen, sich hier ein neues Leben aufzubauen. Das ist der Grund, warum Ulli jetzt mit ihr zusammen nach Deutschland zurückkehrt. Anders als sein Bruder Horst scheint er eine sehr treue Seele zu sein. Die Kontakte zu deinem ältesten Bruder sind offenbar völlig abgebrochen. Seit er aus seinem Vietnameinsatz zurückkam, ist er als Trucker ständig allein auf Achse durchs ganze Land.«

Beim letzten Satz rümpfte Papa ein wenig die Nase. Offenbar gefiel ihm weder die Berufswahl noch das Benehmen seines Ältesten. Mama hingegen zeigte sich verständnisvoll und warf ein: »Horst hat sich immer schon für große Autos begeistert … eigentlich ist er in dem Job wahrscheinlich ganz gut aufgehoben. Außerdem kann es ja sein, dass der Krieg ihn verändert hat und er deshalb gern ganz für sich ist.«

»Na ja, das ist schon möglich … aber mein Sohn als Brummifahrer?«, murmelte Vater unzufrieden.

Bettina überging die Bemerkung. Sie interessierte jetzt eigentlich weniger der nicht greifbare Bruder als vielmehr Ulli, den sie endlich kennenlernen würde. Seine Beweggründe, die gefielen ihr. Er kam nicht allein, weil ihm eben gerade der Sinn danach stand, sondern weil er vor allem etwas für seine Mutter tun wollte. Das war ein feiner Zug von ihm. Aber wovon würden sie leben? »Was ist er denn von Beruf, Papa? Ewig langt das Geld ja wahrscheinlich auch nicht für beide, oder? Kann er seine kranke Mutter denn mitversorgen?«

»Er ist gelernter Fotograf und arbeitet bei einer weltweit tätigen Nachrichtenagentur«, erklärte Vater und Mutter steuerte bei: »Ulli hat schon als ganz kleiner Junge ein Faible fürs Fotografieren gehabt. Er hat seine Leidenschaft zum Beruf gemacht.«

Warum guckten sie sich mit so einem verschwörerischen Grinsen an? Bettina schaute fragend von einem zum anderen. Mama kicherte. Papa machte eine wegwerfende Handbewegung und grinste. »Ach, wir hatten viel Spaß mit gewissen Bubenstreichen … aber das ist lange her. Bestimmt ist er gut geworden. Er hatte Talent, dein kleiner großer Bruder. Aber jetzt zu etwas Praktischem, Bettina: Komm morgen Mittag bitte gleich nach der Schule heim. Die Spedition wird gegen zwei einige Überseekisten liefern. Lass sie in den Keller tragen, ja?«

»Klar, mache ich. Und wann kommt der Besitzer der Kisten?«

»Wir holen ihn Freitagabend in Hannover am Flughafen ab.«

»Mitsamt deiner ersten Frau? Ich bin gar nicht so sicher, dass ich die kennenlernen möchte.«

»Nein, er muss erst alles einrichten. Bisher ist doch die Wohnung leer und ihr geht es wohl so schlecht, dass sie im Rollstuhl sitzt, sie kann also gar nicht helfen.«

»Na, die deutschen Mediziner werden sie schon wieder auf Schick bringen«, meinte Bettina. »Kann ich mitkommen nach Hannover?«

»Natürlich! Du freust dich, stimmt's?«

»Ja, Papa!«

* * *

Bettina kannte den kleinen Braunschweiger Sportflughafen, auf dem sie viele frühe Kindertage verbracht hatte, als Papa noch lehrte. Aber einen großen, internationalen Airport hatte sie noch nie gesehen. Sie war beeindruckt.

Und erst von Ulli! Trotz der späten Stunde trug er eine dunkle Pilotenbrille, ein Jackett aus schwarz-weißem Tweed zur schwarzen Tuchhose, hatte lässig eine Pan-Am-Tasche geschultert und strahlte ihnen mit Mark-Spitz-weißen Zähnen entgegen.

»Ich bin so glücklich, wieder bei euch zu sein!« Sein Deutsch war makellos. Nur ein winziger, rollender Akzent verriet, welche Sprache er gewohnt war. Weit breitete er seine Arme aus, schloss sie erst um Mama, der die Freudentränen nur so über die Wangen perlten, zog dann Papa an die Brust. Vater und Sohn klopften sich ziemlich kräftig und männlich-kameradschaftlich auf den Rücken. Bettina hegte den Verdacht, dass Männer so was immer in emotional besonders geladenen Situationen taten, um ja nicht mit dem Heulen anzufangen.

Wahrscheinlich stoppte das kernige Geklopfe die Verbindung zwischen Herz, Hirn und Tränendrüsen.

Dann war endlich Bettina dran. Ulli nahm die Brille ab, musterte sie. Dieselben dunkelbraunen Samtaugen wie Papa. Voller Wärme. »Du bist zauberhaft, meine kleine Schwester!«, urteilte er.

Ihr Herz hopste, als er sie ein paar Zentimeter vom Boden hob, ein bisschen herumschwang, wie man Kleinkinder herumschwingt, und sie mitten auf die Nase küsste.

»Wir kennen uns, Bettina«, sagte er, als er sie wieder absetzte, und machte ein geheimnistuerisches Gesicht.

»'türlich kennen wir uns. Ich kann mich bloß nicht dran erinnern, denn ich war viel zu klein, als du fortmusstest«, erwiderte Bettina lächelnd.

»Hast du ein schlechtes Kurzzeitgedächtnis?«

»Ich? Nö. Wieso?«

»Bist du nicht die Chefredakteurin deiner Schülerzeitung?«

In Bettinas Kopf versuchten sich Informationsstränge zu ordnen. Scheinbar gab es Knoten in den Hirnwindungen. Ratlos blickte sie ihn an.

»Okay, Miss Bressler, I'll help you. I am Mr Kirk. You don't remember your long distance call to Saigon last year?«

»Nein!«, entfuhr es Bettina und sie klatschte sich mit der flachen Hand vor die Stirn. »Du warst das bei Associated Press?«

»Yes, baby.«

Er lachte sie an und aus und sowieso.

»Was hast du da gemacht, Ulli?«

»Gearbeitet, Darling. Und versucht, meinen Adoptivvater zu finden. Ich hätte nicht dorthin gehen müssen, es war nicht ungefährlich. Aber Mom hatte so große Hoffnung.«

»War es schrecklich?«

Er nickte. Sehr ernst jetzt. »Das Leben im Krieg, ja. Und die Tatsache, dass ich keine Spuren von ihm gefunden habe.«

Einen Moment lang wusste keiner recht, was er sagen sollte. Ulli löste das verlegene Schweigen. »Hey, folks, müssen wir mit der Bahn weiter oder habt ihr einen Wagen hier? Können wir heimfahren? Ich bin entsetzlich hungrig. Gibt es etwas für deinen verlorenen Sohn, Mama?«

»Dein Lieblingsgericht, Ulli!«

»Königsberger Klopse? Nach dem alten Rezept von Charlotte? Niemand auf der Welt kann das kochen. Nur du! Ich bin so froh ...« Er stellte die Füße breit auseinander, wippte ein bisschen in den Knien, schaute hinunter. »Ich stehe wieder auf deutschem Boden. Und es fühlt sich gut und sicher an.«

Während Vater Ullis Gepäck vom Band holte, legte er ohne Umstände Bettina und Mutter einen Arm um die Schultern, murmelte »my family ... what a great feeling to come home ...« und schob beide dem Ausgang zu.

Er saß neben Bettina auf dem Rücksitz von Papas nigelnagelneuem orangefarbenen Audi 100. Es gab überhaupt keine Fremdheit zwischen ihnen. Bettinas Bruder war heimgekommen. Als wäre er nur mal kurz im Urlaub gewesen.

* * *

Vorläufig nächtigte Ulli auf der Klappcouch im Wohnzimmer und wirkte absolut zufrieden. Den weiteren Verlauf des folgenden Wochenendes nutzte die ganze Familie, um dem verlorenen Sohn vor Augen zu führen, wie sich seine Heimatstadt in den Jahren der Abwesenheit entwickelt hatte. Eine richtige Touristenführung veranstaltete Wilhelm. Gemeinsam schlenderten sie durch die Innenstadt, besichtigten den Stand der Wiederherstellungsarbeiten an Burg und Dom, Altstadt- und Kohlmarkt, gönnten sich eine Pause vom Pflastertreten bei Kaffee und Kuchen im schicken »Café Tolle« und liefen von dort aus den Bohlweg rauf.

Ulli staunte über die Aufbaufortschritte, die Braunschweig während der vergangenen Jahre gemacht hatte, bewunderte das hochmoderne Kaufhaus mit seiner geradezu futuristischen Fassadenverkleidung und der (wie Papa nicht ohne Stolz erklärte) bis dato größten Tiefgarage Deutschlands.

Allein der von den Stadtplanern ersonnene Standort gefiel ihm überhaupt nicht. »Wo ist denn eigentlich mein Schloss hin? Hier sind wir doch damals noch über Trümmer geklettert, haben Versteck gespielt, obwohl es streng verboten war. Warum hat man es denn nicht wieder aufgebaut? Ein Park ist ja eine nette Sache, die Wasserspiele sind hübsch, aber …«

»Das war ein jahrelanges Theater, Ulli«, erklärte Vater. »Die Bürger wollten ihr Schloss eigentlich behalten, zumal rund zwei Drittel der Bausubstanz laut Gutachten noch gut verwendbar gewesen wären. Demonstrationen, Unterschriftensammlungen und regelrechte kleine Bürgeraufstände hat es gegeben. Aber es herrschte Ende der '50er nicht nur Geldmangel und immer noch enorme Wohnungsknappheit, sondern auch eine SPD-Regierung, die den Nöten der Bürger höhere Priorität einräumte als dem Denkmalschutz. Ich vermute mal, als ausschlaggebend für den letztendlichen Abriss kann man vielleicht zusätzlich die unselige jüngste Vergangenheit des Schlosses als SS-Junkerschule annehmen.«

»So ein Blödsinn!«, befand Ulli. »Was kann denn das Gebäude dafür, dass es nacheinander Welfenherzöge, ein Museum, den Arbeiter- und Soldatenrat und die nationalsozialistischen Elitelümmel beherbergen musste? So ist das eben mit soliden alten Kästen. Die dienen immer den jeweiligen Machthabern, und dicke Mauern saugen keine bösen Ideologien auf, um sie später heimtückisch an die nächsten Generationen auszudampfen und Schaden anzurichten. Ich finde es eigentlich reichlich unfair, dem Schloss das vorzuwerfen. Schade, ich hätte mir sehr gewünscht, es wieder aufgebaut zu sehen.«

»Tja, Ulli«, schaltete sich Eva ein, »solche Bauwerke sind aber auch Symbole für bestimmte Epochen und ihre jeweiligen Sozialstrukturen. Guck mal in die DDR. Da wird alles, was an die herrschende Klasse vor Einführung des Sozialismus erinnert, mutwillig zerstört oder rüde umgenutzt. Was haben die Russen mit den prächtigen Adelssitzen im Osten gemacht? Entweder gleich in Brand gesteckt oder zumindest geplündert. Es scheint das Wesen der Veränderung zu sein, dass alles, was an früher erinnert, nach Möglichkeit ausgelöscht wird. Ich möchte wirklich nicht wissen, was die Russen mit Gut Warthenberg angestellt haben. Wenn es überhaupt noch steht, haben sie wahrscheinlich unsere wunderschönen, über Generationen gesammelten Möbel kurz und klein gekloppt und dafür benutzt, in der Halle Lagerfeuerchen zu entfachen. Vermutlich sind sie dann wodkaselig drum rumgetanzt. Ich kann es mir richtig vorstellen und mir blutet das Herz.«

»Es scheint eben so, als ob Wegradieren die einzige Lösung für Menschen ist, mit Vergangenheit fertigzuwerden«, sinnierte Papa. »Mit Bewältigung hat das dann allerdings nicht viel zu tun.«

»Vielleicht haben die Menschen einer bestimmten Generation auch immer ganz Praktisches zu tun, Papa? Möglicherweise verlangst du einfach zu viel«, überlegte Bettina laut.

»Guter Einwand«, pflichtete Ulli ihr bei. »Ihr habt ja auch nie viel von früher erzählt.«

Die Eltern verstummten. Bettina und Ulrich sahen sich mit verschwörerischen Blicken an.

Ulli zupfte Bettina am Ärmel, ließ sich ein paar Schritte zurückfallen, ließ die Eltern vorgehen.

»So ist es immer«, beklagte sich Bettina leise. »Du stupst sie an und zack ist Ruhe.«

Er nickte. »Ich glaube, es gibt viel, was wir nicht wissen.«

»Und das finde ich Mist. Wir können ja mal bisschen gemeinsam quengeln. Jetzt bist du da und ich stehe nicht mehr ganz allein auf verlorenem Posten.«

Er legte ihr einen Arm um die Schultern und lächelte zu ihr herunter. »Machen wir!«

Die beiden schlossen wieder auf. Vater hatte die Route über den Steinweg eingeschlagen, wo sich neuerdings allerhand teure kleine Geschäfte angesiedelt hatten. Mit der Pracht- und Flaniermeile, die zu Kaisers Zeiten Schlossareal, Theater und Exerzierplatz am Nußberg in gerader Linie verband, konnte die Straße zwar nicht mehr mithalten, aber ein leises Flair von Eleganz war doch schon wieder spürbar. Blieb nun noch ein Abstecher ins mittelalterliche Magniviertel, das Ulli als kleiner Junge nur in Schutt und Asche gekannt hatte. Weit fortgeschritten waren hier die Restaurierungsmaßnahmen.

»So was gibt es gar nicht in den Staaten«, konstatierte Ulrich.

»Na, kein Wunder, Ulli«, spöttelte Bettina. »Im Mittelalter existierten da ja auch nur Büffel und Indianer im Tipi. Die Amis verfügen halt nicht über solche Traditionen wie wir hier in Europa. Wenn sie was bauen, ist es nur nachgemacht.«

Ulrich schaute sie schief von der Seite an. »Höre ich da eine gewisse Hochnäsigkeit, Schwesterlein? Hast du was gegen Amerika?«

»Na, ich will es mal so sagen, Ulli: Besonders viel Kultur scheinen die da nicht zu haben. Weißt du, ich gebe ja zu, etwas voreingenommen zu sein, denn erstens bin ich in einer Stadt aufgewachsen, die Briten und Amis zu einer Trümmerwüste gemacht haben, zweitens stelle ich mir viele Fragen, seit ich mich mit dem Vietnamkrieg beschäftige. Ehrlich gesagt habe ich eine ungeheure Wut im Bauch, spätestens so richtig, seit ich das bewusste Foto von dem verbrannten Mädchen gesehen habe. Wieso mussten die USA sich da einmischen? Was haben sie in

Südostasien verloren? Ich habe versucht, Staaten, Ideologien, Politiker in Gute und Böse einzuteilen. Dabei allerdings festgestellt, dass es quasi nie möglich ist, meine Schubladen sauber zu befüllen, ohne dass sie beim Zuschieben klemmen, weil immer irgendwas Falsches dabei ist und die Dinger nicht reibungslos zugehen …«

»Wie deine unaufgeräumten Sockenschubladen, nicht wahr, Bettina?«, frotzelte Mama.

»Ja, ungefähr so«, gab Bettina mit einem leicht genervten Lächeln zu. »Ich versuche seit Jahren, einen Überblick zu kriegen. Neue, gute Socken in der einen, gestopfte, alte Socken, die notfalls immer noch gehen, in der anderen.«

»Welche Socke gehört denn bei dir in welche Schublade? Also … ich meine, welche politische Socke …«, wollte Ulli wissen.

»Bei den Amis?«

»Von mir aus.«

»Na, Kennedy gehört beispielsweise zweifelsfrei in die gute Abteilung. Nixon wäre bei mir bis vor Kurzem gleich im Müll gelandet, aber nach seinen neuesten Entscheidungen lasse ich ihn bei den Socken, die gerade noch gehen.«

Ulrich wollte sich ausschütten vor Lachen.

»Hey, was soll das?«, fragte Bettina beleidigt.

»Du hängst doch gerade deine Beurteilung am Vietnamkrieg auf, nicht wahr?«

Sie nickte ernst und schaute ihn mit gerunzelter Stirn an.

»Darf ich dir dann erzählen, Schwesterlein, dass es schon 1961 dein netter Mr Kennedy war, der höchstpersönlich den Einsatz von Entlaubungschemikalien autorisiert hat? Von der UN geächtete chemische Kampfführung. Verboten im Einsatz gegen Menschen. Aber da gab es eine hübsche Lücke für den sympathischen amerikanischen Präsidenten. Die Hubschrauber und Flugzeuge der U.S. Army versprühten das Zeug ja nur auf Pflanzen, nicht wahr? Klasse Möglichkeit, der gegnerischen Armee jedweden Unterschlupf zu nehmen, Straßen und Wasserwege von oben einsehbar zu machen. Man konnte sie jetzt aus der Luft jagen wie die Ratten. Aber das war längst nicht alles, Bettina …«

Sie war stehen geblieben, sah wieder mal ihr Weltbild zutiefst erschüttert, hob die Achseln, blickte ihn erschreckt an. »Das mit Kennedy wusste ich nicht. Was noch?«

»Das Zeug entlaubte nicht nur, es verursachte ein riesiges Waldsterben und vernichtete natürlich ganze Ernten. Damit entzog man der Bevölkerung und nebenbei der gesamten Tierwelt jede Nahrungsgrundlage. Zusätzlich enthielt das Herbizid herstellungsbedingt auch noch TCCD, das giftigste aller Dioxine.«

»Das weiß ich alles, Ulli!«, trumpfte Bettina auf. »Darüber habe ich geschrieben. Krebs löst es aus, führt bei Kindern im Mutterleib zu schweren Missbildungen, in vielen Fällen auch zum Tod, und baut sich im Körper nicht ab, kann also ganze Generationen schädigen. Solchen riesigen amerikanischen Pharmakonzernen wie Mobay und Dow Chemical ist es doch egal, was mit Menschen, Tieren oder Umwelt passiert, die sind nur auf Gewinnmaximierung aus. Übel wird mir, wenn ich darüber nachdenke.«

»Stopp, Bettina!«, blaffte Ulli überraschend harsch. »Ich habe sie fotografiert, die missgebildeten Babys, und du kannst mir glauben, wenn all diese Informationen, die du hier so auf dem Trockenen von dir gibst, erst mal Gesichter bekommen haben, redest du nicht mehr so entspannt. Dann wirst du deine Übelkeit nämlich überhaupt nicht mehr los. Es verfolgt dich Nacht für Nacht bis in die Träume. Du kannst gern mal ein paar Blicke in mein Archiv werfen, wenn ich die Überseekisten ausgepackt habe. Aber ich sage dir, du machst einen großen Fehler, wenn du die alleinige Schuld für diese Riesensauerei nur in den Staaten suchst. Du musst dir wirklich angewöhnen, sorgfältiger zu recherchieren, wenn deine Artikel sauber sein sollen. Ich weiß, wovon ich rede. Du musst wissen, auch zwei piekfeine deutsche Unternehmen sind nicht unbeteiligt gewesen und haben überhaupt keine Skrupel gehabt, ihren Anteil zu der mörderischen Herbizid-Rezeptur beizutragen. Die von dir gerade genannte Firma Mobay ist ein Gemeinschaftsunternehmen von Monsanto und der deutschen Bayer AG. Und auch ein weiterer deutscher Chemieriese, nämlich Boehringer Ingelheim, lieferte getreulich und ohne mit der Wimper zu zucken.«

Bettina fehlten die Worte zur Erwiderung. Sie starrte auf den Boden, schüttelte resigniert den Kopf und seufzte tief. Wieder nichts gewesen mit der Schubladenordnung. Und, was viel schwerer wog, wieder nichts mit der Hoffnung, ja, Forderung, es möge nie wieder Krieg von deutschem Boden ausgehen. Diese Sache war keine direkte Kriegstreiberei. Aber eine saubere weiße Weste, die war weiß Gott auch was anderes.

»Was trödelt ihr beiden denn so?« Vater, der wohl bemerkt hatte, dass Ulrich und Bettina inzwischen weit zurückgefallen waren, stand plötzlich neben ihnen und schaute sie prüfend an. »So ernst? Worüber sprecht ihr denn?«

»Krieg und Frieden, Papa«, antwortete Ulrich nebulös.

»Tolstoi? Seit wann interessiert sich meine Tochter für russische Literatur?«, wollte Vater sichtlich irritiert wissen.

Bettina und Ulrich schauten sich an und mussten beide lachen. Mutter trat dazu. »Aber Wilhelm, sie liest wie eine Verrückte, das weißt du doch. Nicht umsonst musst du sie abends immer ermahnen, das Licht auszumachen. Warum nicht auch russische Klassiker?«

Sie kapierten nichts. Ulrich zwinkerte Bettina einvernehmlich zu.

Er war viel älter, dennoch behandelte er sie nicht wie ein kleines Mädchen. Man konnte mit ihm reden, er nahm kein Blatt vor den Mund. Das konnte schmerzhaft sein. Aber er schien den Schmerz zu teilen, Bettina fühlte sich wohl in seiner Gegenwart. Doch … es war wirklich gut, einen großen Bruder zu haben.

10

BRAUNSCHWEIG 1973 – EIFERSUCHT

Seine amerikanischen Attitüden hatte Ulrich lustigerweise schon abzulegen begonnen, nachdem er die ersten Bissen von Mamas köstlichen Königsberger Klopsen gegessen hatte. Offenbar ging bei ihm das Gefühl von Zugehörigkeit zu einem bestimmten Kulturraum durch den Magen. Fortan verzichtete er gern auf das, was er wohl gewohnt gewesen war, und passte sich selbstverständlich wieder deutschen Gepflogenheiten an. Keine Pancakes mit Ahornsirup, weder Sausages noch Cornflakes mit Orangensaft zum Frühstück. Er lunchte mittags nicht mehr und aß Abendbrot, statt ein Dinner zu haben. Bettina stellte fest, dass seine Sprache sich blitzschnell jeglicher Amerikanismen entledigte.

In den folgenden Wochen richtete Ulli sich ein. Die ganze Familie griff ihm beim Renovieren der relativ heruntergekommenen Mietwohnung unter die Arme, half beim Aussuchen und Einräumen der Möbel. Bettina kleisterte Tapeten ein, Ulli pappte sie an die Wand. Gemeinsam schwangen sie den Pinsel und hatten viel Spaß dabei. Mama nähte mit ihrer alten eisernen »Singer«, die sie eines Tages von einem Sperrmüllhaufen gerettet hatte, die Gardinen, Papa hängte sie auf. Es wurde eine Wohnung zum Wohlfühlen. Solange Ulrichs Mutter nicht da war, verbrachte Bettina gerne Zeit hier mit ihm.

Als sie dann kam, entstand ein merkwürdiger Beigeschmack, eine gewisse Scheu, die Räume vorbehaltlos zu betreten. Bettina empfand diese zusammengesunkene, beinahe völlig hilflose Frau im Rollstuhl als Störenfried im Kreis der Familie. Sie tat ihr zwar leid, doch die unschöne Rolle, welche sie in Mamas und Papas Leben gespielt hatte, konnte sie nun einmal nicht vergessen. Schon bald ging sie nicht mehr hin.

Ulli kam. Oft. Das war gut, denn er war ein Vertrauter geworden. Bettina brauchte einen Vertrauten. Einen, mit dem sie Dinge besprechen konnte. Alle? Na ja, fast alle. Bloß keine, die mit dem Verhältnis zwischen Männlein und Weiblein zu tun hatten. Dafür war er nicht der Richtige. Schade, denn gerade dieses Thema begann wichtig zu werden.

Schnell stellte sich heraus, dass Ullis Mutter ständiger Hilfe bedurfte. Seine Pläne, weiterhin als Fotograf für die Agentur zu arbeiten, was häufige Abwesenheit bedeutet hätte, musste er an den Nagel hängen. Es war in gewisser Weise Vater zu verdanken, dass sich eine andere Möglichkeit für ihn auftat. Seit Jahren hatte Papa seine Filme in einem bestimmten alteingesessenen Fotogeschäft mitten in der Innenstadt entwickeln lassen. Mit dem Eigentümerehepaar Wolf verband ihn ein beinahe freundschaftliches Verhältnis.

Jede Entwicklung der Familie Bressler hatten die beiden alten Leutchen mitverfolgt, denn Vater hatte niemals Scheu gehabt, zu dem einen oder anderen Foto eine nette Anekdote zu erzählen. Das hatte verbunden. Und so war auch er es, dem die Witwe nach dem plötzlichen Tod ihres Mannes ihr Leid klagte. Immer hatte sie hinterm Tresen gestanden, war aber wenig vertraut mit den ganzen technischen Gerätschaften in der

Dunkelkammer. Das hatte immer er gemacht, dafür war sie nie zuständig gewesen. Und nun?

Vater war ihr wahrscheinlich wie ein strahlender, rettender Engel vorgekommen, als er nach einer eingehenden Beratung mit Ulli zu ihr kam und die Lösung all ihrer Probleme präsentieren konnte.

Ulli übernahm das gut eingeführte Geschäft zunächst als Pächter. Die alte, silberweißhaarige Dame ging ihm zur Hand und musste ihren geliebten angestammten Platz nicht räumen. Von nun an fertigte Ulrich tagtäglich Passfotos, fotografierte statt grausam entstellter Kriegsopfer glückliche Hochzeitspaare, rosige Babys auf kuscheligen Lammfellen, edle Schäferhunde vor herbstlichem Waldhintergrund und ähnlich friedliche Motive.

Bettina, die ihn häufig in seinem kleinen, feinen Lädchen besuchte, fragte ihn eines Tages, ob ihn diese Art der Berufsausübung eigentlich befriedigte. Immerhin war es doch ein krasser Wechsel im Vergleich zu dem Leben, das er bisher geführt hatte.

Er überlegte nur sehr kurz, ehe er antwortete: »Weißt du, im Grunde habe ich lange schon den Kanal voll gehabt von all diesen entsetzlichen Anblicken. Du hast nur zwei Möglichkeiten. Entweder du stumpfst ab oder du wirst verrückt. Lässt du all das, was du als Kriegsreporter zu sehen bekommst, an dich ran, kannst du davon ausgehen, dass du eines Tages reif bist für die Klapse. Es ist purer Selbstschutz, nicht mehr das Individuum, sondern lediglich noch das Motiv, das Objekt zu sehen. Die Kamera schützt dich in gewisser Weise. Sie ist es, die speichert, was dein Kopf und Herz nicht mehr zu speichern vermögen, ohne vor Mitleid zu zerfließen.«

Bettina nickte. Wie gut sie das nachvollziehen konnte! Nur wenige Blicke in das, was Ulli »sein Archiv« nannte, hatten ihr genügt.

»Das bedeutet, du haderst nicht mit den Entwicklungen, bist nicht grantig mit deiner Mutter, weil du jetzt durch ihre Krankheit ziemlich in deiner Bewegungsfreiheit eingeschränkt bist? Ich meine … na ja …« Sie druckste um das herum, was sie eigentlich sagen wollte, aber Ulli schien sehr genau zu wissen, was hinter ihrer Stirn vorging.

»Du willst andeuten, dass sie es nicht verdient hat?«

»Njein …«, kam ihre zögerliche Antwort.

»Doch, das willst du. Es mag sein, dass sie selbst sehr viele Entscheidungen über unsere Kinderköpfe hinweg getroffen hat, die lediglich ihrem eigenen Wohl dienten. Das kann man verurteilen, wenn man möchte. Aber jetzt ist sie ein Mensch, der Hilfe braucht. Und immerhin ist und bleibt sie meine Mutter. Was wäre die Welt, wenn jeder immer nur Gleiches mit Gleichem vergelten würde? Wenn keiner verzeihen könnte? Wenn alle so gebacken wären, würden Streits nie geschlichtet werden, Kriege nie enden. Sie hat mich zur Welt gebracht, Bettina. Jetzt braucht sie mich. Und ich bin da.«

Bettina atmete tief durch und sah ihn an. Er lächelte. Sie legte ihm eine Hand auf die Schulter. »Du bist schon ein Guter, Ulli! Von dir kann man lernen.«

»Um deine Frage also abschließend zu beantworten: Ja, ich bin zufrieden mit dieser Art der Berufsausübung. Ich muss nicht mehr das Schockierendste liefern, nicht mehr die Fotos schießen, bei deren Anblick jedem Betrachter die Tränen kommen. Ich kann Schönes knipsen. Kann den Menschen, die mich beauftragen, Glücksmomente verschaffen. Weil die etwas zu rundliche Braut plötzlich ganz schlank wirkt, weil ich genau den Moment abpasse, in dem das schielende Baby nicht schielt, und dann abdrücke, wenn der Hund den treuesten Blick, die geliebte, teure Perserkatze den vornehmsten Gesichtsausdruck zeigt. Das ist doch was, oder?«

Menschen Glücksmomente verschaffen! Er hatte seinen Weg gefunden. Bettina den ihren längst noch nicht. Manchmal beneidete sie ihren Bruder, wäre gern so ganz mit sich und der Welt im Einklang gewesen wie er. Dieser gelassene Charme, den er ausstrahlte, trug ihm einen hohen Beliebtheitsgrad bei seinen Kunden ein. Und es blieb nicht aus, dass schon bald eine junge Frau ausgesprochen häufig bei ihm in seiner Dunkelkammer anzutreffen war, wenn Bettina vorsichtig die Tür einen Spaltbreit öffnete und die Nase ins rote Licht steckte. (»Tür zu, Mensch! Du verdirbst mir die Entwicklung!«)

Sie verdarb nie die Entwicklung, dafür war der winzige Flur vor dem Allerheiligsten zu duster. Aber sie sah sie da sitzen. Ute hieß sie, war klein, blond, zierlich, sehr hübsch, immer nach der neuesten Mode gekleidet, und arbeitete in der eleganten Parfümerie am Bohlweg. Neuerdings verbrachte sie ihre Pausen unter Ullis Rotlicht und es dauerte nur wenige Wochen, bis Ulrich sie zu einer Abendesseneinladung nach Hause mitbrachte und ganz offiziell als seine Freundin vorstellte.

Liebe Güte, sogar Papa wurde zum reinsten Gockel angesichts dieses wirklich zauberhaften Geschöpfs. Sie war nicht nur wahnsinnig gepflegt und erlesen gekleidet, sie war zu allem Überfluss auch noch eloquent, witzig, schlagfertig, wusste mit den Komplimenten der Männer genauso umzugehen wie mit Mamas klugen Äußerungen zu allen möglichen Themen.

Bettina war eifersüchtig. Diese Ute war mit sechzehn von der Schule abgegangen, hatte eine Lehre als Kosmetikerin mit Auszeichnung gemeistert, Kurse in allen möglichen europäischen Hauptstädten absolviert, sprach fließend Französisch und Englisch. Und hatte sogar schon einmal während einer großen Mailänder Modenschau assistieren und hinter die Kulissen blicken dürfen. Das Mädchen war jetzt zweiundzwanzig und hatte die Welt gesehen.

Neben ihr fühlte sich Bettina wie ein hässliches Entlein. Wie konnte man Fingernägel so perfekt lackieren? Wie einen Lidstrich derart fein und gleichmäßig ziehen? Wie kriegte man einen solch ebenmäßigen Teint hin? Und wie, zum Teufel, konnte man auf diesen Absätzen so elfengleich dahinschweben?

Bettina dachte an ihre fetten Boots. An ihre paar zaghaften Versuche, sich zu schminken. Ganz allein, bei abgeschlossener Badezimmertür mit Mamas Schminkzeug. Wie ein Clown hatte sie ausgesehen. Angemalt. Übertrieben. Sofort zu Wasser und so viel Seife hatte sie gegriffen, alles runtergeschrubbt, bis ihre Augen albinokaninchenrot gewesen waren. Und beschlossen, es nie wieder zu probieren.

Sie hätte Ute fragen können, wie es geht. Hier saß der Profi. Mit Sicherheit hätte sie eine nette Anleitung bekommen. Aber sie beschloss lieber, Ute doof zu finden. Das machte sich gut, wenn man zum ersten Mal feststellte, wie sich Eifersucht anfühlte. Bohrend ekelhaft fühlte es sich an. Und es war prima, sich ausgesprochen gute Gründe auszudenken, um dieses ekelhafte Gefühl vor sich selbst rechtfertigen zu können.

Nicht genug, dass sie einen Bogen um seine Mutter machen musste, nein, jetzt auch noch die. Bettina hatte ihn gerade wiederbekommen, ihren großen Bruder, da kam diese blöde Zicke und nahm ihn ihr wieder weg. Dann war Ulli jetzt eben besetzt, dann war sie ihm also nicht so wichtig. Schmerzhaft war die Erkenntnis. Sie kroch in ihr Schneckenhaus und bedauerte sich. Sie schmollte, stellte ihre Besuche in Ullis Lädchen ein, ging ihm aus dem Weg, wo sie nur konnte, aber sie stellte sich nie seinen fragenden Blicken, wenn er ihr doch einmal begegnete, sondern gab vor, wahnsinnig beschäftigt zu sein. Er nahm es hin. Aber sie spürte durchaus, dass er ihr die Ausreden nicht glaubte.

* * *

Schon Anfang November verkündeten Ute und Ulli ihren Verlobungstermin, der »in schöner Familientradition«, wie Ulrich es augenzwinkernd und erinnerungsselig nannte, dort stattfinden sollte, wo einst Mama und Papa ihre Hochzeit gefeiert hatten. Gebucht hatte er schon.

»Am 25. November also, bitte in angemessener Garderobe zum schicken Abendessen.«

Bettina versuchte sich um den Termin herumzudrücken. Die Eltern reagierten befremdet. Was hatte sie nur?

Mama nahm sie beiseite. »Was ist los, Bettina? Ist es, weil du noch kein Kleid hast? Mach dir keine Sorgen, wir gehen diese Woche zu Rosbach & Risse, da finden wir bestimmt was Hübsches für dich.«

Gut, das war ein ziemlich feiner Laden. Eigentlich ein Grund, sich zu freuen. Bettina aber freute sich gar nicht. Nicht mal über das wirklich schöne, teure Kostüm, das Mutter ihr kaufte.

»Wenn sie jetzt noch lächelt, wird sie die hübscheste junge Frau auf der Feier sein«, behauptete die Verkäuferin.

Aber Bettina lächelte nicht.

Erst als die Bundesregierung sich ob der Ölkrise zu verkehrsfreien Sonntagen entschloss, lächelte sie, und zwar hämisch und richtig gemein, denn der 25. November würde der erste solche Sonntag werden und unter diesen Umständen musste die ganze Sache natürlich ausfallen. Es war weit bis zum Nußberg, wo die Verlobung stattfinden sollte. Wenn nichts fuhr, wie sollte die ganze Familie dort hinkommen?

»Dann gehen wir eben zu Fuß«, beschloss Mama pragmatisch.

»Zu Fuß? Na hör mal! Das mag ja für uns gehen, aber was ist mit Ullis Mutter? Im Rollstuhl? Bei der Kälte? Dauert doch mindestens anderthalb Stunden.«

»Ach, Schatz«, erwiderte Mutter grinsend. »Nun stell dich mal nicht so an. Wird schon keinem ein Zeh abfrieren. Stefanie packen wir in warme Decken und machen einfach einen schönen langen Marsch durch die Stadt.«

Tja. Es gab kein Entkommen. Bettina musste mit.

Gott sei Dank war es ein stiller, recht sonniger Herbstnachmittag, als sie starteten. Regen wäre nun wirklich nicht schön gewesen. Vater und Ulrich schoben abwechselnd den wenig geländegängigen Rollstuhl, der an einigen Stellen arge Probleme mit dem Kopfsteinpflaster hatte. Dennoch war die Stimmung gut. Die Männer diskutierten den Auslöser der Ölkrise.

»Das ist die Quittung der OPEC-Länder an die erdölimportierenden Staaten für ihre Haltung Israel gegenüber im Jom-Kippur-Krieg«, analysierte Vater.

»Aber von drei auf fünf Dollar pro Barrel … Mensch, Papa, das ist schon deftig«, antwortete Ulrich.

»Pass auf, die können die Daumenschrauben noch erheblich fester anziehen. Wer Öl hat, hat heutzutage Macht. Aber wir lassen uns nicht erpressen. Dann laufen wir eben sonntags zu Fuß. Besser, als vor diesen Wüstencowboys im Sand zu robben, ist das allemal. Es geht eben nicht an, dass wir, ausgerechnet wir, Israel in den Rücken fallen.«

Bettina ging mit Mama und Ute hinter den Männern. Mutter schön in der Mitte, denn allzu nah wollte sie der duftenden Elfe Ute nicht kommen. Sie roch schon gut, das musste sie zugeben. Welches Parfum das war, hätte sie eigentlich gern gewusst. Nicht, dass sie dasselbe hätte benutzen wollen. Nein, nein! Aber es hätte sie interessiert. Ute gab sich wahnsinnig Mühe, Bettina auf ihre Seite zu ziehen. Immer wieder brachte sie ihr Pröbchen mit. Mit dem Hinweis, wenn ihr etwas besonders gefiele, könnte sie es gern besorgen, sie bekäme schließlich Mitarbeiterrabatt. Immer hatte Bettina dankend abgelehnt.

Eigentlich blöd, schoss es ihr jetzt für den Bruchteil einer Sekunde durch den Kopf. Im Grunde hatte sie ihr doch wirklich nichts getan. Warum war sie eigentlich derart stur?

Der Gedanke wurde von etwas unterbrochen. Was war das für ein merkwürdiges Klingeln und Wummern im Kopf? Erst fasste sie sich an die Schläfen, dann drehte sie sich um, horchte. Mama und Ute blieben ebenfalls stehen und schauten sich irritiert an. Also nicht nur in Bettinas Kopf. Beruhigend. Woher kam das?

Immer lauter wurde das Geräusch und jetzt sahen sie, was gerade auf den Rebenring eingebogen war: das unglaublich beeindruckende Gespann der traditionsreichen Braunschweiger Hofbrauerei. Sechs Kaltblutriesen im prächtigen Festtagsgeschirr vor dem schweren Wagen mit überdimensionalen Bierfässern. Der Kutscher in altertümlicher Fahrpelerine und Zylinder, ein livrierter Beifahrer. Und hinter ihnen drei Reihen freie Bänke.

Ein allgemeines »Ah« und »Oh« aus allen Kehlen. Wunderschön war der Zug anzusehen.

Da einmal mitfahren!

Bettina dachte.

Und Ute machte.

All ihren Charme (über den sie, verdammt noch mal, reichlich verfügte) ließ sie spielen und im Handumdrehen hatte die ganze Familie ein Transportmittel.

»Nur ein kleiner Umweg, das machen die Rösser doch gern«, versicherte der Kutscher, offensichtlich in einen Zustand völliger Verzückung verfallen, und legte Ullis Zukünftiger sorgsam eine Decke über die Knie. Da thronte sie nun, hoch oben auf dem Bock. Hätte nur noch gefehlt, dass sie huldvoll winkend ihr Volk grüßte, wie es Bettina von Viktoria-Luise, der letzten Kaisertochter, kannte, die in einer alten Villa hinterm Prinzenpark residierte und sich oft und gern zu Spaziergängen unter die Braunschweiger mischte, um ein wohltuendes Bad in der Menge zu genießen.

»Wie damals in der Kutsche mit den beiden Schimmeln, nicht, Wilhelm?«, schwärmte Mama und kuschelte sich ganz dicht an Vaters Schulter. Er legte einen Arm um sie und zog sie dicht zu sich.

»Schön, nicht?«, sagte Ulli zu Bettina, strahlte über beide Backen und wollte sie in gleicher Manier wie Papa an sich ziehen. Bettina rückte ab, so weit sie konnte. Er runzelte die Stirn und flüsterte: »Was ist bloß los mit dir? Es ist doch so ein wundervoller Tag. Magst du nicht wenigstens ein bisschen meine Freude teilen? Es wäre mir wichtig.«

Das klang ehrlich. Bettina war überrascht. »Es wäre dir wichtig, dass ich mich mit dir freue?«

»Natürlich! Du bist meine Schwester und damit einer *der* Menschen in meinem Leben.«

»Oh«, sagte Bettina. Das ging runter wie Öl. Wie warmes Öl. Sie rückte ihm wieder etwas näher, murmelte: »Ich bin eben eifersüchtig.«

»Das habe ich mir schon gedacht. Eifersucht ist aber eine ziemlich widerliche Leidenschaft, die bekanntlich mit Eifer sucht, was Leiden schafft. Eifersucht ist ein grässlicher Dämon, der es nur drauf anlegt, dir Sachen einzuflüstern, die dein Selbstwertgefühl zerstören sollen. Den gilt es zu bekämpfen, sonst frisst das Biest dich von innen auf. Damit fühlst du dich doch nicht gut, oder?«

Bettina schüttelte heftig den Kopf. »Ich werd's aber nicht los.«

»Hör mal, Bettinchen«, säuselte er in einem Tonfall, mit dem man kranke Pferde tröstet, »Ute nimmt dir doch nichts weg! Und sie wäre gern so was wie eine Freundin für dich, du könntest also sogar einen lieben Menschen dazugewinnen. Du machst es ihr allerdings schwer und ich finde, das hat sie nicht verdient.«

So was aber auch! Bettina war hier die Verletzte. Und jetzt wollte Ulli ihr zu allem Übel ein schlechtes Gewissen machen.

Bettina starrte auf die blank polierten Kruppen der Pferde, die sich regelmäßig im Gleichtakt hoben und senkten. Hin und wieder ein Schnauben, Riesenhufe in Rieseneisen auf dem Asphalt. Die untergehende Sonne blendete, als sie die Jasperallee hinunterrollten, aus den Nußbergwiesen stieg erster, rotgolden beleuchteter Nebel. Eine Szene wie aus dem Märchen, untermalt vom Klirren der Glöckchen an den Geschirren. Es war schön. Warum das Herz verschließen? Wieso war das so schwer, über den eigenen Schatten zu springen?

»Sag was«, forderte er.

Sie atmete tief durch, dann wandte sie ihm den Kopf zu, versuchte zu erklären: »Du hast ja irgendwie recht, Ulli! Es war nur so … ich dachte, ich hätte es verdient, dich endlich für mich zu haben, ohne dich gleich wieder mit anderen teilen zu müssen, weißt du?«

»Was heißt hier teilen? Teilen kann man doch nur etwas, das man besitzt. Ich gehöre niemandem. Niemand gehört irgendjemandem, Bettina.«

»Das weiß ich doch«, schnaubte sie. »Du willst mich eben nicht verstehen.«

»Doch, das will ich, und ich glaube, das habe ich sogar schon. Was du ausdrücken willst, ist, dass du meinst, ein alleiniges Anrecht auf meine Zuneigung, oder nenn es sogar Liebe, zu haben, stimmt's?«

»Genau.«

»Das ist aber ganz schön dreist. Du liebst doch auch mehrere Menschen. Muss ich jetzt eifersüchtig sein? Es ist viel Liebe in einem einzigen Herzen und Liebe ist ein nachwachsender Stoff, die braucht sich nicht auf. Es ist immer genug da für Mütter, Väter, Kinder, Geschwister, Lebenspartner, Freunde, Tiere, für Kunst, für die Natur und was weiß ich noch. Man darf verschwenderisch damit umgehen. Meiner Bruderliebe kannst du jedenfalls immer sicher sein. Schau mal …«, er tat so, als würde er ihr einen Eimer Wasser über den Kopf schütten, »ich kann dir ein ganzes Füllhorn davon über deine Grübelbirne kippen und das Ding wird nie leer. Kriege ich was wieder? Lächel doch einfach mal. Du würdest mir damit ein Geschenk machen.«

Seine Albernheit war ansteckend. Bettina lachte. Er kniff sie in die Seite, kitzelte sie, dass sie lachen musste, bis sie nur noch japste und sich die Lachtränen aus den Augen wischte.

»Siehste, geht doch. So gefällst du mir sowieso viel besser. Probier es doch einfach mal aus, Bettina. Verlieren kannst du nichts.«

»Na gut. Weil du's bist«, kicherte sie und Ulli drückte sie.

Als sie vom Wagen kletterten, bemerkte Bettina, wie Ullis Mutter sie ansah. Immer war sie der gebrechlichen, alten Dame ausgewichen. Jetzt fing sie ihren Blick ein, der wie immer ein wenig scheu, beinahe entschuldigend wirkte. Offensichtlich war es so, dass Stefanie sehr genau wusste, welche unausgesprochenen Vorwürfe Bettina ihr machte.

Natürlich war ihre Loyalität Papa gegenüber grenzenlos gewesen. Er war schließlich derjenige, der jahrelang am meisten unter den Eskapaden und egoistischen Entscheidungen seiner ersten Frau gelitten hatte. Aber selbst der schob inzwischen die ehemalige Femme fatale ganz einträchtig zusammen mit Ulli durch die Straßen. Auch Mama schien längst keine Vorbehalte mehr zu haben, ging mit Stefanie völlig unbefangen um. Mama und Papa wären nicht die gewesen, die sie waren, wenn sie einem am Boden Liegenden nicht wieder auf die Füße geholfen hätten. Natürlich, eine Weile hatten sie übel genommen, und das gewiss zu Recht. Aber in der gegebenen Situation waren sie durchaus in der Lage, einfach zu vergessen und empathisch zu sein.

War es nicht gerade das, was Bettina an ihnen so liebte? War es nicht das, dem sie eigentlich immer hatte nacheifern wollen? Übertrieb sie es etwa mit ihrer Loyalität? Schoss sie im Grunde nicht längst übers Ziel hinaus und verkehrte Gutgemeintes ins hässliche Gegenteil?

Seit Stefanie in Deutschland angekommen war, hatte es kein einziges böses Wort zwischen ihr und den Eltern gegeben. Offensichtlich war sich Stefanie ihrer miserablen Lage absolut bewusst, sie wirkte sehr, sehr dankbar für jede Freundlichkeit, die ihr entgegengebracht wurde, versuchte alles, ihrerseits jedem Mitglied der Familie Herzlichkeit entgegenzubringen. Was hatte sie ihr persönlich eigentlich getan, überlegte Bettina. Sie hatte ihr die Brüder weggenommen. Hatte dafür gesorgt, dass sie als Einzelkind aufgewachsen war. Gut, das war Mist gewesen. Aber durfte sie ihr das heute noch ankreiden? Durfte man immer und ewig nachtragen?

Die Krankheit hatte sich in Stefanies Gelenken breitgemacht. Unbehandelt musste sie während mindestens des gesamten letzten Jahres entsetzliche Pein gelitten haben. Die völlig verformten Knöchel ihrer Finger sprachen Bände. Wie mochte es in Knien, Hüften, Füßen, Ellenbogen aussehen? Klein, schmal, geradezu verhutzelt saß sie da in ihrem wackligen Kassenrollstuhl. Sicher, die Therapie hatte jetzt begonnen, sie bekam endlich etwas gegen die Schmerzen, eine Krankengymnastin bemühte sich um sie. Aber wie fühlte es sich wohl an, wenn jede banale Bewegung, jede kleine Verrichtung zur Herkulesaufgabe wurde? Den ganzen Tag über, bis Ulli abends heimkam, musste sie allein zurechtkommen, und irgendwie gelang es ihr. Nie klagte sie, biss die Zähne zusammen, machte sogar Witze über ihren grauenvollen Zustand, nahm sich selbst auf die Schippe. War das, wenn nicht wenigstens Mitleid, auch ein bisschen Achtung wert?

Ulli ging liebevoll mit ihr um, ohne ihr ständige Dankbarkeit abzuverlangen. Er tat es selbstverständlich, war nicht überfürsorglich, ließ ihr die Eigenständigkeit, die sie noch zu leisten in der Lage war. Vielleicht, um ihr nicht jedes Selbstwertgefühl zu nehmen?

Ute war ganz das, was man eine entzückende zukünftige Schwiegertochter nennen konnte. Sie benahm sich der alten Dame gegenüber einfach reizend, half, wo sie konnte, hatte stets ein Auge darauf, dass sie es bequem hatte, plauderte, hörte zu, flirrte um sie herum wie ein hübscher, bunter Schmetterling und schien Stefanies Seele zu streicheln.

Nur Bettina gnatzte. Aber sie fühlte sich zunehmend unwohl in der Rolle der ewig Nachtragenden.

Musste es nicht irgendwann mal gut sein? Ulli hatte etwas in Bettina in Gang gesetzt. Wäre es nicht eine gute Idee, gleich hier und heute etwas zu ändern? Wie hatte er das doch gesagt? »Was wäre die Welt, wenn jeder immer nur Gleiches mit Gleichem vergelten würde? Wenn keiner verzeihen könnte? Wenn alle so gebacken wären, würden Streits nie geschlichtet werden, Kriege nie enden.«

Doch! Es war sowieso an den längst vergangenen Dingen nichts mehr zu ändern. Wozu noch über verschüttete Milch klagen? Stefanie war niemand mehr, von dem man irgendetwas befürchten musste. Bettina beschloss, ihr – und sich! – eine Chance zu geben. Sie lächelte ihr zu, schob Ulli von den Rollstuhlgriffen und bugsierte das Ding über den schmalen Spazierweg, der unter alten Bäumen von der Straße zum Lokal führte.

Stefanie drehte sich um, sagte strahlend »Danke, Bettina!«, und sie wusste, es war ein erleichtertes, tief empfundenes Danke.

Eifersucht ist Käse und tut nur weh. Nicht verzeihen können ist auch Käse. Auf beides zu verzichten fühlte sich gut an, dieses schmerzhafte Gefühl im Herzen wurde milder, vielleicht würde es sogar ganz vergehen.

Ziemlich befriedigende Erkenntnisse für einen Sonntagnachmittag, fand Bettina und nahm sich vor, endlich auch auf Ute zuzugehen.

11

BRAUNSCHWEIG 1974 – NICHT WENIGER

Bettina hatte ihren Frieden gemacht. Mit Stefanie, mit Ute, mit all diesen schlechten Gefühlen, ja sogar mit der Hauptzielscheibe ihrer Wut, dem amerikanischen Präsidenten Richard Nixon. Der nämlich stolperte über die Watergate-Affäre, wurde einer ganzen Reihe von Missbräuchen seiner Regierungsvollmachten überführt, die sich während reichlich fünf Jahren Amtszeit zwischen 1969 und 1974 summiert hatten, fiel gewaltig auf die Nase und musste am 9. August 1974 kleinlaut zurücktreten. Vor der Verurteilung bewahrte ihn sein Amtsnachfolger Gerald Ford nur wenige Wochen nach Dienstantritt durch Begnadigung. So richtig richtig fand sie es eigentlich nicht, dass der Kerl ungestraft davonkam. Aber die Gesetze sahen diese Möglichkeit nun mal so vor und waren dazu gemacht, angewendet zu werden. Letztlich wertete Bettina die Vorgänge als eindeutigen Beweis für eine funktionierende Demokratie mit klarer Gewaltenteilung und konnte sich damit arrangieren.

In der Familie lief also so weit alles rund. Aber da gab es ja auch noch eine ganz andere Ebene. Auf derselben Ebene.

Na, zumindest auf demselben Flur, nur drei Schritte hinter der eigenen Wohnungstür.

Es hatte seit der Einweihungsfeier nicht lange gedauert, bis Bettina in der Nachbarwohnung ein und aus ging. Gut, mit dem Geldverdienen als Babysitter war es nichts geworden, obwohl sie an manchen Abenden tatsächlich Achim hütete. Was sie aber dafür zurückbekam, war ihr viel mehr wert als nur ein paar Mark.

Abgesehen davon, dass Mathias mit ihr als Dankeschön und ob der Tatsache, dass sie schon wieder auf einer kippligen Vier stand, regelmäßig Latein paukte (wobei er sich als einfach wunderbar geduldiger, witziger, kluger Lehrer entpuppte), hatte Achims Entschluss, sie sozusagen als Gouvernante fest zu installieren, unverhofft Türen geöffnet. Türen in eine Gesellschaft, die anders war als alles, das sie bisher gekannt hatte. Wie ein Schwamm saugte sie Informationen aus Gesprächen, die sich zwischen Mathias und seinen Freunden häufig um politische Fragen und Meinungen drehten.

Ein paar hatten schon in den 1960ern mitdemonstriert. Gegen atomare Aufrüstung, gegen den Vietnamkrieg, gegen Rassismus. Ihre Herzen schlugen für dieselben Ideale wie Bettinas: Frieden, Freiheit, Gleichheit.

Alle waren entweder noch Studenten oder gerade fertig geworden. Bettina war mit Abstand die Jüngste, die anderen alle fünf bis zehn Jahre älter. Aber das bedeutete durchaus nicht, dass sie nicht einbezogen wurde. Anfangs traute sie sich selten, mal ein paar Worte einzuwerfen. Mit der Zeit legte sich ihre Schüchternheit, bald wagte sie zunächst Fragen zu stellen, später auch ihre Meinung zu formulieren. Und sie wurde gehört. Man setzte sich mit ihr auseinander, obwohl sie doch so viel jünger war. Ein großartiges Gefühl!

Bettina spürte deutlich, wie sehr die Einbeziehung in diesen Kreis sie mehr und mehr von den Mitschülern abhob. Sie ließ es nicht raushängen. Verarbeitete ihre neuen Kenntnisstände zwar vorsichtig in Artikeln, achtete aber sehr darauf, bloß nicht überlegen wirken zu wollen. Es fiel ihr eben nur auf. Und es führte dazu, dass sie immer seltener die Freizeitaktivitäten ihrer Mitschüler teilen mochte.

»Bibi kommt nicht mit. Die hockt in ihrem Elfenbeinturm und denkt über die Welt nach«, hörte sie Gaby irgendwann einmal sagen, als es darum ging, einen Flohmarktbesuch mit ein paar Freunden zu verabreden.

Nein. Bibi hockte durchaus nicht nur im Turm. Im Gegenteil. Sie war mittendrin im wahren, prallen Leben. Nur eben anders. Und vielleicht etwas erwachsener?

Sehr gewöhnungsbedürftig erschien ihr nur der außerordentlich freizügige Umgang zwischen Frauen und Männern in ihrem neu eroberten Umfeld. Keiner hatte beispielsweise ein Problem damit, sich splitterfasernackt vor anderen zu zeigen. Gut, im Sommer an einem Teich in der Heide, wo sich Mathias' gesamte Freundestruppe öfter traf, hatte Bettina das selbstverständlich wirkende Nacktbaden einfach hingenommen. Der kleine See lag versteckt im Wald, kein Fremder konnte die ausgelassenen FKKler sehen, und selbst Bettina, die neuerdings überallhin mitgeschleppt wurde, hatte keinen Moment lang Peinlichkeit verspürt, als sie auf den Badeanzug verzichtete. Da hatte es auf sie natürlich gewirkt.

Sie hatte sich auch daran gewöhnt, dass längst getrennte Paare sich durchaus nicht aus dem Weg gingen. Moni beispielsweise, Achims Mutter, wurde von Mathias ohne Umstände in den Arm genommen, auch wenn Hasso dabei war. Es schien zwischen den alten Freunden überhaupt kein Problem darzustellen, dass der eine dem anderen die Frau ausgespannt hatte. Keine Spur von Eifersucht trübte das Verhältnis zwischen den Männern. Etliche Male hatte Bettina sie erlebt, wenn gemeinsame Segeltörns auf dem Steinhuder Meer unternommen wurden. Bettina gehörte inzwischen sozusagen zum Inventar und wurde immer gefragt, ob sie Lust hatte, mitzukommen. Begeistert sagte sie jedes Mal zu, lernte, was ja den Erzählungen nach zu den berühmten Fertigkeiten ihrer Großmutter Constanze gehört hatte, und stellte sich verdammt geschickt an. »Das Talent liegt eben in der Familie«, sagte Mama und Bettina sah Stolz in ihren Augen.

Eine bestimmte Situation aber, die sich im Herbst 1974 ereignete, schockierte sie zutiefst.

Maria, eine von Mathias' vielen Freundinnen (wobei das Wort »Freundin« nicht unbedingt mit »Geliebte« oder »Lebensgefährtin« gleichzusetzen war), kam nackt aus der Dusche und sagte im Wohnzimmer »Hallo«. Dort hatte sich die übliche donnerstägliche Männer-Doppelkopfrunde versammelt. Achim, den Bettina vor dem Tschüss-Sagen noch eben schnell zu Bett bringen wollte, hockte im Schlafanzug zum Kuscheln auf Papas Schoß und wurde von dem Mädchen sanft lächelnd, aber bestimmt weggeschoben. Flugs nahm sie den Platz des Kleinen ein, ließ sich ein Momentchen zärtlich streicheln – wobei noch nicht einmal das angeregte Gespräch der Männer erstarb. Völlig selbstverständlich und wie nebenbei wirkte das alles. Ebenso selbstverständlich begrüßte Maria die anderen Teilnehmer der Kartenrunde. Dann schien sie genug zu haben, huschte graziös hinüber zur zerwühlten Bettstatt, die breit und lediglich aus einer Matratze bestehend auf dem Boden lag, zog sich in aller Seelenruhe an, lächelte noch einmal süß und überhaupt nicht verlegen, wünschte allen einen schönen Abend, drückte Mathias einen Abschiedskuss auf den Scheitel, murmelte etwas wie »bis demnächst« und verschwand.

Ungerührt nahmen die Männer die ausgeteilten Karten auf, einer sagte eine Hochzeit an, ein anderer bekannte, die Füchse zu haben, und sie begannen ungerührt zu spielen. Blauer Rauch waberte unter der Lampe, rot funkelte der Wein in den Gläsern, leise untermalte Scott McKenzies »San Francisco« die Szene. Alles wirkte harmonisch und völlig normal.

Aber Bettina war geplättet.

Achim kam zu ihr, schlang einen Arm um ihre Taille, wünschte der Kartenrunde »Gute Nacht!«.

Alle erwiderten seinen Gruß. Lächelnd, lieb. »Schlaf schön, mein Sohn«, sagte Mathias.

»Siehste!«, sagte Achim, als Bettina ihn zudeckte. »Das war 'ne typische Uschi. Die sind so.«

»Na, hübsch ist sie ja …«, war das Einzige, das Bettina einfiel. Ihre Verwirrung wollte sie nun wirklich nicht mit dem Kleinen teilen.

»Hübsch, ja. Studiert Pädagogik und ist total auf Love and Peace«, gniggerte Achim.

Das muss ein doller Cocktail sein, dachte Bettina, aber sie sagte es nicht. Erwidern tat sie nur: »Schlaf gut!«, knipste die Nachtlampe aus, warf noch schnell einen Abschiedsgruß unter die Kartenspieler und ging.

Es gab niemanden, mit dem sie ihre Gefühle teilen konnte. Mit Ulli besprach sie solche Themen grundsätzlich nicht. Mama würde ihr womöglich den Umgang verbieten, wüsste sie, wie freizügig es zuging. Papa sowieso. Der hatte mehr als einmal gesagt, er sei froh, dass Bettina jetzt Umgang mit vernünftigen, erwachsenen Leuten pflegte und er sich keine Sorgen mehr um sie machen musste. Einen Affenaufstand hatte er immer veranstaltet, wenn Schulfeten stattfanden, die immerhin, bitte schön, unter strenger Lehreraufsicht standen. Er hatte sie stets um Punkt zehn Uhr am Schultor erwartet und war regelrecht ausgerastet, wenn sie auch nur Sekunden zu spät erschien. Er traute »diesen jungen Bengeln« nicht. Wohl aber der Gruppe älterer Akademiker. Wenn der wüsste! Nein, mit Vater konnte man so etwas nicht bereden. Bloß keinen schlafenden Wachhund wecken! Auch wenn das Ganze nicht sie selbst betraf: Es hätte Papas makellosen Eindruck natürlich zerstört.

Gaby würde sie schon gar nicht verstehen. Die ging jetzt mit Axel, hatte gerade den ersten scheuen Kuss bekommen und Bettina erzählt, was für Ängste sie umtrieben. »Was, wenn er mir an den Busen fassen will, Bettina? Oder sogar mit Zunge küssen? Ich glaube, dann mache ich sofort Schluss mit ihm. Das ginge ja wirklich zu weit.«

Nein, Gaby wäre mit Bettinas Schilderung völlig überfordert gewesen. Wenn sie ihr dann womöglich noch gestanden hätte, dass sie einen Wimpernschlag lang schon wieder so etwas wie Eifersucht empfunden hatte? Sich beinahe gewünscht hätte … Bettina! Jetzt wurde sie schon ob des bloßen Gedankens rot. Was würde Gaby zu solch schockierenden Eröffnungen sagen? Wirklich, einen Rat, wie sie das Erlebte verarbeiten sollte, konnte sie von ihr nicht erwarten. Irgendwo zwischen Faszination, Abneigung und Scham lagen Bettinas Gefühle. War es nicht eigentlich normal, sich aufzusparen für den Einen, den Richtigen? Wen sollte sie fragen? Ein irrer Gedanke schoss ihr durch den Kopf. Mathias selber?

* * *

Achim hatte sein Mama-Wochenende und war an diesem Freitagabend gerade von Moni und Hasso nach Hannover abgeholt worden, als Bettina Mathias fragte, ob er bald einmal Zeit hätte, um etwas mit ihr zu besprechen. Er schaute sie prüfend an, ihr schoss das Blut in die Wangen, wie es seit dem Erlebnis mit Maria komischerweise öfter passierte. Sie senkte den Kopf. »Muss nicht gleich sein …«

»Muss doch gleich sein«, entschied er. »Warte, ich bin eigentlich im Kino verabredet, aber das kann ich verschieben.«

»Ach was, so dringend ist es doch nicht!«

»Ich bin nicht blind, Bettina. Es fällt mir schon seit ein paar Tagen auf, dass dich irgendwas umtreibt. Ich mag es nicht, wenn sich eine meiner Lieben quält. Machst du uns eine Kanne Tee? Ich sage schnell ab.«

Bettina ging in die Küche, setzte Wasser auf. Ihre Hände zitterten, als sie die Teeblätter ins metallene Ei füllte, die Hälfte ging daneben. Sie war nervös. Wie sollte sie anfangen? Wie hatte sie sich das doch gleich zurechtgelegt? Irgendwie war ihr die ganze schön geplante Rede verloren gegangen. War das nicht furchtbar peinlich, mit einem Mann über so etwas zu reden? Was sollte er von ihr denken? Hätte sie das doch bloß nicht angezettelt!

Der Tee zog zu lange. Langsam, ausgesprochen langsam suchte sie Zucker, Tassen und Löffel zusammen, stellte alles auf ein Tablett, war sich nicht sicher, ob sie es heil bis ins Wohnzimmer tragen konnte. Die Knie waren weich. Eigentlich wäre sie am liebsten geflüchtet.

Zu spät. Lächelnd stand er in der Küchentür. »Alles geklärt, wir haben Zeit. Von mir aus die ganze Nacht. Komm, ich nehme das.«

Bettina schlich hinter ihm her. Ließ ihn eingießen. Sein Blick streifte ihren, ganz sacht schüttelte er den Kopf, lächelte aufmunternd. »Erzähl. Was geht hinter deiner Stirn vor?«

Die Unbefangenheit war weg. »Es ist wegen neulich, Mathias …«

»Wegen neulich? Was meinst du?«

»Maria.«

Er nickte. »Habe ich mir schon fast gedacht. Du kannst ihr Verhalten nicht einordnen, stimmt's?«

»Genau. Ich meine … es geht bei euch ja immer ziemlich freizügig zu … so was kannte ich bisher nicht … aber ich hab mich fast dran gewöhnt … nur …«, stotterte sie.

»Nur das war bisschen zu starker Tobak für dich, nicht?«

»Warum macht sie das? So ... vor allen?«

Er atmete tief durch und schaute sie eindringlich an. »Du versprichst mir, niemals ein Wort zu irgendjemandem?!«

»Natürlich nicht! Ich kann schweigen wie ein Grab.«

»Gut. Ich vertraue dir. Hör zu, es war so: Maria ist 1967, kurz nach dem Abi, ausgebüxt und ganz allein auf eigene Faust nach San Francisco gereist. Das Geld für den Flug hat sie ihren Eltern geklaut. Es sind relativ wohlhabende Leute. Immer schon wohlhabend gewesen und der Krieg konnte dieser Tatsache, anders als bei den meisten anderen Menschen, nichts anhaben. Marias Vater hat sich immer überall geschickt durchgemogelt. Er war SS-Offizier, aber er hatte nach der Entnazifizierung die blütenweißeste Weste, die man sich vorstellen kann. Nach außen hin eine perfekte Vorzeigefamilie. Aber im Innern ... halt dich fest! Der Vater hatte auch nach Kriegsende nichts dazugelernt, blieb ein glühender Nazi und erzog Maria und ihre Schwester in einem Drill, wie er höchstens in einer Napola üblich gewesen ist.«

»In einer Napola? Den Ausdruck kenne ich nicht, Mathias. Was ist das?«

»Das waren die nationalsozialistischen Bildungseinrichtungen für Jungen, in denen die zukünftige NS-Elite ausgebildet werden sollte. Internate, aus denen es kein Entrinnen gab, wenn man das unerhörte ›Glück‹ gehabt hatte, dort zu landen. Marias Vater hatte sich Jungs gewünscht und sowohl seine arme Frau als auch die beiden Mädchen deutlich fühlen lassen, wie enttäuscht er war. Nun musste er natürlich mit dem ›Menschenmaterial‹ arbeiten, das ihm bedauerlicherweise nur zur Verfügung stand, übersah dabei geflissentlich den ›kleinen Unterschied‹ und ging fleißig zur Sache. Morgens um vier scheuchte er die kleinen Mädchen aus dem Bett. Da ging es dann erst mal unter die ›Dusche‹. Egal, ob Sommer oder Winter, ab in den Hinterhof und nackig untern Schlauch. Papa machte das höchstselbst und sehr gründlich. Abhärtung stand an erster Stelle der Erziehung. Es nützte gar nichts, dass Marias Mutter danebenstand und bettelte. Notfalls kriegte sie eine gewischt, dann gab das Weib schon Ruhe. Die Kinder hatten zu funktionieren, zu lernen, strammzustehen und bei den absonderlichsten Ertüchtigungsübungen, die der Vater der alten Ideologie entnommen hatte, mitzuspielen. Eigentlich ein Wunder, dass die Mädchen keinen ernsthaften körperlichen Schaden genommen haben. Maria hat Sachen erzählt, da konnte einem nur übel werden. Ich erspare dir weitere Einzelheiten. Ihr Bildungsniveau war extrem hochgetrieben worden. Zwischen Lernen und sportlicher Ertüchtigung fand aber nichts statt. Kein Spielen, keine Kontakte zu Freunden, keine Kindheit. Und vor allem keine Zärtlichkeit, denn die war verpönt, weil sie nur verweichlicht hätte. Der Vater wollte Kinder, zäh wie Leder, flink wie Windhunde, hart wie Kruppstahl. Was er aber geschaffen hatte, waren zerbrochene Seelen, die sich nach nichts mehr sehnten als nach Liebe und Wärme. Wundert es dich, Bettina, dass Maria irgendwann aus dieser Hölle ausbrach?«

Sie schüttelte entsetzt den Kopf. »Wie furchtbar, Mathias! Das macht es natürlich begreiflich. Und dann ist sie nach San Francisco? Warum dorthin?«

»Weil sie hungrig war. Hungrig nach Freiheit, nach Liebe und Zärtlichkeit. Wir wussten damals alle, was dort los war. Eine ganze Generation begehrte auf gegen die Verbrechen ihrer Eltern. Sie wollten Gewalt, Krieg, Spießbürgertum, Verlogenheit und mangelnder Menschlichkeit ein deutliches Zeichen entgegensetzen. Make love, not war! Das hatten sie sich auf die Fahnen geschrieben. Und San Francisco war das Zentrum der Bewegung. Da wollte sie hin. Und um ganz ehrlich zu sein, da hätten wir alle damals gern hingewollt. Musik, freizügige Liebe ohne schlechtes Gewissen, aussteigen, ja, viele auch mit LSD, träumen, sich gehen lassen, einfach Mensch sein, leben, ohne ans Morgen zu denken.«

»Du hättest das auch gewollt?«, schoss es aus Bettina heraus.

»Ja. Ich hätte das auch gewollt«, gab er zu. »In Deutschland kam die Welle, die der sogenannte ›Summer of love‹ auslöste, ein bisschen später richtig an, aber wir waren diszipliniert und preußisch genug erzogen, dass wir natürlich nicht so übertrieben haben wie die Hippies in den USA. Hier war es auch viel schwieriger, an Drogen zu kommen, als drüben. Aber ja … in unseren Herzen waren wir genauso Blumenkinder. Und du weißt ja, manches ist hängen geblieben, hat sich eingeschliffen. Wir finden eben, dass man sich nichts vergibt, wenn man liebevoll, zärtlich und umsichtig mit seinen Mitmenschen umgeht. Eigentlich nicht so ganz übel, oder was meinst du? Fühlst du dich mit uns unwohl?«

Bettina lachte nervös. »Nein. Natürlich nicht. Ich bin aber auch nie so brutal behandelt worden wie Maria. Deshalb ist mein Bedürfnis nach Zärtlichkeit eigentlich schon im Elternhaus gedeckt.«

Mathias lachte. »Sicher? Hattest du schon mal einen Freund?«

Bettina schluckte, zögerte einen Augenblick zu lange und log: »'türlich! Hör mal, ich bin sechzehneinhalb. Meinst du, ich lebe auf dem Baum?« Sie hörte selbst, wie künstlich taff ihre Stimme klang.

Er schaute sie lange an. Was sollte dieses schelmische Grinsen? Wieder fühlte sie, dass ihre Wangen zu brennen begannen, und sie wusste, er wusste, sie hatte nicht die Wahrheit gesagt.

»Ich muss jetzt auch langsam …«, bereitete sie stammelnd ihren Rückzug vor und stand abrupt auf. »Danke, dass du es mir erklärt hast. Ich gestehe, ich fand ihr Benehmen schrecklich, und deshalb fand ich die ganze Maria auch schrecklich. Doofes Vorurteil …«

Bettina stand jetzt außerhalb des Lichtkreises der tief hängenden Lampe überm Tisch. Hier, im Halbdunkel, fühlte sie sich sicherer, unbeobachteter.

Er erhob sich. »Ich bringe dich raus.«

Sie stand immer noch, regte sich nicht. Ihr Blick fiel auf das Teegeschirr, schon streckte sie die Hand danach aus, griff nach den Tassen, murmelte: »Räume ich noch raus.«

Er hielt sanft ihr Handgelenk fest. Nahm ihr die Tassen aus den fahrigen Fingern, stellte sie zurück auf den Tisch. Bettina hielt die Luft an. Erstaunen!

»Ach, komm mal in meine Arme, Bettinchen! Du zitterst ja richtig. So kann ich dich doch nicht gehen lassen.«

Kaum mehr als Flüstern. Dann spürte sie das erste Mal, wie es war, wenn ein Mann, der weder Vater noch Bruder war, seine Arme um sie legte, seinen Kopf an ihrer Halsbeuge barg.

Da war ein ungläubiges Zaudern, ein Gefühl, dass das nicht sein durfte, nicht sein konnte.

Und dann ein so wohliges, warmes, wie sie es noch nie gespürt hatte. Bettina gab auf, ließ es zu, fühlte sich wie betrunken, fühlte Glück. Minutenlang. Bis sie ruhig geworden war, bis beider Herzschläge sich einander angeglichen hatten. Bis nichts mehr galt als der zärtliche Moment.

Nichts als eine Umarmung. Nicht mehr. Aber auch nicht weniger.

Zweiter Teil

12

OSTBERLIN, OKTOBER 1954 – UND DIE LEICHTIGKEIT?

Sie kamen vor dem Morgengrauen.

Drei Männer, eine Frau.

Anziehen. Sofort. Mitkommen.

Zur Klärung eines Sachverhalts.

Sie sprach nicht. Er sprach nicht. Sie wussten. Tauschten nur Blicke.

Es war das Ende. Das Ende aller Pläne. Das Ende des gemeinsamen Lebens. Das Ende aller Träume.

Eine einzige Frage nur hing in der Luft. Unsichtbar, unausgesprochen. Und doch so gegenwärtig wie nichts sonst: Wer?

Wer hatte sie verraten? Niemandem hatten sie sich anvertraut.

Denselben Dreh noch einmal. So wie sie damals, am 2. September 1939, Gerda und Antoni mitsamt ihrer kleinen Tochter Sophie aus Danzig hinaus auf die sichere polnische Seite hinter der Grenze geschafft hatten.

Ein Klacks! Schließlich war kein Krieg. Alles bereit. Vor dem Haus stand der Lieferwagen. Unauffällig. Clemens nutzte ihn häufig, war nicht gezwungen, ihn nach Feierabend auf dem Bauhof seiner Brigade abzustellen. Oft genug schon war er drüben gewesen, im Westen Berlins, hatte Material besorgt, das im Osten noch als Mangelware galt. Niemand würde sie aufhalten, keiner auf die Idee kommen, den Wagen zu stoppen. Leicht sollte es gelingen. Das Gepäck unter ein paar Decken auf der überplanten Ladefläche. Constanze selbstverständlichen Schrittes am Kontrollpunkt vorbei. Und einfach nicht zurückgehen. Erster geplanter Anlaufpunkt: Gerda und Antoni. Natürlich würden sie sie aufnehmen. Von dort aus weitersehen. Es würde sich finden.

Zehn Minuten später hätte der Wecker geklingelt, sie aus dem ohnehin unruhigen Schlaf gerissen. Eine halbe Stunde später, und sie wären weg gewesen. Gepacktes Köfferchen mit dem Nötigsten. Papiere, Dokumente, ein paar Fotos, Wechselwäsche. Sonst nichts.

Nicht die Durchführbarkeit einer Flucht war der springende Punkt gewesen. Gerungen hatten sie miteinander. Wochenlang. Evas Brief hatte bei Constanze Schleusen geöffnet, Wünsche geweckt, Perspektiven eröffnet. Lange hatte Clemens sich widersetzt, es ihr nicht leicht gemacht, ihn zu überzeugen. Er glaubte an diesen Staat. Sah in dem Konstrukt den Gegenentwurf zu dem, was er hassen gelernt hatte. Fühlte sich überdies in der Pflicht, seine Dankbarkeit zu erweisen. Für die Möglichkeit, zurückkehren zu dürfen. Für das geschenkte Leben. Es hätte auch anders kommen können. Es wäre anders gekommen, wäre da nicht Arkadij gewesen.

Clemens hatte ihn aus dem Spiel gelassen. Nicht gewollt, dass Constanze in seinem Weg zur Entscheidungsfindung anderes als ureigenste Überzeugung entdeckte. Zu bitter, zu lange her, zu demütigend. Schwamm drüber. Schweigen! Nur das Endergebnis sollte zählen.

Wochen, die Kraft gekostet hatten. Sie ließ keinen Zweifel daran: Sie wollte gehen. Und keinen Zweifel daran, dass sie ihn niemals verlassen würde.

Dann ist ja alles gut.

Nichts war gut.

Es dauerte, das zu erkennen. Sie würde bei ihm bleiben. Aber sie würde niemals glücklich werden. Was sollte er mit einer Frau, die neben ihm unglücklich war? Hatte sie es nicht verdient? Gewartet hatte sie. Nicht, wie viele andere Frauen, ihr Glück bei einem anderen gesucht. Frei war sie gewesen. Sie hatte es schwarz auf weiß gehabt. Jeder Weg in eine erfüllte Zukunft hätte ihr offengestanden. War es jetzt sein Recht, sie zu zwingen hierzubleiben? Nur aus politischen Gründen? Standen diese Gründe vor der Achtung der tiefsten Bedürfnisse jener Frau, die er liebte, die er vergötterte? Hatte sie nicht ein Anrecht darauf – nach all den entsetzlichen Jahren, in denen sie sich allein, ohne seine Hilfe hatte durchschlagen müssen, nach all der Zeit, die sie treu bei ihm geblieben war, ohne zu murren, ohne Ansprüche zu stellen –, endlich ohne Wenn und Aber an seiner Seite glücklich zu sein?

Was hatte er ihr zurückgebracht? Die Leichtigkeit? Weit gefehlt, Clemens.

Einen Verbohrten hast du zurückbekommen, Constanze. Und selbst den nimmst du noch?

Wie groß, wie unendlich tief musste ihre Liebe wirklich sein!

Dass sie klaglos die Familie, ja selbst das Kind aufgab. Nur, um bei ihm zu sein.

Es war an der Zeit, ihr die Leichtigkeit tatsächlich zurückzugeben.

Der Knoten in seinem Herzen löste sich, der Kopf formte die Entscheidung zu Worten: Wir gehen, Constanze!

Sie gingen.

Nicht in den Westen.

Constanze ging nach Stollberg. Clemens nach Bautzen.

13

BRAUNSCHWEIG, 1976 – LEKTÜRE MIT SEEBLICK

Nicht mehr. Aber auch nicht weniger.

Aus dem Wenigen war mehr geworden. Viel mehr. Die allererste Umarmung hatte Bettina in einen Dauerzustand versetzt, den sie als schwebend leicht und glücklich empfand. Jederzeit war sie in der Lage, dieses Gefühl zurückzuholen. Sie musste nur die Augen schließen, um es zuverlässig heraufbeschwören zu können. Ein herrlicher Zustand!

Dabei ging er seit diesem viel zu kurzen Augenblick zunächst nicht anders mit ihr um als zuvor. Hatte sie auch gehofft, es würde sich wiederholen, würde Fortsetzung finden, so sah sie sich getäuscht. Von sich aus wagte sie nie, ihn zu provozieren, drängte nicht und war auf ganz merkwürdige Weise trotzdem völlig zufrieden. Es machte ihr nichts aus, dass es weiterhin »Uschis« gab. Sie wollte bleiben, wie sie war, sich keinesfalls ändern, anpassen, Versuche unternehmen, ihm auf die Pelle zu rücken oder ihm sonst in irgendeiner Art besonders gefallen zu wollen. Das war eingedenk ihres enorm ausgeprägten Hangs zur Eifersucht eigentlich kaum zu fassen. Offensichtlich, stellte sie zufrieden fest, hatte sie ihren Dämon im Griff.

Bettina war verliebt. Aber nicht eigennützig verliebt. Es sollte ihm gut gehen. Er sollte sich wohlfühlen, sollte tun und lassen, was ihm gefiel. Hauptsache, er war glücklich. Ganz schön heroisch fand sie sich.

Eines Tages, da war sie absolut sicher, würde sie ihm schon auffallen. Für die Tatsache, dass aus dieser Umarmung nichts weiter wurde, gab es aus ihrer Sicht eine völlig logische Erklärung. Bettina war sechzehn. Gut, okay, sechzehneinhalb. Er wäre in Teufels Küche gekommen, hätte er sich erlaubt, etwas mit ihr anzufangen. Bettina sah im Geiste schon Papa mit der Gaspistole, die direkt neben der Wohnungstür griffbereit im Elektrozählerkasten lag, auf ihn losgehen. Sah ihn mit Schimpf und Schande aus dem ehrenwerten Haus verjagt.

Nein! Dazu wollte sie keineswegs beitragen. Sie hatte Zeit. Und der Moment würde kommen.

Niemals sprach sie mit ihm über ihre Gefühle. Und teilte sich niemandem mit. Fakt war für Bettina einfach, dass er derjenige, welcher war. Derjenige, welcher wofür? Die genauere Ausgestaltung ihrer Vorstellungen endete exakt da, wo sich in schönen Liebesfilmen Türen hinter jungem Glück schlossen, die Musik wahnsinnig romantisch zum furiosen Geigenseufzen anschwoll, das Wörtchen »Ende« auf der Leinwand aufleuchtete und der Abspann kam. Um genau zu sein also beim ersten Kuss!

Es würde passieren. Eines Tages.

* * *

Der Tag sollte kommen. Im Spätsommer des Jahres.

Zuvor allerdings hatte Bettina im Frühjahr ’76 ihr Abitur bestanden und seit Anfang Juni den Führerschein ganz frisch in der Tasche. Für beides hatte sie geschuftet. Gelernt, bis der Kopf rauchte, für die Abiprüfungen. Und im letzten Winter jeden Abend in der Woche einen schaurigen Job erledigt, um sich ihre Fahrstunden finanzieren zu können. Von Montag bis Freitag war sie jeden Abend pünktlich auf die Minute ein paar Straßen entfernt in den uralten Gebäuden der Mühlenfabrik angetreten, um sich als Aushilfsputzfrau in einer streng geführten Kolonne zu verdingen. Sechs Mark und einundzwanzig Pfennig die Stunde. Brutto. Büros fegen und wischen, Aschenbecher und Papierkörbe leeren, Schreibtische abstauben, Klos und Waschräume reinigen. An sich keine schwere Arbeit und nach drei Stunden vorbei. Aber insofern äußerst unangenehm, als die Büros verstreut über das riesige Fabrikgelände mitten in den Werkshallen lagen.

Es gehörte viel Zusammennehmen und reichlich Pfeifen im Wald dazu, ganz allein in ihrem »Revier« durch die unbeleuchteten Hallen zu huschen. Insbesondere dann, wenn der Wind heulte, wenn Regen oder Hagel gegen die hohen alten Fenster schlug, auf der Straße vorbeifahrende Autos aus Maschinen dräuende Schattengespenster machten, hier ein Seilzug quietschend im Luftstrom schwankte, da eine eiserne Tür scheppernd zufiel, dort das Standby-Signal einer Maschine plötzlich aufleuchtete wie rot glühende Teufelsaugen. Bettina konnte jedenfalls mit Fug und Recht behaupten, sich das Geld für ihren Führerscheinkursus mit jeder Menge Angst und Gruseln verdient zu haben.

Natürlich hatten die Eltern etwas dazugegeben. Aber Bettina hatte Wert darauf gelegt, sich nicht alles von anderen finanzieren zu lassen. Dieser »Lappen« sollte *ihr* Verdienst sein. Und sie war stolz darauf, ihn nach nur dreizehn absolvierten Fahrstunden und einer makellos bestandenen theoretischen Prüfung in der Hand zu halten.

Sicher … hätte Vater draußen auf dem Waggumer Flugplatz nicht mit ihr geübt und wäre sie nicht zusätzlich etliche Male auf den Verkehrsübungsplatz gefahren, wären es mehr bezahlte Stunden geworden. Aber egal, nun durfte sie fahren, und Papa hatte kein Problem damit, ihr den großen Audi anzuvertrauen. Wenn er danebensaß! Nicht etwa so wie ein paar Schulkameraden, die sich einfach am Wochenende Papis dicken BMW ausborgten, damit rumprotzten und nicht selten für ein paar Beulen sorgten.

Nein, so leichtsinnig war Papa nicht, Bettina bekam weiterhin Unterricht. Froh, wenn im Fond nicht Mama saß, die es sich nie verkneifen konnte, ausgesprochen scharf die Luft zwischen die Zähne zu ziehen, wenn es zu einer kritischen Situation kam. Damit konnte sie aus einer kritischen eine ernste Situation machen, denn jeder zuckte instinktiv zusammen, wenn Mama zischte, und verlor wertvolle Sekundenbruchteile lang die volle Konzentration.

Papa schonte sie nicht. Jagte sie mit Tempo hundertachtzig über die nächtliche Autobahn, ließ sie im dichtesten Feierabendverkehr durch die Innenstadt kurven und den unübersichtlichen Wagen in die knappsten Parklücken manövrieren, scheuchte sie rein in die Tiefgarage am Schlosspark, raus auf die Landstraße. Er jedenfalls zischte nie. Auch bremste er nie im Fußraum mit. Ganz gelassen waren seine Kommentare, er war eben der geborene Lehrer.

»Der Lappen nützt dir nichts, wenn du keine Praxis hast«, sagte er. Und Bettina wusste, er hatte recht. Wie Papa immer recht hatte.

Der Führerschein war ein Stück Freiheit. Theoretisch hätte sie sonst wo hinfahren können. Wenn sie doch nur einen eigenen Wagen gehabt hätte …

Es war ein wenig Zeit nach dem Abi, bis das erste Semester beginnen würde. Bettinas Berufswunsch stand immer noch bombenfest. Eine Weile hatte die Familie gemeinsam hin und her überlegt, ob sie es gleich über ein Praktikum und Volontariat bei der »Braunschweiger Zeitung« versuchen sollte. Aber sie hatten die Idee verworfen. Bettina bewarb sich über die ZVS und hoffte auf einen Studienplatz in den Fächern Politik und Geschichte an der Braunschweiger Hochschule. Sie hatte keinen anderen Studienort in der Auswahlliste angekreuzt, denn sie wollte unbedingt noch eine Weile »die Füße unter Papas Tisch stecken«. Es war einfach praktisch und nichts trieb sie hinaus in die Welt. Zudem wäre es ihr nicht im Traum eingefallen, die günstige Lauerstellung nahe bei Mathias freiwillig aufzugeben.

Ulli fragte sie, ob sie in die Politik wolle, Bettina schmunzelte und erwiderte: »Nein. Ich will keine machen. Ich will nur besser in der Lage sein, sie zu beurteilen. Ohne Ahnung wird das nichts. Deshalb will ich eben erst mal studieren.«

Während Schulkameraden ihren Sommer genossen, teils große Reisen unternahmen, ging Bettina wieder arbeiten, um ihrem Ziel, dem eigenen Wagen, näher zu kommen. Dieses Mal bekam sie einen Fließbandjob in einer Braunschweiger Druckerei am Stadtrand. Acht Stunden am Tag steckte sie Blaupapier zwischen Behördenformulare, hatte jeden Abend quietschblaue Fingerspitzen und fühlte sich wie ein Roboter.

»Dass es Menschen gibt, die damit zeitlebens ihren Unterhalt verdienen, kann ich nicht nachvollziehen«, sagte sie eines Abends zu Mutter. »Und man hat nicht mal den Eindruck, dass meine Kolleginnen zwischen Stechuhr und Pausensirene unzufrieden sind. Sie schauen nicht auf während der Arbeit, sind wie abgeschaltet. Kaum heult es, macht es klick, sie scheinen aufzuwachen, sind fröhlich, quasseln wie aufgezogen, machen Witze.«

»Es gibt eben Menschen, zu denen passt so eine Arbeit«, erwiderte Mama.

»Na ja, wenn man sich erst mal richtig eingefummelt hat, trennen sich Hirn und Hände anscheinend. Die Finger machen einfach immer dasselbe, der Kopf ist frei. Eigentlich viel Zeit zum Denken. Gibt wahrscheinlich schlimmere Arten, sein Geld zu verdienen.«

Bettina hielt acht volle Wochen durch, hatte Anspruch auf Urlaubsgeld, erhielt einen deutlich höheren Stundenlohn als bei der Putzerei und hatte am Ende tausendvierhundertzwölf Mark einundfünfzig verdient.

Fiat 500 oder Sparkäfer?

Es wurde ein Käfer. Ein orangefarbener, der sich sehr niedlich neben Papas gleichfarbigem Audi ausnahm. Vierunddreißig PS, null Komfort. Nur drei kleine Roststellen, auf denen Prilblumen klebten, TÜV neu. Na also!

Trotz der rasant eingeübten Fahrpraxis war Bettina während der ersten Alleinfahrten jedes Mal froh, wenn eine Ampel vor ihrer Nase auf Rot schaltete. Einen Moment tief durchatmen, nichts tun müssen. Ohne Papa auf dem Beifahrersitz fühlte sie sich erheblich weniger sicher.

Was jetzt anfangen mit der neu gewonnenen absoluten Freiheit? Bald würde es damit vorbei sein, denn zum Jubel der ganzen Familie war Bettinas Bescheid eingetroffen. Zum Wintersemester würde sie sich an der Braunschweiger Uni einschreiben. Noch ein paar Wochen bis zum Semesterbeginn. Abzüglich der Zulassung und ersten gezahlten Nebenkosten für den Wagen lagen noch rund dreihundert Mark auf dem Konto. Aufsparen, falls der gestellte BAföG-Antrag nicht durchging? Oder verprassen? Wenn ja, womit?

»Schnapp dir doch Gaby und fahr mit ihr ein paar Tage an die See«, schlug Mama vor. »Ich finde, du hast es verdient, ein bisschen auszuspannen, ehe der Ernst des Lebens richtig losgeht. Wir müssen mal im Keller gucken, da sollte doch noch unser altes Zelt liegen. Das könnt ihr nehmen.«

* * *

Wenn Mama »an die See« sagte, meinte sie die Ostsee. In ihrem Sprachgebrauch existierte die Nordsee nämlich quasi überhaupt nicht. Das war keine »See«, wenn das Wasser den halben Tag nicht da war. Also befragten die beiden zukünftigen Studentinnen Papas Campingführer (Auflage 1953) und suchten sich einen Zeltplatz an der »richtigen« See.

Zum allerersten Mal vollkommen auf sich gestellt. Aber ganz ohne Druck, ohne Termine, ohne Hetze. Früh um vier starteten sie und brauchten geschlagene acht Stunden, bis sie ihr Ziel erreichten, denn es war Bettinas erste große Fahrt und jeder Rastplatz war ihr für ein Päuschen recht.

Das Wetter meinte es gut mit den Freundinnen. Kaum ein Wölkchen am Himmel, tiefblaue See, weißer Strand. Und reichlich junge Leute, die anscheinend alle mit demselben Gedanken hierhergekommen waren, auf diesen Campingplatz, der dafür bekannt war, überwiegend von Jugendlichen frequentiert zu werden. Noch mal das Leben genießen, ehe es ernst wurde. Das wollten alle. Schüler, Studenten, viele Auszubildende ... alle befreit von Verpflichtungen, alle bereit, das Leben für ein paar Tage in vollen Zügen zu genießen.

Sofort wurde von allen Seiten Aufbauhilfe angeboten, erste nette Kontakte knüpften sich leicht. Kaum halbwegs fertig eingeräumt, stürzten sich die Mädchen erst mal zum Abkühlen in die Fluten. Einfach wundervoll!

Es dauerte keinen halben Tag, da hatte Gaby schon festen Anschluss gefunden. Längst war sie über ihre anfängliche Schüchternheit im Umgang mit Jungs hinausgewachsen, Axel lange schon Geschichte. Sie war zwar keine »Maria«, aber, vorsichtig ausgedrückt, dem anderen Geschlecht herzlich zugetan und gegen jede böse Überraschung insofern gerüstet, als sie schon seit etlichen Monaten die »Pille« nahm. Die hatte ihr nicht nur eine beneidenswert zarte Haut, sondern auch überaus weibliche Formen beschert, die Gaby ausgesprochen gern spärlich bekleidet in Szene setzte. Bettina war ihr Benehmen bisweilen etwas peinlich, denn Gaby schien ständig auf der Jagd zu sein und tat etwas, das Bettina nicht im Traum eingefallen wäre: Sie baggerte jeden Typen an, der ihr gefiel. Und hatte mit ihrer großen Klappe und Offenherzigkeit häufig Erfolg. Aktuell trieb sie sich mit einer Truppe rund um einen gewissen Udo (blond, braun gebrannt, hünenhaft, sportlich, hundertprozentig Gabys Beuteschema) herum.

Bettina saß allein am Strand, schaute aufs Wasser, döste in der Sonne, das Hintergrundrauschen aus Wellen, Kinderkreischen und Jürgen Drews' Super-Sommerhit im Ohr, der aus jedem Kofferradio schallte, während sich ganz in der Nähe Gaby im sündhaft knappen Bikini von sieben Halbstarken hofieren ließ. Hin und wieder schaute Bettina hinüber und schüttelte innerlich den Kopf. Dauerflirten mit jedem? Nein, das wäre nicht ihr Ding gewesen.

Ein Bett im Kornfeld würde sie zwar heute Abend kaum noch finden, denn alle Getreidefelder waren längst abgeerntet, aber die Jungs mussten ja schließlich auch Zelte haben. Bettina wäre jede Wette eingegangen, dass sie die heutige Nacht, und vermutlich auch alle weiteren in diesem Urlaub, allein verbringen würde.

Heiß war es. Ein Sonnenschirm wäre gut gewesen. Sie stand auf, rückte die Abschlusskanten ihres nagelneuen Speedo-Badeanzuges, den sie sich endlich gegönnt hatte, unterm Po zurecht und stieg in die Fluten. Herrlich! Weit schwamm sie raus, kraulte durch die weißen Schaumkämme, ließ sich treiben, von den Wogen heben, senken, und fühlte sich nach einer halben Stunde im Spiel mit dem Element wunderbar erfrischt.

Trocken gerubbelt, leichte Gänsehaut, ein Handtuch über den Schultern nahm sie wieder auf ihrer Decke Platz und griff nach dem Buch in der Strandtasche. Neu war es nicht mehr, der Schutzumschlag schon ein wenig abgegriffen. Die ganze

Familie hatte es bereits gelesen. Für Mama war es das erklärte Lieblingsbuch. Jeder wusste, es erzählte die Geschichte eines merkwürdigen kleinen Jungen, der im Alter von drei Jahren beschlossen hatte, nicht mehr zu wachsen, und seine Lieben entweder mit wildem Getrommel oder glassprengendem Geschrei auf Trab hielt. Für Mama wog allerdings etwas Bestimmtes an diesem Buch viel schwerer als der ganze Handlungsablauf: Es spielte in ihrer geliebten Heimatstadt Danzig.

»Lies es, Bettina«, hatte sie immer wieder gesagt und dabei mit zitternder Stimme fast beschwörend geklungen. »Du wirst Zeugin des Kriegsausbruchs werden. Genau so, wie ich ihn als kleines Mädchen erlebt habe. Du machst dir ja keine Vorstellung! Der Tag begann mit den Kanonenschüssen des deutschen Kriegsschiffs ›Schleswig-Holstein‹ auf die polnische Westerplatte, ich hab's noch heute im Ohr, bin davon wach geworden und hatte furchtbare Angst. Dann der Überfall der Nazis auf die polnische Post mitten in der Stadt … ein Inferno, sage ich dir, Benzin haben sie in den Keller gepumpt und dann angesteckt. Keine Chance hatten die Verteidiger, alles Postbeamte und völlig unzulänglich bewaffnet … hat doch keiner damit gerechnet. Ach, Bettina … Sophie, meine kleine Freundin, ihr Vater, ein Pole, der gerade so aus der brennenden Post entkommen konnte, ihre Mama Gerda, Mutters beste Freundin … die ganze Familie haben meine Eltern gerettet. Und ich war dabei. Lies es, Bettina! Außerdem wirst du die ganze Stadt kennenlernen. So, wie sie mal war vor dem Krieg.«

Mama verlor völlig die Contenance, wenn sie wieder und wieder auf dieses Buch zu sprechen kam. Ihre Augen schwammen dann jedes Mal in Tränen, sehnsüchtig seufzte sie abschließend stets »ach, mein Danzig!« und lief weg. Um sich ein Taschentuch zu besorgen. Oder weil sie es nicht ertrug, so hemmungslos heulend und völlig außer Fassung vor Bettina zu stehen.

Dass Mama sich so verwirrend emotional betrug, war es wahrscheinlich, was Bettina bisher immer wieder vom Lesen des Romans abgehalten hatte. Es war ihr geradezu unheimlich, dieses Buch, das in Mutter derartige Reaktionen auslöste. Bisher war sie immer im letzten Augenblick zurückgezuckt, auch wenn sie die Hand beinahe schon danach ausgestreckt hatte. Es biss. Garantiert biss es.

Eines stand jedenfalls fest: Wenn Mutters Eltern in diesem Zusammenhang Polen aus der Stadt herausgeschafft hatten, konnten sie keine Nazis gewesen sein. Das war erleichternd!

Bettina blickte die Küstenlinie entlang Richtung Osten. Da hinten, wo sich Himmel und Kimm trafen, da musste Danzig liegen. Gar nicht so weit weg. Und doch unerreichbar.

Einmal war Papa dazugekommen, als Mutter ihr den dicken Schinken wieder mal hingehalten hatte. Er hatte es gelesen, wie alle es gelesen hatten. Es war um die Welt gegangen, wurde ständig neu aufgelegt, galt als »Paukenschlag der Nachkriegsliteratur«.

Vater hatte sich natürlich Mamas Empfehlung angeschlossen und wusste Zusätzliches zu berichten: »Das Buch hat was ausgelöst, damals, '59. Den DDR-Bürgern wurde es gleich vorenthalten. In der Bundesrepublik wollten es manche Leute auf den Index setzen lassen. Vorgeblich wegen jugendgefährdenden, gar pornografischen Inhalts. Pah! Ich glaube ja, sie haben vor etwas ganz anderem Angst gehabt. Einem muss es besonders Angst gemacht haben, und das war mir ein innerer Reichsparteitag. Zur Entscheidung landete nämlich der Antrag auf Indizierung ausgerechnet auf dem Schreibtisch eines gewissen Richters Kurt Bode. Du weißt das nicht, Bettina, aber der spielte eine besondere Rolle, damals in Danzig. Er verurteilte nämlich alle einunddreißig überlebenden polnischen Verteidiger der Post wegen

Freischärlerei zum Tode. Ein Justizmord sondergleichen! Das hätte er nie und nimmer tun dürfen. Klammheimlich wurden die Männer ein paar Tage später erschossen und verscharrt. Unter ihnen war auch der Onkel des Romanautors und dem kann man es nicht übel nehmen, dass er die ganze Sache in seinem Buch verarbeitet hat. Für den alten Nazi Bode, der inzwischen längst ganz in Ruhe Karriere gemacht hatte und in Bremen als ehrenwerter Richter Dienst an der Bundesrepublik tat, eine heikle Geschichte. Er wusste wohl schon, dass die deutsche Frau eines der zu Unrecht ermordeten Polen in Hamburg Anzeige gegen ihn erstattet hatte. Angst hat er gekriegt und sich brav gegen die Indizierung entschieden. Vermutlich wollte er nicht auffallen, denn das Buch verkaufte sich ja wie geschnitten Brot. Am Zeuge hat ihm bis heute übrigens keiner flicken können … diese Juristen mit nationalsozialistischer Vergangenheit stecken doch alle unter einer Decke.«

Papas grimmig vorgetragene Erläuterungen hatten Bettina nicht unbedingt mehr Lust aufs Lesen gemacht. Es war eine komische Angelegenheit. Einerseits hatte sie brennendes Interesse daran zu erfahren, wie es den Eltern im Krieg ergangen war, andererseits verspürte sie geradezu Furcht vor allzu genauer Auseinandersetzung.

Jetzt hatte sie sich endlich ein Herz gefasst und das Buch eingepackt. Es hatte nicht gebissen. Hatte ihr auch kein Feuermal in die Hand gebrannt. Ganz friedfertig hatte es sich einpacken lassen, war ohne zu zicken in die Strandtasche gerutscht, hatte sich brav herausheben lassen und blickte nun mit aufgeschlagenen ersten Seiten nach Osten. Dorthin, wo seine Wurzeln lagen. Dorthin, wo Bettinas Wurzeln lagen.

Weit war sie mit ihrer Lektüre noch nicht vorangekommen. Vorläufig hatte sie erst begonnen, dem Insassen einer Heil- und Pflegeanstalt namens Oskar Matzerath in seine

Erinnerungswelt zu folgen. Skurril, die Geschichte! Aber irgendwie magisch. Bettina tauchte ab, roch Kartoffelfeuer, sah durch fremde Augen drei Gestalten sich nähern, offenbar eine Hetzjagd, spürte Gefahr im Verzug, fühlte geradezu einen unter exakt vier Röcke schlüpfen, gniggerte ein bisschen über den verrückten Einfall, folgte dem Autor, nein, dem Verfolgten auf den Fersen, während der Fersengeld gab, las und las und verbrannte sich die Schienbeine in der Nachmittagssonne. So heftig, dass sie knallrot waren, während die Oberschenkel im Schutz des Buches strahlend weiß geblieben waren. Wie eine polnische Flagge, dachte Bettina, die Idee animiert von weiß-rot bemalten Zaunlatten, die jenem Verfolgten, einem glühend nationalstolzen Polen, die Kündigung seines Sägemühlenbesitzerchefs eintrug, was wiederum den derart erzürnte, dass er ihm die Bude überm Kopf ansteckte und eilig abzwitschern musste. Aha, so also!

»Du, hör mal …«

Gaby stand über ihr. Bettina tauchte auf, hielt die Hand über die Augen gegens gleißende Licht, fragte ungewollt mürrisch: »Was ist?«

»Öhm … entschuldige … ich muss was mit dir besprechen. Also … der Udo, der hat kein eigenes Zelt. Wir wollen … ach, komm, du weißt schon … also, ich bräuchte mal für ein paar Stunden unser Zelt, okay?«

»Von mir aus«, sagte Bettina seufzend, sichtbar genervt von der unliebsamen Unterbrechung.

»Danke, du bist ein Schatz«, jubelte Gaby. »Ich dachte, wir machen ein Zeichen aus, ja? Ich hänge mein Adidas-Badetuch vors Zelt, solange wir … na, solange wir zugange sind. Wenn es weg ist, kannst du reinkommen.«

»Geh schon«, sagte Bettina und rang sich ein generöses Grinsen ab. »Viel Spaß!«

Gaby zischte ab, schnappte sich den braun gebrannten Blonden bei der Hand und schoss Sekunden später mit ihm an Bettina vorbei.

Und jetzt bitte keine Störungen mehr, dachte sie und vertiefte sich erneut in ihre Lektüre.

Als die Sonne hinter der Steilküste verschwand, wurde es kühler. Bettina fischte ihr Shirt und eine leichte Strickjacke aus ihrer Tasche, zog beides über. Ohne die Augen von den Seiten zu nehmen, ohne hinzusehen. Was spielte es für eine Rolle, dass die Nähte außen waren? Sie spazierte weiter durch eine Stadt, die ihr noch vor Stunden unbekannt gewesen war, aber langsam Gesicht zu bekommen begann. Just stieg sie mit Oskar auf den Stockturm, hätte sich beinahe die Ohren zugehalten, als der Bengel die Scheiben am recht weit entfernten Stadttheater mit seinem Gekreisch zum Bersten brachte, als alles zusammenlief, den Schaden zu begutachten, jeder sich suchend nach dem Attentäter umschaute, der doch gar nicht in der Nähe war, sondern neben ihr stand. Er grinste ihr zu, der Kleine. Bettina grinste zurück und ertappte sich dabei, wie sie tatsächlich ihren Ellenbogen ausfuhr und ihn in die Seite buffte.

Das letzte Tageslicht verging, die Augen waren längst müde. Jetzt verschwammen die Buchstaben vor ihren Augen, waren nur mehr schwarze Kleckse. Bettina schlug den Schutzband um, steckte den Rand als Lesezeichen ein, verstaute das Buch, stand auf und reckte sich. Im Zelt hatten sie Petroleumlicht. Einen Happen essen und weiterlesen!

Sie wollte dranbleiben. Herausfinden, was der Autor noch alles über Mutters Heimatstadt zu sagen hatte. Wenn sie schon selbst so wenig erzählte ... Längst hatte sich jener Zauber, dem Mama immer noch in ihren Tag- und Nachtträumen hinterherzujagen schien, auch für Bettina zu entfalten begonnen.

Grüppchen junger Männer kamen ihr entgegen, als sie den Strand verließ. Einige hatten wohl Holz gesammelt. Rares

Gut hier an der kargen Steilküste. Andere schleppten zu zweit Bierkästen, drei hatten Gitarren geschultert.

»Hey, wo willst du hin, Süße? Komm doch mit uns, wir machen Lagerfeuer und ein bisschen Musik. Karbonaden zum Grillen haben wir auch dabei. Mit selbst gemachtem Kartoffelsalat. Lecker! Du bist herzlich eingeladen.«

Eigentlich nett. Offenbar Hamburger. Die sagten Karbonade zu Koteletts. Hunger hatte sie ja schon, aber … Bettina winkte lächelnd ab, sagte »vielleicht später …« und stapfte zielstrebig durch den Sand ihrem Zelt zu.

Mist! Das Adidas-Badetuch hing an der Abspannleine. Und nun? Nichts mit in Ruhe weiterlesen. Sie konnte doch nicht stören …

Wenigstens eine lange Hose hätte sie jetzt gern gehabt. Die Nächte an der See waren kühl. Einen Moment stand sie unentschlossen da, lauschte, hörte leises Gelächter. Dann drehte sie seufzend um. Gut, dann eben Karbonade, Kartoffelsalat und Bier am Feuer.

* * *

Mit Gejohle wurde sie begrüßt. »Toll, dass du doch gekommen bist. Setz dich doch!«

Eine karierte Decke breitete einer aus, schlug fürsorglich Schottenkaro über Polen. Den Rücken an einen breiten, flachen, noch ganz sonnenwarmen Stein gelehnt, das Ploppbügelbier in der einen Hand, ein heißes, verdammt heißes, scharf gewürztes Kotelett in der anderen. So konnte man sich's doch richtig gut gehen lassen!

Der erste Eindruck vorhin hatte nicht getäuscht. Allesamt nett, allesamt Studenten aus Hamburg. Von Maschinenbau über Medizin bis Kunst. Kunst setzte sich neben Bettina und hieß Ole. Bisschen Rotstich im Blond, Bart à la Dali, Kreuz breit, Lächeln auch, woher kommst du, was machst du, warum bist du umgedreht?

»Weil mein Zelt gerade ein Liebesnest ist und ich nicht stören wollte.«

Alle lachten.

»Ist schöner am Strand nachts«, meinte Ole und wies auf den samtschwarzen, wolkenlosen, sternenüberstreuten Himmel. »Überwältigend, nicht?«

Medizin, Bau-Ing. und BWL fingen an, ihre Gitarren zu stimmen. Guckten sich an, wippten mit wilden Matten oben und Füßen in Boots unten, legten los, klopften gemeinsam an der Himmelstür, ernteten Applaus, schwenkten über zu Vater und Sohn, sangen gut, einigten sich, nur ein Blick, auf einen Tambourine Man und ankerten letztlich, allerbest zum Mitgrölen, vor der Küste Madagaskars. Hoch die Tassen! Auch mit Pest an Bord.

Bettina fühlte sich pudelwohl. Ole hatte eine kleine Wampe, war Marke Kuschelbär und warm. Es machte nichts, dass er seinen Arm um Bettinas Schultern legte, auch nicht, dass er irgendwann seinen Kopf anlehnte und die Spitzen von Dali sie kitzelten. Er erzählte ein bisschen, was er machte, schwärmte von Installationen. Von was? Ach so! Kunst mit Flex, Schweißbrenner und Metall. Alles klar, passte zu ihm. Er hörte Bettina zu, war witzig, nicht allzu aufdringlich, charmant und hielt ob seiner Besitzergreifung alle anderen fern. Es war ein schöner Abend.

Nach und nach, die Uhr war längst hinter die Mitternachtsstunde gerückt, die Musikanten müde geworden, die Runde beinahe aufgelöst, wollte Bettina gehen.

»Ich bringe dich«, sagte Ole, half ihr auf, faltete ordentlich das Plaid, warf es sich über die Schulter und griff nach ihrer Hand. Gemeinsam durchs Dunkel.

»Hier?«

»Ja, hier. Aber schau, das Handtuch hängt immer noch.«

»Das Handtuch?«

Bettina klärte ihn auf, stand da mit hängenden Schultern, fröstelte und fluchte leise: »Die kann was zu hören bekommen, morgen.«

»Rücksichtsvoll ist was anderes«, pflichtete Ole bei. »Wo wollen wir hin? Wir sind drei in unserem Zelt ... definitiv zu eng.«

»Ich könnte unhöflich sein und sie hochscheuchen!«, fauchte Bettina.

»Oder mit mir an den Strand zurückkehren. Ist noch Holz da, wir könnten es uns gemütlich machen.«

Sie machten es sich gemütlich. Irgendwann schlief Bettina an seiner breiten Brust ein. Über sich die Sterne, unter sich Schottlandwolle und Sand.

* * *

Ein Sonnenaufgang wie aus dem Bilderbuch!

Bettina blinzelte ins erste, fahle Licht. Kurz orientieren. Ah. Er schlief. Wie ein Bär. Sie lächelte, blieb liegen, den ganzen Strand, den Horizont im Blick. Ein Hauch von Rosa mischte sich in lichten, grauen Dunst über der stillen See. Minuten später Töne von Orange und Apricot. Wo bleibt sie? Nie war ihr bewusst geworden, wie lange es dauerte. Gut, wer so viel Macht, Einfluss und Bedeutung hatte, durfte seinen Auftritt dramatisch vorbereiten. Jetzt kamen Rot und Gold dazu. Und endlich war der oberste Rand ihrer Scheibe zu sehen. Von nun an zügig. Breite, gleißende Bahn auf dem ruhigen Wasser, und schon da. Vollständig. Schön wie am ersten Tag.

Bettinas Blase meldete sich. Vorsichtig rückte sie ab, rollte sich aus der Decke, schlug das Ende über ihn, verschwand hinter einem riesigen Stein.

Sollte sie jetzt gehen? Es wäre nicht nett gewesen. Noch immer glühte ein wenig Holz am Fußende des Nachtlagers. Kalte Füße in noch nachtkaltem Sand. Bettina schlüpfte wieder unter das Schottenkaro. Er seufzte im Schlaf.

Jetzt einen Kaffee! Neben der Anmeldung war ein kleines Lädchen. Da gab es welchen. Brötchen auch und was drauf. Fast hatte sie sich entschlossen, etwas zum Frühstück holen zu gehen, da betrat Gaby die Bühne. Quietschmunter, die Zehen ins Wasser streckend, noch quietschender zurückweichend, brrr, arschkalt, ihren Nachtgefährten an der Hand. Er zog sie ins Wasser, sie entwischte ihm, flüchtete kreischend. Direkt auf Bettina zu.

»Huch! Du hier? Na, wie's aussieht, war's ja ganz gut, dass ich das Zelt blockiert habe, was?«

»Hast du sie noch alle?«

»Wieso?«

»Du könntest dich bedanken. Du hast mich heimatlos gemacht. Nicht mal eine Sekunde drüber nachgedacht, wo ich bleiben soll?«

Schmollmund-Nö.

»Schöne Freundin bist du. Gar nicht egoistisch, oder?«

»Ach so, nee, äh … tut mir leid. Kommt nicht wieder vor.«

»Will ich hoffen.«

Gaby drehte sich um und hopste davon. Wirklich beeindruckt oder gar tief zerknirscht schuldbewusst schien sie nicht.

»Die nimmst du nicht wieder mit, was?«, gähnte er neben ihr, rieb sich die Augen und ahnte wohl kaum, dass sich just vor wenigen Minuten tatsächlich eine jahrelange Mädchenfreundschaft für immer erledigt hatte.

Bettina, zwar nicht wissend, aber immerhin mit diesem dumpfen Gefühl im Magen, dass sich das vielleicht nicht wieder würde kitten lassen, antwortete ein bisschen traurig: »Ich dachte eigentlich, sie wäre anständiger.«

»So wie ich?«

»Ja, du bist anständig. Du hättest sonst was mit mir veranstalten können.«

»Ich bin verhältnismäßig gut erzogen, außerdem sensibel. Weißt ja, Künstler … Blech und Schweißbrenner«, grinste er. »Wie wär's mit Kaffee? Ich könnte uns welchen besorgen.«

»War auch grad meine Idee.«

Sie rafften ihren Kram zusammen, gingen.

Und trennten sich während der folgenden Tage nicht mehr.

* * *

Diese Tage blieben ihr, abgesehen von der Sache mit der zerbrochenen Freundschaft, in guter Erinnerung. Ole blieb ihr in guter Erinnerung. Das Wetter hatte gehalten. Die Tage heiß, die Nächte voller Sterne. Ja, gut, sie hatten geknutscht. Aber weiter war nichts passiert. Er hatte nie gedrängt, jedes ihrer Signale umsichtig beachtet, gespürt, sie war noch nicht so weit.

Bettina war sowieso weder so weit noch überhaupt bereit. Bettina hatte den ersten Mann in ihrem Leben auserkoren. Der würde es werden, Mathias war das Recht der ersten Nacht versprochen. Ohne dass er ahnte, welche Rolle sie ihm zugedacht hatte. Das war einfach so. Punkt!

Aber sie wollten in Kontakt bleiben, Ole und sie. Ihre Abschiedsumarmung war lang und innig und konservierte auf alle Zeiten den Geschmack, den Duft, das Gefühl des Sommers. Jeder hatte die Adresse und Telefonnummer des anderen. Sie trennten sich schwer voneinander, von einer Woche voller Spaß, Zärtlichkeit und absoluter Entspannung. Und doch wussten sie beide in diesem Moment, dass sie weder telefonieren noch

Liebesbriefe austauschen würden. Sie waren füreinander das, was man einen schönen, erinnernswerten Sommerflirt nannte.

Nicht unerwähnt durfte in der Rückschau auf diese Sommertage bleiben, dass Bettina mit ihrer erkenntnisreichen Lektüre weitergekommen war. Nebeneinander hatten sie, Ole ein erklärter Bücherwurm, Bettina immer tiefer in der Faszination gefangen, lesend am Strand gelegen und sich nur manchmal, komischerweise immer fast gleichzeitig, angeschaut, sich aufgerappelt, bei den Händen genommen, waren in die See gelaufen, um die in Geschichten abgetauchten Gemüter mithilfe kühlen Ostseewassers ein wenig zu erfrischen. Am Ende der federleichten Tage jedenfalls wusste Bettina, was an jenem Morgen des 1. September 1939 in Mamas Heimatstadt geschehen war, hatte sie sich doch an der Hand des ewig Dreijährigen sozusagen die Stadt erlaufen und begonnen, für Mutters gelegentliche tiefe Schwermut Verständnis zu entwickeln.

* * *

»Schön braun bist du geworden, siehst richtig erholt aus«, sagte Mama.

»Schön braun bist du geworden, siehst gut aus«, sagte Mathias und hatte einen anderen Unterton in der Stimme als Mutter. »Hast du Lust, am kommenden Wochenende meinen Vorschoter bei der Saisonabschluss-Regatta zu spielen?«

Hatte sie. Und wie!

Mama lachte, als Bettina ihr davon erzählte. »Oh, Regatten haben bisweilen einen ganz besonderen Stellenwert. Deine Großeltern haben sich anlässlich einer Regatta in Cranz unsterblich ineinander verliebt. Bist du etwa jetzt schon verliebt?«

»Unsinn«, log Bettina und lenkte ab: »Einen netten Hamburger Kunststudenten habe ich an der See kennengelernt. Vielleicht besucht er mich mal.«

»Nur zu!«

Dieses Manöver zumindest war schon mal gelungen.

Ein bisschen anders verhielt es sich mit den Manövern auf dem See unter Wettkampfbedingungen. Das Wetter war umgeschlagen, herbstlich kühl geworden, eine steife Brise ging. Viel zu selten hatte Bettina bisher verantwortlich die Leinen des gutmütigen Volksbootes bedient, als dass die Harmonie zwischen Mathias und ihr hätte perfekt sein können. Mit einem dritten Platz unter den Vereinsseglern waren die beiden am Ende aber gar nicht unzufrieden.

Die Sache wurde begossen. Ausgiebig, schließlich war man nass und ausgekühlt und musste ein wenig von innen heizen. So ausgiebig, dass letztlich Bettina, die vorsichtshalber bei Apfelschorle geblieben war, Mathias' alten R4 von Steinhude aus nach Hause fahren musste.

Komisches Gefährt mit dieser merkwürdigen, aus dem Armaturenbrett ragenden Revolverschaltung! Mathias' Erklärungen zum korrekten Gebrauch waren ob seines angetüterten Zustands, na, sagen wir, etwas nebulös, und Bettina zuckte ein paarmal heftig unter den gequälten Aufschreien des Getriebes zusammen, ehe sie die Sache halbwegs durchdrungen hatte und klarkam. Hilfe war von ihm nicht mehr zu erwarten, denn schon vor dem Erreichen der Autobahnauffahrt war er sanft eingeschlummert.

Er schlief, beide Fäuste fest um den schnapsglasgroßen Zinnpokal geschlossen, wie ein Baby bis Braunschweig. Dann schien sein durchaus alkoholgewohnter Körper die Lüttje Lagen bereits verstoffwechselt zu haben, und er war wieder ganz der Alte.

»Entschuldige, Bettina«, sagte er zerknirscht.

»Macht nichts. Bist du wieder fit?«

Er reckte sich in dem segeltuchbespannten, ungeheuer unbequemen Stahlrohrgestell, weniger Autositz als vielmehr

Gartenstuhl, setzte sich aufrecht hin und grinste sie an. »Völlig! Zu Diensten, meine Dame. Bloß saukalt ist mir. Warum hast du nicht die Heizung angemacht?«

»Ach, das Ding hat 'ne Heizung? Tut mir leid, aber darauf konnte ich mich nun nicht auch noch konzentrieren. Ich hatte genug damit zu tun, die Kiste überhaupt am Rollen zu halten.«

»Guck mal hier …«, sagte er, schob einen Regler und schon strömte es warm. »Trotzdem ist mir jetzt nach Badewanne, danach zum Italiener? Ich lade dich ein. Kommst du mit?«

Bettinas Herz setzte einen Moment lang aus. Wie meinte er das? Lud er sie nur zum Essen ein? Oder etwa in seine Badewanne?

»Zu Paolo? Gern.«

»Aber erst in die Wanne.«

»Klar. Umziehen würde ich mich auch ganz gern, ist ja alles feucht.«

Ihr Herz beruhigte sich. Sie parkte den kleinen, eckigen Franzosen unter den Linden vorm Haus. Zusammen stiegen sie in den zweiten Stock. Bettina suchte in ihrer Segeltasche den Wohnungsschlüssel, wusste, die Eltern waren zur Geburtstagsfeier eines Fliegerkameraden eingeladen und genauso wenig daheim wie Achim, der ein Mutterwochenende bei Moni verbrachte.

»Was suchst du, Bettina?«

»Na, meinen Schlüssel.«

»Ich dachte, wir gehen baden?«

»Im Ernst?«

Zack! Das Herz hüpfte wieder. Sollte es jetzt …? Moment mal … tausend Mal hatte sie sich vorgestellt, wie es sein würde. Blumenübersäte Sommerwiesen, taumelnde Schmetterlinge, ein brennender Kamin samt Bärenfell, eine einsame Jagdhütte im verschneiten Wald, eine einsame Südseeinsel, das alles hatte sie sich ausgemalt. Eine Badewanne war aber nicht mal in ihren kühnsten Träumen vorgekommen.

Er hatte seine Wohnungstür schon aufgeschlossen, griff nach ihrer Hand. »Kommst du oder kommst du?«

Halb zog er sie, halb sank sie hin. Zeitlupenlangsam pellte er sie aus den klammen Sachen, hob sie hoch und ließ sie sanft ins duftende Wasser gleiten. Bettina seufzte. Wohlbehagen paarte sich mit Angst. Angst wovor? Vor etwas, das sie sich seit Jahren wünschte? Augenblicke lang stieg der Impuls in ihr auf, schnellstens aus dem Wasser zu steigen und zu flüchten. Er schien zu bemerken, was hinter ihrer Stirn vorging. »Sch …«, machte er. »Hab keine Angst. Es passiert nichts, das du nicht willst.«

Er wusch ihr das Haar, hielt sorgsam ihr Gesicht über Wasser, als er den Schaum ausspülte. Nannte sie »meine wunderschöne Nixe«, flüsterte nur mehr. Bettina hielt die Augen geschlossen. Brauchte lange, ehe die Muskeln sich endlich entspannten. Er ließ ihr Zeit, wartete auf ihr Signal, ehe er sich auszog und zu ihr ins Wasser stieg.

»Ich warne dich! Es tut weh«, hatte Gaby gesagt.

Es tat weh. Einen kleinen Moment lang. Dann war es gut. Nicht unbedingt weltbewegend gut. Aber okay.

Richtig gut waren die Zärtlichkeiten danach. Und dieser verrückte, triumphale Gedanke, einen lange gefassten Plan exakt umgesetzt zu haben.

14

STOLLBERG, OKTOBER 1954 – NARBEN

Vier Frauen, eine rollende Zelle, kaum einen Quadratmeter groß, schwer vergitterte, blind gestrichene Fenster, die Luft zu schwer zum Atmen, die Leiber dicht aneinandergepresst. Sie wusste nicht, wohin es ging, was werden würde. Die Kriminellen unter den Frauen hatten gewispert: Otto-Grotewohl-Express, Hoheneck. Die taten so, als kannten sie sich aus.

Constanze hatte keinerlei Vorstellung, was sie meinen konnten, nicht gewagt, den Mund aufzumachen, Fragen zu stellen. Genauso wenig wie ihre drei Mitgefangenen. Politische. Die Allerschlimmsten. Auf die konnten selbst Mörderinnen spucken.

Gesenkte Köpfe, wirres Haar, eine blond wie sie, eine braun, eine grau gesträhnt. Constanze blickte auf den grauen Scheitel gegenüber. Wie schnell würde es bei ihr gehen? In der Familie hatte man sich immer erzählt, Urgroßmutter Charlottes Haar sei quasi über Nacht schneeweiß geworden, nachdem sie von Urgroßvaters Heldentod erfahren hatte. Ob sie selbst auch …? Gleich morgen vielleicht schon? War sie ihr so ähnlich, wie sie selbst es immer gehofft hatte? Ach, war das nicht egal? War nicht sowieso alles vorbei? Spielte es noch eine Rolle, welche Farbe ihr Haar hatte, gehabt hatte, bekommen würde?

Noch war nicht alles egal.

Constanze flüchtete in eine Welt, die nur ihr Kopf kannte. Sah Charlotte vor sich. Sah sich neben ihr. Als kleines Mädchen, als erwachsene Frau. Bilder aus alten Zeiten formten sich vorm inneren Auge, zauberten sogar ein Lächeln und machten sie ruhig. Was auch immer geschehen würde: Dorthin wollte sie gehen. Einerlei, was man von ihr verlangen würde, was auch immer in naher oder ferner Zukunft vor ihr läge.

Was damals gewesen war, war real, was hier geschah, war surreal. Was hatte sie denn getan? Was warf man ihr vor? Sie hatte aufgegeben zu fragen. Es konnte doch nur ein Irrtum sein. Würde sich aufklären. Nichts hatte sie zu verbergen.

Ein paarmal hielt der Zug. Rumoren auf den Gängen, scharrende Füße, Zellentüren auf- und zugeschoben, bellende Befehle. Dann ging es weiter durch die Nacht.

Immer zwei zusammen. Verbunden mit Handschellen. Antreten auf dem Gang, hinaus auf den Bahnsteig. Ein paar Reisende warfen scheele Blicke, wandten sich naserümpfend ab. Hinein in wirres, schwach beleuchtetes Tunnellabyrinth. Ein wenig Licht am Ende, die Trittstufen hinaufgestoßen in einen Bus. Fahrt durch die Nacht. Lange.

Im Morgengrauen ragte sie auf. Mittelalterlich, trutzig, abweisend, menschenverachtend. Burg Hoheneck. Ach, das hatten sie gemeint!

Ausgespuckt auf uraltes Pflaster, beleuchtetes Souterrain. Frauengesichter an schmutzige Scheiben gepresst. Fratzen. Mager, grau, krank, aufgerissene Münder ohne Zähne. Aber mit unüberhörbar herausquellenden Lauten: Frischfleisch, Frischfleisch, Frischfleisch …

Constanze fuhren eisige Schauer über die Schultern. Kurz schloss sie die Augen, sah Charlottes zuversichtliches Lächeln. Du schaffst das schon. Du hast den Krieg überlebt, bist vor den Russen geflohen, keiner kann dir was, du bist eine Warthenberg.

»Strafgefangene Rosanowski?«

»Constanze von Warthenberg, ja.« Klar und selbstbewusst ihre Stimme im kalten, kahlen Raum. Einzige Zierde Stockflecken an jeder Wand. Karge Möblierung, Stuhl, Schreibtisch, grelle Lampe, Stock. Stock direkt neben grober Faust. Allein jetzt, getrennt von den anderen.

»Ach so, ach so, von Warthenberg. In welcher Zeit leben Sie, Strafgefangene Rosanowski? Fein, dass Sie uns gleich auf die Sprünge helfen, was Ihre Zugehörigkeit zum Klassenfeind angeht.«

»Ich bin kein Klassenfeind.«

»Lügen tut sie gerne, was? Ausziehen!«

»Wie bitte?«

»Ausziehen! Was gibt es daran nicht zu verstehen?«

Ungläubig blickte Constanze die Matrone hinterm Schreibtisch an.

»Ja los, zackig!« Der Stock fuhr scharf aufs Holz nieder.

Sie knöpfte ihre Jacke auf, streifte sie von den Schultern, zögerte.

Die Matrone trommelte mit den Fingern auf der Platte. »Weiter!«

Constanze schlüpfte aus den Schuhen, öffnete die Häkchen am Rock, ließ ihn von den Hüften gleiten, stand in Bluse, Strümpfen, Strumpfhalter, Unterwäsche. Zögerte wieder.

Die Matrone erhob sich. Den Stock in der Hand. »Muss ich …?«

Kam auf sie zu.

»Schon gut, schon gut«, murmelte Constanze.

Die Tür öffnete sich. Eine weitere Frau trat ein, griff in ihre Kitteltasche, zog einen Gummihandschuh heraus, streifte ihn über die Rechte, wippte abwartend mit der Fußspitze, sagte: »Nun machen Sie schon, ich muss Sie untersuchen.«

Vor Constanzes Augen verschwamm der Schimmelfleck, den sie schon ein Weilchen fixierte. Um die Matrone nicht ansehen zu müssen. Um dem zunehmenden Schwindel einen Fixpunkt zu geben.

»Nein!«, sagte sie und es klang nicht mehr klar, nicht mehr selbstbewusst.

Sie spürte den Stock im Kreuz, zuckte schmerzhaft zusammen, öffnete die Augen nicht. Charlottes Gesicht. Stolz, liebevoll. Aufmunternd. Du bist eine Warthenberg. Dir kann keiner was.

Sie hörte das Reißen des Blusenstoffs, das Geräusch der leise hüpfenden Perlmuttknöpfe auf dem Boden. Sie spürte, wie man ihr die Haken des BHs öffnete, das Hemdchen über den Kopf zog, die spitzenbesetzte Charmeuse-Unterhose herunterzerrte. Ein Schubs, eine Hand, die ihren Nacken beugte, zwei Stiefel, die ihre Füße auseinanderschoben, rücksichtslose Hände, die ihre Körperöffnungen inspizierten.

Charlottes Gesicht. Aufmunternd. Du bist eine Warthenberg!

Constanze erbrach sich.

»So eine Sau, die Von! Was hat sie denn da?«

Tastendes Gummi auf weichem, warmem Bauch. »Narben.«

»Woher stammen die Narben, Strafgefangene Rosanowski?«

Immer die Wahrheit sagen, Kind. Mit der Wahrheit kommst du am weitesten, sagte Charlotte.

Constanze schüttelte den Kopf. Unmöglich! Er soll es doch nicht wissen.

Du musst, Kind, die kriegen alles raus.

Sie schüttelte abermals den Kopf. Roch den widerlichen Atem der Matrone. Öffnete die Augen. Sah ihr direkt ins kalte Grau, erklärte: »Hysterektomie.«

»Soso.«

»Sie lügt!« Der Gummihandschuh wedelte vor Constanzes Nase. »Sie ist komplett.«

»Ach nein! Interessant.«

»Warum lügen Sie, Strafgefangene Rosanowski?«

Immer die Wahrheit sagen, Kind!

»Er darf es doch nicht wissen.«

»Was darf wer nicht wissen?«

»Mein Mann.«

»Und was?«

»Die Kinder.«

»Was versuchen Sie uns hier zu verbergen?«

Constanze presste die Lippen aufeinander, schüttelte den Kopf.

»Führen Sie sie ab. Das kriegen wir schon raus.«

* * *

Neununddreißig Frauen, verbitterte Gesichter. Strengste Hierarchie, Mörderinnen an der Spitze, Frischfleisch ohne Rechte, Politische niedrigste Kaste. Dreizehn Dreifachstockbetten, ein Klo, drei Waschkauen, kaltes Wasser, Unterwäsche aus altem, vielleicht wiederverwertetem Trikotstoff, Oberbekleidung kratzig graue Wollfasern, hoch droben winzige, vergitterte Fenster, Ausblick auf düstere Fassaden. Darüber eine Briefmarke trübgrauer Himmel. Darin Charlottes Gesicht. Das wird schon, Kind!

Constanze hielt sich fest an diesem Gesicht. Sprach nicht mit den Zellengenossinnen, blieb allein in ihrer Blase, deren hauchfeine Hülle schüchtern, immer am äußersten Rand des Geschehens, dem Zerplatzen auszuweichen suchte.

Wenige Tage nur, und sie hatten alles gewusst. Alles, was sie Clemens jahrelang hatte verbergen können. Die Verhöre waren entsetzlich gewesen. Constanze hatte all die Grausamkeiten nicht verdaut, aber ausgekotzt. In einen Eimer, der zur Verrichtung der Notdurft in der grell erleuchteten Einzelzelle gestanden hatte, die acht volle Tage und Nächte lang ihr Strafquartier für die Lügen gewesen war.

Für sie waren es keine Lügen gewesen. Zwei Kinder hatte sie Clemens verschwiegen, ihm die Geschichte der Gebärmutterentfernung treuen Blickes erzählt. So verinnerlicht, dass sie sie selbst am Ende für die ganze Wahrheit gehalten hatte. Nicht leben hätte sie können, hätte sie all das Unverarbeitete nicht unter den wulstigen Nahtstichen der Hysterektomie samt Wundheilungsstörung und zweiter Narbe verbergen können.

Er hatte es geglaubt. Und von diesem Moment an hatte sie aufgeatmet und vergessen. Nein, es hatte keinen Peter, keinen George gegeben. Nur hässliche, schmerzhafte Myome in der Gebärmutter. Raus und gut und vergessen.

Jetzt war alles wieder da. Ein toter Peter, ein George, den sie einfach abgegeben hatte.

Äußerlich wirkte sie unbeeindruckt. Aber ihr Inneres war ein Trümmerfeld.

Drei Jahre. Drei Jahre würde sie hier verbringen. Beinahe war sie dankbar für die Doppelschichten, die man ihr auferlegt hatte. Arbeit schlug das Denken tot. Acht Stunden im Elektromotorenwerk. Acht Stunden Bettwäsche nähen. Acht Stunden Freizeit, respektive Schlaf. Dabei gab es kaum Schlaf. Im Dreischichtsystem wurde hier gearbeitet. Einmal in vierundzwanzig Stunden drehte jede Gruppe Inhaftierter direkt unter den Fenstern im Hof die Runden. Auch im Dreischichtsystem. Tag und Nacht und abends bei voller Beleuchtung. Gleichtakt der Füße. Angetrieben vom andauernden gebrüllten »links, zwei, drei, vier, links, zwei, drei, vier« der Aufseherinnen.

Nach wenigen Wochen hatten die Mithäftlinge es aufgegeben, an sie heranzukommen. Oder sie zu drangsalieren. Es schien, als wäre Constanze ihnen unheimlich. Sie sprach ja nie, öffnete den Mund lediglich, um stoisch ihre widerwärtigen Mahlzeiten zu sich zu nehmen oder die Zähne zu putzen. Sie klagte nicht, schien stetig abwesend und in einer anderen Welt, zu der keine einen Zugang hatte. Sie tat alles, was von ihr verlangt wurde, wehrte sich nie. Es machte keinen Spaß mit ihr. Wie ein Gespenst wandelte sie unter den anderen. So spinnwebfadendürr, dass man dachte, ein Windzug könne sie umblasen. So grau und durchscheinend unauffällig, dass sich ihre Gestalt kaum noch von den stockfleckigen Wänden abhob und man nicht sicher sein konnte, ob es überhaupt auffallen würde, wenn man einfach durch sie hindurchginge.

Die »politische Von« war da und nicht da.

So sehr nicht da, dass nicht einmal die Anstaltsleitung die inzwischen auf achtundvierzig Kilo heruntergekommene Figur genügend wahrzunehmen schien, um wenigstens irgendwann einmal auf die Idee zu kommen, sie für einen Transport anzumelden.

Wöchentlich einmal gingen diese Transporte. In die Freiheit. In die BRD. Allerbeste Devisenbringer, diese inhaftierten Politischen!

Constanze sah sie abrauschen. Glück im Gesicht, zahnloses Lachen.

Sie blieb.

15

BAUTZEN 1956 – UNTER HUNDERTEN …

Zwei Jahre hatte sie stumm verharrt. Nicht schneeweiß, sondern stumpfgrau war ihr Haar geworden.

Als endlich, zum ersten Mal, ein Laut aus ihrer Kehle kam, war es ein Schmerzensschrei. Eine winzige Unachtsamkeit, eine Erschöpfung, die ein konzentriertes Weitermachen nicht mehr erlaubte, und schon war ihre Hand in die Maschine geraten.

Erstaunt blickten sich die Frauen an den Arbeitsplätzen neben ihr um. War da überhaupt jemand? Tatsächlich!

Eine stellte den Motor der Maschine ab. Blutiger Matsch, dachte Constanze. Dann verlor sie das Bewusstsein.

Wochen verbrachte sie auf der Krankenstation. Eine Berliner Chirurgin, selbst inhaftierte Politische, flickte zusammen, was noch da war. Geschickt war sie gewesen. Nur der Daumen wollte nicht mehr tun, was Daumen gefälligst tun sollen. Damit war Constanze für die Arbeit sowohl an der Nähmaschine als auch im Elektromotorenbau und schon überhaupt für den dritten Betriebszweig, die Produktion feiner Strümpfe, untauglich.

Noch war die Rechte verbunden, da wurde sie schon zur Anstaltsleitung zitiert.

»Sie taugen für nichts mehr hier, Strafgefangene Rosanowski.«

Constanze erwiderte nichts, senkte nur den Kopf.

»Wir haben eine Lösung für Sie gefunden.«

Sie hob und senkte ruckartig die Schultern.

»Morgen werden Sie abtransportiert.«

Sie fragte nicht, wohin.

Alles wird gut, Kind, sagte Charlotte und lächelte.

* * *

Noch vor Sonnenaufgang am nächsten Morgen legte man ihr Handschellen an. Constanze hatte längst jedes Zeitgefühl verloren, aber im Eingang hing ein Weihnachtsstern, draußen biss ihr kalte Winterluft in die Ohrläppchen, Raureif hatte die eisernen Geländer und die Flutlichtmasten überzogen. Es mochte Dezember sein. Vielleicht kurz vor Weihnachten?

Der Kleintransporter war sogar beheizt, die Fenster, wenn auch engmaschig vergittert, nicht ganz blind. Irgendjemand musste in seinem Hunger nach Weltsicht einen schmalen Streifen Farbe abgekratzt haben, den niemand für erneuerungswürdig gehalten hatte. Ob dies ein Transport in den Westen war? Einen Augenblick atmete sie tief durch. Wenn es so war, würde sie dann vielleicht Evchen wiedersehen? Was war mit Clemens inzwischen geschehen? Hatte man ihn vielleicht wenigstens für würdig befunden, Devisen zu erwirtschaften, und schickte sie ihm nun hinterher? Der Gedanke kam ihr zum allerersten Mal. Es konnte doch immerhin möglich sein?! So lange hatte sie es sich verboten zu fühlen, zu hoffen. Jetzt lief eine Träne über ihre Wange und sie lächelte.

Es ging nicht nach Westen. Es ging immer der aufgehenden Sonne zu. Trotzdem genoss Constanze die Fahrt. Sie sah! Durch den Spalt konnte sie Felder, Wiesen, Wälder, Dörfer, Städte erkennen.

Und dann, gute zwei Stunden später: Mauern, Stacheldraht, Wachtürme, Uniformierte. Der Spalt, der sich nicht nur in der Scheibe, sondern auch in ihrem verriegelten Herzen aufgetan hatte, schloss sich wieder. Nein. Sie ließen sie nirgendwohin in die Freiheit gehen. Es war nur ein anderes Gefängnis, ein neuer Ort zum Vegetieren für sie ausgesucht worden.

Nichts wird gut, Charlotte! Sieh doch.

Manches braucht eben seine Zeit, Kind.

Was sollte dieser geheimnisvolle Gesichtsausdruck? Wie damals, wenn sie vor der Tür des verschlossenen Weihnachtszimmers, das Herz voller Hoffnung und Vorfreude, in der Halle von Schloss Warthenberg auf und ab getigert war.

Neue Bewacher, neue Mitgefangene. Solche, die ihre Methode des Nicht-Auffallen-Wollens noch nicht kannten. Neue Anstrengung, ihnen die spezielle Art der Verweigerung der »politischen Von« begreiflich zu machen. Nach Wochen hatten sie erst verstanden und ließen sie endlich in Ruhe.

In Ruhe arbeiten. Die Großküche war ihr Platz. Zu viel mehr als zum Kartoffelschälen und Supperühren war sie noch nicht einsetzbar. Sie schälte, bis der Verband nur noch schmutzig grau vom Kartoffelstaub, die Fingerspitzen endlich von solider Hornhaut überzogen waren, in deren Strukturen sich unentfernbar der Dreck eingelagert hatte. Keine Bürste, sei sie auch noch so grob gewesen, schon gar nicht die sparsam verteilte Seife kriegten das wieder weg.

Die Wunden heilten nicht gut. Mehr Sauberkeit hätte ihnen gutgetan, häufigere Verbandwechsel. Nicht gut, aber irgendwann doch. Hässlich waren die Narben. Doch wen interessierte das schon noch?

Weihnachten verging. Ostern verging. Irgendwann musste es doch vorbei sein?

Charlotte hatte keine Antworten. Sie nahm sie bei der Hand, wanderte mit ihr über das Brücklein durch den Obstgarten, ließ sie die neugeborenen Fohlen streicheln, legte ihr ein Kätzchen in den Schoß.

Es war doch alles gut. Sie hatte einen Platz zum Schlafen, ein Dach über dem Kopf, keiner versuchte mehr, sie anzusprechen. Stets und ständig durfte sie an jenem Ort herumspazieren, der nichts als reines Glück war. Warum sollte man überhaupt noch etwas ändern?

Eines Tages im Mai, Constanze hatte gerade ihre Schicht beendet, wurde sie mit all den anderen zu ihrer Zelle zurückgeführt und erhaschte einen Blick in den Hof, wo gerade männliche Häftlinge im Gleichschritt ihre Freiluftbewegung absolvierten. Nichts Besonderes an sich. Immer, an jedem Tag, den Gott werden ließ, liefen sie da im Kreis. Geschorene Köpfe, Anstaltskleidung. Einer wie der andere. Uniforme Männermasse.

Doch heute, da fiel ihr einer auf.

Unter Hunderten hätte sie ihn erkannt. Nur an seinen Bewegungen!

Constanze stürzte ans Fenster.

»Was machen Sie da, Strafgefangene Rosanowski? Sofort zurück ins Glied!«

Constanze hämmerte an die Scheibe, wehrte wütend die Hände ab, die sie hindern wollten. Alle dort unten wandten die Köpfe, schauten herauf. Und dann sah sie seine blauen Augen. Sah, dass er sie sah.

Und war wieder da. Im Hier und Jetzt.

16

BRAUNSCHWEIG 1976 – DANACH

Bettina war fix rübergehuscht in die elterliche Wohnung, um sich dem Anlass entsprechend hübsch zu machen. Das figurbetonende, von Lurexfäden durchzogene kurze, schwarze Schlauchkleid, den Bolero drüber, ein bisschen mehr von Utes großzügig herangeschlepptem Make-up! Das Spiegelbild seufzte begeistert. Man wurde schließlich nicht alle Tage entjungfert und, überlegte sie aufgeregt kichernd, wahrscheinlich nur marginal häufiger zum legendären Paolo eingeladen. Dieser Italiener nämlich, aus Sizilien stammend, hatte die Braunschweiger Gastronomieszene mit einem Ristorante bereichert, wie es die Stadt noch nicht gesehen hatte.

Ganz anders als in den schülertauglich billigen Pizzerien in der Innenstadt gab es hier sizilianische Spezialitäten in außerordentlich gehobenem Ambiente. Tischreservierungen waren schwer zu bekommen, ein Abend zu zweit konnte leicht hundert Mark verschlingen. Im großzügigen Erdgeschoss barg die zauberhafte Art-déco-Villa, welche den Krieg erstaunlicherweise recht unbeschadet überstanden hatte, das bis unter die Decke mit Exponaten moderner Kunst vollgestopfte Restaurant, während sich im ersten Stock ein Theatersaal befand, der verschiedensten Künstlern eine Bühne für regelmäßig wechselnde, ausgesprochen avantgardistische Programme bot. In diesem Haus ging es nicht um schnelles Magenfüllen, hier ging es um die Befriedigung aller feinen Sinne.

Gespeist wurde nicht auf rot-weiß gewürfelten Tischtüchern, wie sie in den Pizzerien üblich waren, sondern zwischen Damast, Kristallglas und dezenter Hintergrundmusik. Putzig, die Sitzmöblierung! Ja, auf einem dieser antiken Sofas, in aller Regel der Bequemlichkeit der Damen vorbehalten, musste man einfach mal gesessen haben. Dass man dort erheblich tiefer saß als die dazugehörigen Herren am Tisch, mag Zufall oder italienisch-patriarchalische Absicht gewesen sein. Auf jeden Fall saß Bettina weich und bequem und wurde intensiver als alle anderen anwesenden weiblichen Gäste von den livrierten Kellnern umschwänzelt. Geradezu so, als sei sie die sagenhaft reiche, überaus bedeutende Königin von Saba.

Es wäre eine Lüge zu behaupten, dass sich Bettina an diesem Abend nicht anders gefühlt hätte. Immerhin wurde sie ausgeführt von dem Mann, den sie bereits vor Jahren als Empfänger dessen auserkoren hatte, was ihr als kostbarstes Geschenk erschien, das eine Frau machen konnte. Und der hatte sich, was absolut neu für sie war, nicht minder in Schale geworfen als sie selbst. Zwar hatte er auf eine Krawatte verzichtet, war auch nicht von seinen gewohnten Jeans abgewichen, aber was über die Tischplatte hinweg aus Bettinas erniedrigter Position zu betrachten war, konnte sich weiß Gott sehen lassen. Samtbraunes Cord-Jackett und blütenweißes Hemd, einen edlen Seidenschal um den Hals, gebändigte dunkle Lockenpracht und blitzsauber geputzte Intellektuellenbrille gaben ihm den Anstrich eines eleganten Bohemiens.

Der Auftritt des berühmten Küchenchefs und Besitzers betonte zusätzlich Bettinas Eindruck, dass Mathias hier mehr war als nur ein gern gesehener Gast. Geradezu überschwänglich schien die Freude des Wirts. Er umarmte Mathias wie einen alten Freund, klopfte ihm unablässig auf den Rücken, küsste ihn rechts, links, rechts und wieder links auf die Wange, machte eine bedeutungsvolle Handbewegung zu Bettina hinüber, schaute fragend zwischen Mathias und ihr hin und her und bekam eine eindeutige Antwort: »Bettina. Meine Frau!«

Bettina wurde blass unter ihrem Rouge, rot unter ihrer Blässe und schaffte dann doch ein entzückend gewinnendes Lächeln mit ausgestreckter Hand.

Die griff der Sizilianer, um einen Handkuss anzudeuten, schaute wieder, und nun verschwörerisch-charmant, zwischen ihnen hin und her, führte die Spitzen dreier Finger an die Lippen, ließ ein begeistertes Küsschen zwischen Kristall, Silberbesteck, schweren Kerzenleuchtern, feinem Tischtuch, dramatischer bildender Kunst und Art-déco-Leuchtern herumzischen und säuselte: »Ah! Ciao, bella Bettina!«

Ohne Umstände ließ sich der Wirt nun am Tisch nieder, machte Menüvorschläge, lobte temperamentvoll die Frische seiner Fische, empfahl das Kälbchen, notierte die Wünsche bezüglich der Antipasti, erfragte akribisch die Vorlieben von »Bella Signorina Bettina«, pfiff die Kellner heran, schimpfte lautstark italienisch, dass die beiden noch keinen Aperitif bekommen hatten, und so weiter und so fort.

Die Gäste an den Nebentischen wandten die Köpfe. Manche lächelten. Andere schienen angepieselt. Vielleicht, weil sie selbst nicht eine derartige Aufmerksamkeit des Maestros erfahren hatten?

Bettina war die ganze Sache etwas peinlich. So viel Gewese!

Aber gut, Mathias und der Gastwirt schienen wirklich alte Freunde zu sein, warum sonst hätte er sich so genau nach Achim erkundigt, nachgefragt, wie es Moni ging, Interesse am Befinden einiger Freunde gezeigt?

Mit den Worten: »Ich gehe jetzt für euch beide kochen«, ließ er sie endlich irgendwann allein.

»Was verbindet dich mit ihm?«, wollte sie prompt wissen.

»Ach, er tut immer so, als wäre er mir was schuldig. Dabei war es Monis Vater, dessen Position im Stadtrat ihm die Möglichkeit gab, das Haus zu dem zu machen, was es heute ist. Investoren hatten andere Pläne, aber Monis Papa gefiel sein Konzept und vesuvisches Temperament. Also setzte er nach ziemlich heftiger Auseinandersetzung mit den Herren Stadträten irgendwann einfach Stempel und Unterschrift und so konnte dieser Fress- und Kulturtempel geboren werden. Du siehst, er läuft grandios. Und Paolos Dankbarkeit wird uns bis in alle Ewigkeit hinterhereilen.«

»Da kannste mal sehen«, kicherte Bettina, »was wohl positionierte Papis so alles bewirken können.«

»Ist so. Und wird immer so sein«, grinste Mathias. »Kein Mensch kriegt hier normalerweise binnen zwei Stunden einen Tisch. Hat was, nicht?«

Bettina war sich anderthalb Stunden später sicher, nie in ihrem Leben exquisiter gegessen zu haben. Endlich, bei Espresso und Cassata Siciliana nach geheimem Familienrezept, fragte sie ihn, ohne auch nur im Mindesten gefasst auf das zu sein, was kommen sollte, wie ernst er es eigentlich gemeint hatte mit seiner Behauptung, sie sei »seine Frau«.

»Zu hundert Prozent ernst«, erwiderte er und begann, seine Vorstellungen von Liebe und Partnerschaft vor ihr auszubreiten.

Es seien nicht die ersten Nächte, sei nicht dieser Zustand frischer Verliebtheit und überschäumender Hormonaktivität, was wirkliche Liebe ausmachte. Das alles nämlich verflöge oder büßte zumindest binnen weniger Monate seine Intensität ein. An die Stelle der Schmetterlinge im Bauch müsste erst eine Vielzahl anderer Faktoren treten, um wirklich von Liebe sprechen zu können. Er nannte gegenseitigen Respekt und Achtung,

Aufrichtigkeit und Ehrlichkeit, ja unbedingte Offenheit miteinander, Verantwortungsgefühl füreinander, vereinbare Zukunftspläne, halbwegs kompatible soziale und politische Ansichten und ähnlichen Humor.

Aufmerksam hörte sie ihm zu und es wurde ihr etwas schwindelig, als ihr klar wurde, dass Mathias all diese dargelegten Ideale und Ziele bereits für erreicht hielt, denn er beendete seine Rede mit den Worten: »Und ich liebe dich!«

Herrgott! So weit war doch ihre Fantasie in der Vergangenheit nie gesprungen. Die hatte im Grunde beim allerersten Mal, ach, genau genommen sogar schon beim ersten Kuss aufgehört. Das war ihr Happy End gewesen. Weitere Kapitel hatte ihr Kopf nie geschrieben. Was danach kommen würde, und hörte man ihm richtig zu, kommen *sollte*, hatte sie sich überhaupt nicht ausgemalt. Ein Weilchen schwieg sie, strich wieder und wieder die glatt gebügelten Ränder ihrer Serviette glatt. Er musste das doch wissen! Wenn er denn nun schon völlige Offenheit forderte, dann musste er das wissen. Bettina stammelte ihre Erläuterungen, machte ihm klar, wie überfordert sie sich gerade fühlte.

»Ich weiß, Bettina!«, sagte er zärtlich. »Ich will dich doch auch gar nicht unter Druck setzen, du solltest es nur wissen. Von mir aus hast du alle Zeit der Welt. Ich werde dich nicht drängen, aber wenn du es erlaubst und mich genauso willst wie ich dich, alles tun, um dich zu unterstützen. Du bist achtzehn, ich zehn Jahre älter als du. Ich habe eine gescheiterte Ehe hinter mir. Wenn ich mich jetzt festlege, dann soll es endlich für immer sein. Gesucht habe ich zwischen meiner Scheidung und dir lange genug. Ausprobiert habe ich reichlich. Da habe ich dir eindeutig was voraus. Ich muss dir allerdings gestehen: Dich hatte ich seit der ersten Begegnung nicht nur im Blick, sondern auch im Herzen.«

»Wie? Du mich auch?« Bettina war perplex.

»Natürlich!«

»Und warum haben wir dann so lange gewartet?«

»Weil gut Ding Weile haben will, vielleicht. Du warst fast noch ein Kind, als wir uns zum ersten Mal trafen. Ein Kind an der Schwelle zum Frausein. Du begannst damals gerade erst aufzuwachen. Ich gestehe, es hat mich fasziniert, wie du dich in Dinge hineingehängt hast, wie du versucht hast, deinen eigenen Weg zu finden, wie schwer du dich damit getan hast, wie du gerungen hast, um erwachsen zu werden. Um anständig erwachsen zu werden.«

»Was meinst du mit ›anständig‹?«

»Es gibt so viele, die durch die Welt rennen, ohne rechts und links zu gucken, ohne andere wirklich wahrzunehmen, ohne sich Gedanken zu machen, stattdessen manchmal einfach gnadenlos über andere Menschen hinwegbügeln. Sieh dich um, allein schon unter deinen Jahrgangsgefährten. Sie kennen nur satte Zufriedenheit, denken nur an sich und ihr eigenes Fortkommen, interessieren sich nicht dafür, was auf der Welt vorgeht, versuchen nicht mal, Überblick zu bekommen, geschweige denn, sich eine gut fundierte eigene Meinung zu bilden. Und sind in den seltensten Fällen bereit, für jemanden, für etwas zu kämpfen, das nicht direkt der eigenen Person nützt. Du bist anders. Und ich finde, du bist ein anständiger Mensch. Davon gibt es nicht allzu viele. Glaub mir, es ist mir oft verdammt schwergefallen, die Finger von dir zu lassen. Du warst so niedlich, wirktest so leicht jagdbar, und gerade deshalb habe ich mich zurückgehalten. Wie leicht hätte ich dich kriegen können …!«

»Ach herrje!«, fluchte Bettina und fühlte sich ertappt, geradezu entblößt. »War das so offensichtlich?«

»Sicher. Man konnte in dir … nein, nicht ›man‹, denn dafür hast du dann doch zu gut verborgen, wie du fühlst, aber *ich* konnte in dir lesen wie in einem offenen Buch. Ich hätte es ausnutzen können. Aber dafür warst du mir viel zu kostbar.«

Bettina legte den Kopf schief und lächelte. »Kostbar klingt gut.«

Er nahm ihre Hand, die nervös mit dem Dessertlöffelchen spielte. »Du bist etwas Besonderes, Bettina. Nichts, was man vernascht wie diese …«, er wies auf die letzten Krümelchen des köstlichen Cassatateiges, »wie diese Nachspeise. Einmal kurz genießerisch auf der Zunge zergehen lassen und vergessen. Nein, Bettina, in dir steckt so viel und ich fand, ich musste auch mich prüfen, ehe ich es wagen konnte. Jetzt habe ich es gewagt. Ich weiß, das vorhin … gut, es ist selten eine Offenbarung für eine junge Frau, dieses erste Mal. Du hast versucht, mir Erfahrungen vorzugaukeln, aber da hast du schlecht gelogen. Ich wusste, was auf mich zukommt, und kenne die Bedeutung dieses ›ersten Males‹. Glaub mir, es wird besser mit der Zeit.«

»Es war schön, Mathias.«

»Nein, war es nicht. Schön kommt später. Möchtest du das überhaupt? Meine Frau sein? Möchtest du es herausfinden, wie schön ›schön‹ sein kann? Möchtest du mit mir leben? Mit mir und mit Achim?«

Bettina hob zögerlich die Schultern. Sie konnte diese Frage jetzt nicht beantworten. Lieb war ihr die kleine Ablenkung zu Achim, da konnte sie einhaken. »Was denkst du, wie er das finden wird?«

»Klasse, nehme ich an. Er liebt dich abgöttisch.«

»Muss ich anders zu ihm sein als bisher?«

»Quatsch. So ist es perfekt für ihn. Außerdem musst du grundsätzlich gar nichts. Und schon gar nichts ändern. Sei einfach, wie du bist.«

»Ist das nicht ein bisschen wenig? Ich habe gelernt, wenn man irgendetwas haben will, muss man sich dafür langmachen.«

»Für mich … nein, für Vater und Sohn bist du alles, was wir uns wünschen können. Du brauchst nur zu sagen, ob du uns haben willst.«

Bettina sah ihn an. Da legte ihr dieser Mann sein Herz mitsamt dem Kinderherzen seines Sohnes zu Füßen. Plötzlich. Und völlig unerwartet. Nach Jahren, in denen sie geträumt hatte. Auf einmal war aus dem Traum Wirklichkeit geworden. Eine Wirklichkeit mit Folgen, die nicht vorgekommen waren. Genauso wenig wie eine Badewanne. Und offenbar wollte er jetzt, jetzt sofort eine Antwort.

Langsam schüttelte sie den Kopf. »Mathias, ich dachte nie und nimmer, dass … ich dachte … also, so wie die Uschis … und dann aus. Es kam nicht mal in meinen wildesten Träumen vor, dass du irgendwann denken würdest, ich wäre die Richtige für dich … also für euch … und so richtig für immer … selbst wenn ich das geträumt hätte … also nee, so verrückte Träume gehen doch nicht in Erfüllung und sind nie mit der Wirklichkeit vereinbar … verstehst du mich?«

»Du bist ein kompliziertes Geschöpf. Aber einfach kann ja jeder«, sagte er lächelnd. »Ich verstehe, wenn du Zeit brauchst und nicht jetzt und gleich mit fliegenden Fahnen zu mir ziehst. Wir haben keine Eile. Nimm dir die Zeit. Ich warte.«

»Danke!«, hauchte sie verlegen und senkte wieder den Kopf. »Es tut mir leid. Vielleicht bin ich einfach noch zu unreif.«

Er drückte ihre Hand. »Du bist wahrscheinlich erheblich reifer, als dein Alter es vermuten lässt. Nur Unreife stürzen sich ohne nachzudenken ins Abenteuer. Lass dein Herz und deinen Kopf miteinander ins Reine kommen. Ich meine das ernst und ehrlich.«

Bettinas Verlegenheit wich nicht auf der Heimfahrt. Sie wich auch nicht, als sie sich auf dem Flur verabschiedeten, jeder schon seinen Wohnungsschlüssel in der Hand. Und sie wich nicht, als er sie noch einmal zärtlich in die Arme nahm, »gute Nacht, schlaf schön« flüsterte.

Sie kam nicht in den Schlaf, wälzte sich stundenlang hin und her. Was konnte Ordnung schaffen? Wer?

Mama!

Mama hatte einen Mann mit zwei Kindern geheiratet. Mama war die Einzige, der sie sich anvertrauen konnte. Sie würde sie verstehen.

17

BRAUNSCHWEIG 1976 – MUTTER UND TOCHTER

Eva kam spät heim an diesem Montagabend. Im Arm einen Riesenstrauß bunter Gladiolen. Bettina holte die große Bodenvase, füllte Wasser ein.

»Es läuft prima mit dem Selbstpflückerbeet am Gärtnereieingang«, sagte Mama zufrieden. »Hätte ich gar nicht für möglich gehalten, wie viele Leute vorbeikommen, wenn wir geschlossen haben.«

»Und? Sind sie denn wenigstens ehrlich und werfen genug Geld ins Kästchen?«, wollte Bettina wissen.

»Ich denke schon. Es war eine gute Idee, das freie Stückchen neben den Parkplätzen so zu nutzen. Eine ungeplante Sonntagseinladung, kein Blumenladen offen, das kennt man doch. Es hat sich wahrscheinlich rumgesprochen, dass man einfach bei uns ranfahren und sich einen schönen Strauß Herbstblumen zusammenstellen kann.«

»Hast du Zeit für mich, Mama? Ich habe uns Tee gemacht, denn ich muss was mit dir bereden«, sagte Bettina und sah, dass

Mama lächelnd die Augenbrauen hochzog. Sie kannte sie gut genug, um schon am Tonfall zu erkennen, dass etwas Wichtiges anlag.

Eva nickte, wischte die Abschnitte der Blumenstängel von der Arbeitsplatte in den Mülleimer, wusch sich die Hände, sagte: »Kann losgehen.«

In Bettinas Zimmer, wo noch immer Mark Spitz überm Ofen hing, machten sie es sich gemütlich. Mutter in dem Schaukelstuhl, den Papa mal selbst gebaut hatte, Bettina im Schneidersitz auf ihrem orangefarbenen, kunstlederbezogenen Sitzsack. Leise knirschten die Styroporkügelchen unter ihrem Gewicht, beruhigend blubberte die Lavalampe. Die bunte Tropfkerze im Hals der schönen, alten Cointreauflasche blakte, stank ein wenig, kleckerte aber bestimmungsgemäß, während Leonhard Cohen in der alten Musiktruhe, die, wie Bettina inzwischen wusste, mal ein Weihnachtsgeschenk für ihren Bruder Horst gewesen war, mit einer gewissen Suzanne chinesischen Tee und Apfelsinen zu sich nahm.

»Ich bin jetzt auch eine Frau!«, eröffnete Bettina die Unterredung und merkte, wie atemlos sie diese fundamentale Tatsache herausgestoßen hatte.

Mama lächelte wissend und wies mit einer Kopfbewegung in Richtung Wohnungstür.

»Woher weißt du das denn schon wieder?«, fuhr Bettina empört auf.

»Ich habe Augen im Kopf.«

»Och nö! Dir kann man gar nichts verbergen, was?«

»Man schon, du nicht. In diesem Falle brauchte ich nicht mal besondere detektivische Fähigkeiten, denn ich habe deinen feuchten Wäscheberg im Bad sortiert, das Puderrouge und die Make-up-Reste aus dem Waschbecken entfernt und die Wimperntusche zugeschraubt. Geht es dir gut?«

»Klares Jein.«

»Was ist falsch?«

»Puh«, machte Bettina mit aufgeblasenen Backen. »Er hat gesagt, er liebt mich und will mich für immer. Dabei … oh, Mann …«

»Und du bist dazu noch nicht bereit?«

»Ich wollte das so, genau so, wie es passiert ist. Ich bin seit Jahren verliebt. Habe mir regelrecht vorgenommen, der und kein anderer sollte es sein. Aber welche Konsequenzen es nach sich ziehen würde, wenn er sich erst mal auf mich eingelassen hat, das habe ich nicht abgesehen. Du kannst mich gerne naiv nennen, vielleicht bin ich das auch, aber ich habe eben noch keine Erfahrung mit Männern. Wie war das bei dir und Papa?«

Mama kriegte einen seelenvollen Ausdruck, kicherte wie ein junges Mädchen und rang dazu die Hände. Bettina fand, sie sah plötzlich zwanzig Jahre jünger aus. Dann erzählte sie. Sprach von der ersten Begegnung in der Segelfliegerwerkstatt, gestand, wie fasziniert sie gewesen war, beschrieb, wie es zu dem schrecklichen Motorradunfall und dem Tod ihres Freundes Jan gekommen war, erzählte davon, wie Papa sie jeden Tag in der Klinik besucht (»Immer mit wunderschönen Blumensträußen, Schatz!«) und schließlich bei ihrer Entlassung nach Hause begleitet hatte. Bettina konnte ihre Trauer spüren, Entsetzen fühlen, als sie ihre verwüstete Wohnung betrat, empfand mit ihr die Dankbarkeit für Papas sofortiges umsichtiges Handeln, den tiefen Schock, als ihr zu dämmern begann, dass Vater zwei Kinder hatte und kurz vor der Scheidung stand, reiste mit ihr ins weihnachtliche Blieschtorf, ließ sich gemeinsam mit ihr von Onkel Justus den Marsch blasen und von Papa alles, alles erklären.

»Und dann?«

»Dann wusste ich, dass er mich liebte, dass er mich wollte, ganz und gar, mit Haut und Haaren.«

»Und dass du plötzlich zwei Kinder hattest. Du warst doch eigentlich auch eine viel zu junge Stiefmutter, nicht? Ich meine, okay, Achim hat sich mich ja sozusagen selbst als Babysitter ausgesucht, aber das ist ja immer noch was anderes als die neue Ehefrau seines Vaters. Was denkst du, kriege ich das hin? War das für dich damals nicht ganz schön schwierig?«

»Ja. Ganz einfach war es nicht am Anfang. Aber es hat sich gelohnt, Bettina. Du hast ja nun eine ganze Menge Vorteile, die ich nie hatte. Du kennst Achim seit Jahren. Er akzeptiert dich nicht nur, er liebt dich sogar. Und du hast Rückhalt. Nicht nur in Mathias, sondern auch in uns. Und zwar Wand an Wand. Das sind doch allerbeste Voraussetzungen. Wir hatten schlimme Zeiten, Papa wurde arbeitslos und hat eine ganze Weile nicht gewagt, mir davon zu erzählen, weil er versuchen wollte, allein das Blatt zu wenden, was sich als unklug herausgestellt hat. Aber da war Gott sei Dank noch meine großartige Schwiegermutter Agnes, die sich eingeschaltet hat. Ohne ihr Eingreifen wäre ich aufgeschmissen gewesen. Tja, letztlich haben wir uns durchgewurschtelt und festgestellt, dass es das Wichtigste ist, immer miteinander zu reden und ehrlich miteinander umzugehen. Daran wächst Liebe. Dein Mathias hat gar nicht unrecht mit dem, was er dir gesagt hat. Erst kribbelt es, das geht vorbei. Dann kommt der Alltag. Das scheint er nicht erwähnt zu haben, denn alles, was du erzählst, sind nur ein paar gute Vorbedingungen zum Gelingen einer wirklich haltbaren Partnerschaft, in der aus Verliebtheit, wie du sie jetzt erlebst, nach sehr viel Arbeit und Mühe eine tiefe Liebe entstehen kann. Glaub nicht, das macht sich so im Schnurz. Das kostet Kraft und erfordert unbedingten Durchhaltewillen. Was du brauchst, sozusagen als gut gedüngten Nährboden, in dem alles wachsen kann, ist ein Mann, auf den du dich jederzeit verlassen kannst, der dir nichts verbirgt, der zu dir steht. Papa ist so einer. Vielleicht ist ja auch Mathias so einer. Ich habe einen guten Eindruck von ihm. Zu einer echten Liebe gehören aber immer zwei. Du musst lernen zu geben, musst lernen zu verzeihen, dich selbst auch mal zurückstellen, über Dinge, die dich ärgern, hin und wieder hinwegsehen, mal Fünfe gerade sein lassen können. Und vor allem eins nicht versuchen: ihn ändern zu wollen. Das gelingt nämlich nie. Deine Voraussetzungen sind doch perfekt! Du kannst dich langsam mit dem Alltag vertraut machen, kannst notfalls immer noch flüchten, wenn du nicht klarkommst, sind ja nur ein paar Schritte. Probier es aus. Er wäre dumm, wenn er verlangte, dass du sofort dein Köfferchen packst.«

»Tut er nicht, Mama.«

»Na, dann … versuch es doch einfach. Horch aber auch hin, was dein Herz sagt. Du neigst ja dazu, immer erst alles in deinem Kopf zu wälzen.«

»Ich weiß. Aber ich merke schon, dass der von diesem speziellen Thema keine Ahnung hat. Er kommt mir ständig mit allen möglichen Wenns und Abers und verlangt glasklare Entscheidungen. Das kann ich aber noch nicht.«

»Musst du auch nicht. Du hast Glück, weißt du das?«

Mutters Stimme hatte einen so komischen Unterton. Da war etwas zwischen den Zeilen, das Bettina verunsicherte. »Ja, klar, weiß ich …«, murmelte sie und merkte, dass sie nicht wusste, worauf Mama hinauswollte. Mutter schwieg. Schien auf eine Frage zu warten. »Weiß ich anscheinend nicht so genau. Wie meinst du das, dass ich Glück habe?«

»Du bist in einer sehr friedlichen Welt ausgesprochen behütet aufgewachsen. Wenn ich an meine Kindheit und Jugend denke, Bettina …«

In Bettinas Ohren hörte sich dieser letzte Satz beinahe vorwurfsvoll an. Entsprechend rebellisch fuhr sie auf: »Ich kann nichts dafür, dass ich keinen Krieg erlebt habe. Aber ich habe diesen Schinken gelesen, den du mir so dringend empfohlen hast. Ich weiß inzwischen, wie es damals war, da, wo du herkommst. Allerdings weiß ich es nur aus der Beschreibung eines Dichters, eines vollkommen Fremden. Ich wollte, ich hätte es mit deinen Augen sehen können. Warum hast du noch nie mit mir darüber gesprochen?«

Sie hatte Eva verlegen gemacht. Ein paar stumme Momente starrte sie nur auf ihre Hände im Schoß, die sich unablässig umeinanderwanden, Halt zu suchen schienen, nicht zur Ruhe kommen konnten. Bettina beugte sich vor, griff nach diesen Unruhegeistern, hielt sie ganz fest, versuchte, Mutters Blick mit ihrem zu fangen.

»It begins with your family, but soon it comes around to your soul«, sang Cohen.

Nur eine Liedzeile. Aber sie hörten sie beide bewusst.

Mutter schaute auf. »Du willst es genau wissen?«

»Natürlich will ich das! Was war das für ein blöder Trick, mir erst ein Buch in die Hand zu drücken? Schon schön, spannend, sicher auch faszinierend und furchtbar klug und wortgewandt. Aber es ist seine Geschichte. Nicht deine. Und wenn es nicht deine ist, kann es ja auch nicht meine sein, nicht?«

Mama lächelte. »Weißt du, Bettina, man redet gar nicht gern darüber, will das alles auch am liebsten vergessen. Aber es ist da, es ist in meinen Erinnerungen, es hat mich geprägt. Aufdrängen wollte ich es dir nie, denn dann hätte ich dich gezwungen, dich damit auseinanderzusetzen. Darum dieser Umweg. Ich dachte, du würdest vielleicht anfangen, Fragen zu stellen, wenn du es gelesen hast. Ich hatte natürlich die große Hoffnung, dass dich meine Sicht interessieren würde. Es ist aber auch vollkommen in Ordnung, wenn du die Vergangenheit ruhen lassen willst.« Wieder verstummte sie.

»Will ich nicht, Mama! Fang an. Fang am besten ganz vorne an.«

Gegen acht klopfte Vater an die Tür, steckte kurz seinen Kopf herein, fand die beiden kaum ansprechbar ins Gespräch vertieft, Eva einen Zeichenblock auf den Knien, einen Bleistift in der Hand, noch vor leerem Blatt, Bettina mit geröteten Wangen danebenhockend.

»Oh, ich will nicht stören, soll ich euch Schnittchen machen?«

Nur kurz schauten sie auf, nickten und wirkten abwesend. Er schloss leise die Tür, erschien eine Viertelstunde später wieder, brachte einen großen Teller mit beschmierten Stullen, fragte: »Noch Tee? Ich habe welchen aufgesetzt, zieht schon«, bekam wieder nur ein Nicken und warf einen Blick auf die Zeichnung, die unter Evas geschickten Fingern inzwischen entstanden war.

»Darf ich erfahren, was du malst?«

»Warthenberg. Es gibt doch keine Fotos und Bettina möchte wissen, wie es aussah.«

»Gewaltiges Ding. Es war ein richtiges Schloss, oder?«

»Es war eine ganze Welt, Wilhelm.«

Mutter schlug das vordere Blatt um, zeigte ihm ihre Skizze der gesamten Gutsanlage, erklärte der Bleistiftspitze entlang, was wo wie gewesen war und heute wahrscheinlich … ach, wer wüsste das schon so genau, man konnte ja nicht hingehen und nachsehen …

Er legte Mama die Hand auf die Schulter, drückte sie einmal. »Ich habe noch zu arbeiten. Lasst euch Zeit.«

Nur einmal erschien er noch, reichte die großen Teebecher herein, dann waren sie wieder allein.

Bis weit nach Mitternacht saßen sie. Beide mit glühenden Wangen. Bettina hatte es schon an Vater bewundert, wie er erzählen konnte. Aber Mama übertraf ihn leicht, denn sie band so viele Emotionen in ihre Geschichte, brachte Bettina zum Lachen und zum Weinen, schilderte Menschen so lebendig, dass sie bei ihnen zu sitzen schienen, schickte ihr einen Schrecken nach dem anderen in die Glieder, animierte sie immer wieder zum Nachfragen und hatte ihr am Ende eine Welt eröffnet, die sie bis ins winzigste Detail zu kennen meinte.

»Und dann kamen wir in Berlin an, Bettina!«, schloss sie ihre Erinnerungsschatzkiste mit all den kleinen und großen Puzzleteilen aus ihrem Leben zwischen Königsberg, Danzig und dem ostpreußischen Gut Warthenberg.

»Da wart ihr gerettet!«, meinte Bettina kristallklar zu erkennen und verstand einen Wimpernschlag lang nicht, warum ausgerechnet diese ihre erleichterte Bemerkung Mama zum Weinen brachte.

»Nein, Bettina!«, erwiderte Mutter, und ihre Stimme klang zum ersten Mal an diesem Abend hart. »Da waren wir nicht gerettet, da waren wir entwurzelt.«

18

BRAUNSCHWEIG 1976 – ENGLAND?

Gegen ein Uhr wusste Bettina endlich, wie es dazu gekommen war, dass Mama zwei Zehen fehlten, hatte mit eingezogenen Schultern, die Hände entsetzt vors Gesicht geschlagen, das schreckliche Bombardement auf den Flüchtlingszug gen Westen und den Tod des kleinen Peter miterlebt.

Sie hatte eine Vorstellung davon bekommen, wie es gewesen sein musste, dicht gedrängt im Luftschutzbunker zu hocken, während die Fliegerbomben fielen, hatte Verletzte wimmern und Tote schweigen hören, schwelende Trümmer gerochen, schimmliges Brot gekostet, hatte Todesangst genauso gespürt wie unbändige Freude. Und begriffen, was Mutter gemeint hatte, als sie sagte, Bettina hätte Glück gehabt.

Ganz bis zum Schluss hatte Mama sich aufgehoben, was ihr offensichtlich noch heute am schwersten zu erzählen fiel. Fast schien sie sich zu schämen, denn was für ihre Mutter Constanze das größte Glück, war für Mama das schlimmste Unglück gewesen. Endlich erfuhr Bettina, was es mit jenem Foto auf sich hatte, das Mutter einst mit den Worten »Freundinnen … von früher … nicht wichtig« abgetan hatte.

Nicht wichtig? Und ob! Da hatte sie also einen kleinen Bruder namens George bekommen. Er war das Baby, das man schemenhaft im Hintergrund jener Fotografie auf Großmutter Constanzes Arm erkennen konnte. Beinahe wäre sie mit ihrer Mutter und Gordon, Georges Vater (dem feinsten, wunderbarsten, großartigsten aller englischen Gentlemen, wie Mama ihn heute nannte), in ein neues Leben gestartet. Dann, als schon alles geplant, alles vorbereitet war, die Abreise nach England nur Stunden bevorstand, war Großvater Clemens aus dem Krieg heimgekehrt.

»Weißt du, Bettina, die Leute haben bei Kriegsende gesagt, es wäre alles verloren. Für mich war erst an diesem schrecklichen Tag im Dezember 1949 alles verloren. Meine Mutter war die glücklichste Frau der Welt, als sie ihren verlausten, mageren, todkranken Ehemann wieder in die Arme schließen konnte. Sie verzichtete auf ihren Sohn, gab ihn Gordon mit nach England, sprach nie wieder über die beiden, verriet meinem Vater kein Sterbenswörtchen davon, was gewesen war, wischte Jahre, wundervolle Jahre einfach weg. Es waren nicht nur ihre Jahre gewesen. Es waren auch meine. Meine Jahre und meine Brüder. Ich habe sie beide geliebt und musste sie aus meinem Leben, meiner Erinnerung, sogar aus meiner Trauer tilgen, musste das Spiel mitspielen, nur damit Vater nicht belastet wurde. Du musst dir das vorstellen: Wir lebten in der schäbigsten Berliner Hinterhofbude, die man sich vorstellen kann, unter ärmlichsten Bedingungen. Dagegen die Aussicht, dass das herrliche Anwesen Wisley Park meine neue Heimat werden sollte. Damit nicht genug, denn es gab so viele liebe Menschen dort. Die musste ich alle schweigend vergessen, durfte nie wieder über sie reden, durfte nicht einmal weinen, denn Vater sollte ja nichts mitbekommen. Und Vater …«, sie stockte und Bettina sah Tränen über ihre Wangen laufen, »Vater war nicht mehr der, den wir damals bei seinem letzten Marschbefehl haben gehen lassen. Er war ein ganz anderer geworden. Der Krieg hatte ihn verändert, ich fand überhaupt keinen Zugang mehr zu ihm. Mir schien dieser Tausch der schlechtest vorstellbare. Bis heute habe ich nie mit meiner Mutter darüber geredet. Meine Gärtnerei, die habe ich damals, als dort nur zerschlagene Glashäuser standen, aus Mitteln finanziert, die mein heiß geliebter verhinderter Stiefvater Gordon mir klammheimlich über Onkel Justus zur Verfügung gestellt hat. Wir wären nicht an dem Punkt, dass man deinen BAföG-Antrag hätte ablehnen können, weil deine Eltern zu gut verdienen, wenn Gordon nicht gewesen wäre, verstehst du?«

Oh ja, sie verstand. Und ihr Kopf suchte fieberhaft nach Lösungen. »Aber warte mal, Mama!«, sprudelte eine Idee aus Bettina. »Du kannst doch all das jetzt nachholen! Es ist entsetzlich, dass die Großeltern spurlos verschwunden sind, ja, aber hör mal, England? Das liegt doch nicht auf dem Mond, ist jederzeit erreichbar. Du kannst doch wenigstens jetzt einfach mal dort anrufen und dich erkundigen. Oder schreiben. Oder gleich hinfahren. Keiner ist da, der dir das heute noch verbieten könnte. Es quält dich doch. Beende die Quälerei einfach. Ich komme auch mit, wenn du willst.«

Bettina war Feuer und Flamme. Und Eva zögerlich.

»Was hindert dich, Mama?«, fragte sie ungeduldig.

»Vielleicht die Loyalität meinen Eltern gegenüber, vielleicht denke ich auch, man sollte nicht mehr rühren an der Vergangenheit. Es liegen so viele Jahre dazwischen. Jeder hat sich sein eigenes Leben aufgebaut, man hat keine gemeinsamen Erlebnisse gehabt, kann womöglich miteinander überhaupt nichts mehr anfangen. Manchmal denke ich, wenn Gordon und George gewollt hätten, dann wäre es ihnen genauso möglich gewesen, den ersten Schritt zu tun, wie mir. Aber das haben sie nicht. Ich möchte sie nicht aufscheuchen, nicht zum Störenfried aus längst vergangenen Zeiten werden. Es kann auch sein, dass ich sie einfach so in Erinnerung behalten will, wie sie waren, und stelle mir vor, dass sie das ebenso empfinden. Wenn es Zufall wäre, dass man sich begegnet … oder irgendeiner Vorsehung folgte, was ja bisweilen tatsächlich vorkommen soll, dann … ja, dann würde ich mich freuen. Aber insistieren, ihnen auf die Pelle rücken, ach nein, Bettina, das möchte ich nicht.«

»Quatsch! Wie lange ist das her? 1949 hast du deinen Bruder George verloren. Meinst du nicht, er würde sich freuen, von seiner Schwester zu hören? Guck dir doch mich und Ulli an. Mein Bruder, mein bester Freund! Wir sind so glücklich, dass wir uns wiederhaben. Das könntet ihr auch sein. Wie lange hast du deine Eltern nicht gesehen? Nichts von ihnen gehört? Fünfzehn Jahre, Mama. Willst du alle Chancen verpassen, die Dinge, die du unbedingt in deinem Leben noch erledigen willst, endlich zu tun? Wenn du es nicht machst, mache ich es. So!«

»Bettina!«, fuhr Mutter entsetzt auf. »Du kannst doch nicht …«

»Kann ich doch, verdammt noch mal. Immer diese scheiß Geheimniskrämerei. Wäre Ullis Stiefvater aus dem Krieg zurückgekommen, hätte ich nie erfahren, dass ich zwei Brüder habe. Wem nützt es, der jungen Generation alles vorzuenthalten? Wahrscheinlich weiß dein kleiner Bruder George auch gar nicht, dass er eine Schwester hat. Die Vergangenheit gehört doch zu unseren Biografien, Mensch. Ich kann die Rücksichtnahme damals auf deinen kriegsversehrten Vater wirklich verstehen. Aber das alles hat doch heute keinen Bestand mehr. Ich muss erst neunzehn werden, ehe ich erfahre, dass ich nicht nur einen toten Onkel, sondern auch noch einen in England habe. Was sollen diese ewigen Puzzlespiele eigentlich? Warum muss ich Detektiv spielen?«

Bettina hatte sich in Rage geredet und Eva schwieg. Schwieg so verstockt, dass Bettina sie bei den Schultern nahm und durchrüttelte. »Nun sag schon! Wie hieß das Anwesen doch gleich? Wisley Park? Wo liegt es? Wie heißt die Familie mit Nachnamen?«

Eva sagte nichts, Bettina schüttelte den Kopf. »Na gut. Dann danke für die Information. Reicht mir eigentlich schon. Ich bin es schließlich gewohnt zu recherchieren, weißt du ja.«

Mutter sah auf, ihr Blick war so fassungslos und wütend, wie er wohl das letzte Mal gewesen war, als Bettina ihr fünfjährig einen dicken Strauß aus sämtlichen verfügbaren Erdbeerblüten im Garten gepflückt hatte. »Lass es!«, sagte sie scharf und die Worte knallten wie Peitschenhiebe.

Bettina zuckte zusammen, murrte leise: »Jaja, ist schon gut«, und war genauso wenig einsichtig wie damals. Sie hatte ihr doch nur eine Freude machen wollen! Was an ihrer tollen Idee falsch sein sollte, verstand sie jetzt genauso wenig, wie sie es damals verstanden hatte.

Fürs Erste war sie sauer und absolut nicht bereit, sich über Mutters vorsichtige, höfliche Bedenken ernsthaft Gedanken zu machen. Bettina hielt sie allesamt für vorgeschobene Ausreden, um nicht womöglich bei Nichterfolg der Suche nach frischen Verbindungen zur Familie eine Enttäuschung wegstecken zu müssen. Enttäuschungen bitterster Sorte, das konnte Bettina allerdings nur zu gut verstehen, hatte Mama ja nun wirklich zur Genüge erlebt.

* * *

Eigentlich tat es ihr wahnsinnig leid, dass die trauten Stunden mit Mama so geendet hatten. Aber es wollte ihr absolut nicht in den Kopf, dass Mutter heute noch so steif und fest an den Vereinbarungen festhielt, die spätestens vor fünfzehn Jahren an den Stacheldrahtrollen in der Bernauer Straße jede Grundlage verloren hatten. Wer wusste schon, ob die Großeltern überhaupt noch am Leben waren? Wem konnte es denn schaden nachzuforschen?

Mama hatte sich ein eigenes Leben mit Papa aufgebaut. Und mit ihr. Endlich war Bettinas Wissensdurst bezüglich der Vergangenheit halbwegs befriedigt, da tat sich schon wieder ein neues Loch auf. Diese Leute in England, die gehörten doch zur Familiengeschichte, gehörten auch zu Bettinas Geschichte! War es da egoistisch, wie sie darüber dachte?

Sie kam kaum zum Schlafen in der folgenden Nacht, versuchte Pläne auszuhecken, erträumte sich überschwängliche Wiedersehensfreude. Mit Ulli wollte sie darüber reden, der würde sie verstehen.

Und natürlich mit Mathias. Der wartete. Geduldig wartete er seit Sonntagabend, ließ sie in Ruhe. Sie hatte gehört, dass Monis Autotüren draußen gingen, hatte Achims Stimme auf dem Hausflur vernommen, als sie ihn bei Mathias abgab. Die beiden waren wichtig. Gehörten ab sofort noch mehr in ihr Leben als je zuvor. Ja. Sie wollte Mamas Rat befolgen, in diesem Zusammenhang war er gut gewesen. So würde sie es Mathias gleich am Nachmittag sagen, wenn er aus der Forschungsanstalt kam. Seine erste Stelle hatte er, kaum mit der Doktorwürde ausgestattet, dort vor zwei Monaten angetreten. Für Bodenkunde, Pflanzenbau und Grünlandwirtschaft war er jetzt zuständig, genoss die festen Arbeitszeiten der Bundesbehörde und verdiente endlich richtig. Ob es auch damit zusammenhing, dass er ausgerechnet jetzt eine neue kleine Familie gründen wollte?

Erst gegen Morgen schlief sie ein, erwachte erschöpft vom Weckerklingeln, beschloss, sich heute die erste Vorlesung zu schenken, und drehte sich wieder um.

19

BAUTZEN 1957 – VON GEFANGENSCHAFT UND LIEBE

»Weitergehen! Trödeln Sie nicht, Strafgefangener Rosanowski«, hörte Constanze den Aufseher unten im Hof brüllen, und Clemens drehte sich wieder um, fügte sich in den Gleichschritt links, links, links und kehrt marsch.

Constanze spürte einen Buff ins Kreuz, stolperte vorwärts.

Von nun an hielt nicht mehr nur Charlottes Gesicht, hielten nicht mehr allein die dauerhaften Fluchten in die Gedankenwelten der Vergangenheit sie am Leben, von nun an gab es wieder einen Grund, weiterleben zu wollen. Ein einziger Blick hatte genügt, Constanzes erstarrtes Herz aufzutauen. Mochte dieser Blickkontakt doch bloß bei Clemens denselben Effekt erzielt haben! So groß die Entfernung auch gewesen war, so schlecht geputzt die Scheiben im Gang, sie hatte es sich doch nicht eingebildet: Da war ein Aufleuchten in seinen Augen gewesen. Er hatte sie gesehen, hatte sie erkannt und ein Funke Glück hatte gezündet.

Hatte er ihr verziehen oder grollte er noch? Schließlich hatte sie ihm die Jahre der Haft eingebrockt, denn sie war es gewesen, die mit dem Ausreiseplan gekommen war, und nur ihr zuliebe hatte er am Ende eingewilligt. Obwohl … da hatte er doch überzeugt gewirkt!

Gewiss nicht, weil er der bundesrepublikanischen sozialen Marktwirtschaft als gesellschafts- und wirtschaftspolitischem Leitbild plötzlich mehr hätte abgewinnen können als den von ihm so glühend vertretenen Idealen. So kritisch Clemens auch dem Sowjet-Kommunismus gegenüberstand, so klar ihm schon nach dem Aufstand des 17. Juni gewesen war, dass er mit seinem reformkommunistischen Denken in der DDR keinen Blumentopf gewinnen konnte, so fest hielt er doch an der Auffassung, dass der real existierende Sozialismus das bei Weitem vorzuziehende Konstrukt im Vergleich zu dem von ihm als »schierem Kapitalismus« bezeichneten »Unwesen« in der Bundesrepublik sei.

Eher, ach was, ganz sicher sogar hatte ihn ihr gegenüber ein wahnsinnig schlechtes Gewissen geplagt. Nicht für ein System hatte er sich entschieden, sondern einmal mehr für sie. Wenn sie, so hatte er gesagt, fest der Meinung war, im Westen glücklicher werden zu können, wollte nicht ausgerechnet er derjenige sein, der im Wege stand. Ganz genau erinnerte sie sich an seine Worte, damals, als er ihr endlich seine Zustimmung gab. Tief hatte er ihr in die Augen geschaut, ihre Hände so fest gehalten, dass es beinahe wehtat, und in entschlossenem Tonfall gesagt: »Wir gehen, Constanze! Politische Verhältnisse ändern sich immer wieder. Die jüngste Geschichte beweist es und beweist es gerade für Deutschland. Aber meine Liebe zu dir, die wird sich nie ändern. Oft genug sind wir beide zwischen die politischen Mühlsteine geraten und nur um Haaresbreite entkommen, bevor wir zermalmt worden wären. Wenn ich bedenke, wie viele Jahre unserer Ehe wir getrennt verbringen mussten, will ich dieser Rechnung nicht noch mehr verlorene Zeit hinzufügen. Noch einmal will ich es nicht riskieren, dich zu verlieren. Ich wäre ein Narr, würde ich festhalten am Veränderlichen und dafür das Liebste, Beste, Schönste in meinem Leben weglaufen lassen.«

Lange schon waren sie sich nicht so nah gewesen wie an jenem Abend vor ihrer geplanten Ausreise. Und nun waren es beinahe schon wieder drei einsame Jahre mehr geworden. Eine schlechte Statistik, wahrhaftig. Clemens musste viel auf sich genommen haben, um sie wiederzufinden. Wie ein Grab hatte er geschwiegen, sie war nie in ihn eingedrungen, kannte kein Detail seines langen Weges aus dem Krieg nach Berlin. Hauptsache, er war da. Sie waren füreinander geschaffen. Ein Blick von ihm und eine ganze Welt tauchte wieder aus dem Nebel auf. Alles. Und sie wusste, alles würde sie dafür tun, ihn endlich wieder in ihre Arme schließen zu können.

* * *

Es wurde September. Die Dinge in Bautzen gingen ihren sozialistischen Gang. Constanze begann die Tage zu zählen. Allzu lange würde es jetzt nicht mehr dauern bis zu ihrer Entlassung. Wie lang würde Clemens' Haftzeit sein? Derselbe Vorwurf, die geplante Republikflucht, musste nicht zwangsläufig dasselbe Strafmaß nach sich gezogen haben. Aber wer wusste schon, ob sie ihm nicht noch mehr hatten anhängen können? Sie vermochte es nicht einzuschätzen und es gab niemanden, den sie hätte fragen können.

Natürlich war ihre Reaktion am Flurfenster der Aufseherin nicht entgangen, das wusste sie. Was sie nicht wusste, war, wie viel Feingefühl die derbe Frau entwickelt hatte. Feingefühl für die wunderbare Möglichkeit, einen Menschen zu gebrauchen.

Was war die eigentlich seither so freundlich? Bekannt war sie doch als Hyäne. Immer hatte sie einen Grund gefunden, Constanze (und weiß Gott nicht nur Constanze) etwas von den läppischen zehn Mark monatlichen Taschengeldes abzuziehen. Schraubte das Soll Einzelner so hoch, dass es keinesfalls mehr erreichbar war, hatte an diesem oder jenem etwas auszusetzen, bestimmte willkürlich, was unbedingt strafwürdig war. Zu viel, zu wenig Salz in der dünnen Brühe, ein angeblich heimlich in den Mund geschobenes Stück zadderiges Suppenfleisch, eine unsauber geschälte Kartoffel, derlei eben, und zack, eine Mark weniger. Schikane war an der Tagesordnung.

Plötzlich nichts dergleichen mehr. Es war so auffällig, dass es nicht allein Constanze selbst bewusst wurde, was zur Folge hatte, dass sie sich von ihren Mitgefangenen Sticheleien gefallen lassen musste. Meist reagierte sie gar nicht, manchmal unwirsch. Und hörte die Nachtigall trapsen, als sie Ende September mitten in der Frühschicht aus der Küche gerufen und und wieder einmal zu einer Anstaltsleitung beordert wurde.

* * *

Solch eine Einbestellung konnte alles bedeuten. In der Vergangenheit waren manche Frauen danach nicht wiedergekommen. »Verkauft in die BRD«, hörte man dann Geflüster. Oder, sofern irgendetwas vorgefallen war, erschienen sie erst nach Tagen oder Wochen wieder zum Dienst. Hohläugiger, magerer, übernächtigter, als sie ohnehin schon gewesen waren. Selten sprach eine über ihre Tage und Nächte in den Einzelhaftzellen.

Constanzes Herz schlug schneller, als sie der Hyäne die Gänge entlang folgte, ein paarmal verspürte sie Extrasystolen, atmete tief dagegen an, hüstelte sie weg.

Klopfen, eintreten in eine karge Amtsstube. Dann, Constanze war die schmale Tür gar nicht aufgefallen, Hineinwinken in einen Raum, der konträr zur Nüchternheit im gesamten übrigen Gebäude geradezu gemütlich möbliert war. Ein paar Sessel, Gardinen, ein niedriger Tisch, auf dem Kaffeetassen neben einer Thermoskanne und sogar ein Schälchen Kekse standen.

»Setzen Sie sich.«

Die Hyäne verschwand, ließ sie allein.

Streng und ernst, die gloriose Zukunft seiner DDR zweifellos vor dem inneren Auge, schaute Wilhelm Pieck unter buschigen Brauen von der gegenüberliegenden Wand ins Unbestimmte. Sie lächelte über seine Knubbelnase, fragte sich angelegentlich, wie viel man wohl essen musste, damit das Doppelkinn derart über den Kragen quoll.

Warm war es hier drinnen. Sie begann sich zu entspannen, ließ sich von der vordersten Kante des Sessels langsam ins weiche Polster zurücksinken. Und wartete.

Es mochte eine Viertelstunde vergangen sein, als das äußerst geschärfte Gehör ein Greifen nach der Türklinke vernahm. Herein trat, unterm Arm mehrere Akten, ein Herr. Kein Mann. Nein, es war definitiv ein Herr. Vielleicht um die sechzig, gut gekleidet, wohlfrisiert mit glatt rasierten, freundlichen Zügen und klugen Augen.

Mit den Worten »Nolde, Franz Nolde, ich begrüße Sie, Frau Rosanowski« stellte er sich höflich vor und reichte ihr die Hand.

Er reichte ihr die Hand!

Wie lange hatte ihr schon niemand mehr eine Hand gereicht?

»Kaffee, Frau Rosanowski? Es ist echter Bohnenkaffee, kein Muckefuck.«

»Gern, danke!«

Er schenkte ein, kam Constanze dabei so nah, dass sie einen Hauch von dezentem Aftershave erschnuppern konnte.

»Kaffeesahne? Zucker? Ein wenig Gebäck? Bitte bedienen Sie sich doch!«

Er schob ihr alles zu, Constanze goss ein paar Tropfen Kondensmilch in ihre Tasse, rührte um, trank den ersten Schluck und konnte den leisen Laut puren Wohlbehagens nicht unterdrücken.

Misstrauisch war sie. Die Erfahrung hatte sie gelehrt, nur nicht durchblicken zu lassen, dass man sich freute. Über die menschliche Behandlung, die freundliche Stimmfarbe, den Schluck köstlichen Kaffees, den knusprigen Nusskeks.

»Warum bin ich hier, Herr Nolde?«, fragte sie, setzte ihre Tasse ab und schaute ihn direkt an.

Nolde nahm die zuoberst liegende Akte von dem kleinen Stapel zur Hand, blätterte, suchte anscheinend etwas, schien gefunden zu haben. »Ihre Entlassung steht bevor, Frau Rosanowski. Wir machen uns Gedanken über Ihren weiteren Werdegang.«

»Ja! Das tue ich auch, Herr Nolde. Was soll aus mir werden? Wohin kann ich? Womit werde ich in Zukunft meinen Lebensunterhalt bestreiten? Und …«, jetzt sah sie ihn flehentlich an, »vor allen Dingen: Werde ich allein entlassen oder gemeinsam mit meinem Mann?«

»Ihr Mann … Momentchen …« Er griff nach einer weiteren Mappe. »Clemens Rosanowski. In Haft wegen …«

Constanze unterbrach ihn nicht, griff stattdessen stumm nach ihrer Kaffeetasse, trank, hätte beinahe husten müssen, unterdrückte das, setzte die Tasse klirrend zurück auf den Untersetzer. Er schaute kurz hoch, lächelte.

»Wie stehen Sie denn inzwischen zu Ihrer Staatsbürgerschaft, Frau Rosanowski? Sind Sie noch immer gewillt, die DDR auf dem schnellsten Wege zu verlassen?«

»Das kommt drauf an«, schoss es aus ihr heraus.

»Worauf kommt das an?«

»Auf die Pläne, die meine DDR für meinen Ehemann hat.«

»Oh«, machte Nolde und lächelte schon wieder. »Herrn und Frau Rosanowski gibt es also nur im Doppelpack?«

Constanze nickte, hielt seinem Blick stand. »Ich gehe nirgends mehr hin ohne meinen Mann. Die verfluchten Nazis haben uns für Jahre getrennt, mein Mann war schon von Amts wegen für tot erklärt worden. Beinahe hätte ich den schlimmsten Fehler meines Lebens gemacht und einen anderen geheiratet, als er, sozusagen in letzter Sekunde, endlich heimkehrte. Es ist mir inzwischen scheißegal, in welchem Staat ich lebe, Hauptsache, man trennt uns nicht wieder.«

»Na, na!«, sagte Nolde und lächelte, jetzt sehr milde. »Warum wollten Sie denn dann überhaupt in den Westen?«

»Weil ich, verdammt noch mal, schon zwei Söhne verloren habe und mein einzig verbliebenes Kind, unsere Tochter Eva, ihrem Freund Jan zum Studium nach Braunschweig gefolgt ist«, sprudelte es jetzt aus ihr heraus. Einen halben Wimpernschlag lang hatte sie zögern wollen, Evas Wohnort preiszugeben, dann war ihr auch schon klar gewesen, dass sie nichts, gar nichts preisgab, weil es nichts gab, das man hätte verbergen können.

»Da ist wohl Ihrer Tochter auch die Liebe über den Familiensinn gegangen, was?«

»Ich weiß es nicht«, erwiderte Constanze und rang die Hände.

Nolde nahm eine weitere Akte zur Hand. »Würde es Sie beruhigen zu wissen, dass Ihre Tochter inzwischen recht wohlsituiert verheiratet ist?«

Ein rosaroter Schein flog über Constanzes Wangen. Sie spürte es, sah, dass ihr Gegenüber es bemerkte. »Wie schön!«, sagte sie schwärmerisch und hörte, wie weich ihre Stimme klang. »Dann hat sie alles richtig gemacht mit ihrem Jan.«

»Hat sie nicht, Frau Rosanowski. Ihr Jan ist infolge eines Unfalls ums Leben gekommen. Wir haben ja versucht, Ihre Tochter nach diesem Unglück heimzuholen, aber ...«

»Oh mein Gott!«

Langsam dämmerte Constanze, wie lang der Arm dieses Staates sein musste. Die wenigen Informationen, die Nolde zu geben bereit war, beschworen ein unglaubliches Szenario herauf. Wie konnten die alles wissen?

Ohne gefragt zu haben, bekam Constanze Antwort.

»Wissen Sie, Frau Rosanowski, ein so junges, im Aufbau befindliches Staatsgebilde mit so hehren, edlen Zielen wie unseres bedarf des Schutzes und der Mitarbeit seiner Bürger, um unangreifbar wachsen und gedeihen zu können. Wissen ist Macht. Und ohne diese Macht kann unsere DDR nicht in Frieden und Sicherheit gedeihen. Tausende unserer treuesten Bürger helfen, unsere Demokratie unangreifbar zu halten.«

Ein unglaublicher Gedanke schoss Constanze durch den Kopf, während Nolde, im Augenwinkel ein fast unwiderstehlich freundliches Zwinkern, ihre Kaffeetasse erneut auffüllte. War sie etwa hier, um von der Staatssicherheit angeworben zu werden? Sollte sie Spitzeldienste leisten? Alles in ihr schüttelte sich.

Er spürte die Aura von empörtem, ungläubigem Widerstand, aber er wusste, er hatte bei Weitem genug in der Hand, um ihren Widerstand zu brechen. Diese Frau war geradlinig, das sagte ihm seine Erfahrung. Sie hatte nur eine einzige Schwachstelle: Sie liebte! Sie liebte so tief, so wahrhaftig, so bedingungslos, wie man es selten fand. Und das waren am Ende die Besten! Hatte man die erst einmal, konnte man für sie die Hand ins Feuer legen. Früher, da hatte er manchmal Skrupel gehabt. Aber das war längst vorbei. Dennoch rührte ihn diese Frau und beinahe tat es ihm leid, tun zu müssen, was er jetzt tat.

»Weiß Ihr Mann eigentlich von den Plänen, die Sie bei seiner Rückkehr verfolgten? Wusste er von Ihrem zweiten Sohn?«

Die Frage war so nebenbei gestellt, dass sie auf die Falle hereinfiel.

»Natürlich nicht!«, schoss es aus Constanze heraus. »Ich habe ihm ja sogar Geburt und Tod unseres gemeinsamen Sohnes verschwiegen. Warum hätte ich ihn quälen sollen? Hatte er nicht schon genug durchmachen müssen?«

»Ja, so haben wir uns das beinahe gedacht«, erwiderte Nolde. »Nicht umsonst haben Sie ja sogar uns verschweigen wollen, woher Ihre Narben stammen. Sie müssen ihn wirklich sehr lieben … Sicherlich ist Ihnen daran gelegen, dass er auch weiterhin in Unkenntnis bleibt, nicht wahr?«

»Natürlich!«

Wie ängstlich sie auf einmal aussah! Wenn Franz Nolde sich vorstellte, wie er reagiert hätte, wäre er von seiner Frau bei der Heimkehr mit solchen Tatsachen konfrontiert worden … Nein, die Frau hatte es richtig gemacht. Wenn ihr wirklich etwas an ihm lag, konnte sie ihm diese Wahrheiten nicht unterbreiten. So viele Frauen hatten sich Ersatz gesucht. Oft waren es Angehörige der Siegermächte gewesen, denen sie sich schenkten, bei denen sie Schutz suchten. Viele hatten ihre deutschen Ehemänner nicht mehr zurücknehmen wollen, hatten Sicherheit und rosigere Zukunftsaussichten der entsetzlichen Mühsal der Nachkriegsjahre vorgezogen, oft genug das Land mit ihren neuen Partnern verlassen. Diese Frau war anders und er hatte Achtung vor ihr.

Nichtsdestotrotz machte gerade das sie zu einer so leichten Beute für sein Vorhaben. Sie würde nicht zulassen, dass ein einziger Fehler, eine falsche Entscheidung ihren kleinen, wohlgehüteten Frieden zerstörte.

»Sie möchten also am liebsten mit Ihrem Mann zusammenbleiben und ein ganz normales, glückliches Eheleben führen, verstehe ich Sie da richtig?«

»Ja!«, sagte sie entschlossen.

»Und dabei spielt es für Sie am Ende eine untergeordnete Rolle, wo Sie dieses Leben führen?«

»Ja!«

»Gut!«

Nolde nahm Constanzes Akte wieder zur Hand, machte einen Vermerk auf dem vordersten Blatt.

»Was tun Sie da?«

»Ich streiche Sie von der Transportliste in die BRD.«

»Es war geplant …?«

»Ja. Allerdings nur für Sie allein.«

»Das hätte ich nicht gewollt.«

Er lächelte väterlich. »Ich weiß, Frau Rosanowski. Ich bin in der angenehmen Lage, Ihnen einen anderen Vorschlag unterbreiten zu können. Einen, den Sie kaum ablehnen werden, denn er wird es Ihnen ermöglichen, mit sehr wenig Aufwand ein recht schönes Leben gemeinsam mit Ihrem Ehemann in unserem wunderbaren jungen, aufstrebenden Staat zu führen.«

Es war heraus und er beobachtete ihre Reaktion genau. Sie war jetzt nicht in der Lage, ein Pokerface aufzusetzen. Viel zu emotional war er die ganze Sache angegangen. Meist führte dieser Weg zum Erfolg. Selten so leicht wie in diesem Fall. Franz Nolde lehnte sich zufrieden ins Polster seines Sessels, verzehrte genüsslich ein frisches, zuckriges Marzipanschneckchen und zwinkerte seinem Gegenüber aufmunternd zu.

Als Gefangene war Constanze gekommen. Als Gefangene mit der Aussicht auf baldige Entlassung, sogar auf eine Zukunft im freien Westen. Als Gefangene wurde sie einige Tage später zusammen mit Clemens in die Freiheit entlassen. Und sollte eine Gefangene bleiben. Gefangene eines Staates. Und, das war der einzige Trost: Gefangene ihrer unverbrüchlichen Liebe.

20

BRAUNSCHWEIG, HERBST/WINTER 1976/77 – GUT GEMEINT …

Bettina beschloss, nicht nur die erste Vorlesung, sondern gleich diesen ganzen Unitag zu schwänzen, hatte ein schlechtes Gewissen, besänftigte es aber mit dem Argument der Unaufschiebbarkeit und betrat am späten Vormittag Ullis Fotoladen mit hochfliegenden Plänen im Kopf. Es war kein Kunde im Geschäft, er sortierte gerade Diastreifen in adressierte Kundentütchen, hatte Zeit, winkte sie in seine winzige Teeküche hinterm Vorhang und brühte ihnen Pfefferminztee auf.

Den heißen Becher in beiden Händen, hockte sich Bettina auf eins der Klappstühlchen, berichtete und schloss mit ihrer persönlichen Quintessenz: »Ich finde, wir sollten da dringend aktiv werden, Ulli. Mama leidet doch unter diesen Verlusten, obwohl sie es absolut nicht zugibt und mich unbedingt davon abhalten will, neue Kontakte nach England zu knüpfen.«

Ulrich strich sich nachdenklich den nicht vorhandenen Kinnbart und überlegte eine ganze Weile, während Bettina auf dem filigranen Stühlchen hibbelte und schon nach ein paar stillen Minuten ungeduldig nachschob: »Du musst mir helfen, Ulli.«

Er wiegte nachdenklich den Kopf. »Ich weiß nicht, ob das klug wäre. Im Grunde denke ich, man muss Mutters Entscheidung respektieren, nichts zu unternehmen. Ihre vorgebrachten Argumente kann ich nämlich ganz gut nachvollziehen. Schau, dieser Beinahe-Stiefvater Gordon, der hat sich sicherlich ein eigenes Leben mit einer anderen Frau, vielleicht Kindern aufgebaut. Jetzt stell dir vor, Miss Bettina from Germany platzt da auf einmal ins Idyll, bringt Dinge zutage, die unter Umständen besser wohlverschlossen in dunklen Kisten bleiben sollen. Mit solchen Aktionen könntest du eine Ehe, womöglich die ganze Familie empfindlich stören, womöglich sogar zerstören. Willst du das?«

»Ach, komm! Wenn dieser Gordon eine neue Frau hat, lag die Beziehung zu Großmutter in der Vergangenheit. Dagegen kann sie doch nichts haben. Glaubst du wirklich, was du da sagst?«

Er schaute sie durchdringend an. »Ja, das glaube ich wirklich. Und ich frage mich außerdem, wem du eigentlich wirklich einen Gefallen tun willst. Tatsächlich Mama? Oder eher dir selbst? Deine journalistisch orientierte Spürnase ist es doch, die dich stets und ständig nach Sensationen suchen lässt, gib es zu. Du hast aber die verdammte Verpflichtung, ganz genau abzuwägen, welche Folgen deine Entscheidungen haben könnten. Du erinnerst dich an das Vietnamfoto, das uns beiden den ersten Kontakt beschert hat, nicht?«

Bettina nickte, aber sie verstand nicht, worauf er hinauswollte, zuckte die Achseln und sah ihn fragend an.

»Meine Agentur hatte dieses Foto damals von Nick Út angeboten bekommen. Horst – nein, nicht unser Bruder, sondern mein Vorgesetzter – hat ewig mit uns diskutiert, ob wir es veröffentlichen sollten, denn es zeigte ein nacktes, schwer verletztes Mädchen, dem jeder Betrachter auf einmal nicht nur auf die unbedeckte Haut, sondern bis tief in die Seele würde schauen können. Wir haben es getan, weil wir erstens wussten, dass der Fotograf sie sofort nach der Aufnahme ins Krankenhaus gebracht hat, wo sie übrigens nicht nur überlebt hat, sondern sich jahrelang bis heute immer neuen Wiederherstellungsoperationen unterziehen lassen konnte, für die zweifellos das Geld gefehlt hätte, wäre sie nicht das prominenteste Gesicht dieses Krieges geworden. Und weil wir zweitens eben wegen des höchst kitzligen Punktes der Verletzung von kindlichen Persönlichkeitsrechten die stärkste mögliche Aufmerksamkeit der Öffentlichkeit gegen diesen Wahnsinn sahen. So etwas sind Gewissensentscheidungen. Und ich glaube, ehrlich gesagt, um zu deiner Sache zurückzukommen, dass du das, was du da planst, wirklich nicht mit deinem Gewissen vereinbaren kannst. Manchmal muss man die Dinge ruhen lassen. Es gibt welche, die sollten nicht mehr ans Tageslicht zurückgezerrt werden.«

»Puh«, sagte Bettina. »Deine Ansprüche sind aber ganz schön moralisch.«

»Ich war nie ein Paparazzo. Die haben keine Moral. Wenn du ein seriöser Journalist werden willst, solltest du deine Latte sehr hoch hängen. Wenn du ein anständiger Mensch bleiben willst, übrigens auch.«

Oh, diese Sache mit dem »Anstand«. Hatte nicht kürzlich Mathias ihr genau den attestiert? Und Ulli, ausgerechnet ihr eigner Bruder, kratzte so heftig an dem schönen Image, das sie bereits ganz fest in ihrem Persönlichkeitsprofil verankert gesehen hatte? Teufel eins, das war peinlich!

»Du hast ja recht, Ulli«, sagte Bettina tief zerknirscht. Sie schämte sich.

Er legte ihr einen Arm um die Schultern, zog sie an sich. »Es ist nicht ganz einfach, erwachsen zu werden, nicht? Ich weiß das, ist ja auch bei mir noch nicht so lange her. Aber auch wenn ich dir wie ein Moralapostel vorkomme, den du vielleicht langsam hasst … ich meine es bloß gut, kannst du mir glauben. Gibt nämlich manchmal im Leben solche Stolpersteine. Du kennst ja den Spruch ›Gut gemeint ist nicht gleich auch gut gemacht‹. Ich find's aber gut, dass du mit der Geschichte zu mir gekommen bist, ehe du am Ende Fehler gemacht hättest, die dir furchtbar leidgetan hätten.«

Unzufrieden war sie. Man ist einfach unzufrieden, wenn man euphorisch eine Idee erdacht hat, derart ausgebremst wird und auch noch feststellen muss, dass der Bremser einen davor bewahrt zu haben scheint, schmerzhaft auf einen Poller aufzulaufen. Nur … so schlüssig Ullis Argumente auch gewesen waren, eine zweite Meinung wollte sie sich dennoch einholen und sprach am selben Abend mit Mathias über das Thema. Nicht ohne auch Ulrichs Gedankengänge einzuflechten. So fair wollte sie ihm und sich gegenüber doch bleiben.

Die ganze Geschichte mit all ihren Fürs und Widers breitete sie also unter der tief hängenden Lampe an Mathias' Wohnzimmertisch aus und wartete auf seine Antwort. Wenn es um solche Dinge ging, so weit kannte sie ihn inzwischen, brauchte er immer ein wenig Zeit zum Nachdenken. Aber dann kamen auch vernünftige Erwiderungen.

Sie ließ ihn also denken, nippte an ihrem Rotwein und lauschte derweil Joan Baez' glasklarer und doch so samtener, einnehmender Stimme, fragte sich mit ihr, wo die Blumen, die Mädchen, die jungen Männer, Soldaten … wo die Gräber hin waren. Lauschte der offensichtlichen Konsequenzenfolge und bekam einen Schreck. Die Gräber! Was, wenn Gordon gar nicht mehr lebte? Vielleicht sogar George längst tot war? Ein eiskalter

Schauer lief ihr über den Rücken. So eiskalt, dass er umgehend nach einer warmen Decke aus positiven, wenn möglich überdies logisch fundierten Überlegungen verlangte.

Ach was!, rief die Vernunft die überschäumenden Emotionen zur Ordnung.

Bekam nicht Mama immer noch hin und wieder gar nicht unerhebliche Zuwendungen von Gordon auf ihr Konto? Geld, über das sie unendlich glücklich war, für das sie jedes Mal nichts weiter tun musste, oder besser gesagt tun durfte, als über Onkel Justus, meist garniert mit ein paar schönen, lustigen Fotos, ihre Dankbarkeit ausrichten zu lassen? Nein, ohne diese Geschenke hätte sie doch weder die beiden neuen Lieferwagen anschaffen und – sehr stolz – bar bezahlen noch eine weitere Floristin für den gut frequentierten Blumenladen einstellen können. Nein, so viel warf die Gärtnerei, so gut sie auch lief, sicherlich nicht ab, da sorgte sich noch immer jemand um sie und hatte sie durchaus nicht vergessen. Was war das doch für eine bescheuerte Geschichte!

Bettinas Inneres beruhigte sich halbwegs. Noch ein Schluck Rotwein und sie konnte nun auch Mathias' Worten gefasster entgegensehen.

»Dein Bruder hat leider recht, Bettina«, sagte er ernst.

Dieser eine Satz kehrte die gesamte wunderbar aufregende Mischung aus Begeisterung, Tatendrang, Ideen und Plänen, aber auch Zweifeln restlos aus und bewirkte ein peinigend leeres Gefühl im Bauch.

Mathias gab sich alle Mühe, den frei gefegten Raum wieder zu füllen. Griff zunächst nach Argumenten, die ebenso wie Ulrichs keinen Widerspruch zuließen und ob ihrer Vernünftigkeit geradezu ätzende Wirkung entfalteten. Um dann mit balsamisch sanft gesprochenen Sätzen den Schmerz zu lindern – und ihn am Ende mit Zärtlichkeit von der Art, mit der man traurige Kinder tröstet, ganz zum Abklingen zu bringen. Er konnte so was.

Dann hüllte er sie behutsam ein in einen weichen Kokon. Zarte Fäden, dicht gesponnen aus Verständnis und bedingungsloser Zuneigung. Ein liebevoll geschaffener Platz zum Ausruhen, der trug, der das Fallenlassen aushielt und erst nach völligem Erstarken ganz leicht und ohne jeden Widerstand, nur mit der Bewegung eines Lidschlags, eine erstarkte, geläuterte, gelassene Bettina wieder freigab.

Sie liebte ihn dafür. Und beschloss, das Thema »England« auf sich beruhen zu lassen.

21

BRAUNSCHWEIG, HERBST/WINTER 1976/77 – … IST NICHT GLEICH GUT GEMACHT

Was allerdings aus dem von Ulli apostrophierten »gut gemeint« entstehen konnte, wenn es dumm kam, sollte Bettina wenig später in einem ganz anderen Zusammenhang auf schreckliche Weise vollständig begreifen. Aber zunächst strahlte die Welt für ein wunderbares Weilchen in harmonisch abgestimmtem Farbspektrum.

Sie hatte inzwischen längst erlebt, wie überwältigend wunderbar »die Liebe«, sprich all das, was zwischen ihnen in den Nächten geschah, sein konnte, hatte mit Freude bemerkt, dass so viele der von Mathias aufgezählten weiteren Bestandteile einer sich gut und glücklich entwickelnden Beziehung schon jetzt zwischen ihnen zu finden waren, war sozusagen »Teilzeit« zu ihm gezogen, übte mit ihm und Achim das alltägliche Zusammenleben.

Es klappte gut, nur selten zog sie sich noch für mehr als ein paar Stunden in die elterliche Wohnung zurück, hielt jedoch die Eltern immer noch ziemlich exakt über jeden ihrer Schritte auf dem Laufenden, fragte häufig nach ihrer Meinung, holte sich den einen oder anderen Rat. Es war ein langsamer, sanfter Abnabelungsprozess, der allen Seiten gut bekam. Mathias war bei Eva und Wilhelm gern gesehen, Mama behandelte Achim wie ihren Enkel, gestand Mathias unumwunden die Position des zukünftigen Schwiegersohns zu, nannte ihn manchmal schon scherzhaft zwinkernd so.

Gegen Weihnachten des Jahres 1976 wurde Papa in seiner Firma zum Gebietsleiter des gesamten Nordens befördert. Noch immer verkaufte er, und das mit enormem Erfolg, Fertighäuser. Viel wurde gebaut, die Städte quollen weit über ihre Grenzen hinaus, überall entstanden neue Stadtrandsiedlungen.

Immer häufiger hörte Bettina in letzter Zeit Gespräche der Eltern über eine eventuelle räumliche Veränderung. Ein Häuschen oder Baugrundstück, vielleicht in Lehndorf, ein bisschen näher an der Gärtnerei vielleicht? Papa war auf der Suche und Bettina etwas mulmig. Das würde echte Einschnitte nach sich ziehen. Dann musste sie sich entscheiden. Außerdem tat sie sich schwer mit dem Gedanken, die Wohnung, in der sie aufgewachsen war, eines Tages von Fremden bewohnt zu wissen, war insofern sehr für ein Baugrundstück, denn ein Neubau würde logischerweise eine längere Übergangsphase nach sich ziehen als ein Umzug.

Für Vater war seine Beförderung Anlass, eine Party mit alten Fliegerkameraden zu schmeißen, die ausgesprochen feuchtfröhlich ausfiel. Und ein guter Grund war, sich mal was zu gönnen, womit er immer schon geliebäugelt hatte. Einzug ins Wohnzimmer fand eine Heimorgel, die Papa, kaum installiert, umgehend in vergnügten Gebrauch nahm. Zwar lag dem Ding auch ein Paar ganz anständiger Kopfhörer bei, aber er bevorzugte es, ab sofort das ganze Haus zu beschallen.

Bettina hatte keine Ahnung davon gehabt, dass Papa so exzellent spielen konnte. Er rückte damit raus, dass es für seine

Mutter Agnes selbstverständlich gewesen war, ihre Söhne beizeiten in den Klavierunterricht zu schicken. Schließlich hätte man zur bürgerlichen Mittelschicht gehört und da sei das üblich gewesen, erzählte Vater schmunzelnd.

Die Party fand also schon mit Live-Musikuntermalung statt, wobei Vaters Repertoire wahrhaftig bewundernswert war. Von Klassik über Jazz bis Pop und hin zu lustigen Gassenhauern konnte er alles und hatte ein Mordsvergnügen dabei. Jede seiner Musikvorstellungen endete jedoch mit einem speziellen Titel. Wenn Papa richtig in Fahrt war, kam letztlich stets zum Abschluss »Der Mann am Klavier«. Dem folgte gemeinhin Applaus sowie selbstverständlich das im Text geforderte Bier. Und er strahlte.

Nur über Weihnachten (von Heiligabend bis zum zweiten Feiertag) gab es Zoff, denn Mama fand es so unbesinnlich wie unangemessen, die schönen Darbietungen alter Weihnachtslieder mit dem geschmetterten Paul-Kuhn-Schlager zu krönen.

Mathias grinste zwischen Lebkuchen und Mamas selbst gebackenem schlesischen Stollen nach dem Rezept von Oma Agnes, und Achim grölte: »Noch mal, Wilhelm, spiel's noch mal!«, während sich Bettina und Eva mit leicht süßsäuerlichem, ziemlich einigem Kopfschütteln anblickten, Mama »Männer!« flüsterte und Bettina die Augen gen Himmel verdrehte.

Trat man in diesem Winter aus der Haustür des von Onkel Richard erbauten Hauses in der Celler Straße, sah man neuerdings neben Mathias' altem, grauem R4 einen zwar gebrauchten, aber noch glatt, schier und glänzend dastehenden Mercedes Diesel stehen. Der alte Franzose musste nun langsam mal weg. Sinnvoll fand Bettina die Neuerwerbung auch insofern, als ihr letztens nach einem Großeinkauf zwei grüne Gurken aus der im Fußraum abgestellten Tasche gefallen und einsfix durch ein

Loch im Bodenblech verschwunden waren. Doch, doch, bei aller Treue zu dem Gefährt, das so viele schöne Erinnerungen barg … es war mal langsam Zeit gewesen, das rostige Vehikel gegen etwas Moderneres auszutauschen.

Als Bettina und Mathias eines düsteren Wintertages in der Abendmensa essen gingen, hängte Mathias im Foyer eine Kleinanzeige mitsamt Foto des R4 ans Schwarze Brett. Unten dran ein Dutzend Abreißschnipsel mit Telefonnummer.

Ein flüchtiger Blick auf die Annonce (nach dem kulinarischen Genuss von halbem Gummiadler mit Pommes) bewies: Die Schnipsel waren alle weg, offenbar bestand Interesse.

Und richtig, am Abend klingelte daheim unablässig das Telefon. Unter anderem war ein ehemaliger Kommilitone von Mathias am Apparat. Anscheinend hatten die beiden eine intensive Studentenzeit miteinander erlebt, das Gespräch war lang und erinnerungsschwelgerisch, eine Besichtigung des Fahrzeugs wurde gleich für den folgenden Abend vereinbart und Mathias musste schwören, die »Karre« vorher keinesfalls wegzugeben.

Zuverlässig und kameradschaftlich wie er war, hielt er sich daran.

* * *

Der nächste Tag, ein Samstag, fegte bei schneestürmischem Wetter Heinz ins Haus, und, was keiner vermutet hätte, so schnell nicht wieder hinaus. Der alte Kumpan hatte nämlich nicht nur keinen fahrbaren Untersatz, sondern auch eine Bleibe nötig, nachdem er gemeinerweise von seiner Dauerfreundin vor die Tür gesetzt worden war.

Wieder erwies sich Mathias als guter Kumpel. Er gab sich mit einer geradezu albernen Anzahlung für den Wagen zufrieden, vereinbarte großzügige Raten und trat das kleine Zimmer an Heinz ab.

»Ist doch Platz genug!«, sagte er zu Bettina. »Jeder kann mal in solch eine Lage geraten und muss froh sein, dann gute Freunde zu haben.«

Das fand Bettina grundsätzlich auch. Aber Heinz, ziemlich lang, hager und großsprecherisch, war ihr nicht eben sehr sympathisch. Nicht sympathisch genug jedenfalls, um ihm nicht, sooft es möglich war, lieber aus dem Weg zu gehen. Er gab sich nämlich durchaus nicht damit zufrieden, das zur Straße gelegene Zimmerchen zu bewohnen, sondern breitete sich in der gesamten Wohnung nach Belieben aus und störte empfindlich die familiäre Dreisamkeit. Von der frisch verliebten Zweisamkeit gar nicht zu reden. So normal er es auch finden mochte, sich neben dem gemütlichen Liebesnest der beiden niederzulassen, um die Musikanlage zu bedienen, so unangenehm waren Bettina solche dreisten Störungen.

»Raus!«, blaffte sie ihn an und er machte ein Gesicht wie ein zu Unrecht geprügelter Hund, murmelte »Hab dich doch nicht so« und schlurfte betont langsam hinaus.

Mathias ging dazu über, bei solchen Gelegenheiten fürderhin die Tür abzuschließen, was sich als sinnvoll erwies. Aber Bettina fühlte sich einfach nicht mehr wohl in der Wohnung, zumal Heinz ständig alles überall rumstehen ließ, nie auf die Idee kam, den Abwasch auch mal zu erledigen, seinen Müll mit runterzunehmen oder gar einkaufen zu gehen. Dafür faselte er ständig begeistert und überaus sendungsbewusst über seine extreme politische Einstellung, und nach einigen nervenaufreibenden Wochen begann er sogar, vorzugsweise in Abwesenheit von Mathias, Bettina ständig als »Mitkämpferin gegen den internationalen Imperialismus, notfalls mit Waffengewalt« rekrutieren zu wollen.

In solchen Situationen verschwand sie schleunigst nach drüben, wenn sie allein in der Wohnung gewesen war, und beschwerte sich hinterher bitterlich bei Mathias. »Schmeiß ihn raus! Der Typ spinnt doch. Nichts gegen eine tiefe Auseinandersetzung, aber die Parolen, mit denen Heinz um sich schmeißt, stammen doch aus dem Sprachgebrauch der RAF. Merkst du das gar nicht? Was nähren wir da an unserer Brust? Ja, wir nähren diese Schlange, Mathias! Der zahlt keine Miete, beteiligt sich nicht an den Haushaltskosten, ist ein absolutes Ferkel und nervt total. Würde mich nicht wundern, wenn er bei uns untergetaucht ist, weil er längst auf irgendwelchen Fahndungslisten steht.«

Mathias fand, dass sie übertrieb. Aber er setzte Bettinas dringlichen Wunsch um und Heinz raus. Es entbrannte eine derart heftige Diskussion zwischen den Männern, dass Bettina wieder einmal lieber flüchtete, sich in ihr Mädchenzimmer zurückzog, nachdem sie Mutter nur kurz ein »er schmeißt ihn raus« zugeworfen hatte. Dort saß sie dann und betete, es möge bloß nicht noch zu Handgreiflichkeiten kommen, lauschte in den Flur, tigerte bestimmt eine halbe Stunde lang immer wieder zwischen Wohnungstür und dem Fenster zur Straße hin und her. Ob es ihm gelingen würde, den Typen loszuwerden?

Da! Einen Pappkarton im Arm, in der anderen Hand seinen Koffer, tauchte Heinz neben dem geparkten Renault auf, stellte alles ab, schloss den Wagen auf. Er wirkte etwas unsicher auf den Beinen, nein, er torkelte richtig. Das Einladen schien ihm Mühe zu bereiten. Oh, oh, ob die zwei sich geprügelt hatten?

Er stieg ein, zog langsam die Tür zu. Bettina hörte das charakteristische Motorengeräusch. Und endlich fuhr Heinz tatsächlich. Mit dem angezahlten guten alten R4. Sie atmete einmal kurz wehmütig ein, erleichtert aus, dann lief sie zu Mathias hinüber.

Der stand, die Hände am Waschbecken abgestützt, im Bad und ließ Blut tropfen.

Ein Schockmoment. Der Versuch, Worte zu finden. »Warum hast du nicht …«

Er wandte ihr das Gesicht zu. Beide Augen waren glasig zugeschwollen, die Braue überm rechten aufgeplatzt.

»Scheiße!«

Bettina nahm einen Waschlappen aus dem Regal, ließ eiskaltes Wasser drüberlaufen, legte ihm den tropfenden Notverband auf die Stirn, schob ihn rückwärts auf den Klodeckel, drückte ihm ein Handtuch in den Schoß und sagte: »Bleib sitzen, beweg dich bloß nicht, ich hole Mama.«

Atemlos brüllte sie schon im Treppenhaus: »Mama, komm schnell!«, und hatte derartige Panik in der Stimme, dass nicht nur Mutter die Beine, sondern Papa gleich noch die Gaspistole in die Hand nahm und die beiden Mathias' Wohnung stürmten.

Vater fand niemanden außer Gefecht zu setzen, aber Mama konnte Gott sei Dank helfen und verarztete Mathias nach allen Regeln der Kunst. Sie war in ihrem Element, wies Vater an, ihren Verbandskasten zu holen, und machte sich mit flinken, sicheren Bewegungen ans Werk, während Bettina nur hilflos danebenstand und Mathias streichelte. Schnell war die Platzwunde gereinigt, waren die Wundränder sauber mit schmalen Pflasterstreifen zusammengefügt, die Blutung gestillt. »Verletzungen am Kopf bluten immer wie blöd«, erklärte Mutter beruhigend. »Ist aber halb so wild und wird bald sauber verheilt sein.«

Er nahm es tapfer und gelassen, nur Bettina war vollkommen durch den Wind.

»Jetzt hör mal auf zu zittern, Bettina, und kümmer dich um Achim«, wies Mama sie an. »Ich krieg das hier schon alleine hin.«

Der Kleine war stocksauer, weil der »Dreckskerl« im Verlauf der Prügelei über seine im Flur aufgebaute Eisenbahn getrampelt war und massiven Schaden angerichtet hatte. Dass sein Vater nicht mehr aus den Augen gucken konnte, nahm ihn anscheinend weit weniger mit. Bettina sammelte mit ihm die Trümmer ein und war froh, beschäftigt zu sein.

Papas Vorschlag, die Polizei zu alarmieren, widersetzte sich Mathias wenig später, als Mutter ihren Patienten schon mit Eisbeuteln auf den sich prächtig entwickelnden Veilchen im Bett positioniert hatte. »Lass man, Wilhelm, ich hätte jetzt einfach am liebsten etwas Ruhe. Der Schädel dröhnt nicht schlecht. Das wird wieder und den Vogel sind wir los.«

Ungern ließ sich Vater überzeugen, lenkte aber schließlich ein, und die Eltern verabschiedeten sich.

Bettina hockte sich ein Weilchen neben Mathias, wartete ab, bis er einschlief. Dann brachte sie Achim zu Bett und schloss die Wohnungstür sorgfältig ab.

Beim Zähneputzen spülte sie die letzten Blutspuren aus dem Waschbecken. Die letzten Spuren, die dieses Arschloch hinterlassen hatte.

Die letzten Spuren?

Na hoffentlich!

Sie ging in das kleine Zimmer, knipste das Licht an, inspizierte jeden Winkel auf Hinterlassenschaften und stellte fest, dass er tatsächlich alles mitgenommen hatte.

Das zumindest gab der Augenschein her …

22

BRAUNSCHWEIG 1977 – WAS EIN MANN TUN MUSS

Das neue Jahr begann gut. Im Januar schon gaben sich Ulrich und Ute das Jawort. Eine zauberhafte weiße Braut, eine Feier, an die sich später noch alle mit Freude erinnerten. Papa machte den Hochzeitsfotografen und selbstverständlich Ullis ersten Trauzeugen, Mama erschuf später ein wunderhübsches Kunstwerk aus den Abzügen und schenkte es dem jungen Paar.

Ute hatte Bettina zusammen mit zweien ihrer Freundinnen zur Brautjungfer erkoren. Spaß hatten sie gehabt! Eine ganze Nacht getanzt, gelacht, getrunken. Selbstverständlich in demselben Lokal, wo bereits die Verlobung des Brautpaares und die Hochzeitsfeier von Mama und Papa stattgefunden hatten. Wenn man schon nicht auf uralte Familientraditionen zurückgreifen konnte, hieß es dann eben, neue zu schaffen. Irgendwo musste man schließlich anfangen.

Es war kein Zufall, dass Ute, lachend und ausgelassen, ihren Brautstrauß so zielgenau über den Kopf warf, dass nur Bettina ihn fangen konnte. Großes »Ah« und »Oh«, lauter wissende

Blicke und ein etwas verlegen beiseiteschauender Mathias. Na ja, ganz unrecht hatten sie wirklich nicht. Mathias und Bettina hatten nämlich tatsächlich Pläne gemacht. Ausgelöst worden waren die Ideen, im Sommer heiraten zu wollen, sicherlich auch ein bisschen von Mathias' Vater, dem gestrengen Oberstudienrat, dem es nach »geordneten Verhältnissen« im Leben seines Sohnes dürstete.

Eigentlich hätten die beiden sich noch Zeit gelassen, hatten bisher überhaupt keine Gedanken an eine Hochzeit verschwendet. Bettina wollte an sich erst ihr Studium beendet haben, sozusagen als ordentlichen Abschluss eines Lebensabschnittes. Aber ... na, warum eigentlich nicht? Es stand doch sowieso außer Frage, dass sie zusammenbleiben wollten. »Schon wegen des Kindes ...«, hatte Mathias' Vater gesagt. Das war nun wirklich ein Argument, das die beiden nicht gelten ließen. Achim ging es gut, so wie es war. Der brauchte keine Urkunde.

Aber wie sie da so – kurz vor der Rückreise nach einem netten Antrittsbesuchswochenende – zusammensaßen, im rosaroten Abendlicht, und aus den großen Panoramafenstern des Neumann'schen Anwesens die Nacht über die Ufer der raureifbezuckerten Schleimündung bei Kappeln hereinbrechen sahen, hatte Mathias sie in die Arme genommen, sogar ein Knie gebeugt, ihr sehr tief in die Augen gesehen und sie gefragt, ob sie seine Frau werden wolle.

Bettina, dem rosarotsüßen Augenblick und Mathias' so herrlich altmodischem Werben erlegen, hauchte ein »Ja!«, und die Sache war sowohl beschlossen als auch dem Oberstudienrat Dr. Neumann eine außerordentliche Freude.

»Na siehst du, mein Junge, es geht doch«, sagte er jovial und klopfte Mathias auf die Schulter. »Wenn ein Mann seinen Doktor gebaut hat und fest auf eigenen Füßen steht, kann er auch den nächsten Schritt tun, den ein Mann eben tun muss.«

Bettina grinste in sich hinein. Er war so herrlich unmodern, immer, auch daheim, in Schlips und Kragen, Anzug und Weste, aus deren Tasche eine goldene Uhrkette lugte, die über seine beachtliche Körpermitte bis ins Knopfloch strammte, immer höflich und von liebenswürdiger Steifheit. Seit ein paar Jahren war er Witwer, deshalb musste der Seufzer »Wenn das doch deine Mutter noch miterlebt hätte …« sein. Mathias seufzte mit, Bettina auch. Beide ernteten einen zufriedenen Blick.

»Er hat dich überrumpelt, oder?«, kicherte Bettina, als die beiden den Heimweg angetreten hatten.

»Quatsch! Ich habe das nicht nur für meinen Vater getan«, behauptete Mathias und Bettina entging das kurze, verräterische Blinzeln nicht.

»Du lügst!«

»Nein, tu ich nicht. Wir waren uns doch einig, oder? Ich hätte es vielleicht nicht heute, aber spätestens morgen sowieso getan.«

»Ich nehme es mal so hin«, erwiderte Bettina lachend. »Du darfst bei meinem Vater um meine Hand anhalten.«

Er griff nach ihrer Linken und ließ sie erst kurz vor Hamburg wieder los, weil er zum Tanken aussteigen musste.

Mathias hielt Wort und tat wirklich gleich am folgenden Abend das, was ein Mann ja angeblich tun musste. Vater machte es ihm nicht schwer, amüsierte sich aber ganz offensichtlich köstlich über die altbackene Form der Brautwerbung und spielte das Spielchen überzeugend mit, während Mama schon genaue Pläne für die floristische Ausstattung der Feier schmiedete.

23

BRAUNSCHWEIG, APRIL 1977 – NACH DEM TERROR …

Es war der Abend des 7. April. Gründonnerstag, die Kirchenglocken der Stadt hatten das Osterfest eingeläutet. Bettina hatte zwei Tage lang ihre Hausarbeit im Fach Politik mit dem Thema »Antizipation der Notstandsgesetze durch die außerparlamentarische Opposition im Jahr 1968« ruhen lassen und die Wohnung einem gründlichen Frühjahrsputz unterzogen.

Jetzt blickte sie zufrieden auf das Ergebnis ihrer Bemühungen. In frischen Birkengrünsträußen hingen selbst bemalte Eier an bunten Bändern. Sie hatte gebacken, Soleier nach schlesischem Rezept eingelegt, Süßigkeiten für Achims Osternester eingekauft und fühlte sich hausfraulich erschlagen, als Mathias, heute ausgesprochen spät, heimkam.

Er nahm sie in die Arme, sagte »Och, Mensch, hätten wir doch morgen auch zusammen alles erledigen können«, war aber vermutlich heilfroh, dass er nicht selbst den Fensterputzlappen hatte schwingen oder tropfende Stores aufhängen müssen, würdigte also eine Viertelstunde lang Bettinas Erfolge ausgiebig, schob sie dann aufs Sofa, legte ihr eine Decke über die Knie und fragte, was er denn jetzt für sie tun könne, nachdem sie sich ja bestimmt schlagkaputt gearbeitet hätte.

Bettina genoss es, sich ausgestreckt wie eine Diva umsorgen zu lassen. Einen gemütlichen Abend, den hatte sie sich jetzt weiß Gott verdient, fand sie. Er wurde auch gemütlich. Bis – es mochte schon fast halb zwölf gewesen sein – plötzlich die Türglocke schellte.

Sie sahen sich stirnrunzelnd an. Wer war das um die Zeit?

Mathias stand auf, Bettina blieb liegen. Konnte nur ein Irrtum sein.

War keiner.

Minuten später wimmelte die Wohnung von Polizisten, Mathias saß in der Mitte des Raumes auf einem Stuhl, die Brille verrutscht auf der Nase, sein Gesichtsausdruck zwischen Ungläubigkeit und Entsetzen, die Hände in Handschellen auf dem Rücken, zwei Uniformierte rechts und links neben ihm, jeder eine Hand auf seiner Schulter, als müsste man ihn niederhalten, gar an einer Flucht hindern. Ein Beamter in Zivil hockte auf der Kante eines Stuhls direkt vor seinen Knien, hatte die Hände auf die Oberschenkel gestützt, die Ellenbogen abgespreizt wie ein Vogel, der gleich fliegen will.

»Wo sind Sie heute den Tag über gewesen?«, blaffte er Mathias an und schlug im Takt der Silben die Flügel.

»Um sieben Uhr dreißig habe ich das Haus verlassen, bin an meinen Arbeitsplatz in der Forschungsanstalt für Landwirtschaft gefahren … dafür gibt es Zeugen, und zwar für jede Minute. Das können Sie überprüfen. Seit etwa neunzehn Uhr bin ich wieder daheim«, kam die prompte Antwort.

Der Kriminaler schaute an Mathias' Schulter vorbei herüber. »Können Sie das bestätigen, Fräulein, äh, wer sind Sie?«

Bettina, gebannt aufs Sofa, ebenfalls einen Beamten neben sich, der ihr verboten hatte, sich wegzurühren, starrte vollkommen fassungslos auf Mathias' Rücken und war zu keinem Wort fähig. Was machten die hier? Was war passiert? Schlief Achim noch? Was taten die da mit ihrer schönen, aufgeräumten Wohnung? Was suchten die?

»Wer sind Sie, Fräulein? Können Sie sich ausweisen?«

Der Uniformierte stupste sie an. »Sie sind gemeint. Haben Sie ein Ausweispapier zur Hand?«

Bettina erwachte aus ihrer Starre, murmelte: »Ja, meine Handtasche hängt im Flur an der Garderobe.«

Auf einen Wink hin kam ein Polizist mit ihrer Tasche, gab sie nicht etwa Bettina, sondern kramte selbst zwischen Tempos, Kaugummipäckchen, Notizbüchlein, Lippenstift und lindgrün geblümten Tampon-Notfallmäppchen. Bettina empfand es als Unverschämtheit, dass jemand an ihre Privatdinge ging, Handtaschen durchwühlen ging gar nicht. Ebenso wenig ging es an, dass diese Korona hier in ihren schönen, gemütlichen und wohlverdienten Feierabend platzte. Sie spürte, wie die Empörung ihrer Schüchternheit Feuer unterm Hintern machte, wie sie, eingedenk des klaren Bewusstseins, dass weder sie selbst noch Mathias sich irgendetwas hatten zuschulden kommen lassen, plötzlich die Kraft einer Löwin spürte, die sich schützend vor ihre Jungen werfen würde.

»In der Seitentasche!«, fauchte sie und war zum eigenen Erstaunen jetzt mit sehr klarer Stimme in der Lage zu erklären, die Verlobte Herrn Dr. Neumanns zu sein.

»Darf ich jetzt endlich mal erfahren, was Sie hier machen und was Sie mir vorwerfen?«, hörte sie Mathias fragen und sah, wie der Beamte, der vor ihm saß, ein Foto hochhielt. »BS, MN einhundertzwölf. Ist das Ihr Wagen?«

»Ja. Also nein, also …«

»Was denn nun? Ja oder nein? Wie kommt Ihr Wagen nach Karlsruhe? Wer hat die Waffen und die Munition in Ihren Wagen gelegt?«

»Der Scheiß-Heinz!«, entfuhr es Bettina wütend. »Hab ich's doch gewusst!«

Umgehend galt die Aufmerksamkeit des Kriminalers ihr. »Wer ist der Scheiß-Heinz, Fräulein Bressler? Und was haben Sie gewusst? Sind Sie so freundlich, uns an Ihrem Wissen teilhaben zu lassen?«

»Aber gern! Wenn Sie vielleicht endlich mal aufhören würden, unsere Wohnung auseinanderzunehmen, und meinem Mann diese dämlichen Handschellen abnehmen? Was soll der Unfug?«

Der Kommissar stand auf, kam zu ihr herüber und hielt ihr zwei amtlich aussehende Blätter vor die Nase. Einer ein Haftbefehl gegen Mathias, einer die Anordnung einer Hausdurchsuchung.

Noch ehe sie reagieren konnte, stand ein Beamter neben dem Kommissar, in der Hand die sorgfältig geordneten Schreibmaschinenseiten ihrer Hausarbeit. »Schauen Sie mal, Chef. Interessant, nicht wahr?«

»Das ist meine Hausarbeit im Fach Politik, Mann, legen Sie die sofort wieder auf meinen Schreibtisch!«

Vielsagende Blicke wurden ausgetauscht.

Und Achim erschien im Schlafanzug. Er rieb sich die Augen. »Was'n hier los?«

»Wenn wir das man so genau wüssten, Achim«, sagte Bettina und winkte ihn heran. »Komm, setz dich zu mir, hier bist du bestens bewacht.«

Der Kommissar pfiff einen Beamten heran, dem er halblaut mitteilte, er möge Frau Sowieso aus dem Wagen holen, das Kind müsse …

»Was haben Sie vor?«, fragte Bettina entsetzt.

»Wir werden Sie beide jetzt mitnehmen. Sie, Fräulein Bressler, zunächst für eine Zeugenaussage. Das Jugendamt wird sich um den jungen Mann hier kümmern.«

»Wird es nicht! Unser Sohn kann bei meinen Eltern nebenan bleiben. Sie müssen nur klingeln, dann können Sie Ihre Frau Sowieso wieder ins Bett schicken.«

»Wir haben unsere Vorschriften …«, setzte der junge Polizist neben ihr auf dem Sofa an, aber der Kommissar ging auf Bettinas Forderung ein und wies an: »Gehen Sie klingeln.«

Nur Augenblicke später standen Mutter und Vater im Bademantel da. Beide genauso außer sich wie Bettina und Mathias. Achim flüchtete zwischen die beiden, Mama nahm ihn bei der Hand, während Bettina knapp erklärte, worum es hier ging.

»Ach, wegen dieses Vogels, der Mathias so böse zusammengeschlagen hat?«, fragte Mama und zog mit ihrer Bemerkung sofort die volle Aufmerksamkeit des Kommissars auf sich.

»Mir scheint, wir müssen gleich einen Familienausflug aufs Präsidium unternehmen. Sie wissen offenbar ja auch etwas zur Lösung unseres Falles beizutragen.«

»Kinnersch«, schaltete sich Papa in sonorem Tonfall ein, zog sich einen Stuhl heran und setzte sich neben den Kommissar. »Ihr macht hier einen großen Fehler. Weder meine Tochter noch mein Schwiegersohn in spe haben sich irgendetwas zuschulden kommen lassen. Ihr könnt euer archaisches Getue jetzt mal einstellen und wir setzen uns gemütlich zusammen und klären die ganze Angelegenheit wie vernünftige Menschen. Fürs Schriftliche kommen wir dann auch gern nach den Feiertagen geschlossen auf euer Revier. Ich bin katholisch, müsst ihr wissen. Und mir sind die Ostertage heilig.«

Das war typisch Papa gewesen. In seiner gelassenen, dabei nicht wenig dominanten Art hatte er der Sache die Dramatik genommen. Die Hintergründe des aufwendigen Polizeieinsatzes, so stellte sich schnell heraus, bestanden in dem am Morgen gegen neun Uhr fünfzehn in Karlsruhe verübten Mordanschlag auf Generalbundesanwalt Siegfried Buback. Sein Kampf gegen den RAF-Terrorismus hatte ihn nicht nur zum bevorzugten Hassobjekt, sondern nun auch zum hilflosen Ziel linksradikaler Kreise werden lassen. Von einem mit zwei Personen besetzten Motorrad aus waren auf seinen Dienstwagen mit halbautomatischen Maschinengewehren fünfzehn Schüsse abgefeuert worden. Buback und sein Chauffeur Göbel erlagen noch am Tatort ihren Verletzungen, während der dritte Mann im Fahrzeug, Fahrbereitschaftsleiter des Bundeskriminalamts Georg Wurster, aktuell noch auf der Intensivstation um sein Leben rang.

Bettina, die den ganzen Tag über schwer beschäftigt gewesen war, hatte noch nichts von dem Überfall mitbekommen und rang einmal mehr um Fassung, während sowohl Mathias als auch die Eltern schon im Bilde waren.

Der alte R4 jedoch, und damit kam endlich der Grund für das abendliche Drama auf den Tisch, hatte nicht weit entfernt vom Tatort gestanden und war ob seines fremden Kennzeichens Anwohnern aufgefallen, die ihrer Bürgerpflicht nachgekommen waren, einen der sachdienlichen Hinweise mitzuteilen, von denen es dem Vernehmen nach allerdings Hunderte gegeben hatte.

Vaters die Lage im Neumann'schen Wohnzimmer entspannendes Eingreifen machte es möglich, die ganze Geschichte um den Renault und seinen zahlungsunwilligen neuen Besitzer aufzuklären. Seiner Handschellen endlich entledigt, konnte Mathias sowohl die Fahrzeugpapiere als auch den handschriftlichen Kaufvertrag vorlegen, Bettina, erstaunlich wortgewandt unterstützt von Achim, in schillernden Farben das unmögliche Verhalten des Gastes schildern, Mama von Mathias' Verarztung berichten und den Kommissar mit der gut verheilten, aber noch längst nicht verblassten Beweisnarbe konfrontieren.

Die gespannt zuhörenden Mitglieder der Eingreiftruppe machten sich allesamt schon zum Rückzug bereit. Alles gut so weit, alles entspannt, alle schon die Entschuldigung für die nächtliche Störung unbescholtener Bürger auf den Lippen.

Wäre da nicht dieser triumphale Schrei aus dem Bad gewesen. Wäre da nicht einer der jungen Beamten mit der HK43 hereingekommen.

24

BRAUNSCHWEIG, 1978 – DEUTSCHER HERBST

Nach dem Terror war vor dem Terror gewesen. Der Ermordung Bubacks, die der ganzen Familie in so aufregender Erinnerung blieb, war eine ganze Reihe von Anschlägen gefolgt, die Historiker und Politikwissenschaftler schon bald unter dem Oberbegriff »Deutscher Herbst« zusammengefasst hatten.

Natürlich hatte man Mathias, und nur ihn, in dieser unseligen Aprilnacht 1977 am Ende doch mitnehmen müssen. Er hatte sich nicht gewehrt, war zu jedweder Kooperation bereit. Den Karfreitag verbrachte er trotzdem in einer ungemütlichen Zelle, denn die Mühlen der Justiz hatten offenbar dieselbe Einstellung wie Vater gehabt und diesen Feiertag für heilig erklärt.

Bettina, die als Zeugin einbestellt worden war, hatte eine schlüssige Aussage gemacht und der Untersuchungsrichter hatte ihr geglaubt. Bei Mathias bestand keine Fluchtgefahr, seine Erklärungen waren plausibel, sein Alibi leicht zu überprüfen gewesen. Keine Ahnung hatte er gehabt, dass der einquartierte Heinz im Bad diese Waffe versteckt hatte und sie bei seinem, sagen wir, etwas übereilten Aufbruch nicht hatte mitnehmen können, weil ja über eben diesem so schönen, breiten, außerordentlich praktischen Doppel-Waschbecken der angeschlagene Mathias gehangen und Blut getropft hatte. Endlich, am späten Abend, hatte man ihn entlassen und das Osterfest konnte beginnen.

In böser Erinnerung blieb die Sache dennoch. Insbesondere deshalb, weil weder die Attentäter auf den Generalstaatsanwalt noch Heinz jemals ausfindig gemacht werden konnten, lebten die beiden stets und ständig mit einem sehr mulmigen Gefühl. Was, wenn Heinz womöglich wieder auftauchte? Er hatte einen Wohnungsschlüssel gehabt, den er bei seiner überstürzten Abreise zwar dagelassen hatte, aber … hatte er sich womöglich einen nachmachen lassen? Sie ließen für viel Geld das Schloss austauschen und fühlten sich danach besser. Aber immer noch nicht gut.

Erst nach und nach wich die Angst. Kam aber bei jeder neuen Attacke der RAF-Terroristen wieder hoch. Jeder Bürger reagierte mit Entsetzen. Bettina und Mathias aber war das Ganze viel näher gekommen als anderen. Dünnhäutig waren sie geworden, beobachteten sehr genau, redeten viel über die Geschehnisse, fragten sich, ob sie irgendetwas Gravierendes übersehen hatten, konnten keine eigene Schuld erkennen und sahen sich bestätigt, als der Vorstandssprecher der Dresdner Bank, Jürgen Ponto, am 30. Juli im eigenen Haus während eines Entführungsversuches von den RAF-Mitgliedern Christian Klar und Brigitte Mohnhaupt erschossen wurde. Zugang nämlich hatte den Mördern Susanne Albrecht verschafft, die mit Ponto persönlich bekannt gewesen war. Hätte der Mann Umgang mit ihr gepflegt, sie ins Haus gelassen, wenn er geahnt hätte, wes Geistes Kind sie war?

Bettina war im Nachhinein froh, dass ihre empfindlichen Reaktionen auf Heinz' raumforderndes, unhöfliches

Benehmen und Mathias' promptes Umsetzen ihrer Forderung nach Rauswurf vorstellbares weiteres Ausbreiten in ihrem Haushalt verhindert hatte. Wer weiß, womöglich hätte eine solche Pilzspore genügt, um mit der Zeit andere anzulocken und ein ganzes Geflecht entstehen zu lassen, das unbemerkt in alle Ritzen gekrochen wäre.

Seinen Höhepunkt fanden die terroristischen Anschläge der RAF letztlich im September. Wieder war es ein fünfter September gewesen, zynischerweise Jahrestag des Olympiaattentates, als der Arbeitgeberpräsident Hanns-Martin Schleyer in Köln entführt wurde. Gleich vier Tote, seinen Fahrer und drei Polizeibeamte, gab es, ehe man den Mann verschleppte und die Forderung stellte, elf inhaftierte RAF-Mitglieder freizulassen.

Ein tagelanges Drama begann, Bettinas unfreiwillige Berührung mit der Szene bewirkte natürlich, dass sie jede von den Medien verbreitete Nachricht wie ein Schwamm aufsog, sich persönlich betroffen fühlte und in einem höchst nervösen Zustand durch die Tage lief, die sich am Ende zu sechs schrecklichen Wochen subsumieren sollten.

Schon am Tag nach der Entführung wandte sich Bundeskanzler Helmut Schmidt mit einer ebenso eloquenten wie eindrucksvollen Rede sowie der Bitte an die Bevölkerung, die Polizei mit jeder Beobachtung, jedem Hinweis, wie nichtig er auch wirken mochte, zu unterstützen. Mahnte jene, die womöglich noch immer ein gewisses Verständnis für die Täter aufbrachten, abzurücken. Betroffenheit, Trauer und Zorn standen dem Kanzler ins Gesicht geschrieben. Zorn auf die Versuche, das Vertrauen in den jungen demokratischen Staat aushöhlen zu wollen. Aber auch eine unbedingte Entschlossenheit zum Kampf gegen den Terror.

Folgerichtig ließ sich die Bundesregierung dieses Mal nicht erpressen. Nicht einmal unter dem Eindruck der entsetzlichen Fotos, welche die Täter von Schleyer veröffentlichten.

Wieder zeigte sich die Nähe der RAF zu palästinensischen Untergrundorganisationen. Flugzeugentführungen waren bekanntlich deren Spezialbegabung, und so sprang die sogenannte »Volksfront zur Befreiung Palästinas« am 13. Oktober den deutschen Terroristen gern hilfreich zur Seite, indem sie die Lufthansa-Maschine »Landshut« kaperte, den Piloten erschoss und im ostafrikanischen Mogadischu landete. Fünf Tage lang litten die sechsundachtzig Flugzeuggeiseln Höllenqualen. Aber Deutschland hatte aus Erfahrungen inzwischen gelernt, war bei Weitem nicht mehr derart unvorbereitet, schlecht organisiert und hilflos wie noch 1972 in München und hatte mit der GSG 9 eine Spezialeingreiftruppe auf die Beine gestellt, die schlagkräftig und exzellent ausgebildet war.

Als nachts um kurz nach halb eins die Nachricht aus Somalia über den Äther ging, alle Geiseln seien befreit, fielen Bettina und Mathias einander um den Hals und jubelten. Jubelten, wie viele Bundesbürger jubelten, die gebannt auf Neuigkeiten gewartet hatten. Und im deutschen Gefängnis Stuttgart-Stammheim nahmen sich Andreas Baader, Jan-Carl Raspe und Gudrun Ensslin, Frontfiguren des RAF-Terrorismus, das Leben.

Heinz, übrigens, wurde weder gefasst noch sollte er jemals wieder in Bettinas und Mathias' Leben auftauchen. Nur die Narbe auf Mathias' Stirn … die hielt die Erinnerung an eine Begegnung wach, auf die sie beide gern hätten verzichten mögen.

25

BRAUNSCHWEIG/KAPPELN, WINTER 1978 – SCHNEE

Natürlich hatten sie Anfang Mai ein rauschendes Hochzeitsfest mit allem Klimbim, Geweih und Pinselohr gefeiert. Selbstverständlich war die ganze Familie gekommen, Bettinas geladene Kommilitonen, Mathias' umfangreicher Freundeskreis und sogar Gaby, die inzwischen in München studierte. Da sich die ganze Veranstaltung aber nicht erheblich von früheren Feierlichkeiten am selben Platz unterschied, also glücklich, feuchtfröhlich und letztlich vor allen Dingen, wie es sich gehört, »bindend« ausfiel, bedarf es keiner genaueren Schilderung. Fortan waren Bettina und Mathias also »die Neumanns« und lebten ausgesprochen zufrieden, noch immer sehr verliebt und auf dem besten Weg zu einer wirklichen, echten Liebe, wie Mathias sie einmal definiert hatte, mitsamt Achim in nämlicher Dreizimmerwohnung.

Eva und Wilhelm allerdings hatten ihre Pläne in die Tat umzusetzen begonnen und bauten. Im Oktober des Jahres hatten sie ein passendes Grundstück gefunden, im November wurden die abbruchreifen Gebäude auf dem ehemaligen bäuerlichen Gehöft im alten, ländlichen Teil Lehndorfs abgerissen und eine Baugrube ausgehoben. Die milden Temperaturen ließen es sogar zu, den Beton für den Keller zu gießen, die Bodenplatte aufzusetzen. Wenn das so weitergegangen wäre, hätte man glatt gegen Weihnachten ein bezugsfertiges Haus erwarten können.

Diese Hoffnung erfüllte sich nicht, denn zum Nikolaustag schlug das Wetter plötzlich um. Eisregen setzte ein und fiel auf gefrorenen Boden. Bettina, die gar nicht mitbekommen hatte, was die Wetterküche im Begriff war anzurichten, schaute eigentlich nur ganz zufällig aus dem Fenster, als sie die Gardinen zuziehen wollte, blieb aber völlig fasziniert geradezu kleben und beobachtete skurrile Szenen. Der voll besetzte Bus der Linie zehn, wie immer während des Feierabendverkehrs stark frequentiert, schlidderte gerade über die Fahrbahn, rutschte haltlos den dicken, alten Linden vorm Haus entgegen, die den Bürgersteig säumten, kam zum Stehen. Und keinen Millimeter mehr weg.

Nach mehreren vergeblichen Anfahrversuchen öffnete der Fahrer die Türen. Heraus quoll eine Menge Mensch, die sich gleich beim Betreten des Fußweges vorzugsweise auf dem Hintern wiederfand. Komischerweise fiel kaum jemand nach vorn. Unter Bettinas Augen krabbelten und krauchten sie, versuchten, den schmalen Pflanzstreifen um die Bäume zu erreichen, wo die Erde noch weich war, zogen sich an den Stämmen hoch, tappten, weit vornübergebeugt jetzt, weil man schließlich aus schmerzhafter Erfahrung auch mal klug wird, von Stamm zu Stamm. Wohin?

Derweil hatten schon etliche Pkw die enge Nähe zum gestrandeten Bus gesucht. Ähnlich sah es drüben auf der anderen Straßenseite aus, denn dort hatte der Gegenverkehr, der leichten Wölbung der Fahrbahndecke folgend, den Bordstein als rettenden Bremspoller gefunden. Die weiß-blaue Leuchtreklame des

Lebensmittelanbieters beleuchtete eine gespenstische Szenerie. Nichts ging mehr.

Bettina schaltete das Radio ein. Tatsächlich! Sondereinspielungen berichteten vom überraschenden Wetterereignis, die verlesene Liste der Verkehrs- und Unfallmeldungen war lang, der ganze Norden schien betroffen, eine Entspannung der Lage so schnell nicht zu erwarten, dafür Nachttemperaturen um minus zwölf.

Mathias war noch nicht daheim. Bettina schaute auf ihre Uhr. Nein, in der Forschungsanstalt konnte er jetzt nicht mehr sein. Es würde keinen Sinn machen anzurufen, um ihn zu warnen. Sicherlich war er auf dem Heimweg. Der Mercedes hatte prima Winterreifen. Aber so, wie das da draußen aussah, würden bestenfalls Spikes ein sicheres Vorankommen gewährleisten können.

Sie rief Achim zu sich. »Hast du das schon mitgekriegt? Guck mal, was da draußen los ist.«

»Ach du Scheiße! Und Papa ist jetzt bestimmt unterwegs. Na, wann der nach Hause kommen wird …?«

»Hoffentlich gesund und heil, Achim.«

Zwei Stunden lang verließen die beiden ihren Aussichtsposten nicht und wurden immer nervöser. Der Verkehr war vollständig zum Erliegen gekommen, es rollte nichts mehr heran. Dafür regnete es weiter. Feiner, grauer Niesel. Das runde Fensterthermometer zeigte gegen acht bereits minus fünf Grad, als Vater klingelte und sich erkundigte, ob Mathias wohlbehalten zu Hause angekommen sei.

Von nun an drängten sie sich zu dritt am Fenster, quetschten eine Viertelstunde später auch noch Mutter zwischen sich und zitterten gemeinsam, bis die Uhr halb zehn zeigte.

Achim entdeckte den Wagen als Erster. »Da! Guckt, da kommt er!«

Vierfaches Aufatmen, polternde Felsbrocken, die von vier Herzen fielen. Die Antenne kinderarmdick vereist, der ganze Wagen von einer derartigen Eiskruste überzogen, dass Mathias offenbar Schwierigkeiten hatte, die Tür aufzubekommen, stieg er endlich aus. Achim flitzte, ließ den Türöffner unten schon summen, während sein Vater noch mühsam der Haustür zuschlidderte.

»Ihr macht euch keinen Begriff, was unterwegs los war …«, sagte Mathias und ließ sich vierfach umarmen.

»Hauptsache, du bist gesund daheim.«

»Die Stoßstange hat mir einer verbeult. Aber wenn's weiter nichts ist …«

Keiner konnte ahnen, dass das aufregende Eisregenphänomen nur die Auftaktveranstaltung eines höchstwahrscheinlich zu besonderen Späßen aufgelegten Petrus gewesen war. Dieser Winter sollte mit noch ganz anderen Dramen aufwarten. Und sie waren alle dabei.

* * *

Weihnachten verging im fröhlichen, vollständigen Braunschweiger Familienkreis. Gemeinsam mit Ulli, Stefanie, den Eltern, der inzwischen schwangeren Ute und selbstverständlich dem Mann am Klavier. Besinnliche, verfressene Tage, Auslüftspaziergänge bei milden Temperaturen im Grünen, pure, warme Gemütlichkeit in geschmückten, duftenden Weihnachtsstuben.

Oberstudienrat Dr. Neumann hatte sich ausgebeten, ihn mit dem ganzen Festtagsquatsch in Ruhe zu lassen und die vorsichtig von Mathias angedeutete Besuchsabsicht auf die Zeit zwischen den Jahren zu verlegen. Gut, auch eine Idee.

Am 29. Dezember machten sich Bettina, Achim und Mathias gegen Mittag auf den weiten Weg nach Kappeln, ohne zu ahnen, dass sie sich einen schlechteren Termin kaum hätten aussuchen können.

»Ach komm, das glaubst du doch selber nicht«, hatte Mathias die Warnung seines Schwiegervaters in den Wind geschlagen. Wilhelm hatte Wetterbericht gehört, wie er es als alter Flieger sowieso gern tat, und zuckte mit den Achseln, als Mathias schmunzelnd darauf hinwies, dass man hier schließlich in der norddeutschen Tiefebene und nicht in den schlesischen Bergen sei.

»Ihr müsst es wissen«, sagte Wilhelm und in seiner Stimme vibrierte ein katastrophenschwangerer Unterton.

Sie verabschiedeten sich am gepackten Auto, Bettina nahm den selbst gebackenen Christstollen und das Buchhandelstütchen mit der frisch erschienenen, hübsch eingewickelten Lektüre (Lenz, »Heimatmuseum«, hatte Mama passend gefunden) für den Schwiegervater aus Mutters Händen und klappte die Kofferraumhaube zu. Vater fehlte. Wo war er? Wollte er sich gar nicht verabschieden?

Wilhelm kam, als schon alle Platz genommen, die Sicherheitsgurte bereits geklickt hatten, in der Hand eine umfangreiche, offensichtlich schwere, sehr stabile Plastiktüte, die er mit weiser Miene im Kofferraum versenkte.

»Was war das?«, fragte Bettina durchs runtergekurbelte Fenster.

»Schneeketten, mein Schatz. Man kann nie wissen.«

Mathias und Bettina schauten sich grinsend an. »Schaden kann's nicht und der Wagen trägt's«, schmunzelte Mathias. »Danke, Wilhelm.«

Starten, winken. Und, außer Sichtweite: einträchtiges Kopfschütteln. »Papa nun wieder!«

* * *

Zwischen Hannover und Hamburg begann es zu schneien. Hübsch sah es aus. Achim freute sich. Ob Opa wohl die alten Langlaufski noch im Keller hatte? Das konnte 'n Fez werden!

»Ach, die paar Flocken«, sagte Mathias. »Das reicht doch nicht zum Skilaufen.«

Dem gelben Licht des Elbtunnels entwichen, traf man auf eine undurchdringliche weiße Wand.

»Sieh doch, Papa, das reicht schon«, jubelte Achim.

»Taut bestimmt bald wieder weg«, bremste Mathias seinen Enthusiasmus, aber Bettina deutete stumm auf die Außentemperaturanzeige. Eine praktische technische Neuerung, die sie ihm nach den Erfahrungen aus der Eisregengeschichte wohlweislich zu Weihnachten geschenkt hatte.

Sie hatte längst ein ganz anderes Gefühl beschlichen. Ihr schien es nämlich eher so, als hätte Petrus mit der seit Jahren in Norddeutschland ziemlich unterbeschäftigten, folglich vermutlich gelangweilten Frau Holle zusammen einen Apokalypseplan ausgeheckt. So lässig Mathias auch tat, so gern sie sich auf seine Einschätzung verlassen hätte … Papa, das wusste sie genau, täuschte sich selten in Bezug auf das Wetter. Und wenn Papa, der wirklich nicht besonders ängstlich war, Schneeketten ins Auto packte, dann bedeutete das was.

Es ging nur noch im Schneckentempo voran. Die Räumfahrzeuge erleuchteten mit ihren gelb blinkenden Lichtern den inzwischen dunklen Schneetunnel bei Neumünster und bliesen tonnenweise weiße Pracht über die äußeren Leitplanken. Wind hatte sich aufgemacht, der stetig mehr auffrischte und an offenen Stellen feinpudrige Wehen türmte. Auf die Parkplätze hatten sich Lastkraftwagen gerettet, die Notstreifen standen voll liegen gebliebener Autos auf Sommerreifen. Noch rollte der Mercedes auf seinen grobstolligen Contis, doch die Schneedecke auf der Bahn hatte sich längst ganz geschlossen, wurde immer dicker und die Temperatur sank und sank.

Still war es im Wagen geworden. Keiner der drei sprach mehr. Sie lauschten nur noch. Dem beruhigend satten Motorengeräusch einerseits, den ständigen Warn- und Verkehrshinweisen aus dem Radio, dem gelegentlichen Rumpeln, wenn sich ein aufgestollter Eisklotz aus den Radkästen löste, andererseits.

Den nächsten Parkplatz fuhr Mathias an. Man kam kaum noch drauf, denn die Räumfahrzeuge hatten die Einfahrt blöderweise zugeschoben. Offenbar hielten sie nur noch die Zufahrten zu den raren Raststätten richtig frei. Mathias stieg aus und Bettina hörte es draußen klirren.

»Ich gehe Papa helfen!«, erklärte Achim und griff schon nach seiner Jacke.

»Nix da! Du bleibst sitzen. Das fehlte noch, dass du da draußen auf der Autobahn rumläufst. Hat doch kaum noch jemand seinen Wagen unter Kontrolle. Ich gehe!«, erwiderte Bettina streng und Achim sank wieder in sich zusammen.

Dankbar war sie jetzt für das elterliche Weihnachtsgeschenk, eine dicke Daunenjacke. Der Wind pfiff ihr um die Ohren, eisig fein und pieksig waren die Milliarden Schneekristalle auf der Haut. Bettina schob die Kapuze mit dem Fellrand hoch, zog die Schnur fest unterm Kinn zusammen und ihre lammgefütterten Lederhandschuhe an.

Gemeinsam schafften sie es, dem Wagen die Ketten um die Räder zu bauen.

»Jetzt kann nichts mehr schiefgehen«, sagte Mathias zufrieden, als sie schneebedeckt wieder einstiegen. »Hat was, dass wir das gleiche Auto fahren wie Wilhelm.«

Achim nölte ein bisschen, hätte doch gern ein paar Schneebälle geschmissen, bezweifelte vehement seines Vaters vorhin geäußerte Behauptung, das würde doch alles bald wieder wegtauen, und bekam keine Widerworte. Inzwischen riet der Verkehrsfunk dringend, daheim zu bleiben, warnte alle paar Minuten, wartete mit neuen, beängstigenden Meldungen für ihre Strecke auf. In den Nachrichten wurde schon von Schnee- und Windbruch an holsteinischen Oberleitungen und damit einhergehenden Stromausfällen in gewissen Gemeinden berichtet. Kappeln kam Gott sei Dank in der Liste noch nicht vor.

Mit im wahrsten Sinne des Wortes zusammengekniffenen Pobacken erreichten sie weit nach Mitternacht Mathias' Heimatort. Und mussten den Wagen einen guten Kilometer vor Oberstudienrat Neumanns Haus stehen lassen. Hier, in den Seitenstraßen, hatte niemand mehr geräumt. Mit Sack und Pack stapften sie durch hohe Verwehungen. Die Straßenlaternen brannten noch, aber in allen Häusern war es längst dunkel.

»Kinder! Gott sei Dank!« Im burgunderrot-blau gestreiften Frotteebademantel stand Mathias' Vater in der offenen Tür. »Warum habt ihr nicht angerufen? Ich habe mir ernsthaft Sorgen gemacht.«

Bettina ließ sich umarmen. Wärmer und herzlicher als jemals zuvor. Sie ließ das Gepäck fallen, während die Männer gemeinsam die schwere Eichentür gegen den hereinwehenden Schnee zu schließen versuchten, und war schon auf dem Weg zum Telefon, um zu Hause die glückliche Ankunft mitzuteilen.

Papa war sofort am Telefon. Sie hatten wahrscheinlich bisher kein Auge zugetan. »Na? Schneeketten gebraucht, Bettina?«

»Ohne wären wir jetzt nicht hier, Papa.«

»Siehste! Müsst nicht denken, dass man einem alten Flieger ans Leitwerk pinkeln kann.«

Bettina lachte. Erleichtert.

Und noch lange nicht in Kenntnis der Tatsache, dass dieser Schelmenstreich Petri in Tateinheit mit der gelangweilten Frau Holle sie alle sehr lange in diesem Haus über der Schleimündung festhalten würde.

26

SCHILDOW, DDR, DEZEMBER 1978/79 – GESTÄNDNISSE

»Es gibt Wetter, Constanze«, sagte Clemens, als er am Abend des 30. Dezember mit den Einkäufen heimkam.

Sie lachte. »Es gibt nicht, es ist schon. Will es gar nicht mehr aufhören zu schneien? Das ist ja wie '45 auf der Flucht.«

»Na, eher wie '49 in Sibirien. Jedenfalls saukalt. Minus achtzehn haben wir jetzt.«

Constanze merkte auf. In Sibirien? War Clemens in Sibirien gewesen? Als deutscher Soldat gefangen genommen, verschleppt, in Kriegsgefangenschaft?

»Es wird die letzte Gelegenheit gewesen sein, Einkäufe zu machen«, sagte Clemens und setzte die vollen Netze auf den Küchentisch. »Der Trabbi ist ein tapferes kleines Ding, aber hier raus räumen sie jetzt viel zu selten. Noch mal fahre ich nicht. Sollte aber für ein paar eingeschneite Tage genügen. Guck mal, was ich bekommen habe. Ist das nicht toll?«

»Orangen! Oh, Clemens, wie schön. Da gönnen wir uns nachher eine. Machen es uns gemütlich am Ofen. Man kann ja sowieso nichts tun.«

»Stromausfall ist schon überall, manche Dörfer sind duster. Die Volksarmee ist mit Panzern im Einsatz, aber gegen diese Massen kommt ja keiner an. Wollen wir mal hoffen, dass es uns nicht auch bald erwischt.«

»Ach, macht doch nichts, wir haben Kerzen, genug Kohle im Keller, kochen kann ich auch auf der Ofenplatte.«

Constanze ergänzte im Geist: Und wir haben uns! Sie lächelte ihm zu, räumte die Lebensmittel weg, deckte den Tisch zum Abendessen, schnitt Graubrot in Scheiben, stellte Butter, ein Glas Rotwurst, Bautz'ner Senf, ein Stück Käse und ein Glas Spreewaldgurken dazu.

Schweigend aßen sie und lauschten dem Wind, der an ihrem Häuschen zerrte. Schweigend erledigten sie gemeinsam den Abwasch.

Clemens ging Kohle im Wohnraum nachschütten. »Der Sturm kühlt die Mauern so schnell aus«, murmelte er, als Constanze mit der zu lauter feinen Spalten aufgefächerten Apfelsine auf einem Tellerchen dazukam und den Fernseher einschaltete.

Die »Aktuelle Kamera« wusste Fürchterliches zu berichten. Garnierte mit hurrapatriotischen Einspielern. Höchstes Lob für die Volksarmisten, die unermüdlich den Naturgewalten trotzten. Heroische Genossen, die riesige Rinderherden durch bauchhohe Schneewehen in die LPG-Ställe trieben. Bilder von tapferen Werktätigen an den Kohlefördermonstern. Wichtig für den Nachschub, wichtig für die Aufrechterhaltung der Stromversorgung. Schön, schön. Aber wer sollte die ganzen Masten, die, und das konnte man dem dramatischen Bericht ohne Schwierigkeiten entnehmen, überall unter der Last brachen, so flott wieder aufrichten? Sie schauten sich zweifelnd an. Noch zweifelnder, als die Wetterkarte offenbarte, was noch kommen sollte.

»Ach, macht doch nichts, wir haben Kerzen, genug Briketts im Keller, kochen kann ich auch auf der Ofenplatte«, wiederholte Constanze zwinkernd, schob sich genießerisch die vorletzte Orangenspalte in den Mund, hielt ihm das Tellerchen mit der letzten hin. Er nahm sie, aß und sie ließ sich wohlig schnurrend die gute Wolldecke überlegen, kuschelte sich in seinen Arm, sagte: »Weißt du, vielleicht ist es gar nicht so schlecht, wenn die Welt mal ein paar Tage ausgebremst wird. Da kommt man dann doch vielleicht endlich mal dazu, miteinander zu reden. Das bleibt ja so oft auf der Strecke im ganzen Alltagstrubel.«

»Hm, ja«, brummte er und sie wusste, dass er ahnte, worauf sie hinauswollte. Ahnen musste, seit er sich vorhin zum ersten Mal nach neunundzwanzig Jahren verplappert hatte. »Hm, ja«, das klang nach »ach, bitte, nein«.

Aber was war schon dabei? Es war doch alles schon so lange her, da konnte es doch keinen Schaden mehr anrichten. So lange waren sie jetzt allein. Hatten sich durchgebissen, sich arrangiert, hatten doch nicht nur scheußliche, hatten doch auch so viele glückliche Momente miteinander erlebt. Hatten sich gehabt! Eine solche Ehe, die hielt alles aus.

»Erzähl mal, Clemens«, sagte Constanze. »Wie bist du nach Sibirien gekommen, wie dort wieder weg? Ich weiß nichts. Und schau, es passt doch zum Wetter, nicht?«

Clemens lachte kurz und sehr hart auf. Dann fühlte sie einen festen Druck seiner Hand auf ihrer Schulter. »Du willst es wirklich wissen? Es muss nicht sein, Constanze. Ich mag nicht, was ich damals getan habe, denn es wirft kein gutes Bild auf meine Persönlichkeit.«

Sie löste sich aus seinem Arm, richtete sich auf, nahm ihn bei beiden Ellenbogen und sah ihn eindringlich an. Da saß der Mann, den sie liebte. Mehr als alles auf der Welt. Alt war er geworden. Hatte schon lange die Elastizität in den Bewegungen verloren, die sie immer so bewundert hatte. Müde und manchmal kraftlos wirkte er, verbraucht von einem Leben voll Arbeit. Nur seine Augen, die schon ein ganzes Weilchen in tiefen Falten lagen, die nicht nur Lachfalten waren, diese Augen waren noch genauso wach, genauso blau, genauso schön, wie sie immer gewesen waren. Liebevoll blickte er sie an. Sie sah Bereitschaft aufflackern.

»Du versprichst es mir, dass du mich nicht verurteilst, egal, was ich dir jetzt beichte?«

Constanze hob die eine Hand zum Schwur, legte die andere auf ihr Herz. »Ja, Clemens, ich schwöre. Nicht nur bei meinem Leben. Auch bei deinem, das mir immer das wichtigste, heiligste Gut gewesen ist.«

»Gut«, nickte er und schien gerührt. »Aber du versprichst mir, wenn ich mich offenbare, auch deine Geschichte preiszugeben?«

Constanze schluckte, aber sie ließ sich nichts anmerken. »Ich verspreche es!«

Er stand auf, schaltete den Apparat aus. Setzte sich wieder, jedoch mit Abstand.

»Nein, Clemens, komm zu mir«, protestierte sie.

Ein bisschen widerstrebend rückte er näher.

»Noch näher! Sonst reicht die Decke nicht. Wir müssen uns wärmen. Gerade dann, wenn es Erinnerungen sind, die längst erkaltet sind. Und gerade dann, wenn du glaubst, es sind solche, die trennen wollen, müssen wir uns aneinander festhalten.«

Er schlang wieder einen Arm um ihre Schultern, zog sie an sich und mit sich in eine Zeit, die er jahrzehntelang hatte vergessen wollen.

* * *

»Wann hast du erfahren, dass ich als vermisst galt, Constanze?«, fragte Clemens.

Sie überlegte, wollte sich schon aus der Decke schälen, nach dem Dokument suchen gehen, das, wie all ihre Habseligkeiten, verpackt in Kisten und Kästen die Zeit ihrer Haft in irgendeinem Keller der Staatssicherheit auf den Tag ihrer Freilassung gewartet hatte. Akribisch musste alles untersucht worden sein, wie sie beim Auspacken in der neuen Bleibe festgestellt hatten. Manches, wie beispielsweise Evchens Weihnachtsgeschenk an Clemens, hatte gefehlt. Die englische Originalausgabe von George Orwells Roman »Nineteen Eighty-Four« galt dem Staat als antikommunistisches Pamphlet und stand auf dem Index. Wer es las, wanderte ins Gefängnis. Constanze hatte damals, als sie Nolde gegenübergesessen hatte, geahnt, wie schmal der Grat zwischen gemeinsamer Freiheit und weiteren Haftjahren gewesen war.

Aber dieses Dokument war da. Constanze hatte es gesehen. »Warte, ich schaue nach, Clemens.«

»Musst du nicht, Constanze. Es sollte dich etwa Anfang Juli '44 erreicht haben.«

»Das kann sein. So genau weiß ich es heute nicht mehr. Woran ich mich aber genau erinnere, ist dein letzter Brief. Der erreichte mich nicht lange, nachdem die Deutschen Warschau dem Erdboden gleichgemacht hatten.«

»Ja, merkwürdig, nicht wahr?«, erwiderte er in einem komischen Tonfall und zwinkerte ihr zu. »Ist dir nie etwas aufgefallen?«

Sie fuhr auf, schlug sich mit der flachen Hand vor die Stirn, sagte »Herrgott, Clemens!«.

»Am 2. Oktober 1944 kapitulierte die Polnische Heimatarmee. Danach radierten die Deutschen meine Heimatstadt aus. Wie konnte ich also wohl als Wehrmachtssoldat an dich schreiben, wenn ich doch seit dem verlorenen Kampf gegen die Rote Armee während der Operation Bagration irgendwann Ende Juni offiziell als vermisst galt?«

Bleich wurde sie unter seinem herausfordernden Blick. Versuchte zusammenzuklauben, was die Erinnerung hergab, bemühte sich zu ordnen, Daten, Fakten, Zahlen. Im Leben wäre sie nicht auf die Idee gekommen, in alternativen Schienen über diese Mitteilung damals nachzudenken. Aber natürlich! Sein letzter Brief. Da hatte er doch über den Untergang Warschaus reflektiert. Das konnte nur eines bedeutet haben, und dieses Eine warf das Konstrukt ihres ganzen Denkens während Jahren, Jahrzehnten über den Haufen, entwarf ein Bild, das neu, fremd, noch nie betrachtet war. Das konnte nur einen Schluss zulassen.

»Du warst übergelaufen!«, stieß sie tonlos hervor.

»So ist es. Wieder einmal habe ich dem Urteil deines Vaters alle Ehre gemacht und mich als Opportunist erwiesen. Weiß der Mann denn gar nicht, wohin er gehört? Du erinnerst dich? Da ist er gebürtiger Pole und muss unbedingt Deutscher werden. Was hat er davon? Warum verleugnet er seine Herkunft? Ah, das erschließt sich im Nu! Bekommt er doch gleich als Berufsanfänger in bester Lage eine Wohnung, nach der sich jeder andere die Finger geleckt hätte, fällt die berufliche Stufenleiter einsfix nach oben, dass man so schnell nicht gucken kann, wie es geschieht. Junger Kerl … fährt die dicksten Autos, na, wenn da mal nicht die Partei dahintersteckt, wenn der nicht ein Günstling ist! Und so weiter und so fort. Es ist mir im Kopf geblieben, Constanze. Auch wenn er sich später gnädig und versöhnlich gezeigt hat, dein Herr Papa. Zeitlebens war ich immer und überall ein wenig falsch. Auf der falschen Seite, weißt du? Als Besatzer in Warschau. Mein Gott, Constanze! Scham. Immer wieder diese Scham …«

Welche Bitterkeit in seinen Worten!

»Dein letzter Brief war nicht nach Hörensagen verfasst? Du bist dabei gewesen?!«

»Ja, ich bin dabei gewesen. Die halbe Stadt hatten wir schon zurückerobert. Die Bevölkerung feierte uns als Befreier. Aus London waren die Befehle der polnischen Exilregierung gekommen. Soldaten der Heimatarmee verbündeten sich mit Partisanen zum Aufstand gegen die unerträgliche, mörderische Unterdrückung. Und eines muss dir zur Beurteilung bewusst sein: Wir, die Armia Krajowa, wir waren Alliierte! Alliierte, die von ihren Bündnisgenossen in diesen entsetzlichen Wochen, als wir mit Molotowcocktails und Knüppeln gegen deutsche Maschinengewehre und Panzer siegreich vorrückten, wieder einmal alleingelassen wurden. So, wie Polen immer alleingelassen worden ist.«

Er hatte sich längst aufgesetzt, war ein wenig von ihr abgerückt, saß jetzt, die Ellenbogen auf die Knie gestützt, die Stirn hinter beiden Fäusten verborgen.

»Und dann?«, flüsterte Constanze benommen. Kein Laut, nur das stetige Pfeifen des immer heftiger tobenden Sturms. Draußen. Ja, sicher, draußen. Aber nur draußen?

Clemens fuhr sich durchs Haar, dann ließ er sich wieder in dieselbe Position fallen, starrte ins flackernde Licht der kleinen Kerze auf dem Couchtisch, ließ sie warten, schien sich sammeln zu müssen, bis er endlich sagen konnte: »Dann wusste ich, dass ich als deutscher Pole so einsam und verlassen war wie ganz Polen in dieser Zeit. Und wie wir uns leicht erinnern können, existierte Polen nicht mehr. Meine gesamte Familie ausgerottet von den Deutschen. Kannst du nachvollziehen, dass ich kein Deutscher mehr sein wollte? Auch kein deutscher Pole. Dass ich eigentlich überhaupt nicht mehr sein wollte? Dass ich meine Ausweispapiere verbrannte und trotzdem nicht den Dreck in meinem Innern hatte ausätzen können? Ich hätte Salzsäure gesoffen, hätte es genützt.«

Constanze machte einen Versuch, ihm die Hand auf den Arm zu legen, aber er entzog sich ihr. Es schmerzte.

Er holte tief Luft. »Ich habe mich zusammengerissen. Immerhin blieb mir das Leben. Ein unnützes Leben. Nichts hatte ich erreichen können. Ich war fertig mit mir. Nicht mal mehr Angst vor Entdeckung, vor dem Tod. Seelenlos, voller Wut und Hass. Es entdeckte mich keiner, erschoss mich keiner. Obwohl ich nicht besonders vorsichtig war. Bis zum Einmarsch der Roten Armee habe ich in den Sümpfen gelebt, im Niemandsland zwischen deutsch besetztem Heimatland und dem von den Sowjets vereinnahmten Osten jenes Polen, das es nicht mehr gab. Einen ausgehenden Sommer, einen grausigen Winter lang. Ich habe deutsche Versorgungszüge in die Luft gesprengt, habe Deutschen aus dem Hinterhalt aufgelauert, habe sie getötet, wo auch immer sie mir begegneten. Alte Soldaten, junge Soldaten, halbe Kinder zum Schluss. Ich war ein Monster, Constanze. Du musst mich hassen.«

Clemens ein Monster? Dieser gebildete, umsichtige, feinsinnige, empathische Mensch, der ihr Mann, Vater ihrer Kinder war? Constanze fehlte das Vorstellungsvermögen. Als einen Hin- und Hergerissenen, einen, der zwischen die Mühlsteine geriet, so konnte sie ihn sehen. Aber im Leben nicht als einen, der sich wie ein Berserker betrug, rücksichtslos mordete. Es war Krieg gewesen. Im Krieg galten andere Gesetze. War das nicht so? Constanze räusperte den Kloß in ihrem Hals fort, hatte den festen Willen, alles auf den Boden von Fakten zurückzuführen, ein gutes, ein erleichterndes Ende erwartend, ablenken wollend von Gefühlen, Offenbarungen, Schuld und Scham, von all dem Unerträglichen. Für ihn. Und nun auch für sie. Aber ihre Stimme klang noch immer rau, als sie ihre Frage stellte: »Was geschah nach der Befreiung durch die Sowjets?«

»General Komorowski hatte recht gehabt, als er vor dem Warschauer Aufstand sagte, es sei besser, sich selbst zu befreien, als sich befreien zu lassen. Damals hat das unsere Moral gehoben.

Kräfte mobilisiert, uns beim Stolz gepackt. Den nahmen uns die sowjetischen ›Befreier‹. Wer noch glaubte, ein Teil einer alliierten Truppe zu sein, wer dumm genug war, die Sowjets als Freunde zu sehen, und nicht rechtzeitig türmte, wurde erschossen oder in die Gulags verschleppt. Ohne Aussicht auf Wiederkehr.«

»Du warst so gutgläubig?«

»Nein. Aber sie haben mich dennoch erwischt. Russland, du erinnerst dich doch, wie Justus und ich gesprochen haben, damals vor Stalingrad, nicht?«

Sie nickte. »Russland ist ein weites Land.«

»Und Sibirien liegt am Arsch des weiten Landes. Ich galt als Partisan, als Nationalist, der ich nie war. Also war das Schlimmste gerade schlimm genug für mich. Gearbeitet haben wir wie die Tiere in den Minen. Aber gefüttert haben sie jede Ratte besser.«

»Wer füttert schon Ratten?«

»Eben!«

»Mein Gott, Clemens!«

»Der hatte Urlaub.«

»Wie so oft, wenn man ihn braucht, ich weiß … Was hat dich am Leben gehalten?«

»Du!«

Es war so prompt, so selbstverständlich und schnörkellos gekommen. Du. Einfach nur »du«.

»Ich wollte das überleben. Deinetwegen. Irgendwann wurde mir klar, dass es für das, was ich getan habe, kein Verzeihen, keine Entschuldigung geben konnte. Ich musste nach Sinn suchen für meine Existenz. Du warst nicht dabei, als ich Leben um Leben auslöschte. Dein Gesicht … wäre es auch nur ein einziges Mal neben mir aufgetaucht, wenn ich im Begriff war abzudrücken … ich hätte es nicht gekonnt. Hätte deinen vorwurfsvollen, sanften Blick gesehen und … wäre zweifellos nie zurückgekommen. Zögern, Constanze, war tödlich. Aber dann, plötzlich, warst du da. Und ich wollte weg. Wollte zu dir. Ein paarmal ist es schiefgegangen. Frag nicht, wie brutal die Strafen für Ausbruchsversuche waren. Du siehst, ich habe es überlebt. Aber im späten Oktober '49 ist es geglückt.«

»Ach, da war ja noch Herbst, da ging es sicher noch«, warf Constanze ein wenig beruhigt ein.

Clemens lachte auf. »Im Oktober ist Sibirien gemeinhin längst eine Schneewüste. Nein, es war kein hübscher, altweibersommerlicher Monat, es war saukalt und ich war zu Fuß.«

Oktober '49! Was hatte sie da gemacht, während er sich mutterseelenallein, vermutlich in ständiger Furcht vor Verfolgern, zudem vermutlich vor hungrigen Raubtieren, durch sibirischen Schnee kämpfte? Richtig. Sie hatte vergnügt zu Pferd gesessen, eine englische Jagd genossen. Während der kleine George von Eva sein warmes Fläschchen vor irgendeinem gemütlich knisternden Kamin auf Wisley Park bekam.

Ein unmenschlicher Laut drang jetzt aus Constanzes Kehle. Dann öffneten sich alle Schleusen.

»Ach nun … aber Liebling«, hörte sie seine zärtliche Stimme. »Ist doch vorbei, ich bin ja da.«

Er umschlang sie, bettete ihren Kopf an seiner Schulter, lachte sogar ein bisschen verlegen, hielt ihr ein Taschentuch hin, wiegte sie. »Ist doch vorbei, längst vorbei. Wein nicht mehr.«

Und *das* hatte sie sich vorhin verpflichtet, ihm nachher zu beichten? Niemals!

* * *

Er deutete ihre Betroffenheit falsch. Gott sei Dank! Langsam wurde er lockerer. Berichtete von Menschen, die ihm unterwegs geholfen hatten. Berichtete von Arkadij, dem Russen, der ihn eines Tages aufspürte, der ihn hätte töten können und es trotz schon entsicherter Waffe nicht tat, weil Clemens ihm verriet, was ihn, wer ihn nach Hause trieb.

»Er war der einzige Mensch, dem ich die Leichtigkeit gezeigt habe. Frag nicht, warum, ich hatte einfach das Gefühl, sie könnte mich beschützen, vielleicht nützen, so wie du es ihr aufgegeben hast, als du sie mir ins Hemd nähtest. Arkadij verfügte über das, was man wohl ›die russische Seele‹ nennt; gepaart mit einem fast kindlichen Gemüt. Er konnte keinen Mann erschießen, der ihm Auge in Auge gegenüberstand, ihm von der Liebe erzählte und dieses kleine Dingelchen unter die Nase hielt. Er hätte sie haben können. Hätte alles von mir haben können. Eine einzige Patrone hätte genügt. Stattdessen nahm er mich mit bis tief hinein nach Polen, schützte mich bei etlichen gefährlichen Begegnungen, bürgte für mich, als es einmal verdammt eng wurde … ich spare mir jetzt Genaueres, ein Buch könnte ich füllen allein mit meinen Erlebnissen auf dieser Flucht. Es stellte sich heraus, Arkadij war ein Urkommunist wie aus dem Bilderbuch. Glühende Begeisterung, weißt du? Wenn der Kommunismus so wäre, wie dieser Mann ihn gezeichnet hat … er wär das Himmelreich auf Erden. Aber, na, jedenfalls waren wir uns vollkommen einig in der Beurteilung des Nationalsozialismus. Pass auf, Clemens, hat er gesagt, der kommt in Deutschland wieder hoch. Die Menschen vergessen schnell. Versprich mir, dass du nie wieder mitmachst, mein Freund. Ich hab's ihm geschworen, Constanze!«

Sie hielt sich an ihm fest. Sie hätte Salzsäure gesoffen, wenn sie damit hätte ausätzen können, was ihr zu offenbaren bevorstand.

Peter! Es war leicht, vergleichsweise leicht, mit Peter zu beginnen. Natürlich war da Empörung. Sie hätte doch erzählen können! Es rührte ihn, dass sie ihm den Tod des gemeinsamen Sohnes verschwiegen hatte, um ihm die Trauer zu ersparen. Er tröstete sie, als sie von ihrer fatalen Fehleinschätzung nach dem Fliegerangriff auf den Fluchtzug berichtete, die Evchen zwei Zehen gekostet hatte. Ausführlich berichtete sie, dehnte, zog in die Länge, wusste dabei, so viel war nicht mehr, bis es geschehen musste, stand auf zwischendurch, brühte Tee, holte ein Schälchen Halloren-Kugeln, noch von Weihnachten, schmückte aus, kam vom Hundertsten ins Tausendste, ließ ihn teilhaben an allem. Nur nicht an ihrer ersten Begegnung mit Gordon.

Es läutete Sturm an der Haustür.

Clemens stand auf, öffnete. Constanze hörte wohlbekannte Stimmen in heller Aufregung, spürte den eisigen Windzug, der durch die halb offene Stubentür hereindrang.

»Hermann und Kurt, Constanze! Ich muss helfen gehen. Die jungen Leute sind alle im Einsatz. Wir müssen versuchen, Hermanns Schafe aus dem Stall zu retten. Das Schleppdach droht einzustürzen, der Türbalken hat sich gesenkt, er kommt nicht mehr hinein, die Tiere wittern die Gefahr und sind wohl ganz irre.«

»Oje, geh nur, schnell!«

Clemens schmunzelte. »Wenn die Jungen nicht da sind, müssen eben wir drei Rentner ran, nicht? Wird schnell gehen, schütt noch ein paar Kohlen auf, Liebling.«

Constanze ging mit in die kleine Tenne. Da standen dick vermummt die beiden Alten, traten von einem Fuß auf den anderen, die Augen voller Sorgen. Clemens stieg in die Stiefel, griff nach Handschuhen, zog den Mantel an, Constanze reichte ihm die Mütze mit den fellgefütterten Ohrenschützern. Hermann hatte schon die Klinke in der Hand.

»Wohin willste denn mit den Schafen, Hermann?«, fragte sie.

»In die Waschküche erst mal, Constanze. Aber schnell. Lange hält das Dach nicht mehr. Los, Männer, los!«

Ein kurzes Umarmen, ein flüchtiger Kuss. »Komme gleich wieder«, sagte er, und sie, leichthin lächelnd: »Ich weiß, du kommst immer wieder!«

27

SCHILDOW, DDR, SILVESTER 1978 – KOMMT ER NICHT MEHR?

Constanze ging in die Küche, zog die karierten Vorhänge zurück, knipste nur das kleine Licht überm Herd an, damit kein Schein die Aussicht störte, schnappte sich ein Stuhlkissen, legte es auf die Fensterbank, stützte die Ellenbogen darauf und hatte einen Logenplatz mit trockenen, warmen Füßen.

Gegenüber lag Hermanns kleiner Vierseitenhof. Rundherum eine Backsteinmauer, doch das schmiedeeiserne Tor gab, obwohl geschlossen, den Blick aufs hell erleuchtete Bauernhaus und einen Teil der Nebengebäude frei. Unter der Straßenlaterne stob der vom Wind gepeitschte Schnee waagrecht, von den Dächern fasste er sich furztrockenes Weiß, verwirbelte, verwehte, packte um, nahm immer mal wieder ganz die Sicht. Constanze sah die Männer hinüberstapfen, rechts um die Ecke verschwinden, wo der Schafstall lag, und wartete gespannt, was es zu sehen geben würde.

Einst hatte Herrmann hier, wie schon sein Vater, sein Großvater und sein Urgroßvater, eine mittelgroße

Landwirtschaft betrieben, aber im Rahmen der »demokratischen Umgestaltung auf dem Lande« längst seinen Grund an eines der sogenannten »volkseigenen Güter« abgetreten. Knapp zwei Morgen hatte man ihm hinterm Haus gelassen, und ein halbes Dutzend Mutterschafe war ihm geblieben. Er hatte immer Tiere gehabt, nie ohne leben mögen, behandelte sie nicht schlechter als jedes andere Familienmitglied. Sie gaben ihm Lebensinhalt, seit die LPG ihn in Rente geschickt, seine Grete kurz darauf die Augen zugemacht hatte, nur die Söhne noch ab und zu auf Besuch kamen. Alljährlich züchtete er ein paar Lämmer, verjüngte immer mal wieder seinen Bestand, indem er das Beste behielt, und versorgte ansonsten das Dorf und die eigene Truhe zuverlässig mit dem Fleisch. Auch bei Rosanowskis hatte es Weihnachten mal wieder Lamm gegeben. Hermann war ein prima Nachbar. Hilfsbereit, stets freundlich, immer zur Hand, wenn man ihn brauchte. Eine Selbstverständlichkeit, ihm jetzt beizustehen.

Ein rundes Viertelstündchen lang geschah nichts. Dann sah Constanze das erste Schaf über den tief verschneiten Hof springen. Die alte Schäferhündin mitsamt Hermann, nein, Kurt, hinterher, versuchten beide, das irritierte Tier dem Haus zuzutreiben, wo nicht weit von der Haustür der Eingang zur Waschküche offen stand.

Kurt hatte kein Glück. Oder war vielleicht auch nicht mehr behände genug. Das Schaf ließ sich jedenfalls partout nicht dahin bugsieren, wo es hinsollte, hüpfte, sprang, Kurt sprang mit, sprang drauf, versuchte es zu halten, wurde abgebuckelt, hielt sich nicht, lag bäuchlings im Schnee. Der Hund hopste bellend um ihn herum.

»Holt doch erst mal alle raus, ihr dummen Männer«, sagte Constanze halblaut und schüttelte den Kopf.

Da! Das nächste. Das übernächste.

Na, geht doch! Sie lächelte. Und dann alle gemeinsam, mit vereinten Kräften ins Haus schaffen. Die kleben doch aneinander. Mensch, Männer, das wisst ihr doch!

Fünf jetzt. Drängten sich alle inzwischen dicht am Haus in den Windschatten. Wo blieb das letzte Schaf?

Der Wind frischte noch mehr auf, machte Höllenlärm. Frau Holle schüttelte, was die alten Arme hergaben, und offensichtlich waren die ausgeruht. Kaum noch zu erkennen, die Laterne am Hoftor, nur noch gelblich dumpfer Schein.

Na, gleich mussten sie doch fertig sein. Das war erleichternd. Und verursachte gleichzeitig Magengrummeln. Ein Weilchen blieb ihr noch an Galgenfrist. Dann würde sie Clemens Rede und Antwort stehen müssen. Beeilt euch, Männer! Aber nicht zu sehr …

Constanze wandte sich ab, setzte Wasser auf. Clemens würde sich freuen, einen heißen Grog zu bekommen. Ach Gott, die beiden anderen auch … vielleicht ergab sich sogar die Gelegenheit, die ganze Beichte zu verschieben? Wenn Männer Heldentaten bewerkstelligt hatten, mussten sie das feiern.

Sie nahm den Kessel noch mal hoch, füllte ihn voll auf. Tropfen zischten im Gas. Der Sturm heulte, griff mit harter Hand nach dem Haus, ließ es schmerzhaft ächzen, riss am Dach, ließ Balken aufstöhnen, Sparren knirschen.

Riss nicht nur an ihrem Dach.

Riss ein. Riss ab!

Aber das konnte Constanze von hier aus nicht sehen.

Was sie sah, waren immer noch fünf an die Hauswand gekauerte Schafe drüben. Und zwei Männer, die etwas Langes trugen. Einer vorn, einer hinten.

Was machten die da? Männer! Warum sperrten sie nicht erst mal die Tiere ins Trockene?

Sie setzten ab, was sie trugen, am Tor. Öffneten es, trugen durch, setzten ab, schlossen es, hoben die Last wieder an. Zugleich.

Kamen über die Straße.

Der Wasserkessel pfiff. Sie drehte das Gas ab, schob die Groggläser zurecht, griff nach der Rumflasche, mit der anderen nach dem Teelöffel im Zucker, fuhr hinein, hob voll heraus.

Und stand im Dunkeln. Lämpchen aus, Straßenlaterne erloschen.

Wummern an der Tür. Zucker überall, knirschte unter den Pantoffeln.

»Jaja, komme schon, Männer!«

Tür auf, Schnee rein.

Constanze tastete sich in die Küche, zog die Schublade auf. Hier musste doch irgendwo … und überm Herd das Feuerzeug! Da!

Flackernd erleuchtete das Kerzlein zwei rote Gesichter. Die Augen nicht mehr nur voll Sorge. Jetzt weit vor Entsetzen.

»Was macht ihr? Was ist passiert?«

Auf einer ausgehängten Stubentür lag Clemens.

Rechter Arm, rechtes Bein, seltsam verdreht, merkwürdig unkoordiniert, hingen halb herunter. Sie setzten die Trage ab. Kein Mucks von Clemens. Wie benebelt sein Blick unter halb geschlossenen Lidern.

»Um Himmels willen, was ist geschehen? Habt ihr die Rettung alarmiert?«

»Das letzte Schaf, Constanze … und dann kam das Dach runter. Wir haben ihn rausgezogen. Erst mal rein ins Warme. Kommt sicher gleich zu sich. Bestimmt einen auf'n Dassel gekriegt, aber man sieht nichts. Kein Blut. Wohin mit ihm? Ins Bett? Ins Wohnzimmer?«

»Oben ist's zu kalt. Schafft ihn ins Wohnzimmer. Aber vorsichtig! Habt ihr die Rettung angerufen?« Constanzes Stimme überschlug sich.

Sie schüttelten die Köpfe.

»Tragt ihn rein. Da brennt noch der Stumpen von vorhin. Ich versuche, ob das Telefon funktioniert.«

Die Leitung war tot. Constanze erstarrte.

Aufs Sofa hatten sie ihn gebettet, fingen schon an, ihm die Kleidung auszuziehen.

Constanze griff nach dem Kerzenhalter, hob Clemens' Lider, konnte nicht recht etwas erkennen. Er atmete. Sein Puls aber war matt und sehr langsam.

»Clemens? Clemens?!« Keine Antwort.

Vorsichtig nahm sie ihm die Mütze ab, tastete, fand eine Beule links, die sich bis zum Hinterkopf herumzog, aber keine offene Verletzung.

»Bisschen Gehirnerschütterung wird er haben«, diagnostizierte Kurt selbstsicher.

»Stell einen Eimer hin, Constanze«, empfahl Hermann. »Kann sein, dass ihm übel wird. Hatte ich auch mal, als mir die Leiter beim Birnenpflücken abgerutscht ist.«

Beide fummelte sie an Clemens rum, waren mehr im Weg als hilfreich.

»Geht, holt die Schafe rein. Und schaut so schnell ihr könnt, ob ihr die Hebamme rausklingeln könnt. Wenigstens ein Mensch mit medizinischer Vorbildung. Los, Männer, schwingt die Hüften! Und kommt wieder, ja? Bringt mir Marianne!«

Sie schienen alle Zeit der Welt zu haben. Rückten ein bisschen vom Krankenlager ab, überließen Constanze den Platz, aber meinten anscheinend, noch diskutieren zu müssen.

»Constanze, du bist doch an der Charité gewesen. Da brauchst du doch Marianne nicht«, meinte Kurt.

Sie fuhr auf, schrie jetzt: »Mensch, ich bin doch kein Arzt, ich war immer Labormaus. Das nützt hier aber gar nichts. Was wir bräuchten, wäre ein Helikopter, der ihn sofort in die Klinik fliegt. So gut weiß ich die Lage immerhin einzuschätzen, ich habe genug gesehen. Clemens ist in einem absolut lebensbedrohlichen Zustand. Jetzt haltet keine Maulaffen feil, lauft, wenn euch an eurem Freund was liegt!«

Es mochte mehr an ihrem Ton als an ihren Worten gelegen haben, dass endlich Leben in die beiden alten Männer kam. Jetzt flitzten sie.

Constanze blieb mit Clemens allein zurück.

* * *

Marianne, ausgestattet mit Hebammentasche, warf nur einen ersten Blick auf Clemens und sagte schon: »Er müsste dringend in die Notaufnahme, Constanze.«

»Sage ich doch! Geschlossene Schädelverletzung. Damit ist nicht zu spaßen. Man kann doch nicht wissen, ob es drinnen nicht schwillt. Dann müsste er eine entlastende Operation haben, sonst …«

Marianne legte das Taschenlämpchen weg, mit dem sie ihm unter die Lider geleuchtet hatte, und nahm Constanze beiseite. Flüsternd sagte sie: »Ich habe kein gutes Gefühl. Und im Grunde nichts, womit ich ihm helfen könnte.«

»Ob ich mit dem Trabbi durchkäme, Marianne? Clemens sagte vorhin, als er heimkam, schon, er würde es vorläufig nicht mehr versuchen, alles sei dicht.«

Die Hebamme schüttelte den Kopf. »Wir können nur hoffen, dass sie die Stromversorgung so schnell wie möglich wiederherstellen, damit wir Kontakt aufnehmen können. Bis dahin hilft nur Kühlen. Eis haben wir genug da draußen. Lass es uns versuchen.«

Etwas tun können! Besser, als dem reglos Daliegenden, aus dessen Mund kein Wort, aus dessen Brust nur ab und zu ein leises Aufstöhnen kam, lediglich die Hand zu halten.

Sie betteten ihn hoch. Wie eine große, schwere Puppe. Füllten Plastebeutel mit Eis, legten sie, in Geschirrtücher gewickelt, auf die Beulen. Warteten. Heizten kräftig. Warteten.

Clemens rührte sich nicht.

Irgendwann, es mochte beinahe eine Stunde vergangen sein, kam Hermann mit Kurt. Schafe versorgt. Wie geht es ihm? Sie drucksten. Ob sie ihre alten Schneeschuhe überziehen und loslaufen sollten? Zum nächsten Dorf? Vielleicht gab's ja da noch Strom ...? Oder notfalls, wenn alle Stricke rissen, probieren, die Stadt zu erreichen? Sie würden es tun.

»Seid ihr verrückt? Ihr seid beide fast achtzig. Hier ist kein Herr, der den Jockel ausschickt. Das fehlt uns noch, dass ihr da draußen erfriert. Kommt nicht infrage. Geht, in der Küche ist Grog vorbereitet.«

Sie wirkten unzufrieden mit der Ablehnung. Aufgeben? Nichts tun? Verzweifelt schauten sie sich an, suchten jeder im Gesicht des anderen nach einem Funken, nach einer Idee. Plötzlich war er da, der Funke. Hermann schickte ihn auf den Weg, ließ ihn überspringen, Hoffnungsfeuer entfachend. »Aber da ist die Feuerwehrstation. Vielleicht haben die Funk, Kurt? Bestimmt haben die Funk!«, sagte er und Kurt bekräftigte: »Die *haben* da Funk!«

Die beiden alten Männer wirkten wie erlöst, aber Marianne und Constanze schauten sich zweifelnd an. Drei Kilometer ins nächste Dorf. Normalerweise zu Fuß keine Stunde. Aber jetzt? Sie waren bereit, sich für Clemens in Lebensgefahr zu begeben. Nur ein Zeichen von Constanze, nur ein Wort.

Mariannes Nicken. Beinahe unmerklich. Ihr Flüstern: »Er hat keine Chance, wenn nicht Hilfe kommt.«

»Dann geht! Gott sei mit euch!«

Welche Agilität sie plötzlich entwickeln konnten!

* * *

Einmal öffnete er die Augen. Seufzte schwer.

»Clemens?!« Keine Sekunde hatte Constanze den Blick von seinem Gesicht gelassen. Marianne döste im Schaukelstuhl. Was konnte sie auch sonst tun? Immerhin hatte sie sie nicht allein gelassen.

Clemens antwortete nicht, die Lider fielen ihm wieder zu.

Sofort war Marianne hellwach. »Was war?«

»Er hat die Augen aufgemacht.«

»Das ist gut. Neues Eis?«

Wieder ein paar Minuten Beschäftigung. Marianne fühlte seine Stirn, befand: »Fiebert nicht. Gut. Wir können nur hoffen.«

»Leg dich wieder hin. Ich bin froh, dass du da bist.«

Marianne nickte.

Warten. Hoffen.

Clemens bewegte die linke Hand. Constanze schrie regelrecht auf. Griff nach seiner Hand. Da war doch ein Druck! Da war doch Leben!

Marianne schaute herüber.

»Er hat Kraft in der Hand, Marianne! Willst du einen Grog? Die Männer haben ihn ja nicht getrunken.«

»Mach Grog, Constanze. Ich setze mich zu ihm solange.«

Sie tranken. Und warteten.

Constanze betete. Nicht laut. Nur innerlich. Ein stummes Zwiegespräch, reich an Fragen. Reich an Vorwürfen. Ob sie nicht schon genug gelitten hatten? Ob es nicht langsam genug wäre? Warum? Warum wir? Immer wieder? Herrgott! Wofür strafst du uns? Warum gefallen wir dir so wenig?

Keine Antwort.

Und dann, es war fast vier Uhr früh, doch eine Antwort.

Erst hatte die hellwache Constanze es für ein neues Aufbrausen des Sturms gehalten. Dann lauschte sie, hörte genauer hin. Es kam von drüben, irgendwo hinter Hermanns Hof. Wurde immer lauter, bis es fast erstarb.

»Marianne! Hast du es auch gehört?«

Die Hebamme rieb sich die Augen. »Was? Was soll ich gehört haben?«

»Ich glaube, es ist ein Hubschrauber. Drüben bei Hermann. Kannst du gehen und nachsehen?«

Schon war sie fort.

Minuten nur, dann kamen sie.

Keine halbe Stunde später standen die beiden Frauen auf Hermanns Wiese, ließen sich den von Rotorblättern aufgewirbelten Schnee um die Ohren fliegen, sahen zu, wie der Helikopter sich schwankend im Wind erhob, hörten sein wütendes Röhren, sahen sein Aufbäumen gegen die Naturgewalten. Und … vielleicht … gegen den Tod.

Dritter Teil

28

BRAUNSCHWEIG 1980 – VON DIESEM UND JENEM DEUTSCHLAND

Im Frühjahr hatte Bettina ihr Studium beendet und sich zeitgleich bei der »Braunschweiger Zeitung« beworben. Obwohl sie gehofft hatte, gleich als vollwertige Redakteurin eingesetzt zu werden, kam sie um ein zwölfmonatiges Volontariat nicht herum. Ohne Studienabschluss allerdings wären ihre Chancen als Frau mit dem explizit formulierten Ziel, eines Tages im Politikressort zu landen, noch erheblich schlechter, wenn nicht gar aussichtslos gewesen.

Die Bezahlung war lächerlich gering. Und anfangs durfte Bettina vorzugsweise Kaffee für die Herren Redakteure kochen. Sie kochte. Und kochte innerlich. Dafür das lange Studium? Nach und nach erst wurde ihr allerdings bewusst, wie eminent wichtig dieser praktische Teil der Ausbildung letztlich war und wie wenig das Studium sie auf die tatsächlichen Gepflogenheiten des Berufes vorbereitet hatte. Sie lernte, die Situation hinzunehmen, entfernte sich im Laufe der Zeit immer weiter von der Kaffeemaschine, durfte immer öfter den altgedienten

Kollegen (und wenigen Kolleginnen, die vorzugsweise für die Klatschspalte eingesetzt wurden) über die Schulter schauen, wurde immer häufiger mit- und zusehends ernster genommen.

Papa sagte, als sie sich während des ersten Monats bitterlich beklagte: »Tja, Schatz, Lehrjahre sind eben keine Herrenjahre. Sei froh, dass du wenigstens einen ordentlichen Abschluss vorweisen kannst. Irgendwann werden sie erkennen, was sie an dir haben. Bis dahin musst du alles aufsaugen, was du erfahren kannst, und die Klappe halten.«

Bettina hielt die Klappe. Aber wenn sie, was im frühen Stadium ihrer Volontärszeit selten vorkam, mal gefragt wurde, erregten ihre Antworten durchaus wohlgefällige Reaktionen, und letztlich bekam sie ganz ähnlich wie bei ihrem Aufstieg zur Chefredakteurin der kleinen Schülerzeitung jetzt, im August '80, wieder einmal eine erste Chance. Einfach, weil niemand sonst so rechte Lust hatte.

»Ach kommt, Leute, die Polen ... müssen wir uns damit beschäftigen?«, nölte der Redakteur, der fürs Politische im Ausland zuständig war, als in der morgendlichen Sitzung die Frage aufkam, ob man nicht über die ausufernden Streiks der Arbeiterschaft in Polen schreiben sollte.

»Die werden sich auch wieder beruhigen«, war der Grundtenor im Kreise der Journalisten. Schließlich war es lächerlich anzunehmen, dass die Forderung der Streikenden nach Gewerkschaften und Mitbestimmungsrechten in einem sozialistischen Land durchsetzbar sein würden.

»Keiner?«, fragte der Chef, stieß auf eine Wand aus Schweigen, ließ den Blick über weitgehend gesenkte Köpfe schweifen, bis er auf Bettinas begeistertes Nicken traf.

»Sie etwa, Frau Neumann?«

»Sicher! Wenn ich darf.«

»Sie dürfen. Will ja sonst keiner. Aber fassen Sie sich kurz. Wir müssen für ein Thema, das sich vermutlich kurzfristig von selbst erledigen wird, kein Fass aufmachen. Eine Spalte, ein Foto. Mehr muss es nicht sein.«

Es war Bettina wurscht, dass ihr eine Mischung aus Herablassung und Mitleid hinterherwehte, als sie den Raum verließ. Sie hatte Feuer gefangen. Der erste eigene Artikel! Und wahrhaftig nicht das, was sie befürchtet hatte. Keine kleine Meldung im Lokalteil über irgendeinen hundertsten Geburtstag, keine Neueröffnung eines frisch renovierten Kindergartens.

Wenn die Herren sich da mal nicht gewaltig täuschten mit ihrem bornierten Abtun der Bedeutung jener Vorgänge. Immerhin ging der Aufruhr unter den polnischen Arbeitern von Danzig aus. Hatte diese Stadt nicht schon häufiger im Verlauf der jüngeren Vergangenheit Geschichte geschrieben? Mit Verve machte Bettina sich an die Recherchearbeit.

Anna Walentynowicz. Das war der erste Aufhänger, den Bettina fand. Eine Frau, die es nicht hinnehmen wollte und schon in ihrer länger zurückliegenden Vergangenheit nicht hingenommen hatte, dass Frauen schlechter bezahlt wurden als Männer. Für ihre hervorragende Arbeit als Schweißerin war sie ausgezeichnet worden. Aber in der Lohntüte blieb immer erheblich weniger als bei den männlichen Kollegen. Weiterbilden durfte sie sich. Sogar Kranführerin durfte sie werden, ein eigentlich weitestgehend männlich besetztes Arbeitsfeld. Aber warum diese Ungerechtigkeit zwischen den Geschlechtern? Und warum überhaupt diese miserable Bezahlung der gesamten Arbeiterklasse? Klein und zierlich, wie sie gewachsen war, hatte sie doch eine große Klappe, eine starke Stimme und einen eisernen Willen. Immer mal wieder im Laufe ihres Lebens eckte sie an, beispielsweise als sie sich über die Veruntreuung von Geldern durch ein Mitglied ihrer Werftleitung beschwert hatte. In den Sechziger- und Siebzigerjahren war sie in einer verbotenen Arbeitergruppe aktiv gewesen, unterstützte die letztlich niedergeschlagene Streikbewegung 1970. Ende des Jahres 1978 war sie an der Gründung einer freien Gewerkschaft beteiligt gewesen. Immer wieder war sie einkassiert, hochnotpeinlich verhört, weggesperrt worden. Aber all das hatte sie nicht abschrecken können.

Bettina gefiel diese Biografie. Eine Frau, die sich nichts sagen ließ, die ihre Rechte kannte, den Fokus aber nicht allein auf sich selbst legte, sondern auch das Ganze nie aus dem Blick gelassen hatte. Bereit, für ihre Sache, ihre Überzeugungen einzustehen, koste es, was es wolle. Ein bisschen, wahrscheinlich sogar ein bisschen mehr, war sie zu einer Art Ikone der Arbeiterbewegung geworden. Man kannte sie. Und nun war Anna Walentynowicz auf der Danziger Lenin-Werft wieder einmal unangenehm aufgefallen und man hatte sie kurzerhand entlassen, was neben weiteren Missständen, wie der unerträglichen Erhöhung der Lebensmittelpreise, zu einem Aufschrei führte.

Lenin-Werft. Mensch, war da nicht was gewesen? Bettina recherchierte fieberhaft und fand. Tatsächlich! Was heute die Lenin-Werft war, war ihr damals, im Sommer '76, lesend am Ostseestrand unter einem anderen Namen begegnet. Sie kannte sich da aus, auf der ehemaligen Schichau-Werft. Sah sie vor sich, Adolfs U-Boote, die dort während des Zweiten Weltkriegs massenweise und angeblich nie mit Bug oder Heck voraus, sondern mit der Flanke voran vom Stapel gelaufen waren.

Bettina hängte ihren ersten eigenen Artikel an einer Frau auf. Und wählte ein Foto, das Anna, die dickrandige schwarze Brille auf der Nase, die Hände um etwas, das ein Flugblatt sein mochte, gefaltet, vor dem Hintergrund einer entschlossen dreinblickenden Arbeiterschar zeigte. Neben ihr stand ein junger Elektriker namens Lech Wałęsa.

Hätte sie wissen sollen, dass ihr mit diesem Einstieg nicht nur der Start in eine fortfolgende, jahrelange Berichterstattung zu dem kometenhaften Aufstieg der Solidarność gelang, dass es ausgerechnet Arbeiter sein würden, die den Kommunismus in die Knie zwingen würden, ja, dass die Streiks in Danzig auch den Anfang vom Ende des Ostblocks markierten?

Dieser erste Artikel sollte Bettina zum Durchbruch verhelfen. Erst Wochen später begriff die ganze Redaktion, wie gut es gewesen war, die Vorkommnisse in Polen nicht unter den Tisch fallen zu lassen. Wie hätte man denn dann dagestanden? Bettinas Ansehen jedenfalls stieg, was ein wunderbarer Ausgleich für das war, was sie nicht lange zuvor hatte erleiden müssen. Fürchterlich ins Kontor geschlagen hatte ihr nämlich nur kurze Zeit vorher etwas ganz anderes.

* * *

Bettina hatte das Ausbleiben ihrer Regelblutung zunächst auf den doch erheblichen psychischen Stress während der letzten Prüfungen und die Aufregung beim Antreten der allerersten Stelle geschoben. Sie nahm doch die Pille! Das konnte gar nicht sein. Ein einziges Mal, das musste sie zugeben, hatte sie sie vergessen. Aber dann gleich …?

Irgendwann wurde sie dann doch unruhig und ließ sich einen Frauenarzttermin bei der ausgesprochen sympathischen Nachfolgerin Dr. Jespers geben, jenes Arztes, der ihr auf die Welt geholfen hatte. Ganz neu und ungeheuer spannend war das Erlebnis, das die moderne Gerätemedizin Bettina bieten konnte. Frau Dr. Lange verfügte, was durchaus noch nicht bei allen niedergelassenen Gynäkologen zum Standard gehörte, über ein Ultraschallgerät und war offenbar bestens mit dem Apparat und seinen diagnostischen Möglichkeiten vertraut. Grau-schwarz-weißes Gekrissel konnte Bettina auf dem kleinen Monitor erkennen, den die Ärztin ihr hingedreht hatte, damit sie mitgucken konnte, bis … »Ah, schauen Sie, hier … Herzliche Gratulation!« von der Ärztin kam und sie zufrieden lächelte. »Sehen Sie das Herzchen buppern? Nun wollen wir noch mal vermessen.«

Bettinas Herz schlug schon eine aufgeregte Hochfrequenz. Aber die des Babys war ein reiner Renngalopp. »Darf das Herz so rasen?«, fragte sie verunsichert.

»Aber ja! Völlig normal. So, nun haben wir's …« Offenbar hatte sie fertig gemessen. »Sie sind im vierten Monat, Frau Neumann. Soweit ich sehen kann, ist alles in Ordnung. Es dürfte etwas größer sein, aber noch liegt es zumindest am unteren Rand der Norm. Machen Sie sich keine Sorgen!«

Mit Mutterpass und – ganz gegen die Empfehlung – reichlich Sorgen verließ Bettina die Praxis. Ihre Emotionen schwebten zwischen Zweifeln, Überwältigtsein, Freude und Zukunftsängsten. Eigentlich war es doch wundervoll! Heimlich hatte sie es sich von Herzen gewünscht, jede Pille jeden Morgen mit einer gewissen Skepsis, manchmal sogar beinahe Abscheu eingenommen. Es wäre so schön gewesen, ein Baby mit Mathias zu haben. Und doch … andererseits war es zu früh, war der falsche Zeitpunkt. Ausgerechnet jetzt! Wenigstens bis zur Festanstellung, vielleicht noch ein, zwei Jahre darüber hinaus wäre sie an sich gern kinderlos geblieben, um sich erst einmal beruflich richtig festzusetzen. Ob Mutter Natur sich schlicht über alle Wenns und Abers hinweggesetzt hatte? Bettina mochte den Gedanken und lächelte in sich hinein. Nein. Keine Zweifel mehr. Es *war* wundervoll!

Mathias nahm sie in die Arme, strahlte wie ein Zehntausendwattscheinwerfer und zerstreute ihre Bedenken. »Manches kann man eben nicht wie einen Fünfjahresplan takten, Schatz. Für Kinder ist es im Leben einer berufstätigen Frau immer der falsche und immer der richtige Moment. Wenn es sein soll, dann soll es eben sein. Ich freue mich jedenfalls wie Bolle. Und Achim, da erinnere ich mich ganz genau, war auch ziemlich mickrig am Anfang. Vielleicht liegt es an mir. Bei der

Geburt war er dann jedenfalls ein Siebenpfünder und zweiundfünfzig Zentimeter lang. Mach dir keine Gedanken. Schau ihn dir jetzt an, unseren Großen. Er wird mich bei Weitem überholen.«

Es war schön gewesen, wie Mathias sich freute. Trotzdem hatte Bettina unterschwellig ein ganz blödes Gefühl gehabt. So eins, wie man es hat, wenn man von dem Gedanken gequält wird, irgendwie dem Frieden, der Freude nicht ganz trauen zu können, ohne auch nur einen Zipfel zu fassen zu kriegen, der, in welche Richtung auch immer, Erklärung bedeuten konnte.

Im Verlauf der folgenden zwei Wochen fühlte sie sich körperlich immer unwohler. Obwohl doch eben jene ersten drei Monate der Schwangerschaft eigentlich längst erstaunlich nebenwirkungsfrei rum waren, in denen es angeblich häufig dank der Hormonumstellung zu Übelkeit und anderen Missbefindlichkeiten kommen konnte. Was war bloß los?

Sie hatte Angst. Und sie hatte ganz für sich und ganz allein Angst. Es war nichts wirklich Fassbares, sie empfand keine Schmerzen, musste nicht erbrechen, hatte keine Kreislaufprobleme, eben nichts Typisches. Aber es fühlte sich irgendwie »modrig« an. Morgen für Morgen hoffte sie beim Aufwachen darauf, es könnte weg sein. Horchte in sich hinein. Es war nicht weg. Ein paar Tage lang quälte sie sich noch mit der Entscheidung, wagte nicht, sich möglicherweise mit einer schrecklichen Wahrheit konfrontiert zu sehen, hoffte. Dann fasste sie sich ein Herz und zog den nächsten anberaumten Vorsorgetermin vor. Ohne mit irgendjemandem in der Familie vorher darüber gesprochen zu haben.

Bettina eröffnete das Arztgespräch mit den Worten: »Irgendwas stimmt nicht, ich fühle das!«

Und musste sich nur wenig später mit der Tatsache abfinden, dass das Kind in ihr nicht mehr am Leben war.

Drei Tage später hatte sie sich im Klinikum Celler Straße vorstellen müssen, wo Dr. Lange über Belegbetten verfügte, um sich einer Ausschabung zu unterziehen. Drei weitere Tage lag sie. Es waren die entsetzlichsten Tage ihres bisherigen Lebens. Was nützten ihr Statistiken, nach denen soundso viel Prozent aller angelegten Schwangerschaften nicht zur Geburt eines gesunden Kindes führten?

Bettina war ein Schatten ihrer selbst, unendliche, unüberwindbare Traurigkeit hatte sich in ihrem ganzen Sein festgesetzt. Da konnten Ärzte und Schwestern erzählen, was sie wollten, von »ganz natürlich, nur die Hormonumstellung« reden und erklären, das würde vorbeigehen, sie sei doch jung, beim nächsten Mal würde alles gut gehen .... Da konnte Mathias noch so zärtliche Worte finden, Mama noch so viele aufmunternde Versuche starten, Ute, die es glücklicherweise vermieden hatte, ihren im Mai '79 geborenen, unglaublich süßen Andreas in die Klinik mitzubringen, noch so ehrlich mütterlich mitfühlen: Bettina heulte sich die Seele aus dem Leib, nahm keinen Trost an. Von niemandem.

Und stand abends am Fenster, um im klaren Nachthimmel nach ihrem verlorenen Stern zu suchen.

* * *

Sicher, Bettinas Körper erholte sich, ihre Psyche fand zu gewisser Stabilität zurück. Aber sie war angeschlagen und konnte nicht vergessen. Sie hatte ihr Baby nicht einmal richtig kennengelernt. Wie musste es erst den Frauen gehen, die, so wie es Großmutter Constanze gegangen war, Kinder verloren hatten, mit denen sie schon Monate oder gar Jahre tief verbunden gewesen waren?

Ob es ein guter Gedanke war, Großmutter danach zu fragen? Sollte Bettina ihr schreiben? Sie verwarf die Idee schnell, denn solch emotionale Dinge konnte man nur in einem stillen Gespräch unter vier Augen bereden.

Ja!

Seit Mitte '79 gab es endlich Kontakte.

Es war die Schneekatastrophe über den Jahreswechsel von '78 auf '79 gewesen, die unverhofft Wege zueinander geöffnet hatte. Ganz genau erinnerte sich Bettina daran, wie das damals gewesen war. Mit Achim und Mathias eingeschneit beim Schwiegervater in Mathias' Heimatort Kappeln, den sie am Vorabend gerade noch, sozusagen mit Ach und Krach, sicher erreicht hatten.

* * *

Bettina, Mathias und Achim hatten an diesem Silvestermorgen lange geschlafen. Die zugeschneiten Mansardenfenster hatten nächtliche Dunkelheit vorgegaukelt, im Haus war es still gewesen.

Als sie frisch geduscht und gut gelaunt im Erdgeschoss erschienen, hatte Mathias' Vater längst einen umfassenden Eindruck der Lage gewonnen. Der Fernseher im Wohnzimmer lief, Schneebilder flackerten über die Mattscheibe. Schneebilder auch vor dem großen Panoramafenster. Halbhoch zugeweht, öffnete es immerhin den Blick über eine Landschaft, die nicht wiederzuerkennen war, eine Szenerie, gleichzeitig bedrohlich und bezaubernd schön. Und es schneite und schneite und schneite.

»Fünfzehn Grad minus, Kinder«, ließ sich Dr. Neumann hören. »Sturmflut, der Fluss friert zu, die Häfen sind vereist, angeblich schieben sich die Eisschollen schon über die Molen. Hier geht es ja noch, wir haben wenigstens Strom, aber inzwischen sind um die achtzig Dörfer in Schleswig-Holstein von der Außenwelt abgeschnitten, viele ohne Energieversorgung. Stellt euch das vor, wenn es auf einmal kalt und duster wird, wenn die Bauern ihre Kühe nicht mehr melken können, weil die Anlagen ausfallen, wenn die Ferkel ihnen ohne Wärmelampen erfrieren. Bah! Schlimmer als im Krieg! Jetzt kommt frühstücken. Ach … übrigens, entzückend siehst du heute Morgen wieder aus, Bettina.«

Bettina warf ihm ein charmantes Dankeschön-Kusshändchen zu, setzte sich an den gedeckten Frühstückstisch, fühlte die wohlige Wärme der Fußbodenheizung durch ihre Socken, schenkte heißen Kaffee aus der Kanne auf der Warmhalteplatte ein, genoss den ersten Schluck, fischte sich ein warmes Ei aus dem abgedeckten Körbchen, reichte die aufgebackenen, knusprigen Brötchen herum.

»Meine Güte, was für ein opulentes Frühstück, Rudolf. Sieht ja alles zu und zu lecker aus. Woher wusstest du, dass wir jetzt …?«

»Na, ich habe euch doch oben rumoren gehört, Bettina. Ich dachte mir schon, dass ihr ausschlafen wollt. Warum auch nicht? Zu tun gibt es nichts, und ihr wart so spät dran gestern, so gestresst, da muss man sich erst mal erholen … und zerbrechliche junge Damen schon überhaupt«, erwiderte der Schwiegervater lächelnd.

»Das ist lieb von dir«, lächelte Bettina zuckersüß zurück.

Inzwischen hatte sich sein zunächst sehr reserviertes Verhalten ihr gegenüber gewandelt. Anfangs hatte er Bettina anscheinend nur als einen »durchlaufenden Posten« mehr im Leben seines Sohnes empfunden, dem man keine weitere Aufmerksamkeit schenken musste, aber seit der Hochzeit war sie voll akzeptiert. Als ausgesprochen innig durfte das Verhältnis zwischen den beiden inzwischen bezeichnet werden und Bettina machte es Spaß, mit ihm, der über einen trockenen, ausgesprochen norddeutschen Humor verfügte, zu flachsen … oder bisweilen sogar ein bisschen zu flirten, was bei Mathias regelmäßig ein vielleicht ernstes oder doch nur gespieltes missmutiges Brauenhochziehen bewirkte. Ein bisschen eifersüchtig war er bestimmt. Und diese unübersehbare Reaktion stachelte sowohl Rudolf, dem die Späße mit seiner Schwiegertochter glatt zehn, zwanzig Lebensjahre abkauften, als auch Bettina, die sich innerlich vergnügt kräuselte, nur noch weiter an.

Ach nein, so wie Mathias jetzt schon wieder lachte, traf es ihn letztlich dann doch nicht, und wahrscheinlich freute er sich sogar darüber, wie sein alter Herr aufblühte. Eigentlich herrschte pure Harmonie am Frühstückstisch.

* * *

Bettina wusste, dass das Verhältnis von Vater und Sohn lange Zeit kein Gutes gewesen war. Dr. Neumann war NSDAP-Parteimitglied gewesen, hatte sich während des Krieges als SS-Offizier einiges zuschulden kommen lassen, war nach dem Krieg in die FDP eingetreten, die Mathias damals im Rausch der 68er-Bewegung als Sammelbecken ehemaliger Nazis bezeichnet hatte.

»Wir wollten uns mit den Verbrechen unserer Väter auseinandersetzen, keiner sollte davonkommen, wir wollten niemanden schonen, wollten hundertprozentig Bescheid wissen. Und stießen auf einen Sumpf, dem beinahe jeder, den wir kannten und eigentlich mochten oder gar liebten, mehr oder weniger angehört hatte«, hatte Mathias ihr in einer langen Nacht voll ernsthafter Themen erklärt.

Bettina war dazu etwas eingefallen, das ihr Mama mal zu diesem Thema gesagt hatte. Es war ein Gedankengang, den sie Urgroßmutter Charlotte zuschrieb und der auf die schlichte Tatsache abzielte, dass man zwar das politische System eines Staates von einem Tag auf den anderen ändern, aber nicht die gesamte Bevölkerung austauschen konnte. Man musste die

Menschen nehmen, die da waren. Und wer war schon ohne Vergangenheit?

Mathias hatte diesen ihren Einwand selbst schon lange bedacht und wohl auch von seinem Vater in heißen, vorwurfsvollen Diskussionen zu hören bekommen. Jaja, natürlich, das war schlichtweg logisch. Dass aber die aus verschiedenen konservativen Parteirichtungen geforderte »Schlussstrichziehung« unter das böseste Kapitel deutscher Geschichte so mir nichts, dir nichts zum kollektiven Löschen von Schuld und Verantwortlichkeit führen sollte, das hatte Mathias absolut nicht einsehen wollen. Über Jahre war es wohl zwischen Vater und Sohn zu einer eisigen Funkstille gekommen und erst langsam, nach dem Tod der Mutter, hatten sie sich einander wieder angenähert und waren inzwischen bei gegenseitiger Achtung gelandet. Immerhin! Sie hatten geredet. Hatten sich gefetzt, wahrscheinlich Sachen um die Ohren gehauen, die alles andere als nett gewesen waren, und trotzdem Frieden geschlossen.

Bettina hätte sich gewünscht, eine ähnlich intensive Auseinandersetzung mit den verschollenen Mitgliedern ihrer eigenen Familie erlebt zu haben.

* * *

Bettina, Mathias und Achim saßen fest bei Opa Rudolf. Tagelang. Und tagelang lief die Glotze, denn sowohl Bettinas Schwiegervater als auch Mathias waren zu den reinsten Katastrophenfreaks geworden und schauten jede Nachrichtensendung, jede Sondersendung, jeden Bericht auf allen verfügbaren Kanälen an und waren kaum vom Apparat wegzubekommen. Man aß, schippte ein bisschen die Einfahrt frei, guckte Achim ein wenig bei seinen Skilaufversuchen zu, trank Kaffee, trank Tee, trank allerbesten Rotwein zum Abend, aß. Oberstudienrat Neumann hatte für seinen Besuch eingekauft, als gälte es, eine ganze Kompanie drei Wochen lang zu verpflegen. Nur die frische Milch war seit Silvester aus. Machte aber nichts, denn es gab auch Kondensmilch und Sahne.

Vom Esstisch aus konnte man den laut gestellten Fernseher sehen. Kauend verfolgte die ganze Familie die Berichterstattung. Erstaunlicherweise beschränkte sie sich nicht nur auf die Vorgänge in der Bundesrepublik, sondern brachte ebenso Bilder aus den DDR-Medien. Regelmäßig schaltete Rudolf überdies zur »Aktuellen Kamera« rüber. Die Vereisung der Oberleitungen und der Weichen der Kohlenbahnen hatte rasch zur Unterbrechung des Braunkohletransports im Lausitzer Braunkohlerevier geführt. Da der Strom in der DDR zu sattem Dreiviertel aus Braunkohle erzeugt wurde und die Vorratsbunker der Kraftwerke nur mit geringen Reserven aufwarten konnten, war innerhalb von vierundzwanzig Stunden ein Großteil der Strom- und Fernwärmeversorgung zusammengebrochen.

Während sich der westdeutsche Journalismus insbesondere um die Fakten kümmerte, hing der Ost-Berichterstattung ein gewisser Hang zur Emotionalisierung an, der in Bilder- und Textbeiträge mündete, die den Tränendrüsen feuchte Rührung und dem Zuschauerherzen Bewunderung über so viel bewiesenes Heldentum abverlangten. Der unermüdliche Kampf der Pioniere, ja jedes einzelnen Genossen gegen die Urgewalten der Natur wurde theaterwürdig dramatisch thematisiert. Hochsaison für engagierte Redakteure des Staatssenders.

Da waren nicht nur die Arbeiter, die mit bloßen Händen und beispielhaft rasch herbeigeschafften Werkzeugen die gefrorene Kohle aus den eisig stillstehenden Förderbändern pulten, nicht nur die Besatzungen der Räumpanzer, nicht nur die Feuerwehren, zigtausend NVA-Männer im Einsatz, sondern auch kleine, stille, scheinbar unscheinbare Helden, die vor die Kameras gezerrt wurden.

Unter anderem ein offenkundig eingeschworenes Paar alter Männer, die über sich hinausgewachsen waren, indem sie kilometerweit in ihren ollen Schneeschuhen (beide hielten die Dinger vor die Linse) durch die Verwehungen gestapft waren, um Hilfe für ihren schwer verunfallten Freund herbeizuholen. Im tiefen Schnee vorm Haus auf dem Schildower Bauernhof interviewte man die zwei.

Einer der beiden hielt sich im Hintergrund, nickte nur immerzu begeistert, während sein Freund, der sich wohl schon vor Langem von den letzten Frontzähnen verabschiedet hatte, strahlte, wortgewandt war und ein bisschen spuckte, als er so erzählte, wie das gewesen war.

»Hätten wir uns nicht auf den Weg gemacht, wäre der Clemens jetzt tot. Letzter Moment, haben die Ärzte in der Charité gesagt. Sonst wäre er hin gewesen. Den Kopf haben sie ihm aufgebohrt, wissen Sie? Das Hirn war schon ganz geschwollen und konnte nirgends mehr hin. Einen auf den Dassel hat er gekriegt, als mein Schafstall zusammengekracht ist. Fünf Schafe haben wir rausgekriegt, der Clemens immer an vorderster Front mit dabei. Eins haben wir verloren. Aber Hauptsache, der Clemens wird wieder. Hat doch schon genug durchgemacht, der arme Kerl. Umsiedler isser ausm Osten. Und seine Frau, die ist jetzt glücklich, dass er noch ist.«

Schwenk auf die Schafe in der Waschküche und ein bisschen Heldennarrativambiente. Beispielhaft, diese Nachbarschaftshilfe. Das gab es eben nur im Arbeiter- und Bauernstaat. Alle für einen, einer für alle. Freundschaft! Und nun die Wetteraussichten.

»Als ob es Nachbarschaftshilfe nur im Sozialismus gäbe …«, griesgrämte Oberstudienrat Neumann bissig. »So ein Blödsinn. Die haben sogar aus der Bundesrepublik vom Otto-Versand fünfhundert Bohrhämmer gekriegt. Aus Feindesland, jawoll!«

Bettina hatte ganz andere Gedanken gehabt. Natürlich! Es mochte Tausende Männer mit dem Namen Clemens in der DDR geben. Aber dennoch, so ein Allerweltsname war das nun auch wieder nicht. In ihrer Familie hatte sie nur von einem gehört, der so hieß … Und wer wusste schon, ob sie nicht gerade einen Wink vom Schicksal bekommen hatte? Gleich, wenn sie daheim war, wollte sie Ulli fragen. Ob der womöglich noch Kontakte zu Associated Press hatte? Irgendwie musste man da doch mehr rausfinden können.

* * *

Wie richtig Bettina mit ihrem Bauchgefühl gelegen hatte, sollte sich erweisen. Ulli hatte herausgefunden. Und er hatte geschrieben. Ulli! Nicht Eva. Mit Absicht und vorsichtshalber nicht Eva. Dann hatte die ganze Familie gewartet. Vier lange Wochen. Als sie quasi schon jede Hoffnung aufgegeben hatten, kam ein erster Brief von Constanze.

Allein die Tatsache, dass in diesem Augenblick klar war, sie lebten, verursachte einen Freudentaumel. Briefe flogen hin und her, vorsichtig, um ja nichts Falsches, Angreifbares mitzuteilen, für den Fall, dass doch jemand mitlas, beschränkten sich beide Seiten monatelang auf den Austausch persönlicher und jeweils sehr emotionaler Zeilen.

Im Herbst 1980 dann geschah das Wunder und Eva erhielt die seit so vielen Jahren ersehnte Einladung nach Schildow. Jede Menge Papierkram war vor der Reise zu erledigen, und im späten Oktober brachten Bettina und Wilhelm sie zur Bahn.

»Lass dich bloß nicht da drüben festnageln«, scherzte Papa, und Bettina war sich gar nicht so sicher, ob er nicht doch eine Möglichkeit aussprach, die denkbar schien.

Nachdenklich schauten die beiden dem Zug nach, winkten, bis er längst nur noch ein kleiner Punkt in der Ferne war, hatten ein so mulmiges Gefühl, dass sie sich bei der Hand nahmen, als sie die Treppen vom Bahnsteig in die Halle hinunterstiegen, zum Wagen gingen. Sie sprachen nicht, aber sie verstanden die Gedanken des anderen auch ohne Worte.

Eine Woche Aufenthalt war Eva zugestanden worden. Eine Woche ohne Nachricht, ohne Telefonat. Eine Woche voll diffuser Ängste. Mutter reiste nicht in ein Land jenseits des Ozeans. Zweihundertfünfzig Kilometer nur würden sie trennen. Ein Klacks. Mit dem Auto ohne Weiteres zu schaffen in drei, vielleicht dreieinhalb Stunden. Und doch ferner als Australien am anderen Ende der Welt.

* * *

Noch konnten die beiden nicht wissen, wie Constanze das möglich gemacht hatte. Wussten nichts von dem Gespräch mit ihrem Verbindungsmann Ferdinand Brand, dem sie seit so vielen Jahren regelmäßig Bericht erstattet hatte. Über Nichtigkeiten. Nie war ein Knaller dabei gewesen. Keine geplanten Fluchten, kein wirklich staatsschädigendes Verhalten, keine politisch brisanten Informationen. Es hatte in Constanzes Umfeld während dieser vierundzwanzig Jahre einfach nichts Relevantes gegeben. Aber auch das Nichtrelevante hatte sie getreulich mitgeteilt. Zuverlässig wie ein Schweizer Uhrwerk. Nur leider, leider ziemlich wenig aussagekräftiges Zeug. Froh war sie gewesen, dass nie etwas passiert war, womit sie einen Nachbarn, einen Freund womöglich, hätte anschwärzen müssen. Ihre Akribie im Irrelevanten aber, die erregte Zutrauen. Zudem hatte sich Sympathie entwickelt zwischen Brand und ihr. Nur so war es möglich gewesen, dieses Zugeständnis, dieses eine Wiedersehen mit der Tochter heraushandeln zu können.

»Du hast dich bewiesen, Constanze«, hatte Brand gesagt. »Beinahe ein Vierteljahrhundert. Ohne Fehl und Tadel.

Jetzt hast du deinen Pflegefall zu Hause und ich weiß, dein Verantwortungsbewusstsein ist so groß, dass du von mir aus sogar zu Besuch in die BRD reisen dürftest. Du, meine Liebe, du würdest immer wiederkommen. Das allerdings kriege ich nicht durch. Da könnte ich noch so die Hand für dich ins Feuer legen. Aber lass mich mal machen, damit du wenigstens deine Tochter wiedersehen kannst. Du hast es dir redlich verdient, und schließlich ist unserem Staat doch auch dran gelegen, dass seine Menschen glücklich sind.«

Im Sommer hatte das Gespräch stattgefunden. Constanze wusste, wie langsam die Mühlen mahlten, und war geradezu überwältigt gewesen, die Erlaubnis so schnell in Händen zu halten. Acht Jahre nachdem Clemens damals das Bad frisch gekachelt hatte … von wegen nicht abfallen wollen gegen den Weststandard, wenn unser Evchen uns mal besuchen kommt …

Fortschritte hatte er gemacht! Natürlich, wie gut, dass das Bad längst fertig war, die Haustür im letzten Jahr neu, der Garten in Ordnung, der prima Kohleofen noch im November angeschlossen … Zu solchen Arbeiten war er nun nicht mehr fähig. Aber er hatte seine Sprache wiedergefunden, kam mit den sich doch deutlich bessernden Behinderungen inzwischen gut zurecht. Der Mann, der er einmal gewesen war, war er nicht mehr. Aber herrje, er war wenigstens da! Constanze hatte ihre Aufgabe. Und jetzt sogar diese Riesenfreude. Evchen, mein Evchen. Endlich!

* * *

Marienborn, Passkontrolle. Hunde, Uniformierte, Angst.

Angst, etwas vergessen zu haben, Angst, etwas Falsches im Gepäck zu haben, Angst, die Liste des zu Verzollenden womöglich nicht hundertprozentig exakt ausgefüllt zu haben. Angst vor Zuviel, Zuwenig.

Wortkarg, der Mann. Zu keinem Lächeln fähig. Durchsuchter Koffer, noch nicht zurückgegebene Ausweispapiere. Akribische Prüfung bis hin zur Zahnpastatube.

Endlich ein Stempel, ein Nicken, gute Reise.

Tiefes Aufatmen.

Veränderter Rhythmus eiserner Räder auf eisernen Schienen. Tackadack.

Ein Kaffee im Mitropa-Speisewagen. Heiß. Aber ekelhaft.

Draußen des Heiligen Römischen Reiches Streusandbüchse. Brandenburg. Kiefern und Sand. Sand und Kiefern. Dazwischen riesige Ackerflächen. So weit das Auge reicht. Herbstlich gepflügt, teils frisch grün aufgelaufen. Hier hielt sich keiner mehr mit bäuerlicher Kleinwirtschaft auf, hier war alles volkseigen zusammengefasst. Von Weitem ab und zu ein Blick auf ausgedehnte Stallanlagen. Betongrau. Volkseigene Produktion raufutterverzehrender Großvieheinheiten. Hin und wieder ein Dorf. War der Krieg hier länger gegangen? Warum alles noch so nachkriegsgrau?

Die Sonne schien aus allen Knopflöchern, der Himmel blau, altweibersommerlich. Und trotzdem nicht recht heimelig, die Landschaft.

Wanderungen durch die Mark Brandenburg. Fontane hatte sie sich eingesteckt. Lektüre, gegen die doch keiner was haben konnte? Keiner was gehabt hatte. Auch der Mann unter der großen Mütze vorhin am Grenzkontrollpunkt nicht.

Berlin. Hauptstadt der DDR. Ein Stückchen weiter noch. Nervosität.

Und dann der Bahnhof. Rasendes Herz.

Da stand Mutter.

Zitternde Knie. Ein Griff nach dem Koffer auf der Ablage, ein Tasten nach der Manteltasche, ein Lächeln. Sie war da.

Und *sie* war da!

Laufschritt.

Zwei Arme.
Zwei Herzen.
Zwei Seelen.
Und unendlich viele Tränen.

Eine Woche voller Glück. Tage in herbstlichem Sonnenschein. Reden. Reden. Reden. Schweigen. Lieben. Leben.

Kein schöner Land.

Spiel es noch einmal, Evchen. Wer weiß, wann wir uns wiedersehn.

Ein Tasten nach der Manteltasche. Sie war da. Sie lächelte. Winkte, bis die beiden nur noch ein Punkt in der Ferne waren.

Irgendwann! Eines Tages.

29

BRAUNSCHWEIG, 1980–1985/86 – EINFACH DAS LEBEN

Beruflich hatten sich Bettina und Mathias längst etabliert. Bettinas Riecher für die Relevanz der Vorgänge in Danzig sollte sich bestätigen, und weil sie es gewesen war, die sich von Anfang an stark mit der Sache beschäftigt hatte, blieb ihr das Thema auch weiterhin erhalten. Nach langen Verhandlungen hatte die Regierung am 31. August 1980 das Danziger Abkommen unterzeichnet, Anna bekam ihren Posten auf dem Kran zurück, Lech Wałęsa wurde zum Vorsitzenden der Gewerkschaft Solidarność gewählt und in der Folge wuchs die neu gegründete Institution auf die ungeheure Zahl von neuneinhalb Millionen Mitgliedern.

Dass die Entwicklung der Gewerkschaft auch vom Westen begrüßt wurde, war ein Nebeneffekt, der allerdings den polnischen Arbeitern eher am Allerwertesten vorbeiging. Ein ganz anderer Faktor befeuerte den enormen Zulauf, wie Bettina in einem ihrer Artikel herausstellte: Es war die Tatsache, dass die Gewerkschaft mitsamt ihren Zielen die Unterstützung des ersten polnischstämmigen Papstes, Johannes Paul II., gewann.

Katholisch, wie das Land nun einmal war, stolz auf ihren Vertreter Gottes auf Erden überdies, folgten die Polen beinahe blind ihrem »Papież«.

Das alles gefiel Moskau überhaupt nicht, denn man sah zunehmend den absoluten Herrschaftsanspruch des kommunistischen Regimes bedroht. Ein Weilchen sahen die Sowjets zu, dann wurde Leonid Breschnews Stimme gegenüber der polnischen Regierungspartei unter Wojciech Jaruzelski laut, und Warschau wurde aufgefordert, »die Ordnung im Land wiederherzustellen«. Am 13. Dezember 1981 rief die Regierung das Kriegsrecht aus, das Polen bis ins Jahr 1983 knebeln sollte.

Sowjetische Panzer rollten durch die Städte, Verwaltung, Wirtschaft und Medien wurden militarisiert, Bürgerrechte galten als aufgehoben, durchs ganze Land schwappte eine Verhaftungs- und Repressionswelle ungeahnten Ausmaßes, Demokratiebewegung und Solidarność wurden zerschlagen, ihre Köpfe interniert.

Bettina berichtete darüber. Und ließ vorsichtig, aber doch unüberlesbar ihr Gespür für die im Weiteren zu erwartenden Aussichten einfließen. Für sie galt: Wer glaubte, Moskau habe nun die vollständige Oberherrschaft zurückgewonnen, täuschte sich entweder, hatte alternativ keine Ahnung, wie wild entschlossene Polen zu handeln pflegen … oder beides. In Westeuropa schossen Solidarność-Büros wie Pilze aus dem Boden. Wie ehedem während des Zweiten Weltkriegs schon die polnische Exilregierung handelte man nun eben von außen aus. Das Land war entzündet, jetzt war es nur noch eine Frage der Zeit. Lech Wałęsa wurde 1983 mit dem Friedensnobelpreis ausgezeichnet. Um aber wirklich zum Erfolg kommen zu können, würde es noch Jahre brauchen. Jahre! Und einen anderen Mann an der Spitze der Sowjetunion. Eines Tages würde der kommen, da war sie sicher.

Dennoch machten diese Entwicklungen vor dem Hintergrund des weltweiten Wettrüstens Angst. Bettinas direkter Zugang zu Informationen war allzu gut, um nicht diese Angst auch mit nach Hause zu nehmen. Lange Abende verbrachte sie mit Mathias in Diskussionen. Wen würde es zuerst treffen, wenn Nato und Warschauer Pakt aufeinander losgingen? Natürlich! Deutschland lag genauso zwischen den Fronten wie Polen.

Kaum waren die Stellvertreterkriege der Großmächte in Südostasien beendet, suchte man sich in Zentralasien, sprich Afghanistan, neue Schauplätze, die Sowjets marschierten in das blühende Land ein, forderten den Westen mit dieser Provokation heraus. Die weltweite Friedensbewegung, die so aktiv war wie nie zuvor, hielt dem Protzen der Supermächte entgegen, was sie konnte. Aber was konnte sie schon? Singen? Protestieren? Plakate hochhalten? Was war das gegen mit atomaren Sprengköpfen bestückte Marschflugkörper und Raketen, in Ost und West bedrohlich gegeneinander gerichtet?

Abschreckung!

Abschreckung?

Wozu?, fragte sich Bettina.

Die überwiegende Mehrheit der deutschen Bevölkerung hatte sich gegen die Stationierung dieser abschreckenden Waffenarsenale gestellt. Und dennoch hatte eine Abgeordnetenmehrheit im deutschen Bundestag am 22. November 1983 diesem Irrsinn zugestimmt. Hatten sie noch nicht genug? Hatten sie nichts gelernt? Lag der Zweite Weltkrieg schon wieder so weit zurück, dass sich niemand erinnerte? Hatte man sich schon allzu gut erholt? Musste man ständig nach Abenteuern suchen? Dauernd die Muskeln spielen lassen? Verflucht noch mal, gab es eigentlich auf der ganzen Welt nur Idioten an der Spitze der Machtzentren? Konnte es nicht endlich mal einen Mann geben, der anders gebacken war? Neunundneunzig Kriegsminister, Streichholz und Benzinkanister …

Verdammt, verflucht, nein!

Bisweilen war es für Bettina schwer gewesen, ihre Meinung in Artikeln halbwegs zurückzuhalten, aber immer wieder gelang es ihr, Spitzen zwischen die Zeilen zu legen, die dem um unbedingte Sachlichkeit ringenden Chefredakteur entgingen. Eigentlich hätten sie ihm nicht entgehen dürfen, hatte sich doch das Blatt der Überparteilichkeit verpflichtet. Allerdings auch der Unabhängigkeit. Vielleicht entgingen sie ihm ja auch nicht und er ließ sie deshalb stehen. Bettina wusste es nicht, es beschlich sie nur hin und wieder eine aufdringliche Ahnung, die es selbstverständlich nie zu äußern galt, um ja keine schlafenden Hunde zu wecken.

Natürlich hatte sich das Leben in diesen frühen 80er-Jahren nicht nur um den Beruf, nicht nur um politische Diskurse und Gott sei Dank nicht nur um diffuse Ängste und Befürchtungen gedreht. Es gab auch Privatleben. Achim studierte inzwischen schon im letzten Semester Maschinenbau in der bayerischen Hauptstadt und wollte gern dort unten im Süden bleiben. Mutter hatte das im Sommer '79 bezogene Grundstück in Lehndorf in ein raffiniert angelegtes Blumenparadies verwandelt. Gut ging es den beiden da, häufig fand man zusammen, genoss Mamas Garten Eden und das großzügige neue Haus.

Bettina war es damals anfangs schwergefallen, die neuen Mieter der Nachbarwohnung zu akzeptieren. Wehmut empfand sie jedes Mal, wenn sie von ihrem Balkon aus hinüberschaute und registrierte, dass nun nicht mehr Mutters reich rankende Geranien die Balkonkästen zierten, nur noch ein paar selten gegossene Stiefmütterchen übers ganze Jahr vor sich hin vegetierten. Schließlich war sie dort drüben aufgewachsen, hatte ihren Dreh- und Angelpunkt, ihren Rückzugsort und ihre

Ansprechpartner da gehabt. Der Auszug der Eltern, die plötzlich fehlende direkte Nähe, war ihr an die Nieren gegangen. Ein Weilchen hatten sie und Mathias überlegt, ob auch sie nach einem eignen Haus Ausschau halten sollten. Gekonnt hätten sie, denn finanziell wären sie durchaus zum Eigentumserwerb fähig gewesen.

Plötzlich und völlig unerwartet war Mathias' Vater Rudolf im Herbst '81 im Kreis seiner drei besten Freunde, dem Kriegskameraden Otto, Studienrat Schulz und Oberstudiendirektor Dr. Asche, während der allwöchentlichen Doppelkopfrunde verstorben. Er hatte, das beschwor der völlig verdatterte Schulz immer wieder, das Blatt seines Lebens auf der Hand gehabt, noch die Schweine und Hyperschweine angesagt, zweifellos in sicherer Erwartung des Sieges bei diesem Pflichtsolo, da hatte ein Infarkt ihn ereilt. Was der Auslöser gewesen war, blieb letztlich im Dunkeln. Womöglich der schwindelerregend hohe Cholesterinspiegel, um den er gewusst, aber den er konsequent abgetan hatte, vielleicht die vielen dicken Havannas, möglicherweise der gute, samtrote Beaujolais. Oder schlicht die Zeit, die einfach abgelaufen war. Es mochte schlechtere Arten geben, den letzten Weg anzutreten, hatte Dr. Asche sinniert. Das konnte schon sein. Aber der Verlust traf alle Familienmitglieder so überraschend wie niederschmetternd.

Mathias war untröstlich. Bettina tat, was sie konnte, um ihm beizustehen, und wusste, es war zu wenig. Die Beisetzung riss ihn zu Boden. Wochen brauchte es, bis er wieder halbwegs ansprechbar war, der Hausarzt zog ihn aus dem Verkehr. Dann kam die Testamentseröffnung, die gerade heilen wollende, längst nicht einmal richtig verkrustete Wunden wieder aufriss, anfrischte, bluten ließ. Mathias, einziger Sohn und Erbe, war nicht in der Lage, sich um den Verkauf des Elternhauses zu bemühen. Ein ganzes Jahr dauerte es, bis er Bettina bat, sich zu kümmern. Er konnte nicht. Sie wusste, er würde es nie können, und verstand ihn nur allzu gut. Mit aller zu Gebote stehenden Diskretion führte sie durch, was unumgänglich war. Löste zusammen mit Papa und Mutter den Hausstand auf, brachte heim, was Mathias ihr aufgeschrieben hatte, nahm in seinem Namen und von ihm bevollmächtigt den Notartermin wahr, übergab die Schlüssel an den neuen Eigentümer.

Ja, jetzt hätten sie sich leicht ein eigenes Heim kaufen können. Aber letztlich ... warum, wozu?

Platz war in der Wohnung für zwei reichlich genug, nachdem Achims Zimmer frei geworden war, die Lage zur Stadt, zu den Arbeitsplätzen war günstig, die Miete vertretbar. Und, was dazukam, sie hatten sich den Hauserwerb eigentlich für den Moment vorgenommen, in dem sich Nachwuchs ankündigte. Es kündigte sich aber keiner an. Drei Jahre lang versuchten sie es jetzt schon. Und jeden Monat hatte Bettina wieder eine kleine Enttäuschung zu verkraften. Es wollte einfach nicht klappen.

Irgendwann, noch nicht lange her – und inzwischen hatte das Jahr 1986 längst begonnen –, waren sie übereingekommen, sich dem Druck nicht mehr aussetzen zu wollen, den dieses permanente Betrachten von Temperaturkurven und die Liebe nach Zeitplan mit sich brachten. Resigniert legten sie ihre Pläne zu den Akten, versuchten nicht mehr dran zu denken, kauften sich ein Segelboot mit kleiner Kajüte, besorgten sich einen Liegeplatz an der Ostsee und fuhren hin, sooft sie konnten.

Betrachtete Bettina die vergangenen Jahre, wusste sie, alles in allem waren es gute Jahre gewesen. Sie waren zusammengewachsen, hatten sich gegenseitig gestärkt und gestützt, hatten sich etwas zu sagen, vertrauten einander, teilten die meisten Auffassungen, und wenn einmal nicht, diskutierten sie, ohne vom Gegenüber zu verlangen, dass er sich unterwarf, anpasste oder ummodeln ließ. Bettina war bewusst, das war viel. Eben exakt das, was Mathias sich von Anfang an gewünscht hatte, als sie selbst noch so gar keine Vorstellung davon gehabt hatte, was sie in einer langjährigen Partnerschaft und Ehe erwarten würde.

Eines aber war nicht eingetroffen: das von vielen Seiten prophezeite baldige Abklingen des Gefühls von Schmetterlingen im Bauch. Noch immer elektrisierte sie jede auch noch so beiläufige Berührung. Noch immer, und je besser sie sich kannten, umso wunderbarer funktionierte es mit der Liebe.

Betrachtete man es in aller Ruhe, gab es neben der bedauerlichen Kinderlosigkeit nur einen Wermutstropfen, der stetige Bitternis ins an sich recht komfortable Leben träufelte. Mama fuhr jedes Jahr für eine Woche in die Ostzone. Zu Weihnachten packten sie gemeinsam Pakete monströsen Umfangs, steckten Jacobs Krönung und Kakao neben Oetkers Puddingpulver, Backaroma, Sahnesteif und Vanillezucker, Mandeln, Datteln, Dosen mit Pfirsichen und Ananas zu gut gepolsterten Jaffas, ein Dutzend Tafeln Sprengelschokolade, Pralinen, Feinstrumpfhosen und jedes Jahr ein, zwei besonders hübsche Kleidungsstücke für jeden, die es drüben eben nicht so gab. Alles musste in feines Geschenkpapier gewickelt werden. Kein Tesafilm! Schließlich fanden die bunten Papierbögen und Schleifchen, aufgebügelt oder glatt gestrichen, in der Zone durchaus noch weitere Verwendung.

Man musste höllisch aufpassen, was für Briefmarken die Post auf diese ächzend herangeschleppten Pakete klebte. Das musste alles seine Richtigkeit haben. Es hatte sich herumgesprochen, dass Marken, die beispielsweise Motive aus dem Osten Deutschlands zeigten, zur Rücksendung der ganzen Weihnachtsfreude führen konnten. Welch eine Enttäuschung für die Lieben! Bettina und Eva passierte solch ein Fauxpas Gott sei Dank nie, nachdem Nachbarn davon berichtet hatten.

Dafür kam, meist erst im späten Januar – vielleicht fiese Absicht der DDR-Post, vielleicht Zufall –, ein Päckchen zurück. Heraus fiel immer, wirklich immer, als Erstes ein gewaltiges

Tannennadelgeriesel. Ob der langen Transportzeit hatte der weihnachtliche Schmuck schlicht aufgegeben, losgelassen, sich in braunbröseliges Unwohlgefallen aufgelöst. Drin war immer wechselnde Erzgebirgskunst. Vom Räuchermännchen bis zur Drehpyramide (der, verflucht noch mal, beim kleinsten Luftzug die Flügelchen abfielen und im Kerzlein anzukokeln drohten, war man nicht schnell genug bei der Hand), weiters selbst gehäkelte Topflappen und Eierwärmer. Eine wirklich stattliche Anzahl Eierwärmer sammelte sich im Laufe der Jahre an. Na, und etwas, das wirklich köstlich zu nennen war: Halloren-Kugeln!

Diese Zeit zwischen Advent und Ende Januar war alljährlich die, in der Mama häufiger als ohnehin schon seufzte: »Ach, wenn wir doch bloß irgendwann mal wieder zusammen Weihnachten feiern könnten. Nun sind sie doch schon so lange in Rente. Da kann man sie doch auch mal rauslassen.«

Sie ließen sie nicht raus. Nicht mal zu Besuch. Nicht mal, als Justus starb. Constanze durfte ihren geliebten großen Bruder nicht zu Grabe tragen.

Es war wahrscheinlich das beeindruckendste Begräbnis, das der kleine Blieschtorfer Friedhof seit Charlottes Beisetzung gesehen hatte. Die gesamte Gemeinde war versammelt, die Kirche platzte aus allen Nähten, man musste die Türen trotz der schneidenden Kälte in diesem späten Dezember 1985 offen lassen, um niemanden auszuschließen, denn selbst der Vorplatz stand voller Leute. Jeder wollte ihm die letzte Ehre erweisen. Er hatte sich in seiner ruhigen, verlässlichen, pragmatischen und so empathischen Art in die Herzen der Menschen geschlichen. Nicht, dass er es je darauf angelegt hätte! Nein, Justus war eben so. Gewesen. Herrgott, wie furchtbar, ihn nie wieder sehen, hören, mit ihm lachen, ihn umarmen zu können!

Eva ließ die Jagdbläser zu Ende blasen, nahm die Kondolenzen entgegen, wartete, bis die Menge sich zu zerstreuen begann. Dann stand nur noch der engste Familienkreis am offenen Grab und sie zog die Mundharmonika aus der Manteltasche und spielte.

Hinter ihnen blieben die Leute stehen, drehten sich noch einmal um, horchten still.

Tränenblind ließ Bettina ihren Blick über die Sträuße, Kränze und Schleifen gleiten. Ein besonders großer Kranz aus weißen Rosen und Lilien fiel ihr auf. Fein säuberlich glatt gestrichen hatte man die weiße Schärpe. »See you, good old fellow …« stand darauf. Bettina ahnte, wer diesen Grabschmuck in Auftrag gegeben hatte, und ihr Herz machte in all der Trauer einen kleinen, vielleicht erleichterten Sprung. Es gab sie also noch, die Engländer. Ob Mama es auch sah? Nein, Mama schaute nur nach innen. Sie hatte zu spielen aufgehört und ihren Kopf an Papas Brust geborgen. Er hielt sie und Bettina hörte sie schluchzen. Sie trat die zwei Schritte an die beiden heran, schlang die Arme um sie.

Alle gingen sie. Einer nach dem anderen. Jetzt waren aus den alten Zeiten nur noch die Großeltern geblieben. Lebendig und unerreichbar. Verdammt, warum musste das Leben so grausam sein?

* * *

Doch! Es gab da irgendwas, einen Funken, eine Idee, vielleicht sogar gewisse Logiken, die nahelegten, lange konnte es so nicht mehr weitergehen. Der Osten hatte sich an seinen kommunistischen Ideen verschluckt, war wirtschaftlich am Ende, hustete bereits schwer, würde doch nicht womöglich noch ersticken?

Wie recht Bettina mit ihrem Bauchgefühl gehabt hatte, erwies sich letztlich im März 1985, als ein neuer Mann an die politische Spitze der Sowjetunion trat. Aus ärmlichsten bäuerlichen Verhältnissen stammend, hatte er sich mit eigener Kraft hochgekämpft, Schule und juristisches Studium mit Auszeichnung abgeschlossen. Es eilte ihm der Ruf voraus, geistig unabhängig, gleichzeitig selbstbewusst bis zur Arroganz, andererseits unkapriziös und volksnah zu sein. Nicht mal Socken, so erzählte man sich, habe er während seiner Studienzeit besessen, habe als kleiner Gebietskomiteeleiter ständig Reisen in die hintersten Winkel seiner Region unternommen, was für eine solche Stellung absolut unüblich war, kein Problem darin gesehen, auf der Ladefläche eines Lastwagens oder gar zu Fuß zu den Leuten zu gehen, um ihre Sorgen und Nöte anzuhören. Und sich damit in die Herzen der Menschen geschlichen. Sein Name war Michail Gorbatschow und auf seine Fahne hatte er »Glasnost« und »Perestroika« geschrieben. Worte, die der Welt zunächst nichts bedeuteten, aber an die sie sich bald würde gewöhnen müssen.

»Nur durch Demokratie und dank der Demokratie ist die Umgestaltung selbst möglich«, sagte dieser Mann, lockerte Reisebestimmungen, schränkte den staatlichen Einfluss auf Unternehmen ein, gestattete ausländischen Investoren Beteiligungen an sowjetischen Firmen, erlaubte Meinungs- und Pressefreiheit, erklärte, die UdSSR gäbe das Streben nach militärischer Überlegenheit auf und sei zu Abrüstungsverhandlungen bereit.

Ungläubig blickte die Welt gen Moskau. Ja, hatte man da Töne?

Und Bettina spürte ihn, den Wind der Veränderung.

30

LONDON 1986 – ZUFALL

An Bettinas achtundzwanzigstem Geburtstag gratulierte Petrus mit echtem Kaiserwetter, Mama telefonisch schon »vor dem Aufwachen«, Ulli mit einer Tüte frischer Brötchen und Croissants vom Bäcker an der Ecke zum traditionellen gemeinsamen Frühstück und einem geklauten, blühenden Kirschzweig. Das Wetter an ihrem Geburtstag war immer schön und Ulli gratulierte immer mit einem geklauten Kirschzweig. Die Jahre, in denen die Kirschen längst abgeblüht gewesen waren, hatte sie schlicht aus dem Gedächtnis gestrichen. Genauso wie die Jahre, in denen das Wetter sich verregnet gezeigt hatte.

In diesem Jahr hatten die Kirschen spät geblüht. Und irgendwie hatten alle erwartet, sie würden womöglich gar nicht blühen. Als der erste Regen nach der Katastrophe gefallen war, lief alles in Panik in die Häuser, später tauschte man den Sand auf Kinderspielplätzen aus. Und beobachtete die Natur mit ganz anderen, schreckgeweiteten Augen.

Ja. Es war passiert. Das, was Atomkraftgegner schon immer befürchtet hatten, war am 26. April im fernen ukrainischen Tschernobyl passiert. Wenn so ein Ding mal hochgeht … was dann? Radioaktive Wolken kennen keine Ländergrenzen. Der Regen, den die Wolken mit sich tragen, wird sauer sein, wird unsere Ernten vernichten, unseren Boden verseuchen, unsere Kinder vergiften, unser aller Leben bedrohen, unser Erbgut verändern.

Es war gar kein richtiger Unfall gewesen, auch war kein feindliches Flugzeug in die Anlage geknallt. Die Ingenieure hatten lediglich mal so zum Test einen kompletten Stromausfall simuliert. Ein paar etwas schwerwiegendere Missachtungen der Sicherheitsvorschriften, einige übersehene, bauartbedingte Eigenheiten … zack, fuhr das Ding unkontrolliert hoch, explodierte gegen halb zwei in der Nacht zum 26. April und entließ in den folgenden Tagen mehrere Trillionen Becquerel Radioaktivität in die Erdatmosphäre, die sich in alle Winde zerstreuten. Winde, die jeder Mensch auf der Welt von nun an genauestens auf ihre Zugrichtung hin beobachtete und ganz getreu dem Sankt- Florians-Prinzip lieber über Nachbarstaaten hinwegfegen sehen wollte.

Die sowjetische Regierung begann umgehend damit, die gesamte Atomruine mithilfe von Beton unter einem Sarkophag zu begraben. Aber das ganze Unterfangen dauerte nicht nur, sondern forderte auch weitere Opfer. Die Medien waren voll von den Berichten über todesmutige Männer in Schutzanzügen, die vor Ort zu Werke gingen, deren Geigerzähler angesichts der Nähe zum Ort des Geschehens doch rotieren mussten!

Apokalyptische Bilder, die die Welt aufrüttelten, weckten ein neues Bewusstsein für die tatsächlichen Folgen der so »sauberen« Energie. Hatten sie es nicht schon immer gesagt? Mathias und Bettina jedenfalls hatten es gesagt. Jetzt war es geschehen. Und bewies, wie wahrscheinlich das Unwahrscheinliche war. Plötzlich galten die Kassandrarufe der Umweltschützer und Aktivisten nicht mehr länger nur als Spinnereien und verschwurbelte, überängstliche Prophezeiungen.

Vor diesem Hintergrund betrachtete Bettina an diesem herrlichen Maimorgen Ullis Kirschblütenzweig mit wacheren Augen. Aber nein, es war ihnen nichts anzusehen, den zarten, weißen Blütenblättchen. Und das, obwohl es noch in der vergangenen Nacht geregnet hatte.

Mathias machte Bettina ein besonderes Geschenk. Vor ihrem Teller stand der obligatorische Strauß roter Rosen, natürlich achtundzwanzig, natürlich ebenso betörend duftend wie sichtbehindernd, und auf dem Teller lag ein großformatiges Kuvert mit roter Schleife.

Als sie den geheimnisvollen Umschlag öffnete, fand sie darin das Foto eines zuckerbäckerhaften Märchenschlosses im Stil eines französischen Châteaus. »The Royal Horseguards« stand in schnörkeligen Goldbuchstaben im unteren rechten Rand der Aufnahme.

»Krieg ich das zum Geburtstag?«, fragte sie lachend. »Ein kleines Häuschen mit Garten hätte es auch getan, Schatz. Wäre doch nicht nötig gewesen, dass du dich derart in Unkosten stürzt.«

»Na, zumindest wird ein Riesenzimmer für zehn Tage dir gehören. Schau, da im Vordergrund erkennt man die Themse, es liegt außerdem ideal zum Stadtzentrum, alles in wenigen Gehminuten erreichbar. Der Kongress geht nur von Mittwochmittag bis Freitagabend, wir fliegen aber schon am Montag hin und erst die Woche darauf am Mittwochabend zurück. Da haben wir reichlich Zeit, London gemeinsam zu erkunden. Freust du dich?«

Es war häufiger vorgekommen, dass er sie ein paar Tage lang allein lassen musste, um irgendwo in Europa an Kongressen teilzunehmen, gelegentlich auch, um selbst Vorträge zu halten. Bisher hatte sie ihn nie begleitet, eigentlich auch nie rechte Lust dazu verspürt, denn was sollte sie schon anstellen ohne ihn? Den ganzen Tag in irgendeinem tristen Tagungshotel, an Orten, die sie nie besonders gereizt hätten? Aber London? In dieser Luxusherberge? Mit ein paar angehängten gemeinsamen Urlaubstagen? Na, das war doch mal eine fantastische Überraschung!

Sie fiel ihm um den Hals. Ulli grinste dazu, sagte: »Das war gelungen, Mathias!«, und Bettinas Göttergatte strahlte.

»Wann fahren wir?«, wollte Bettina wissen.

»Am neunten Juni, deinem ersten Urlaubstag.«

Er hatte also aufgepasst. Termine trugen sie beide immer in einen Kalender ein, der mitsamt Stift neben der Einkaufszettelrolle in der Küche hing. Manchmal war Mathias diesbezüglich etwas luschig in seiner Wahrnehmung und schaute nicht so genau hin. Dieses Mal ein Punkt mehr für ihn.

* * *

Dieses Hotel war ein Traum!

Prunk, Protz, Plüsch, Teppiche, die jeden Laut schluckten, Kristalllüster, bei denen sich Bettina fragte, wer um alles in der Welt die Dinger ständig abstaubte, dass sie so funkeln konnten. Eine Architektur, die schon Ende des 19. Jahrhunderts beim Bau des ursprünglich als Appartementhaus geplanten, jetzigen Hotels auf eine Klientel mit viel, mit extrem viel Geld gezielt, folglich nirgends an erlesenen Materialien gespart hatte und mit liebevoller Detailversessenheit aufwartete. Das alles gepaart mit einer typisch britischen Diskretion und dennoch einladender Gelassenheit des Personals. Man fühlte sich überhaupt nicht falsch, sondern schnell wie zu Hause hier.

Sensationell war die Aussicht vom Fenster ihres Zimmers im zweiten Stock aus über die Themse. Geschäftiges Treiben von allerlei großen und kleineren Booten und Schiffen auf dem Fluss. Alles getaucht in strahlend helles Mittagslicht. Ein Bett, so breit, dass man einander drin würde suchen müssen, ein Bad mit allem erdenklichen Luxus, ein Korb mit frischem Obst auf dem Tisch, Pralinchen auf den Kopfkissen.

»Herrlich«, rief Bettina, öffnete die hohen Fenster, lehnte sich hinaus in die frühsommerliche Brise. Mathias umfing sie, legte das Kinn auf ihre Schulter, staunte mit ihr, genoss mit ihr.

* * *

Sie taten, was vernünftige Touristen so tun, wenn sie sich einen ersten Überblick über die allfälligen Attraktionen einer unbekannten Stadt verschaffen wollen, und buchten an der Rezeption eine Rundfahrt im Doppeldeckerbus.

Bestens ausgerüstet mit einer Karte der Innenstadt, die der Rezeptionist Bettina in die Hand gedrückt hatte, versuchten sie sich zu orientieren, sich Wege zu merken und gleichzeitig den Erläuterungen ihrer englischsprachigen Führerin zu folgen. Man hatte einen prima Ausblick vom oberen Busdeck aus. Big Ben, Piccadilly Circus, das House of Parliaments, Buckingham Palace (wo man ausstieg, um sich mit Bärenmützenmännern fotografieren zu lassen), Tower mitsamt schaurigen Verliesen (auch ein Haltepunkt, und sogar ein paar Raben in der Luft), Tower Bridge, Saint Paul's Cathedral, Westminster Abbey und das Wachsfigurenkabinett. Was man eben ratzfatz so begucken musste, um behaupten zu können, man sei wirklich in London gewesen.

Bettina war froh, sich bequeme Turnschuhe eingesteckt zu haben, denn von jeher bekam sie vom Pflastertreten Probleme, wenn nicht gar Blasen. Reichlich Eindrücke, etwas schmerzende Füße jedenfalls blieben zunächst. Aber im Grunde keine wirkliche London-Erfahrung.

Zurück im Hotel ließen sie sich Tee mit Clotted Cream, Scoones mit Marmelade, Sandwiches mit Gurken und Kresse auf der hübsch hergerichteten Hotelterrasse servieren. Mit dem Finger auf der Karte versuchten sie, die gefahrenen Wege nachzuverfolgen, diskutierten, widersprachen und vertüddelten sich, planten, was sie am folgenden Tag genauer anschauen wollten.

»Weißt du, Mathias, ich möchte eine fremde Stadt lieber erleben wie einer ihrer Bewohner. Wir könnten uns doch auch einfach ein bisschen treiben lassen, gucken, wohin der Weg uns führt. Camden Market und Harrods müssen jedenfalls sein.«

»Mir wäre nach Hyde Park, Speakers' Corner und Little Venice«, schlug Mathias vor.

»Auch prima. Aber irgendwas muss ich den Daheimgebliebenen mitbringen. Irgendwo sollten wir was einkaufen.«

»Okay, morgen soll das Wetter noch schön sein, beginnen wir also draußen und machen nachmittags einen Einkaufsbummel«, schlug Mathias vor.

»Und wenn du in deiner blöden Konferenz sitzt, schaue ich mir einen Tag das British Museum und am zweiten die Nationalbibliothek an.«

Es wurden wundervolle Tage. Bettina hatte genau richtig geplant, denn dem sonnigen Dienstag zwischen Little Venices stillen Kanälen und den weiten Wiesen des Hyde Parks folgten zwei Tage mit zwar lauem, aber durchdringendem Niesel. Auch so war London schön, entfaltete eine besondere Stimmung. Bettina verlief sich schwelgerisch zwischen zigtausend Gemälden, bestaunte überwältigt die Library mit ihren unzähligen kostbaren Folianten, gönnte sich an einem Tag einen exotischen Lunch bei einem Inder, aß am nächsten Fish & Chips aus der Tüte beim Gehen. Verweilte, wo es ihr gefiel, ließ das Treiben auf sich wirken, atmete feuchte Londoner Abgase, die anders rochen als feuchte Abgase sonst irgendwo, spürte den Niesel auf der Nase, der feiner war, als man es kannte, und die warme Asphalthaut zum dampfenden Schwitzen brachte.

Gegen Abend riss der Himmel auf, die Sonne brach durch, die Straßenbäume glänzten wie frisch gelackt.

Bettina fotografierte, fotografierte sowieso alles, was ihr wert erschien, festgehalten zu werden, und beschränkte sich dabei nicht auf die üblichen Reisekatalog-Motive. Die alte Frau auf der Bank beim Taubenfüttern, die ihr so nett zugezwinkert hatte, die spielenden Kinder, die grellbunte, jugendliche Punkertruppe, in Reih und Glied auf den herannahenden Bus wartende Banker mit Bowler (ja, tatsächlich!) schräg von hinten, den wild gestikulierenden Mann mit dem rot angelaufenen Gesicht auf dem Podestchen in Speakers' Corner, Straßenmusikanten mit Fidel, Frack und Zylinder, so manchen üppig blühenden Rosenstock vor viktorianischen Häuserzeilen.

Papa hatte sie als Kind schon ein wenig eingewiesen, ihr vor der Abreise noch einmal einen Intensivkurs verpasst, und Ulli hatte sie großzügig mit Filmen versorgt. Es würde was übrig bleiben. Für alle Zuhausegebliebenen. Und für Mathias, der ja schließlich längst nicht alles mitbekam. Vielleicht würden ihre Bilder gut werden? Vielleicht noch viel mehr London-Feeling mit heimbringen als die kleinen Geschenke, die sie eingekauft hatte.

* * *

Es war Freitagabend.

Bettina hatte die Tage allein genossen, aber sie war froh, dass Mathias von nun an wieder dabei sein würde. Heute war sie etwas früher von ihrem Ausflug zurückgekehrt, hatte sich ein duftendes Bad gegönnt, sich hübsch gemacht, denn um acht Uhr wollten sie sich an der Hotelbar treffen, um ein – sicher wieder exquisites – Dinner im Hotelrestaurant zu sich zu nehmen. Und hinterher den Abend bei irischer Livemusik in einem nahe gelegenen, sehr urigen Pub ausklingen lassen, den Bettina entdeckt hatte. Sie freute sich auf ihn.

Kurz vor halb acht war sie fertig und beschloss, nicht oben im Zimmer allein zu warten, sondern sich schon in die Bar zu setzen.

Voll war es im Foyer, sicherlich lauter Neuankömmlinge, die für einen Wochenendaufenthalt eincheckten. Voll war es auch in der Bar. Bettina ließ den Blick schweifen. Angenehme, leise Jazzmusik, von einer offenbar exzellenten Klimaanlage dezent weggeschlürfte zartblaue Rauchfähnchen, lauter plaudernde Menschen, entspannte Gesichter, aber leider all die gemütlichen, mit tiefen Ledersesseln ausgestatteten Sitzgruppen belegt, nur am Tresen noch ein paar Barhocker frei. Sie konnte diese Art Sitzmöbel, ach was, Folterinstrumente nicht ausstehen, die nie richtig passten und einen in eine Haltung zwangen, die alles Mögliche, aber nie bequem war, und auch noch den wohlgeformtesten Allerwertesten – für jeden Anwesenden sichtbar – unvorteilhaft platt drückten, alternativ über die mickrigen Polster quellen ließen. Bettina überlegte, ob sie noch einmal mit dem Fahrstuhl nach oben fahren sollte, verwarf die Idee, seufzte, steuerte im Schlingerkurs zwischen lauter herumstehenden Gästen den ausgeguckten Hocker an, kletterte darauf, setzte ihre Handtasche auf die polierte Mahagoniplatte.

Zwei Barkeeper hantierten hektisch. Bettina wurde nicht sofort bedient, bekam aber immerhin zwei-, dreimal einen entschuldigenden Blick und ein »one second, please« zugeworfen. Einen Cocktail hätte sie jetzt gerne gehabt. Irgendwas Erfrischendes. Aber möglichst ohne Alkohol. Zum Essen würde es Wein geben, nachher im Pub süffiges Guinness. Volltrunken wollte sie den Abend lieber nicht erleben. Was nehmen? Sie kannte sich wenig aus. Auf einer grünen Tafel hinter den wild wuselnden Barkeepern war eine reiche Auswahl aufgeführt. Jeweils mit Schnaps.

Im Hintergrund lärmte jetzt eine Gruppe. Heitere Holländer offenbar. Just in diesem Moment wandte sich einer der gestressten Barkeeper Bettina zu, fragte nach ihren Wünschen. Sie versuchte durchzudringen, er schüttelte fragend den Kopf. Cocktail ohne Alkohol. Aha. Und was genau? Sie zuckte die Schultern. Und bekam unerwartete Schützenhilfe.

»Ich würde, sofern meine Empfehlung erlaubt ist, einen Ipanema vorschlagen«, sagte der Mann neben ihr. »Maracuja, Ginger Ale, Limette. Wäre das nach Ihrem Geschmack?«

»Großartig!«, stimmte sie zu, froh, der Entscheidung enthoben zu sein.

Er entschuldigte sich für die Einmischung. Bettina bedankte sich. Bekam ihren Cocktail binnen zweier Minuten, probierte, murmelte »lecker«.

Ihre Blicke trafen sich. Er lächelte, hob seinen Whiskybecher, prostete ihr zu, sie nuckelte an ihrem Strohhalm, lächelte zurück.

Weder sie noch er hatten etwas anderes zu tun, als zu trinken. Beide waren ohne Begleitung. Warum also kein Gespräch beginnen? Einfach zum Zeitvertreib. Das waren Bettinas Gedanken. Und vermutlich hatte er dieselben, denn er nahm die Sache in die Hand.

»Darf ich mich vorstellen? George Wade. Ich warte auf Klienten zum Dinner.«

»Bettina Neumann«, entgegnete sie. »Ich warte auf meinen Mann, ebenfalls zum Dinner. Er nimmt hier in London an einem Kongress teil und ich habe ihn begleitet, um die Stadt ein wenig kennenzulernen.«

»Sie kommen nicht aus England?!« Es war mehr eine Feststellung denn eine Frage.

»Nein, wir kommen aus Deutschland.«

»Oh«, machte er. »Interessant!«

Es war beileibe nicht besonders interessant, fand Bettina. Aber gut, er war ein Brite wie aus dem Bilderbuch und in Sachen Small Talk konnte man ihm wahrscheinlich nichts vormachen. Allerdings sprach gegen diese Deutungsvariante seiner Äußerung, dass seine blauen Augen richtig aufblitzten, als er es sagte.

»Bisher hatte ich nicht das Vergnügen, Ihr Land kennenzulernen«, fuhr er fort, »aber ich habe es mir fest vorgenommen.«

»Ach, Neuschwanstein, die Zugspitze, das Völkerschlachtdenkmal, die idyllischen, unzerstörten Fachwerkstädtchen wie Rothenburg ob der Tauber, Schloss Sanssouci, Moselschlösschen, Rheinburgen, der Schwarzwald, na, was Deutschland eben so zu bieten hat.«

Er schmunzelte. »Sicher haben Sie schon ein paar unserer Sehenswürdigkeiten abgeklappert. Wie gefällt es Ihnen?«

»Sehenswürdigkeiten haben wir am ersten Tag erledigt«, lachte Bettina, »aber für die bekannten Attraktionen hätte ich, ehrlich gesagt, auch einen Bildband ansehen können. Nein, ich habe mich während der vergangenen zweieinhalb Tage sozusagen ›unters Volk gemischt‹, weil ich etwas mehr vom Charakter der Stadt in mich aufnehmen wollte.«

Sein Blick wurde irgendwie offener, interessierter, weniger nur höflich-verbindlich. »Das gefällt mir. Genauso würde ich auch versuchen, ein Land zu erfassen. Wie lange bleiben Sie?«

»Mittwochabend fliegen wir zurück.«

»Hätten Sie Lust, ein paar Stunden London mit einem ortskundigen, waschechten Engländer zu verbringen?«

Bettina stockte kurz der Atem, aber er sprach schon weiter. »Selbstverständlich zusammen mit Ihrem Gatten, Frau Neumann, bitte verstehen Sie mich nicht falsch.«

Beinahe wäre ihr Aufatmen zu deutlich ausgefallen. Sie konnte es gerade noch mit einem sehr netten Lächeln kombiniert in einen Begeisterungsseufzer umwandeln. Aber nein, der Typ, der fremde Frauen an der Bar blöd anquatschte, der war er nicht. Dafür wirkte er viel zu seriös. Leichten Herzens stimmte sie zu.

»Wir besprechen uns«, schlug er vor. »Welche Zimmernummer haben Sie? Dann rufe ich Sie morgen früh an.«

Bettina nannte die Nummer. Sein Blick wurde unstet, löste sich von ihrem, fixierte irgendetwas hinter Bettina. Mr Wade zog seine Brieftasche heraus, legte Bettina eine Visitenkarte hin, sagte: »Meine Klienten kommen. Leider muss ich mich jetzt entschuldigen. Ich freue mich auf morgen und wünsche Ihnen einen angenehmen Abend.«

Ehe sie erwidern konnte, bekundete er, sie möge sich bitte als eingeladen betrachten, fischte einen Geldschein aus dem Portemonnaie, wollte just dem Barkeeper die Cocktails zahlen, war schon vom Hocker geglitten, als ihn einer der höchst vergnügten Holländer anrempelte.

Entschuldigung holländisch, Entschuldigung britisch. Und ein zu Boden gerutschter Börseninhalt.

Bettina kletterte vom Marterpfahl, Mr Wade bückte sich, der Holländer bückte sich, Bettina bückte sich. Gemeinsam klaubten sie alles zusammen.

Und dann, plötzlich, hielt sie es in der Hand.

Drei fröhliche junge Mädchen im Tennisdress, die vor einem ziemlich beeindruckenden, riesigen Haus mit unzähligen Schornsteinen, Erkern und Türmen standen. Im Hintergrund auf der Freitreppe war schemenhaft eine Frau mit Kind auf dem Arm zu sehen.

Es war so unglaublich, dass Bettina kein Wort herausbekam. Stumm reichte sie ihm die Fotografie.

»Sie sind ganz blass, Mrs Neumann.«

»Wir hören uns morgen, ja?«, hauchte sie.

Er zog die Augenbrauen zusammen, dass sich eine kleine Vertikalfalte über der Nasenwurzel bildete. »Alles in Ordnung? Ist Ihnen schwindelig?«

Bettina lächelte kopfschüttelnd. »Alles okay. Schönen Abend, Mr Wade, und bis morgen.«

* * *

George Wade zeigte den beiden das spezielle London. Führte sie am Samstagabend durch die Straßen von Whitechapel, berichtete (und er konnte wunderbar dramatisch erzählen) von den Untaten Jack the Rippers, ließ den Gestank in den engen, ungepflasterten Gassen aufleben und in ihre Nasenlöcher aufsteigen, zündete blakende Gaslichter an – nicht viele, nur so, dass sie im schummrigen Licht ahnen konnten –, stellte an jede Straßenecke eine offenherzige Prostituierte mit schlammverkrustetem Rocksaum, ließ Schafe mähen, Karrenesel schreien, Kühe Fladen in den Matsch pladdern, Hausfrauen Nachttöpfe aus dem Fenster kippen, Kutschen vorbeirattern, magere, düstre Gestalten vorbeihuschen, die gewiss keine guten Absichten hegten.

»Herrgott, ist das gruselig hier, George! Immer noch, auch hundert Jahre später. Ich erwarte, jeden Moment ein Messer in die Rippen zu bekommen«, sagte Mathias, und ihm war das Lachen tatsächlich vergangen.

Bettina klebte an seinem schützenden Arm. Richtig zu sich kam sie erst wieder, als sie in einem der zahllosen Restaurants in Soho Platz genommen hatten. Einen Chinesen hatte George unter Hunderten exotischen Angeboten ausgewählt.

Sie speisten vorzüglich, redeten, lachten, waren sich vertraut.

Dass es verwandtschaftliche Beziehungen gab, hatte Bettina schon am Mittag bei strahlendem Sonnenschein unter dem Prinz Albert Memorial in Kensington Garden aufgeklärt. Da waren sie noch per Sie gewesen, aber dieser Zustand währte naturgemäß nicht lange.

»Mr Wade«, begann Bettina, während sie mit eifriger Zunge versuchte, ihre schmelzende Mords-Eisportion daran zu hindern, sich die Waffel entlang klebrig in ihre Hände zu ergießen, »Mr Wade, ich bitte um Entschuldigung, vielleicht ist es indiskret, Sie danach zu fragen, aber ich habe gestern Abend bei der Rempelei mit dem Holländer ein Foto aufgehoben …«

»Ich trage es immer bei mir«, nickte George. »Es zeigt, warten Sie …« Er zog seine Brieftasche hervor, nahm es heraus, hielt es Bettina hin, die vorsichtshalber nicht zugriff, um es nicht zu beschmieren. »Sehen Sie, hier. Das sind die Töchter meines Onkels. Und ganz links, das ist …«

Bettina fuhr dazwischen, ehe er das nächste Wort aussprechen konnte. »Das ist meine Mutter! Und zu Hause haben wir dieselbe Fotografie.«

George sah aus, als hätte der Blitz ihn getroffen.

»Das ist …? Not really!«

»Doch. Sehr really! Und im Hintergrund sehen Sie meine Großmutter Constanze und das Baby auf ihrem Arm, das sind … äh, das bist du, George. Du bist mein Onkel.«

Die oberste Eiskugel hatte den Halt verloren und klatschte Bettina aufs Jeansknie. George hatte die Fassung verloren. Sein Blick hing an der matschigen Kugel fest, fortwährend schüttelte er den Kopf, murmelte irgendwas Englisches, während Mathias Tempos aus seiner Hosentasche zog und George den rettenden Fixpunkt wegwischte.

»George? Alles in Ordnung? Du bist so blass. Ist dir schwindlig?«, fragte Bettina.

»Es ist nicht zu glauben«, flüsterte er.

»Die Welt ist manchmal ziemlich klein, George. Es gibt zwar Menschen, die können sich ums Verrecken nicht vorstellen, dass solche Begegnungen wie unsere hier passieren, aber man soll sich wundern, wie häufig sie am Ende doch sind. Irgendeine Macht im Universum, irgendwas muss für so was spezialisiert sein. Frag mich nicht, wer oder was, aber ich freu mich. Seit gestern Abend bin ich total aus dem Häuschen, und du kannst mir glauben, es fiel mir wie Schuppen von den Augen und ich konnte mich kaum zurückhalten, dir nicht gleich um den Hals zu fallen. Du musstest es einfach sein. Du bewahrst nicht ein so altes Foto in der Brieftasche auf, wenn es nicht so wäre. Aber jetzt …«

Jetzt fiel sie ihm um den Hals. Vorsichtig bemüht, ihm nicht den Rest der aus der Waffel ragenden Eisportion ins Genick zu schmieren.

Mathias wurde zum Statisten und stillen Zuhörer. Und auch Prinz Albert, oben auf seinem Denkmal, rührte sich nicht. Vielleicht hätte der Gemahl Queen Victorias II., Spross aus dem alten deutschen Geschlecht derer von Sachsen-Coburg-Gotha, beim Zuhören während der folgenden Stunde gelächelt, wenn man ihn nicht in Bronze festgegossen hätte.

Es stellte sich heraus, dass George von seinem Vater Gordon zum achtzehnten Geburtstag über die Vorgänge in der Vergangenheit aufgeklärt worden war. Zu diesem Zeitpunkt hatte Gordon eine Krebserkrankung durchzustehen gehabt, die ihn veranlasste, gewisse Dinge zu regeln. Insbesondere hatte er George ans Herz legen wollen, seine Halbschwester Eva weiterhin mit bestimmten pekuniären Zuwendungen zu bedenken.

Gordon hatte es, nachdem die Sache lange aussichtslos gewirkt hatte, wie durch ein Wunder überstanden. George versicherte, es ginge ihm gut, nur die Geschäfte der Bank, die hatte er inzwischen ihm anvertraut. Ihm, der in Vaters Fußstapfen getreten war.

Nach seiner Genesung hatte Gordon sich allerdings ganz nach Wisley Park zurückgezogen, genoss seinen aktiven

Ruhestand zusammen mit Cynthia, der Frau, die George beinahe achtzehn Jahre lang für seine leibliche Mutter gehalten hatte. »Und er reitet, Bettina! Jeden Tag. Daddy sagt, wenn er nicht mehr reitet, können wir den Sargschreiner beauftragen«, lachte George gegen Ende seiner Erzählung, wurde dann wieder ernst und fügte hinzu: »Nur ... er hat mich darauf eingeschworen, die Vergangenheit niemals aufzuwühlen.«

Eine Anmerkung, die Bettina zu einem aufgebrachten »Hah! Genau wie meine Mutter. Die spinnen doch!« veranlasste.

»Ach, irgendwie kann ich sie verstehen, die Alten«, erwiderte George nachdenklich. »Mein Daddy wusste, meine Mutter liebte ihren Mann Clemens abgöttisch, und hätte nie gewollt, dass auch nur die Spur eines Schattens auf ihre Treue fiele. Wie geht es ihr denn, Bettina? Ich wünsche mir jetzt seit zwanzig Jahren, sie endlich kennenzulernen, aber selbstverständlich nehme ich Rücksicht auf die eindringliche Bitte meines Vaters.«

Bettina erzählte, was sie wusste. George war enttäuscht.

»Ich weiß nicht, was passieren muss, damit die Familie endlich wieder zusammengeführt wird, George. Aber ich hoffe jeden Tag, dass es irgendwann noch dazu kommt.«

Sie waren sich einig. Einig in ihrer Hoffnung, einig in ihrer Freude, einig in ihrer Rücksicht, einig darin, dass wenigstens sie, die sich endlich gefunden hatten, einander nicht mehr aus den Augen lassen wollten.

Am Dienstagabend trafen sie sich vorläufig ein letztes Mal und genossen in Covent Garden eine Shakespeare-Aufführung. Es war der »Sommernachtstraum«. Und es war ein Sommernachtstraum.

* * *

Alle freuten sich über Bettinas angeschleppte Geschenke. Auf ihr ganz besonderes Mitbringsel, das sie mit geheimniskrämerischem Gesicht versprach, musste allerdings noch etwas gewartet werden, bis Ulli die Filme entwickelt hatte. Sie war dabei. Stand in seiner Dunkelkammer neben ihm, zappelte, bis die Ergebnisse sich nach und nach in der flachen Schale zeigten.

»Wer ist das denn da neben dir?«, fragte Ulli.

Und »Wer ist das denn da neben dir?«, fragte Mama.

Constanze fragte nicht, als sie Ende Juni 1986 ein paar von Bettinas Urlaubsbildern im nächsten Brief vorfand. Constanze wusste. Weil sie es fühlte.

So zumindest schrieb sie es in ihrer Antwort an Bettina, die bewusst außerordentlich vorsichtig formuliert, lediglich eine Urlaubsbekanntschaft aus Surrey und Georges Alter erwähnt hatte, um nicht irgendwelche Irritationen zu provozieren, falls Großvater den Brief in die Hände bekommen sollte.

In der Korrespondenz zwischen Großmutter und Enkelin entwickelte sich von da an über die folgenden Jahre ein zart gesponnenes Netz aus gegenseitiger Achtung und Vertraulichkeit. Bettina immer auf der Hut, Constanze viel deutlicher, denn selbstverständlich las Clemens nie, was sie verfasste, war aber stets begierig darauf, Bettinas Antworten vorgetragen zu bekommen. Seit seinem Unfall sah er nicht mehr gut. Viel Zeit verbrachte Großmutter damit, ihm aus der gut bestückten häuslichen Bibliothek und den wenigen verfügbaren Zeitungen vorzulesen.

Bettinas Bild der beiden war idyllisch. Dachte sie an die Großeltern, stellte sie sich immer zwei in Würde gealterte, graue, ein wenig gebückte Leutchen auf einer kleinen, grün gestrichenen Bank vor einem pittoresken Häuschen vor. Selbstverständlich im rotgoldenen Sonnenuntergang. Sie einmal, nur ein einziges Mal wirklich leibhaftig so sitzen sehen.

31

BRAUNSCHWEIG 1989 – WER ZU SPÄT KOMMT …

Als Bettina und Mathias in der Silvesternacht das Jahr 1989 begrüßten, ahnte noch niemand, dass es das aufregendste, umstürzendste Jahr nach dem Ende des Zweiten Weltkriegs werden würde. Mühsam hatten die kriegerischen Ost- und Westmächte jahrzehntelang um Gleichgewicht gerungen, und dieses Gleichgewicht hatte immer Bewaffnung bis an die Zähne bedingt. Man konnte es vielleicht vermuten, die Zeichen standen auf Sturm, standen auf Veränderung, doch ernsthaft absehen, dass am Ende dieses Jahres kaum noch ein Stein der gewohnten Weltordnung über dem anderen liegen würde, hätte wohl kaum jemand können.

Im Kreis ihrer Freunde standen Bettina und Mathias auf dem Balkon. Hütchen keck auf die Köpfe gesetzt, Luftschlangen umgehängt, betrachteten sie, jeder ein Sektglas in der Hand, den vom Feuerwerk strahlend bunt erleuchteten Himmel über der Stadt, fielen sich um den Hals, wünschten einander Glück, zogen sich schnatternd in die Wohnung zurück, versuchten über die schwer ausgelasteten Telefonleitungen zu ihren Liebsten durchzudringen, setzten Kaffee auf, richteten die Pfannkuchen an, schütteten sich aus vor Lachen, als ausgerechnet Bettina, die es doch hätte wissen müssen, den mit dem Senf drin erwischte, gossen Blei.

Bettinas Ergebnis war kreisrund, glich einem Lorbeerkranz. Das dem Gießset beigelegte Deutungszettelchen hatte für diese Figur tatsächlich eine eindeutige Erklärung: Ein Streit findet ein gutes Ende in einer Versöhnung.

»Derweil ich persönlich mit niemandem Streit habe, muss es etwas Größeres bedeuten«, meinte Bettina lachend, und allen fiel dazu etwas ein.

»Wie wäre es mit Weltfrieden?«, schlug Mathias vor und erntete Beifall.

»Mir reichte schon Abrüstung bis zum Nullniveau«, relativierte der vorsichtigere Hasso.

»Atomkraft abschaffen, auf erneuerbare Energien setzen«, fand Moni wichtig.

»Na, und den Umweltschutz endlich ernst nehmen«, setzte Ulli hinzu.

Bettina ergänzte kämpferisch: »Wiedervereinigung Deutschlands, nieder mit dem Eisernen Vorhang!«

»Die Mauer muss weg, die Mauer muss weg«, intonierte Achim, der mitsamt Freundin Andrea aus München angereist war, und alle fielen ein.

* * *

Für Bettina sollte es beruflich das erfolgreichste Jahr ihrer bisherigen Karriere werden. Nach der Verabschiedung des bisher zuständigen Kollegen in den Rentenstand vertraute man ihr endlich die Leitung des Politikressorts ihrer Zeitung an. Eine Frau hatte es in dieser Position bis dato nicht gegeben und Bettina platzte beinahe vor Stolz, sich gegen den jüngeren, männlichen Anwärter durchgesetzt zu haben. Allerdings trug sie diesen Stolz nicht nach außen, verzichtete auf eine Feier im Kreis der Kollegen, nahm lächelnd die Gratulationen zur Kenntnis, ohne großes Aufheben von der Beförderung zu machen, brachte lediglich am Tag nach der Bekanntgabe zwei Platten des geradezu berühmten und wahnsinnig beliebten Zuckerkuchens mit Schmand vom Bäcker Milkau mit und stellte ihn im Frühstücksraum neben die Kaffeemaschine. »Nehmt euch, Leute«, sagte sie schlicht und alle griffen unbefangen zu.

Feiern tat sie ganz allein mit Mathias. Von ihm hörte sie gern das überschwängliche Lob für ihre Kompetenz, ihre Zähigkeit, ihre Fähigkeiten, das in seinen Augen bewundernswerte Durchhaltevermögen, über all die langen Jahre zurückgesteckt zu haben.

»Du hast es wirklich endlich verdient«, sagte er.

»Finde ich auch«, grinste Bettina. »Aber wenn ich das in der Redaktion raushängen lasse, sind einige der Herren beleidigt, und das muss wirklich nicht sein. Viel ändern wird sich an den Abläufen für mich sowieso nicht. Ich habe nur jetzt das letzte Wort. Aber auch das werde ich immer tunlichst versuchen, unter Einbeziehung des Teams zu sprechen. Weiblicher Führungsstil muss sich vom männlichen unterscheiden, Mathias. Wenn ich die Ellenbogen ausfahre, stoße ich sie mir bloß, und das möchte ich vermeiden.«

»Eigentlich bescheuert, nicht? Niemals würde sich ein Mann solche Gedanken machen.«

»Eine Frau gilt sofort als Zicke und hat verspielt, wenn sie allzu dominant agiert. Ich muss also überzeugen können. Das ist manchmal anstrengender, führt aber auch zum Ziel, und schließlich hatte ich genug Zeit zum Üben«, kicherte Bettina, schon reichlich angeschickert, und goss den Rest aus der Flasche

Moët, die sie sich zur Feier des Tages gegönnt hatten, in die Gläser.

»Du machst das schon«, sagte er überzeugt, prostete ihr noch einmal zu. Sie tranken den Rest, Bettina sank an seine Brust, kuschelte sich an und im nächsten Moment musste er ihr schon das Glas aus der Hand nehmen, weil sie eingenickt war. Sie arbeitete schon jetzt zu viel. Dass es in absehbarer Zeit mehr Ruhe und gemeinsame Zeit geben würde, wagte er zu bezweifeln.

* * *

Nein, Ruhe sollte es in diesem Jahr keine geben. Langsam, über Jahre hinweg, hatte sich was zusammengebraut, das gärte, brodelte, nur noch auf einen letzten Tropfen zum Überschäumen wartete.

»Mr Gorbatschow, tear down this wall«, hatte der amerikanische Präsident Ronald Reagan schon anlässlich seiner Rede am 12. Juli 1987 vor dem Brandenburger Tor gesagt und damit damals noch ausgesprochen gespaltene Reaktionen hervorgerufen. Während Reagan manchen Menschen direkt aus dem Herzen gesprochen zu haben schien, waren die Vorsichtigen entsetzt. Behutsam hatten sich Ost und West angenähert, nun fürchteten viele, Reagans unter der Rubrik »Kalter-Krieg-Rhetorik« einzuordnender Satz könne die Entspannungspolitik und die Abrüstungsverhandlungen mit Moskau gefährden. Gorbatschow selbst nannte Reagans persönliche Aufforderung sogar einen Propagandatrick. Zu dünn war noch das Eis zwischen den Supermächten gewesen, als dass der Generalsekretär der KPdSU einen derart direkten – aus Reagans Mund trotz aller Beteuerungen amerikanischer Friedensbemühungen beinahe borniert wirkenden – Aufruf vorbehaltlos hätte aufnehmen, gar umsetzen wollen.

Trotzdem hatte Bettina den Eindruck, der amerikanische Präsident habe mit dieser Forderung den Menschen regelrecht einen Floh ins Ohr gesetzt. Egal, wo man hinschaute, in ganz Europa schienen die Leute mit den Füßen zu scharren, auf Veränderung zu drängen.

1989 begannen die Ereignisse sich zu überschlagen. Selten war Bettina vor acht Uhr abends zu Hause, arbeitete bisweilen sogar bis weit nach Mitternacht an ihren Artikeln, wusste manchmal nicht, wo sie zuerst hinschauen sollte, um ihren Lesern ein möglichst tagesaktuelles Bild vermitteln zu können.

Polen, auf das sie seit den Vorgängen im August 1980 stets ein besonderes Augenmerk gerichtet hatte, erlebte diesen Winter ein ungeheures Wiedererstarken der Solidarność. Die Regierung bekam die Proteste in der Bevölkerung nicht mehr unter Kontrolle. Der Gewerkschaftsführer Wałęsa zeigte sich diplomatisch, beschwichtigte die aufgebrachten Massen und vermittelte, forderte allerdings im Gegenzug die Einführung eines »Runden Tisches« und erreichte tatsächlich, dass am 6. Februar 1989 Gespräche zwischen Regierung und Gewerkschaft beginnen konnten, die bis zum April den Systemwechsel entschieden vorantrieben. Freie Wahlen im Sommer brachten letztlich der von der Gewerkschaft zur Partei umstrukturierten Solidarność neunundneunzig Prozent der Stimmen.

Wo Polen längst war, wollte die DDR hin. Weg von der Qual der diktatorischen Einheitspartei SED, hin zu freien Wahlen, hin zu Reisefreiheit, echter Demokratie, Öffnung, neuen Welten. Und hin zu einem vereinten Deutschland.

»Es sind die Kirchen, die den Menschen seit Jahren Räume zu friedlichem, gemeinsamem Protest eröffnen«, hatte Bettina schon Mitte der 80er-Jahre einmal in einem Artikel geschrieben. Doch jetzt, Anfang September 1989, gewannen die allwöchentlichen Zusammenkünfte zu Friedensgebeten neue Bedeutung.

Zunächst waren es nur etwa eintausend Menschen, die sich nach dem Gebet im Vorhof der Leipziger Nicolaikirche versammelten. »Stasi raus« und »Reisefreiheit statt Massenflucht« skandierten sie, wurden in der ganzen Republik und weit über die abgeschotteten Landesgrenzen hinaus gehört.

Trotz der Angst vor dem Eingreifen der Staatsgewalt steigerten sich die Zahlen der Versammelten von Woche zu Woche. Waren es am 2. Oktober noch zwanzigtausend, kamen nur eine Woche später fünfzigtausend Protestierende allein in Leipzig dazu, fanden sich zusätzlich Tausende in Dresden, Karl-Marx-Stadt und Halle ein, die wie aus einer Kehle deutlich machten: »Wir sind das Volk!«

Schützenhilfe kam ausgerechnet aus den sozialistischen Bruderländern im Osten. In schwindelerregender Rasanz schwanden die kommunistischen Herrschaftssysteme, lösten sich auf, als hätte Klebstoff allerorten zu ein und demselben Moment beschlossen, seine Haltbarkeitsgrenze überschritten zu haben und von sofort an zu zerbröseln. Natürlich hatte zu diesem Auflösungsprozess die Dauerkrise des Sozialismus genauso beigetragen wie die Entspannungspolitik des KSZE-Prozesses und die Reformbestrebungen unter Michail Gorbatschow.

Der Effekt der Vorgänge in der Sowjetunion war allerdings, dass Führungsspitzen plötzlich nicht nur politische Motivation, sondern auch moralische Legitimation für umstürzendes Handeln in Händen hielten. Die ausgeprägte Angst vor der Konfrontation mit Moskau und gegebenenfalls harschen Strafaktionen hatte sich endgültig verflüchtigt.

Bettina schrieb von »kommunistischer Selbstüberwindung« und stellte die provokante Frage, ob ein solcher Umbruch qua besserer Einsicht im kapitalistischen System jemals denkbar wäre. Schließlich war auch dort weiß Gott nicht alles Gold, was glänzte.

Die Meldungen kamen so schnell rein, dass es manchmal kaum möglich war, hinterherzukommen und sowohl tagesaktuell als auch treffsicher die Sahnehäubchen zu rapportieren. Wie schon damals, als kleine Schülerzeitungsredakteurin, hatte Bettina ständig zu entscheiden, welche Rosinen sich zu picken lohnten, stand in ständigem Austausch mit Kollegen, hielt sich oft und gern an die über Ulli geschaffenen persönlichen Kollegenkontakte bei Associated Press, die ihr schon so häufig dienlich gewesen waren.

Nachdem es bereits am 19. August im Rahmen des »Paneuropäischen Picknicks« in Sopronpuszta während einer kurzfristigen Öffnung zu einer Massenflucht von DDR-Bürgern über die ungarisch-österreichische Grenze gekommen war, öffnete Ungarn am 10. September seine Grenzen für DDR-Bürger. Wieder einmal, wie schon vor dem Mauerbau, stimmten Ostdeutsche mit den Füßen ab, annähernd sechzigtausend DDR-Bürger flohen Hals über Kopf in die Bundesrepublik. Nichts wie weg. Ehe es sich noch jemand anders überlegen konnte, ehe begehbar gewordene Wege womöglich wieder verschlossen wurden.

Im Hause Bressler geschah Ende September das bejubelte Wunder: Dem Besuchsantrag der Großeltern zu Weihnachten war erstmals stattgegeben worden. Im Frühjahr bereits hatte der Papierkrieg begonnen. Was sie nicht alles hatten beibringen müssen! Noch und noch einmal waren sie einbestellt und wegen irgendeines albernen fehlenden Dokuments wieder nach Hause geschickt worden. Jeweils mit einem neuen Termin, Wochen später, versehen. Schikane! Pure Schikane. Constanze schrieb, ohne sich zu beschweren. Sie erklärte lediglich. Aber Mama, Papa, Bettina, ach, die ganze Familie wusste Bescheid und ärgerte sich maßlos.

* * *

Da löste sich der ganze Eiserne Vorhang auf, in den Botschaften Warschaus und Budapests stapelten sich die Ausreisewilligen, aber Ostberlin stand unter Erich Honecker wie der letzte Posten und bereitete unbeirrt die Feierlichkeiten für den Jubeltag zum vierzigsten Bestehen der DDR am 7. Oktober vor.

So sind die Deutschen, sinnierte Bettina. Üb immer Treu und Redlichkeit. Bis an dein kühles Grab. Pah! Grab können sie kriegen, die Deppen. Die kapieren einfach nicht, wann Schluss ist. Haben sie noch nie begriffen. Lassen Kinder noch im Sommer '44 an Ostpreußens Ostgrenze bis zum Umfallen Panzergräben ausheben, um den Vormarsch der Roten Armee zu stoppen, erklären Städte zu Festungen, in denen kaum noch ein Mann aufrecht stehen kann, verfassen Durchhalteparolen, wo längst der Feind durchmarschiert, fordern Loyalität, wo nichts mehr existiert, dem man sie erweisen könnte, faseln von todesstrafenbewehrtem Defätismus, statt zu evakuieren, ziehen noch im letzten Moment Buben ein, die das Vaterland auf Fahrrädern gegen Panzer verteidigen sollen, kriegen es fertig, Heimwehrleute als Verräter aufzuknüpfen, obwohl die Russen längst als Sieger in Berlin einmarschiert sind.

Was für eine tumbe Obrigkeitshörigkeit. So was lassen nur die Deutschen mit sich machen. Lassen sich einlullen, halten den Mund, Hauptsache Brot und Spiele und ihre Ruhe. Welche Nation ließe sich das schon bieten? Immer brav mitlaufen. Und das Schönste: Nachher will es wieder keiner gewesen sein und sie haben es doch alle gleich gesagt. Fähnchen im Winde. Ganz egal, wen man ihnen vorsetzt, sie machen mit. Dass dem Erich der Realitätssinn längst abhandengekommen ist, muss doch auch sein Kabinett begreifen. Aber nein! Das Land der Dichter und Denker? Nicht ganz dicht und denken sowieso nicht. Pleite sind sie da drüben. Ohne Strauß' »großzügig« gewährte Milliardenkredite, die sie so hübsch von der Bundesrepublik abhängig gemacht haben, wäre der ganze Laden längst futsch. Ach nee, es wird wirklich Zeit, dass Deutsche auch mal aufbegehren!

Bettina, wohlgemerkt, dachte. Aber so schrieb sie das natürlich nie.

Tja, und dann feierte Ostberlin! Kriegte sogar Besuch von dem Mann, in dem das Volk seinen Retter zu erkennen glaubte. Bissig waren schon wieder Bettinas Gedanken. Guck mal einer an, sie sind wie immer auf der Suche nach dem Wagner'schen Erlöser. Das waren sie doch schon in den 30ern gewesen und hatten einen gekriegt. Und was für einen. Dieser sollte doch besser taugen. Bitte!

Bettina wusste, dass die beiden Vertreter von dpa und Associated Press gemeinsam vor dem Staatsratsgebäude auf den vom Volk mit »Gorbi, Gorbi«-Rufen jubelnd begrüßten KP-Chef – oder zumindest auf eine druckbare Presseerklärung seines Sprechers – gewartet hatten. Irgendwann war Gerassimow dann auch mitsamt Übersetzern erschienen.

Da gab es den filmisch aufgezeichneten Gorbatschow-Ausspruch vor der Neuen Wache: »Ich glaube, Gefahren lauern nur auf jene, die nicht auf das Leben reagieren.«

Da gab es die verbürgte Äußerung vor dem SED-Politbüro: »Wenn wir zurückbleiben, bestraft uns das Leben sofort.«

Da gab es das, was der Übersetzer neben Gerassimow lieferte.

Und alles klang schwammig, nichts fetzte so, dass es knallte.

Sie berieten sich, die Herren Pressevertreter. Und erfanden einen Satz, der so durchschlagend war, dass keiner der beiden – sowohl um inhaltliche Übereinstimmung als auch natürlich auf Publikumswirksamkeit bedachten – Männer damit hätte rechnen können, welch breite Schwingen sie dem fortan geflügelten Wort verliehen.

»Wer zu spät kommt, den bestraft das Leben.«

Peng. Das saß. Das passte. Das hatte Wirkung. Das war so gut, dass Gorbatschow es irgendwann sogar selbst gesagt zu haben glaubte.

Bettina beneidete die zwei. Und übernahm den Satz, der Legende werden sollte.

32

BRAUNSCHWEIG, NOVEMBER 1989 – NUR MAL GUCKEN

Bettina war, wie jeder Journalist, stets auf der Jagd nach den richtigen Momenten und Bildern, den richtigen, den wirklich wichtigen Sätzen, den großen Zitaten. Dabei angewiesen auf das, was die Presseagenturen zuspielten, denn nur seltenst konnte sie selbst an den Brennpunkten vor Ort sein. Manchmal wurmte es sie, aber letztlich hatte sie ihren Frieden mit dieser Tatsache gemacht. Erstens ließ es sich nicht ändern, denn ihr Job war eben nicht so strukturiert, dass sie in der Welt hätte herumreisen können. Zweitens war es vielleicht auch ganz gut so, denn Ullis Schilderungen waren ihr an sich genug gewesen, um zu wissen, das hätte sie nicht lange ausgehalten. So war es eben unumgänglich, Informationen immer nur aus zweiter Hand zu verarbeiten und das Beste draus zu machen.

Im Sommer des Jahres hatten rund einhundertzwanzig DDR-Bürger in der Prager Botschaft der Bundesrepublik Zuflucht gesucht und hofften seither auf Ausreisegenehmigungen. Die Möglichkeit sprach sich herum, tagtäglich kamen neue

Menschen dazu, bis letztlich das gesamte Botschaftsgelände ein Campingplatz war, der aus allen Nähten zu platzen drohte. Die hygienischen Bedingungen gerieten mit dem Zustrom Tausender bis zum September zur Katastrophe, trotz tätiger Mithilfe der Prager Stadtverwaltung liefen die in aller Eile aufgestellten Toiletten über, stank das Lager bald zum Himmel, war die Verpflegung kaum noch zu bewerkstelligen, tauchte bereits das Schreckgespenst Seuchenausbruch am Horizont auf.

Bilder gingen um die Welt. Bilder Verzweifelter, die über den Zaun zu klettern versuchten, sich lieber da drüben knöcheltief in morastigem, fäkalienvermischtem, nur einstmals gepflegtem Botschaftsrasen finden wollten, als diesseits des Zaunes zu bleiben. Was bedeutete schon Scheiße an den Füßen gegen den Gedanken der Freiheit?

Die Bilder täglich vor Augen, forderte der gesamte Westen Ausreisegenehmigungen, doch die Regierungen der Tschechoslowakei und der DDR blieben hart.

Hans-Dietrich Genscher nutzte Ende September die Vollversammlung der Vereinten Nationen in New York, um die Dringlichkeit der Lage dem DDR-Außenminister Fischer vorzutragen, doch der schnarchnasige Kollege wollte vor seiner Rückkehr ins Heimatland nichts unternehmen. Genscher wäre nicht der gewesen, der er war, hätte er sich mit der aufschiebenden, äußerst vagen Hilfe-Zusage zufriedengegeben.

Ein Anruf beim sowjetischen Amtskollegen Schewardnadse, ein von der New Yorker Polizei zur Verfügung gestellter Wagen, und zwanzig Minuten später fuhr Genscher unter Blaulicht und Sirenengeheul beim sowjetischen Außenminister vor.

»Sind Kinder dabei?«, war Schewardnadses erste Frage.

»Viele!«, entgegnete Genscher.

»Ich helfe Ihnen!«

Zwei Männer, die nicht im politischen Gewirr verloren hatten, was Männer im politischen Gewirr zuvorderst ausmachen sollte: Menschlichkeit.

* * *

Als wenige Tage nach dem Eingreifen der beiden Außenminister die ersten Meldungen durchkamen, die nach Nachgeben aussahen, fragte sich Bettina, ob es diesen Herren im Politbüro der DDR womöglich peinlich gewesen war, dass der »große Bruder« ihnen offensichtlich Feuer unterm Hintern gemacht hatte. Hätten sie sonst so sehr darauf gedrungen, ihre Bedingung zum Einlenken festzuhalten, die da hieß: »Über diesen humanitären Akt der Regierung der DDR ist ein Kommentar in der Presse, im Rundfunk und im Fernsehen zu veröffentlichen«?

Gesichtsverluste waren nie lustig. Schon gar nicht für totalitäre Systeme. Und schon überhaupt nicht, wenn man ausgerechnet von dem etwas auf den Popo bekam, vor dem man jahrzehntelang hechelnd den Kotau vollführt, dem man kritiklose Treue geschworen, unterwürfig nachgeeifert, gar versucht hatte, koste es, was es wolle, noch härter, noch menschenverachtender zu agieren als das große, angebetete Vorbild. Unbedingt, das war doch offensichtlich, musste ein Eindruck entstehen, der die Staatsführung der DDR als sowohl empathisch als auch machtvoll erscheinen lassen würde. Ausweisung. Natürlich! Querulanten wie die Botschaftsflüchtlinge wies ein souveräner Staat aus. Und zeigte sich dabei auch noch milde. Konnte ja nicht sein, dass die armen Menschen da im Dreck hausten.

In der Vorbereitung ihres Artikels beschloss Bettina ausnahmsweise, sich Wertung zu genehmigen. Es rumorte in Prag an diesem Abend des 30. September. Genscher bereitete sich auf eine Rede vor, so viel wurde durchgestochen. Was würde er konkret mitteilen? Die ganze Redaktion saß auf heißen Kohlen.

Und elektrisiert verfolgten endlich alle, was geschah, als Genscher auf den Balkon der Botschaftsvilla trat.

O Gott ja: Die Sache mit den trefflichen Sätzen!

»Habt ihr das genau verstanden? Was hat er gesagt?«, fragte Bettina in die Runde. Schulterzucken. Kopfschütteln.

Sie lauschten, spulten zurück, sichteten die Aufnahme noch und noch mal.

»Ich darf Sie im Namen der Bundesregierung begrüßen.«

Jubel brandete auf.

»Sie werden mir erlauben, dass ich den Hallensern unter Ihnen einen besonderen Gruß ...«

Wieder jubelte die Menge.

»Ich bin zu Ihnen gekommen ...«

»Ruhe!«, brüllten die Leute und: »Lauter!«

»Ich bin zu Ihnen gekommen, um Ihnen mitzuteilen, dass heute Ihre Ausreise ...«

Aus. Schluss. Jubel, Jubel, Jubel.

Ja, was war denn nun mit der Ausreise? Man konnte sich auf den Kopf stellen, lauter, leiser, noch mal abspulen, noch mal, noch mal ... es war nicht zu verstehen.

Bettina griff zum Hörer und versuchte, ihren AP-Kollegen Jürgen zu erreichen. Keine Chance! Wieder und wieder versuchte sie es. Sie wusste, er war vor Ort. Wochenlang schon. Hatte sogar Kontakt zu Genschers Büroleiter. Der musste es doch wissen!

Es war weit nach Mitternacht, als sie ihn endlich an die Strippe bekam. Ihr Artikel war fast fertig, der Druck würde gleich anlaufen, aber verdammt, da fehlte was!

»Was hat er noch gesagt, bitte, sag's mir, Jürgen!«, flehte sie in die Muschel.

»Bettina! Dir doch immer. Pass auf, schreib mit.«

Bettina stenografierte.

»Ich danke dir, mein Lieber. Hast was gut.«

»Grüß Ulli!«

»Mach ich, ich muss mich jetzt sputen, sie drucken gleich!«

Eine Viertelstunde später war sie fertig und ihre Zeitung am nächsten Morgen eine der wenigen, die nicht nur Genschers letztes Wort, »bevorsteht«, kannte, sondern auch den weiteren Verlauf der Ereignisse schildern konnte.

Nach der guten Nachricht war die bittere Pille gekommen, und Genscher hatte sein ganzes rhetorisches Geschick aufwenden, die ganze Kraft seiner Persönlichkeit einsetzen müssen, um dem vieltausendstimmigen Entsetzensschrei der Flüchtlinge etwas entgegenzusetzen und den Menschen etwas abzuringen, das man »Vertrauen« nannte.

Ostberlin nämlich hatte verfügt, dass die Flüchtlinge in Sonderzügen über DDR-Territorium transportiert werden mussten. Wen sollte es schon wundern, dass die Menschen in Panik gerieten? Zu gut kannten sie ihre Staatsführung, zu tief saß das Misstrauen. Doch Hans-Dietrich Genscher hatte von jeher eine gute Hand für Krisensituationen gehabt, brachte auch diese zu einem guten Ende. Und Bettina hatte das sehr bestimmte Gefühl, dass Genschers heute gehaltene Ansprache einmal als die berühmteste »unvollendete« Rede der Weltgeschichte gelten würde.

Zu einem »guten Ende« aber galt es noch erheblich schwerwiegendere Aufgaben zu bringen.

Kurz nach den Feierlichkeiten zum 40. Jahrestag der DDR zwang das SED-Zentralkomitee am 18. Oktober 1989 Erich Honecker zum Rücktritt, und der neue Parteichef Egon Krenz kündigte Reformen an. Reformen hatte auch das Anfang September gegründete »Neue Forum« gefordert. Eine Organisation, die westliche Medien ausgiebig bejubelt hatten und die vielleicht aufgrund des hohen medialen Interesses nicht sofort niedergeschlagen worden war. »Reformen« klang gut. Klang nach Gleichklang zwischen Alteingesessenem und Neuem.

Aber weit gefehlt! Natürlich kongruierten die Ziele des »Neuen Forums« wenig mit denen des neuen SED-Generalsekretärs, denn wenn der von Reformen sprach, tat er das ausschließlich mit dem Ziel, die Macht der SED zu retten. Für Bettina war ganz klar, dass Vorsicht in der Beurteilung geboten war. So schnell würde doch keiner der Hundertfünfzigprozentigen aufgeben. Gut, ein bisschen wirr wirkte einiges, was sich da abspielte, aber …

* * *

Der Abend des 9. November war kühl und regnerisch. Bettina war ausnahmsweise pünktlich nach Hause gekommen und freute sich auf einen gemütlichen Abend mit Mathias. Heiße Würstchen und Kartoffelsalat, schnell gemacht, schnell gegessen. Die Teller standen noch auf dem Tisch, leichter Senfgeruch mischte sich zum Fernsehprogramm.

Tagesschau. Pünktlich daheim zur Tagesschau? Was für eine Seltenheit! Mathias lehnte sich gemütlich auf dem Sofa zurück, zog Bettina dicht zu sich und gähnte herzhaft. Offensichtlich erwartete er nichts Weltbewegendes.

Nur Minuten später waren beide hellwach. Eine Dreiviertelstunde Autofahrt nur bis zum Grenzkontrollpunkt Helmstedt. Wenn etwas derart Weltbewegendes in so greifbarer Nähe geschah, dann wollte Bettina dabei sein. »Das glaube ich erst, wenn ich es gesehen habe«, hatte sie gesagt, war aufgesprungen und hatte ihn gefragt: »Kommst du mit? Ach bitte, komm doch mit!«

Natürlich kam er mit. Schleppte ihre in aller Eile zusammengetragenen Sachen zum Auto und brauste aus der schlafenden Stadt hinaus auf die Autobahn. Wie weggeblasen alle Schläfrigkeit. Da ging was vor, was wirklich Weltbewegendes!

Nervös fummelte Bettina neben ihm am Objektiv ihrer Kamera, hatte Mikrofon und Aufnahmegerät schon vor der Anschlussstelle Watenbüttel griffbereit auf dem Schoß.

»Ich kann mir ja vorstellen, dass sie in Berlin aufmachen«, sagte er zweifelnd. »Aber gleich alle Übergänge? Glaube ich nicht so recht.«

»Na ja, Schabowski hat auf die Nachfrage des italienischen Kollegen in der Pressekonferenz bestätigt, alle Grenzübergänge werden geöffnet. Hast du doch gehört. Lass uns nachsehen. Ich bin gespannt wie ein Flitzebogen.«

Grellweißes Licht auf der Westseite, gelbtrübes drüben, erleuchtete Wachtürme im feinen Nieselregen, stählerne Absperrungen, lange Reihe Abfertigungshäuschen. Still.

Sie parkten, stiegen aus, schlugen Krägen hoch, Bettina schützte die Kamera im Mantelaufschlag, Mathias das Aufnahmegerät.

Zu Fuß an den Kontrollpunkt. Pässe griffbereit.

Ein Gruß, Finger an die Mütze gehoben. Wegschauen.

Wegschauen?

Einen Fuß setzte Bettina über den weißen Streifen am Boden. Zog ihn zurück, blickte zu dem Mann hinter Glas. Der unterhielt sich mit einem Kollegen durch halb geöffnete Tür.

Und tat: nichts!

Sie schauten sich an. Stirnrunzeln.

Noch ein Schritt. Drüben!

Aus dem Nieselnebel tauchten Menschen auf. Untergehakt in Reihe. Fünf. Jung. Unsichere Mienen.

Traten ans Kabuff, guckten ängstlich nach dem Grenzer.

Der hob die Hand an die Mütze. Grinste.

Sonst tat er: nichts!

Jetzt wurden sie eilig. Sprangen. Über den blöden weißen Strich. In den Westen. Sprangen zurück in den Osten, wieder in den Westen.

Lachten. Umarmten sich.

Bettina trat zu ihnen. Grenzüberschreitend.

Sprach sie an. »Darf ich?« Zog die Kamera heraus. »Presse.«

Sie posierten. Lachten. Fielen sich noch und noch mal um den Hals.

»Darf ich Sie fragen, ob Sie nun in die Bundesrepublik ausreisen möchten?«

Ein Mädchen, na, junge Frau trifft es, blonde DDR-Dauerwelle, Vokuhila-Frisur, rote Wangen, glänzende Augen, Sachsen-Anhaltiner Dialekt: »Nee, wir wollen doch nicht ausreisen! Wir haben nur immer davon geträumt, mal rüber, nur mal gucken. Wir können's gar nicht glauben. Dass wir das mal erleben dürfen. Wir wollen doch nicht weg. Nur mal gucken!«

»Nur mal gucken«, überschrieb Bettina ihren Artikel und traf es damit. Reisefreiheit statt Republikflucht. Mehr hatten sie doch gar nicht gewollt. Und ehe in Berlin Tausende und Abertausende jubelnd, feiernd, trinkend sich in den Armen lagen und alle nur mal gucken wollten, ob es wirklich wahr war, hatte Bettina die allererste Grenzübertretung ohne Wenn und Aber, ohne Papiere, ohne Zurückweisung, ohne das viel belachte »Gänsefleisch mal'n Kofferraum uffmachen« live gebannt.

33

BRAUNSCHWEIG 2004 – WAS WIR SIND

Erst mal in den Keller. Aus diesem »Erst mal« waren Jahre geworden. So war das wahrscheinlich einfach mit Umzugskisten, die jene Dinge enthielten, die nicht sofort im neuen Haushalt gebraucht wurden. Mama sagte, das wäre normal. Irgendwann würde schon Zeit sein …

Jetzt war Zeit.

Im Sommer '93 waren Bettina und Mathias in das Haus an den Riddagshäuser Teichen gezogen. Die Arbeiten an dem schönen alten Fachwerkhaus hatten sich in die Länge gezogen. Was anfangs nur nach Reparaturbedarf ausgesehen hatte, entpuppte sich nach und nach als derart erhebliche Schäden an der Gesamtkonstruktion, dass sie sich auf den dringenden Rat des Architekten hin am Ende doch dazu entschlossen hatten, das gesamte Gebälk entkernen zu lassen, Morsches, Marodes auszutauschen und, statt nur zu renovieren, wirklich von Grund auf zu restaurieren. Welche Auflagen der Denkmalschutz ihnen machen würde, was es letztlich an Geld verschlang, war nicht abzusehen gewesen, und mehr als nur einmal waren sie kurz vor dem Aufgeben gewesen.

Glücklicherweise war Mathias die berufliche Leiter inzwischen weit genug hinaufgefallen, dass das Ganze finanziell gerade noch machbar war, aber es hatte ihnen beiden Angst und schlaflose Nächte bereitet zuzusehen, wie ihnen das eigentlich stattliche Erbe zusammen mit allem Ersparten unter den Händen zerrann.

»Das Geld ist nicht weg«, sagte Mathias lakonisch, »das haben jetzt nur andere«, und meinte damit die Handwerker, deren Rechnungen im Gegensatz zu ihren Arbeitskolonnen stets außerordentlich prompt kamen.

Dennoch hatte es sich gelohnt. Zwar hatten sie nach Abschluss der Bauarbeiten auf siebeneinhalbtausend Quadratmetern völlig verwüsteten Gartenlandes gestanden, aber schloss man die wunderschöne, akribisch rekonstruierte Haustür hinter sich, wähnte man sich in einer entzückenden Puppenstube aus dem frühen achtzehnten Jahrhundert. Den Garten wiederherzurichten, der sich bis an das idyllische Bächlein hinunter erstreckte, hatte wiederum Jahre gedauert und sie hatten gemeinsam jede freie Minute investiert. Natürlich war es ein Glück gewesen, dass Mama mit Rat, Tat, guten Beziehungen zu professionellen Unterstützern und energisch ausgehandelten Sonderpreisen für Bäume, Büsche, Stauden und Blumen helfen konnte. Trotzdem waren es anstrengende Jahre gewesen, ehe alles so richtig fertig war. Nun genoss Bettina fast allabendlich allein oder gemeinsam mit Mathias die Spaziergänge im Schatten des mächtigen Kirchturms entlang der uralten Natursteinmauern des Zisterzienserklosters, an die sich ihr Grundstück anschmiegte. Im zwölften Jahrhundert zu Zeiten Heinrichs des Löwen gegründet, hatten Mönche die unwirtliche, morastige Gegend vor den Toren Braunschweigs urbar zu machen begonnen. Unzählige Fischteiche, gespeist von dem frischen, klaren Bach hinter Bettinas Haus, waren rund um das mit besagter Mauer umgebene Klostergut herum angelegt worden. Zwischen den großen und kleineren Teichen verliefen heute gepflegte Spazierwege, das Gut mit seinem uralten Kopfsteinpflaster und den bestens renovierten, originalgetreuen Gebäuden lud zum Besuch, die Kirche zum Gottesdienst oder gleich zu romantischer Hochzeit.

Ja, es konnte recht belebt werden an den Wochenenden, obwohl sich die Menschenmenge auf dem weiten Areal halbwegs verlief. Aber gegen Abend, wenn städtische Tagestouristen längst den Heimweg angetreten hatten, gehörte die stille mittelalterliche Anlage allein ihren Anwohnern.

Nirgends, so empfand es Bettina, konnte man nach einem anstrengenden Tag besser runterkommen. Still auf einer Bank am Ufer sitzen, den bunt schwirrenden Libellen dabei zusehen, wie sie aus dem Schilf hervorhuschen, über der Wasseroberfläche stehen bleiben wie eingefroren – nur der flinke Flügelschlag, der sie trägt –, plötzlich pfeilschnell davonsausen, tanzen nur um des Tanzens willen für ein kurzes, schillerndes Leben. Die Wasservögel beobachten. Dem Reiher beim Fischen, den Entenfamilien mit ihren flauschigen Küken beim Paddelnüben, den Raubvögeln lauschen, die im Abendrot am Wiesenrain Beute machen, oder den scheuen Rehen beim Äsen am Waldrand zuschauen.

Endlich nicht mehr der Verkehrslärm der Celler Straße, die mit den Jahren in die Jahre gekommen und überhaupt nicht mehr ansehnlich war, nachdem die alten Linden den Anforderungen an eine Haupteinfallstraße hatten weichen müssen. Hier draußen war Bettina ganz eins mit sich, mit der Welt. Mehr brauchte sie nicht. Sie war glücklich.

Die Alben. Natürlich ist von den Fotoalben die Rede.

Jetzt, ja, jetzt war Zeit. Bettina hatte sich von Mathias die Kisten herauftragen lassen, wusste endlich, wohin mit dem Inhalt, der in der alten Wohnung denselben Platz eingenommen hatte wie früher bei den Eltern. Unter dem breiten Fensterbrett im Wohnzimmer hatten sie gestanden. Nicht so viele, wie Mutter sie gesammelt hatte. Einträchtig neben Mathias' eindreiviertel Metern Plattensammlung angeordnet, hatten sie sich aber immerhin über die Jahre ganz schön vermehrt.

Bettina ritzte mit dem Messer die zugeklebten Pappdeckel auf, nahm sie heraus. Fünf Kisten, fünf Stapel. Und da drüben neben den (endlich doppelt verglasten) Sprossenfenstern zum Garten (was für ein Affentheater mit der Denkmalbehörde, die ewig auf der traditionellen Einfachverglasung hatte bestehen wollen!) stand nun das hübsche Regal, das sie aufnehmen sollte.

* * *

»Braunschweig, Weihnachten 1989« stand auf dem Album, das Bettina zuerst gesucht und (logisch, Murphys Gesetz) als Letztes in den herausgehobenen Haufen gefunden hatte.

Der erste Aufenthalt der Großeltern im Westen. Dafür hatten sie so lange gekämpft und dann war die Besuchsgenehmigung gar nicht mehr nötig gewesen. Gerade mal gute drei Stunden hatten sie mit der Bahn aus Berlin gebraucht. Ein Katzensprung. So einfach, so komfortabel.

Natürlich waren sie bei den Eltern untergekommen, die es vielleicht richtig gemacht hatten, indem sie einfach ein großzügiges Fertighaus auf ein glatt geschobenes Baugrundstück gesetzt hatten, statt, wie Bettina und Mathias Jahre später, unbedingt ein ziemlich verrottetes Baudenkmal retten zu wollen. Obwohl … genau betrachtet fehlte dem modernen Haus natürlich das überwältigende Ambiente, der besondere Charakter, den Bettina an ihrem eigenen heute so sehr liebte. Trotzdem war es schick in Lehndorf und die Großeltern überwältigt vom Neubauluxus.

Überwältigt, das waren sie jeden Tag aufs Neue gewesen. Bettina blätterte auf, schaute die Fotos an, lächelte. Da standen sie vor dem weihnachtlich geschmückten Karstadt-Kaufhaus, hier bewunderten sie offensichtlich die Schaufensterauslagen des Elektronik-Riesen, da blickte Großvater Clemens ungläubig den mehrstöckigen Glasschauturm des großen Opel-Händlers hinauf. Klar. Die unglaublich vielfältige Modellauswahl von sofort verfügbaren, glänzend bunten Blechkarossen musste schon beeindrucken, wenn man es gewohnt war, auf einen Trabant vierzehn, auf einen Wartburg locker sechzehn Jahre warten zu müssen.

Das war sowieso das Erste gewesen, womit pfiffige Bundesdeutsche die DDR-Bürger beglückt hatten. Wie Pilze schossen im grenznahen Bereich binnen Wochen glimmergirlandenüberspannte Autohökerbuden aus dem Boden. Mit geradezu unverschämt übersteigerten Preisen brachte man ausgemusterte Westwagen an den Ost-Mann.

Der Autowelle war die Baumarktwelle gefolgt. Nichts lief besser, waren doch die DDRler von jeher notgedrungen gute Heimwerker gewesen, hatten bloß nüscht gekriegt, um sich austoben zu können. Jetzt kriegten sie. Alles! Und hatten einen Mordsspaß am Selbermachen.

Dann waren die Versicherungsvertreter gekommen. Hatten von selbstverständlichen Standards gesprochen, die den Ostdeutschen Fragezeichen in die Gesichter malten. Wogegen musste man zwangsläufig, geradezu unausweichlich plötzlich versichert sein? Wirklich? Ja, selbstverständlich, überlegen Sie doch mal, wenn … das kann Sie Ihre gesamte Existenz kosten!

Wortgewandte, von ihren Unternehmen bestens geschulte, teils skrupellose Typen, die notfalls sogar über Leichen gegangen wären, um Provisionen einzustreichen. Und *was* für neue Kundenstämme sie akquirierten! Ohne sich darüber Gedanken zu machen, wie es um die finanziellen Möglichkeiten ihrer Opfer bestellt war.

Bettina wusste noch genau, wie peinlich ihr manche Momente mit den Großeltern gewesen waren. Am liebsten hätte sie sie ganz ferngehalten von all diesem ostentativ zur Schau getragenen westdeutschen Konsumscheiß, der nur beeindrucken und einschüchtern sollte. So wie die Mienen der Verkäuferinnen in den überheizten, weihnachtsliederbeschallten Verkaufsparadiesen einschüchtern und beeindrucken sollten. Unausgesprochen, aber dennoch deutlich hörbar: »Na so was, das kannst du dir nicht leisten? Ach, schade eigentlich, du bist wohl aus dem Osten, was?«

Sie kannte die Geschichte ihrer Großeltern so weit, dass sie beurteilen konnte, was sie im Laufe der vergangenen Jahrzehnte durchgemacht und geleistet hatten. Beide hatten aus wohlbestellten Elternhäusern gestammt. Für Großvater als jungen Mann war es selbstverständlich gewesen, einen großen Wagen zu fahren, die besten Schneider fertigten seine Anzüge, das erlesenste Leder kleidete seine Füße, in den teuersten Restaurants hatte man seinen Namen gekannt und sich tief vor ihm verbeugt. Großmutter war mit einer Korona von Dienstboten aufgewachsen, Gutsherrenkind, hochgeachtete Familie, mit dem goldenen Löffel im Mund zur Welt gekommen. Und dann?

Dann war ein Gernegroß gekommen. Ach nein, ach nein, korrigierte Bettina sich wütend: ein Erlöser! Millionen Biografien entweder gleich ausgelöscht oder gebrochen.

Jetzt, beim Betrachten der alten Bilder, stiegen ihr Tränen in die Augen. Sie waren mal das gewesen, was man »feine Leute« nannte. Sensibel, vornehm, kultiviert, hochgebildet, empathisch. Nicht diese Art von Leuten, die »fein« sein wollten, weil sie irgendwie zu Geld gekommen, aber im Grunde die größten Prolls waren. Da, auf den neuen Fotos, waren sie jetzt genau das, was man auf den ersten Blick als die arme Verwandtschaft aus dem Osten erkannte. Zwei Alte, Gebückte, Dankbare, Schüchterne hatte das Leben aus ihnen gemacht. Bettina schluchzte laut auf. Das war nicht richtig!

Schon damals, Weihnachten '89, als sie alle gemeinsam in der Stadt unterwegs gewesen waren, hatte sie sich geschämt. Nicht für die beiden, oh nein, bewahre!, sondern für jeden abwertenden Blick von Passanten, für dieses »Sich-klein-und-staunend-Fühlenmüssen«, das den Großeltern in die Gesichter geschrieben stand. Und heute noch schwoll ihr ein Kloß im Hals, der das Atmen erschwerte und die Schamesröte auf ihre Wangen trieb.

Da war diese Nachbarin der Eltern gewesen, die mit dümmlich-liebenswürdigem Ausdruck die sprachliche Axt über die Ligusterhecke zwischen den Grundstücken geschwungen hatte: »Wie nett, Sie kennenzulernen, liebe Rosanowskis. Ihre Tochter hat ja schon so viel von Ihnen erzählt. Jetzt sind Sie bestimmt froh, endlich im Westen zu sein, was? Kann doch kein Leben gewesen sein, da drüben. Alles dunkel, alles ein einziger Knast, nicht?«

Beherrscht hatten sie reagiert, bestätigt, dass sie sich auch freuten, die Dame kennenzulernen, und sich nicht weiter geäußert zu dem vorgefertigten Urteil darüber, was »Leben« wohl zu bedeuten hatte und wie es zu bewerten war.

Bettina hatte sie fortgezogen. Hätte sie behutsam in weiche, warme Decken gehüllt neben den Kamin setzen und die (vielleicht gar nicht boshaft gemeinten) Worte mit einer Flut aus Liebe wegspülen mögen. Man konnte es nicht ungeschehen machen. Solche Worte, freundlich vorgetragen, waren schlimmer, waren verletzender, als Beschimpfungen es gewesen wären.

Herrgott! Sie hatten doch gelebt! Sie hatten Frühling, Sommer, Herbst und Winter erlebt. Hatten gesungen, gelacht, die Sonne auf- und untergehen sehen, Stürme miteinander durchgestanden, waren fleißig, produktiv gewesen. Hatten sich geliebt.

Wie konnte man nur derart borniert sein?

War »Leben« nur dann »Leben«, wenn es im konsumorientierten Überfluss stattfand? Wenn immer alles glattging? Wenn nie Not herrschte? Wenn jeder vor lauter demokratisch untermauerter Freiheit nur noch die eigene sah und auf die der anderen scheißen durfte?

Na ja, die da drüben, die dumme Kuh, die war nicht geflüchtet. Die Familie hatte immer hier gehockt, hier in ihrem dämlichen Kaff. Nicht mal eine Bombe war ihnen hier auf den Kopf gefallen. Die hatte doch keine Ahnung!

Moment!

War es nicht gerade das, was Bettina denen zum Vorwurf gemacht hatte, die ihr gegenüber immer davon gefaselt hatten, sie könne ja nicht wissen, wie das gewesen sei, denn sie wäre ja nicht dabei gewesen?

Au warte! Bettina fühlte sich verdammt ertappt in ihrer Wut, die heute wie damals wieder aufflammte. Sei mal ein bisschen vorsichtig mit deinem Urteil, mahnte sie sich, schlug das Album zu und stellte es als Erstes ins Regal.

* * *

Wo war das Nächste? O Gott! 1991.

Es war entsetzlich gewesen. Großmutter Constanze hatte zwar immer wieder gesagt, sie sei unendlich dankbar, denn das Leben hatte ihnen so viel gemeinsame Zeit geschenkt. Bedachte man mal, wie oft zuvor sie schon geglaubt hatte, dass es zu Ende gehen würde, längst zu Ende war …

Großvater starb im Sommer ’91. Und Bettina ließ alles stehen und liegen und fuhr zu ihr. Das erste Mal sah sie das kleine Haus in Schildow, vor den Toren Berlins.

Dieses Foto hier, das hatte sie mit dem Selbstauslöser gemacht. Mit Großmutter auf der Bank vorm Haus, die nicht grün, sondern taubenblau gestrichen war, eingerahmt von zwei kräftigen, kugelig geschnittenen Buchsbäumen. Es war ein schöner Sommerabend gewesen, die Natur hatte zur Bekräftigung friedlichen Ambientes noch eine aus voller Kehle trällernde Amsel auf dem Dachfirst platziert, und es war ein paar Tage nach Großvaters Beerdigung, als alles schon vorbei, alle schon wieder weg gewesen waren, und Constanze hatte Weiß getragen, nicht Schwarz. Er hätte Schwarz an ihr immer gehasst, hatte sie schmunzelnd gesagt.

Sie war so gefasst gewesen! Tapfer, aufrecht, Warthenbergsch, wie sie es selbst nannte, eben.

»Schön hat deine Mutter gespielt, Bettina«, sagte sie und legte ihre Hand auf Bettinas Linke.

»Sie spielt es immer, wenn jemand stirbt, den sie sehr geliebt hat, nicht? Wann ist sie zum ersten Mal auf die Idee gekommen? Erinnerst du dich daran?«

Großmutter hatte die Geschichte erzählt, wie sie mit Mama aus Danzig geflohen war.

»Damals schon …«, hatte Bettina gemurmelt, genickt und dann einen Vorstoß gewagt. »Sag mal, hast du eigentlich jemals Großvater von George und Gordon erzählt? Ich habe ihm übrigens mitgeteilt, dass …«

Constanze hatte sie von der Seite angesehen und heftig den Kopf geschüttelt. »Einmal wäre es beinahe so weit gewesen, Bettina. Das war '78 während des Schneesturms. Clemens hat seine Beichte abgelegt und ich wäre dran gewesen, als die beiden Bauern von gegenüber kamen und um Hilfe für die Schafe baten. Na, und was dann passiert ist, weißt du ja.«

»Und dabei ist es dann geblieben? Nie hat Großvater von George erfahren?«

»Weißt du, er war hinterher einfach nie mehr in der Verfassung, dass ich ihm das hätte zumuten wollen. Anfangs hatte er ja auch so große Sprachprobleme. Als es halbwegs wieder ging, hat er mal gesagt, ich hätte ihm damals auf der Regatta, als ich ihn in Grund und Boden gesegelt habe, den Wind aus den Segeln genommen, und seither wäre ich der Wind gewesen, der das Boot seines Lebens vorangetrieben hätte. Sollte ich ihm sagen, dass ich ihn höchstpersönlich für tot hatte erklären lassen, bereit war, ein neues Leben mit einem anderen Mann anzufangen? Ich glaube, damit hätte ich das Boot seines Lebens auf Grund gesetzt. Nein, ich konnte nicht, Bettinchen, ich habe ihn zu sehr geliebt, um ihm nach all dem, was wir durchgestanden haben, noch diese Bürde aufzuladen, die er für den Rest seines Lebens hätte tragen müssen. Verstehst du das? Ich wollte ihn einfach nicht verletzen.«

Bettina nickte versonnen. »Ich weiß nicht, ob es irgendwo auf der Welt noch mal eine Liebe wie eure gibt. So behutsam, so umsichtig seid ihr miteinander umgegangen. Du hättest alles für ihn gegeben, nicht?«

Dann waren sie doch gelaufen, die Tränen. Bettina schob Constanze ein Tempo in die Hand und verstohlen wischte sie sich die Wangen.

»Jetzt ist endgültig alles verloren, Bettinchen.« Constanze rutschte in sich zusammen. Aus war es mit der Haltung.

Oh nein, bitte jetzt nicht aufgeben! Bettina nahm sie bei der Schulter und rüttelte sie ein bisschen. »Sag so was nicht, Großmutter! Schau doch, Mama ist da. Sie hat dich so vermisst! Ich bin da. Und George! Er wartet schon so lange, der arme Kerl. Gib uns doch eine Chance!«

Da war sie wieder. Constanze Rosanowski, geborene von Warthenberg.

»Das wäre einer meiner größten Wünsche, Schatz! Er war noch so klein damals, als ich ihn weggeben musste …«

»Er ist ganz schön groß geworden, kann ich dir sagen. Du wirst deine Freude an ihm haben. Ein richtiger englischer Gentleman!«, lachte Bettina.

»Wie sein Vater.«

»Den kenne ich nicht. Aber sag mal, wenn ich jetzt eine Fee wäre, die dir drei Wünsche erfüllen könnte … welche wären das?«

Constanze wandte ihr lächelnd das Gesicht zu. »Ich bräuchte nur zwei.«

»Dann los, sag doch mal!«

»George in die Arme schließen. Und …«

Constanze verstummte, senkte die Stirn und sprach jetzt ganz leise. »Und … nach Hause …«

»Nach Hause? Was ist zu Hause? Königsberg? Okay, das wird etwas kompliziert, aber geht bestimmt. Danzig? Da können wir doch hinfahren, Großmutter. Ich fahre mit dir, wenn du magst. Vielleicht will Mama auch mit. Bestimmt sogar! Ach, das wäre doch toll!«

Wieso schüttelte sie den Kopf? Fixierte irgendeinen unbestimmten Punkt in der Ferne? Was meinte sie denn nun?

»Zu Hause, Bettina, das ist Warthenberg.«

»Lass mich machen«, hatte Bettina gesagt, sofort nach ihrer Heimkehr George angerufen und dann zunächst einmal eine Weile die Hände in den Schoß legen können, denn George erklärte die ganze Sache umgehend zu seiner Herzensangelegenheit und bat Bettina, einfach nur ein wenig Geduld zu beweisen und ihm etwas Zeit zu lassen.

»Aber bitte nicht zu viel, George! Großmutter Constanze hat keine unbegrenzte Frist mehr«, hatte Bettina in leichter Panik eingewandt. Er sollte bloß nichts auf die lange Bank schieben!

* * *

Sie hatte ihn damals noch nicht gut genug gekannt, schmunzelte Bettina jetzt, als sie das Album mit der Aufschrift »Herbst 1991/Zu Hause« in die Hand nahm.

Ganz genau erinnerte sie sich heute noch daran, wie das damals gewesen war. Sechs Wochen hatte George gebraucht, dann waren seine exakten Anweisungen für Bettina gekommen und sie hatte alles vorbereitet, damit es losgehen konnte. Die ganze Familie galt es für diese gemeinsame Reise zu koordinieren, Papiere zu besorgen und so weiter und so fort. Und das auch noch, ohne ihnen gleich allen auf die Nase zu binden, wohin es gehen sollte, denn George wollte überraschen. Mathias weihte sie ein. Sonst niemanden.

»Wir treffen uns dort«, hatte George beim letzten Telefonat vor der Abreise gesagt. »Vergiss die Karte nicht mitzunehmen, die ich dir geschickt habe, und stellt euch auf grauenvolle Straßenverhältnisse ein.«

»Aye, Sire!«, hatte Bettina da noch lässig vergnügt gesagt und sich keine Vorstellung von dem gemacht, was sie erwarten würde.

Ab Schildow, nachdem sie noch vor Sonnenaufgang Constanze bequem auf den Beifahrersitz in Papas großen Mercedes geladen hatten, waren sie zu fünft. Mathias und Vater wechselten sich zunächst alle rund zweihundert Kilometer mit dem Fahren ab. Anfangs. Später reichte die Konzentration der Männer gerade noch für die Hälfte, bis der jeweilige Fahrer entnervt an die Seite fuhr und den anderen ans Steuer ließ. Von Schildow aus waren knapp siebenhundert Kilometer zu bewältigen. Und sie führten weiß Gott nicht über bestens ausgebaute Strecken, sondern schon bald durch ein Schlaglochlabyrinth vom Feinsten.

Georges auf der Karte eingezeichnete Route war zwar die Kürzeste, aber sie führte sozusagen an jeder Milchkanne vorbei, sprich über die Dörfer. Ein merkwürdiges Gemisch aus alten, teils noch aus deutschen Zeiten stammenden Häusern in sozialismustypisch schlechtem Zustand, dazu sozialistisch bunte Plattenbauten an Dorfrändern, bei deren Anblick man sich fragte, wo denn die Menschen, die sie bewohnten, wohl in dieser gottverlassenen Gegend arbeiteten. Eine Frage, die sich häufig zwischen den Dörfern mit Blick auf die riesigen, jetzt offenbar verlassenen, betongrauen Gebäude der landwirtschaftlichen Großproduktionsstätten beantworten ließ. Da, da haben sie gearbeitet. Haben! Und jetzt? Jetzt arbeitete da anscheinend keiner mehr.

Polen war das einzige sozialistische Land gewesen, das neben Staatsbetrieben auch Kleinlandwirtschaft zugelassen hatte. Dennoch unterlagen die Kleinbauern dem Planwirtschaftssystem. Bis 1989 hatte das System ganz gut funktioniert, Hauptabnehmer der landwirtschaftlichen Güter waren die Bruderländer gewesen. Aber der Übergang zur Marktwirtschaft hatte nicht nur die Großbetriebe zu verlassenen, so schnell bröckelnden wie damals in aller Eile errichteten, zum Ruinendasein verurteilten Überbleibseln werden lassen. Auch der neuerdings freie Warenstrom aus dem Westen machte der gesamten Landwirtschaft extrem zu schaffen. Die Leute kauften einfach lieber Westware.

»Vor den polnischen Bauern liegt dasselbe Tränental wie vor unseren DDR-Landwirten«, konstatierte Constanze trocken. »Aber wartet nur, Kinder, irgendwann werden sie sich alle erholen. Unsere bestimmt. Denn schließlich hat der Kanzler uns allen ja blühende Landschaften versprochen.«

»Natürlich! Und die Treuhand wird es schon richten«, antwortete Bettina sarkastisch.

Still war's im Wagen. Sie schauten. Und dachten. Jeder sich seinen Teil, und Bettina nahm an, sie dachten alle ungefähr dasselbe.

Die Landschaft war abwechslungsreicher geworden, je weiter sie gen Osten vorankamen. Was hinter Frankfurt/Oder noch an die platte, langweilige Gegend zwischen Salzgitter und Peine erinnert hatte, war jetzt hügelig, waldreich, von immer mehr Seen durchzogen, wurde mit jedem Kilometer ostwärts lieblicher.

»Es ist schön hier, Constanze«, sagte Bettina, und Constanze, die längst ahnte und immer häufiger leise seufzte, erwiderte: »Warte erst, wenn wir da sind, Bettinchen.«

»Freust du dich?«

Erst sah Bettina nur das Nicken. Dann, noch viel leiser, Constanzes Stimme: »Aber ich habe Angst davor, was uns erwartet.«

Angst, die hatte Bettina auch. Was hatte Mama nicht alles befürchtet. Von Russen, die voller Vergeltungswut das ganze Schloss in Schutt und Asche gelegt, wenigstens aber das gesamte schöne alte Mobiliar zerkloppt und angesteckt hatten, um in der Halle des Schlosses wodkaselig ums Lagerfeuer Kasatschok zu tanzen.

»Schlimm. Aber nicht so schlimm«, hatte George Bettina beruhigt, denn er war dort gewesen, hatte alles arrangiert. Sie vertraute ihm. Trotzdem war ihr nicht ganz wohl.

Je näher der Wagen dem Gut, diesem dick rot markierten Punkt auf Georges Karte, kam, desto aufgeregter hüpfte Bettinas Herz. Die Sonne würde bald schon untergehen.

Mathias bog links ab in einen schmalen Seitenweg. Da! Da war die Eichenallee, von der Mama immer erzählt hatte. Tiefes Dunkelgrün, noch unbenommen vom nahenden Herbst. Ein Tunnel, der den Blick aufs Ziel fokussierte. Nur hier und da ein Sonnenstrahl, der goldene Fleckchen aufs Kopfsteinpflaster zeichnete.

Bettina hatte das Gefühl, auf dem Weg in eine andere Welt zu sein. Sie kurbelte das Seitenfenster runter. Wollte riechen, hören, wollte die Luft schmecken.

Da war die Brücke über das Flüsschen Pissa, gerade voraus der mächtige uralte Getreidespeicher.

Die Augen links. Ein kleiner Schwenk, unter dem Torbogen des Glockenturms hindurch. Zur sechsten Stunde schlug jetzt die Uhr. Zuverlässig. Seit Generationen. Und heute noch!

Wo einst im Rondell vor dem Schlösschen rote Rosen geblüht hatten, wucherten jetzt Brennnesseln. »Herrje, hier muss aber mal der Gärtner ran«, kehrte Mama ihre Profession heraus. Vielleicht, um Praktisches vor das drohende Ersticken an ihren Tränen zu schieben.

Wenn es nur das gewesen wäre …

Mathias hielt den Wagen an und half Constanze heraus. Still stand sie da, ließ den Blick über das gleiten, was einmal ihre Heimat gewesen, was ihr Sehnsuchtsort war. Mama gesellte sich zu ihr, nahm Großmutters Hand.

»Es ist noch da, Evchen!«, flüsterte Constanze. »Sie haben es nicht niedergebrannt. Und sieh nur, es hat getrotzt. Alle Stürme, alle Zeiten haben ihm nichts anhaben können.«

Bettina schaute sich um. Du liebe Zeit! Nichts anhaben können? Was war übrig geblieben vom einstigen gepflegten Glanz? Das Dach des Schlosses schien unter dem eigenen Gewicht einstürzen zu wollen, wies bereits große Lücken auf, die irgendjemand notdürftig mit blauen Planen abgedeckt hatte. Um die Klinken der zweiflügligen Eingangstür war eine Kette gezogen, an der ein rostiges Schloss hing. Blinde Fenster, im Erdgeschoss einige zerbrochen. Abgeblätterter Putz, der den Blick auf feuchtes Mauerwerk freigab. Feuchtes Mauerwerk, in dem schon Bäumchen gewurzelt hatten, die der Fassade lichtes Grün spendierten.

Wiederum mit Planen gegen Feuchtigkeit zu schützen versucht hatte man die Vorderseite des ehemaligen Wintergartens, in die offensichtlich vor gar nicht allzu langer Zeit jene alte Eiche gestürzt war, deren vielleicht anderthalb Meter aus dem Hang überm Flüsschen herausragenden Stumpf Bettina erkennen konnte. Überreste von Sägemehl und kleinere Zweige bedeckten den sicherlich seit Jahren, wenn nicht Jahrzehnten ungemähten, einst wahrscheinlich sehr gepflegten Rasen.

Die Dächer der zierlichen Orangerie, welche das Schlossgebäude und eines der beiden Torhäuser in kühnem Schwung miteinander verbanden, waren vollständig zusammengebrochen, während die Torhäuser selbst – wie steinerne Wächter – noch immer scheinbar unbeeinflusst die Jahre überstanden hatten.

Constanze schien der verheerende Eindruck nicht anzufechten. Plötzlich waren ihre Bewegungen federnd, ihr Gesicht faltenlos glatt, ihre Augen strahlend. »Kommt, Kinder, ich führe euch herum und zeige euch alles«, sagte sie überschwänglich.

Was gab es zu zeigen? Das Brücklein über das einst tosende Wehr – kürzeste Verbindung hinüber zum Wirtschaftshof –, das die Pissa im Zaum gehalten hatte, war nicht betretbar. Die paar noch vorhandenen mürben Planken sahen wenig vertrauenerweckend aus. Darunter toste gar nichts mehr, es kleckerte nur noch, denn der früher vom Flüsschen gespeiste, glasklare Schlossteich war versandet, lag voll faulender, abgestorbener Bäume und stank widerlich. Der Flusslauf hatte sich offenbar andere Wege gesucht, denn unter der steinernen Brücke über der Einfahrt plätscherte er schließlich munter.

»Gut, wenn nicht hier entlang, müssen wir eben den anderen Weg nehmen«, sagte Constanze vergnügt, wandte sich um, griff wieder nach Mutters Hand, zog sie mit sich und federte dem

Torgang zu. Betreten folgte ihr der Rest der Familie, ein wenig unverwandt sahen sie sich an, schüttelten den Kopf, verzogen die Gesichter zu mindestens zweifelnden, wenn nicht entsetzten Mienen.

Constanze konnte nichts bremsen. »Seht mal, die Pferdeställe«, rief sie beglückt aus.

Hier war nichts abgeschlossen. Wozu auch? Wilde Vegetation hatte das ruinenhafte Chaos mit üppigem Grün überwuchert.

»Hier, in diesem Stall, stand meine wunderbare Fleur. Eine Trakehner Rappstute. Hui, wie wir über die Wiesen, durch die Wälder geflogen sind! Das hättet ihr sehen müssen. Wartet, ich will hinein.«

»Großmutter, um Gottes willen, lass das sein! Das bricht doch alles gleich zusammen«, schrie Bettina entsetzt auf. Aber sie konnte sie nicht hindern.

»Hilf mir mal, Mathias!«, forderte Constanze und er widersetzte sich vorsichtshalber nicht. Quetschte sich in die klemmende Stalltür, erweiterte mit Leibeskräften den schmalen Spalt, bis sie eintreten konnte und im Dunkel verschwand.

Stumme Blicke wechselten sie draußen im langsam vergehenden Licht des Tages. Des Tages, an dem Constanze nach Hause gekommen war und überhaupt nicht wahrzunehmen schien oder völlig außer Acht lassen wollte, dass ihr Zuhause nicht mehr war, was es einmal gewesen war.

Großmutters heller, entzückter Schrei drang nach draußen, einen Wimpernschlag später sahen sie sie mit verheißungsvollem Gesichtsausdruck durch den Türspalt lugen. »Kommt mal rein, Kinder, los, los, kommt schon!«

Mama ging als Erste. Alle anderen zögerten, folgten dann doch.

Bettina vermutete auf der Stallgasse, gleich die ganze Decke auf den Kopf zu kriegen, kletterte vorsichtig über herabgestürzte, zerbröselte Balken, nahm dankbar Mathias' hilfsbereit ausgestreckte Hand und stand schon am Ort der sensationellen Entdeckung, die Großmutter gemacht hatte. Völlig unbenommen, fast wie gerade frisch eingestreut, nur ein bisschen staubig eine geräumige Pferdebox an der anderen ... aber hier nun die ganz besondere!

Constanze wischte mit einer Handvoll Tempotüchern Spinnweben und Staub von einem säuberlich weiß auf schwarz beschrifteten Namensschild an der Boxentür. »Fleur * 1924«.

Und nun weinte sie doch. Stand inmitten all dieser verfallenen Schönheit, nicht sehend oder nicht sehen wollend, was die Zeit angestellt hatte, und weinte um ein Pferd.

* * *

Seite für Seite blätterte Bettina um, betrachtete die Fotos des vollständig heruntergekommenen Anwesens, die sie damals gemacht hatte. Warthenberg war nichts anderes gewesen als das, was man gemeinhin einen »Lost Place« nannte. Bettina kannte sich aus mit alten Gemäuern, wusste inzwischen sehr genau, welche Kosten solche Objekte verschlingen konnten. Dies war, wenn man es überhaupt würde retten können, ein Millionenprojekt. So viel war sicher. Noch hatten sie in diesem Moment nicht gewusst, wem es gehörte, welche Verwendung es während der langen Zeitspanne gefunden hatte, seit Großmutter zuletzt dort gewesen war.

Aber das hatte sich klären sollen, denn als sie gemeinsam Constanze endlich aus dem abbruchreifen Stall hatten ziehen können, ihre Tränen langsam getrocknet waren, sie alle zusammen zum Wagen zurückgegangen und sich ein, wie sie gedacht hatten, letztes Mal nach der untergehenden Sonne über den weiten, grünen Hügeln umgesehen hatten, wo in der Ferne am Waldrand erste Nebel aufzusteigen begannen, bemerkten sie ein zweites Auto, einen dunklen Range Rover mit Warschauer Kennzeichen, im Schlosshof.

»Endlich!«, hatte Bettina tonlos geseufzt und Constanze hatte »Nanu, wer ist das denn?« ausgerufen und hinzugesetzt: »Wer besucht uns denn heute? Ich habe gar keinen Kuchen da und kein Gästezimmer ist gerichtet.«

Bettina und Mathias hatten Blicke getauscht. War sie noch ganz bei sich?

Hinter der Windschutzscheibe des Geländewagens entdeckte Bettina schemenhaft eine Frau. Wer war das? Egal erst mal. Jetzt ging die Tür auf, George stieg aus und Bettina hatte das erleichternde Gefühl, in diesem Moment die schwer lastende Verantwortung für dieses verrückte Unternehmen auf der Stelle an ihn abgeben zu können.

Sie lehnte sich zusammen mit Mathias an den Mercedes, flüsterte: »Gib mir eine Zigarette«, bekam eine, bekam Feuer, machte einen sehr tiefen Zug und blies erleichtert den Rauch aus. »Lass George machen«, sagte sie zu ihm und er nickte. »Ist schon ein bisschen unheimlich, wie Constanze reagiert, nicht?«

»Ich glaube, sie blendet einfach alles aus, was sie nicht sehen will. Für Großmutter ist alles beim Alten. Ich habe keine Ahnung, wie wir sie auf den Boden der Tatsachen zurückbekommen sollen. Vielleicht war die Reise doch keine so gute Idee?«

»Doch, war es, Bettina! Nach und nach wird die Wirklichkeit schon in ihren Kopf tröpfeln, aber ich denke, würde sie der Wirklichkeit erlauben, mit der Tür ins Haus zu fallen, könnte sie die Eindrücke nicht verkraften. Sie schützt sich. Wird schon, Schatz!«

»Ich hoffe, du hast recht. Aber schau! Die beiden lassen sich gar nicht mehr los. Endlich hat sie ihren verlorenen Sohn im Arm. Das ist wunderschön. Allein dafür hat es sich gelohnt.«

Bettina hatte sie gelassen, wollte nicht stören. Mama war irgendwann zu ihnen getreten. Vater hatte sie im Arm. Sie hielten sich zurück, bis Mutter und Sohn sich voneinander gelöst hatten. Dann erst gingen sie George begrüßen, umarmen, herzen, und schließlich stieg auch die fremde Dame aus dem Wagen und kam lächelnd auf die Familie zu.

Sie war nicht hübsch. Sie war schön. Blondes Haar, praktisch und doch irgendwie kunstvoll im Nacken gesteckt, ein ungeheuer gut geschnittener Tweed-Hosenanzug in dezenten Brauntönen, der eine atemberaubende Figur perfekt zur Geltung brachte, eine cremeweiße Bluse, ein farblich passendes Seidentuch, an dessen Kante Bettina umgehend den Hermès-Schriftzug entdeckte, schwebte in flachen, edlen Lederstiefeln auf sie zu und roch zart, aber betörend gut. Sie streckte ihre Hand aus, lächelte das gewinnendste Lächeln, dem Bettina je begegnet war, und George stellte sie vor.

»Das, meine Lieben, ist Tereza Kowalska. Tereza ist nicht nur Herrscherin über ein aufstrebendes Kosmetikunternehmen, sondern auch die potenzielle neue Eigentümerin von Warthenberg.«

»Moment, Moment«, fiel Constanze ihm ins Wort und hatte dabei einen Gesichtsausdruck, der zwischen etwas ärgerlich und schelmisch, jedenfalls aber überzeugt schwang. »Warthenberg gehört mir. Alle anderen sind tot, also gehört es mir.«

Tereza lächelte, George sagte: »Nicht ganz, Mama.«

»Ach so«, erwiderte Constanze, wirkte nur für Sekundenbruchteile irritiert, lächelte dann, reichte Tereza die Hand und sagte: »Willkommen, liebe Frau Kowalska, auf Gut Warthenberg. Sie sind herzlich eingeladen, mein Gast zu sein.«

Bettina fühlte einen Schlag in die Magengrube, Mathias zischte leise »Ach du Sch…« und Mutter drückte verstohlen ihre Hand. Sehr, sehr fest.

34

WAS UNS BLEIBT

Nach und nach lernte Bettina zu verstehen, was es mit Constanzes merkwürdigem Benehmen auf sich hatte. Ihre Realitätsflucht hatte sich nicht erst an jenem denkwürdigen Septembertag auf Gut Warthenberg bewährt. Schon früher war sie mit dieser Methode ganz gut durch überwältigende Krisen gekommen, in denen sie dem Schicksal machtlos gegenübergestanden hatte.

Da waren die furchtbaren Ereignisse um ihren ersten Sohn Peter auf der Flucht gewesen. Die vollkommen unerwartete Heimkehr des tot geglaubten Clemens, die grauenvollen Jahre in der Haft. Immer hatte sie so reagiert und war gut damit gefahren.

Während der Tage auf Warthenberg hatte sie sich so benommen, als wäre nie etwas passiert, als sei alles beim Alten. Erst als das Packen für die Heimfahrt anstand, wachte sie auf und rebellierte.

George hatte die ganze Familie in einem recht netten Hotel im nahe gelegenen Städtchen einquartiert, das früher Bartenstein geheißen hatte. Von dort aus waren sie allmorgendlich zu Erkundungsfahrten in die nähere Umgebung aufgebrochen und hatten den Tag jeweils mit einem Besuch des Gutes beendet.

Tereza war immer dabei gewesen. George und sie kannten sich seit Langem, denn seit Jahrzehnten schon war Terezas Familie Kunde jenes alteingesessenen Londoner Bankhauses, dem jetzt George vorstand. Es stellte sich heraus, dass ihre Familie von hier stammte und nach der Reichspogromnacht ins englische Exil gegangen war. Die Sehnsucht »nach Hause« hatte Tereza ebenso in die Wiege gelegt bekommen wie so viele andere Nachkommen geflüchteter Familien auch.

Schon bald nach dem Zusammenbruch des alten Systems hatte sie ihre erste Reise in die Region unternommen und sich in Warthenberg verliebt.

»Im Sozialismus hat man sich um solche alten, geschichtsträchtigen Objekte nur dann gekümmert, wenn sie in den repräsentativsten Städten standen«, schimpfte sie. »Warthenberg lag viel zu weit ab, als dass es dem ›polnischen Staatsschatz‹ die teure Erhaltung wert gewesen wäre. Kurz nach dem Krieg hat man es noch ein paar Jahre als Kinderheim genutzt, dann eine Weile als Schule für Treckerfahrer. Danach begann es zu verfallen, der herrliche Park zu verwildern. Die Natur holte es sich. Und jetzt trennt sich der Staat nach und nach von all seinen überflüssigen, kostenintensiven Schätzen. Da komme ich ins Spiel. Mein Traum ist es, hier eine Hotelanlage für gehobene Ansprüche entstehen zu lassen, vielleicht eine kleine Schönheitsfarm, auf der meine Produkte einen würdigen Rahmen finden, und …«

»Warthenberg eine Schönheitsfarm?«, fiel ihr Constanze empört in die Rede. »Na, da habe ich aber noch ein Wörtchen mitzureden!«

»Ich war ja noch nicht fertig«, sagte Tereza lächelnd und knuffte Großmutter ganz leicht und vertraulich in die Seite. »Außerdem möchte ich eine neue Pferdezucht aufbauen. Trakehner, wissen Sie?«

Das brachte Constanze zum Strahlen, da vergaß sie für einen Moment Hotel und Beautyfarm, war ganz Ohr und hell begeistert. »Ich könnte Ihnen mit Rat und Tat zur Seite stehen. Die Ställe haben wir ganz flott renoviert. Ach, das wird schön.«

Als George beim letzten Frühstück zum Aufbruch blies, sagte sie bestimmt: »Ich bleibe, Kinder. Keine zehn Pferde bringen mich hier wieder weg. Bringt mir das Nötigste, wenn ihr wiederkommt. Ihr kommt doch wieder?«

»Wo willst du bleiben, Großmutter?«, fragte Bettina entsetzt.

»Na, hier. Wenn Tereza fertig renoviert hat, ziehe ich rüber.«

Mama, Papa, Mathias, Bettina ... allen fiel die Kinnlade runter.

Nur George und Tereza blieben gelassen. Tereza lächelte, wie sie eigentlich immer lächelte, und sagte: »So machen wir es, liebe Frau von Warthenberg!«

Sie nannte sie immer so, seit sie sich einmal vertan und bemerkt hatte, wie sehr Constanze das gefiel.

Jetzt fuhr sie fort: »Ich brauche Sie hier sowieso, denn niemand sonst kann mir genauere Auskünfte geben, die unerlässlich sein werden, um das Gut mitsamt Park originalgetreu wiederherzustellen. Sie sind also mein Gast hier im Hotel, bis wir drüben so weit sind. Ich kann doch auf Sie zählen?«

»Aber selbstverständlich, meine Liebe!«

Warum konnte eigentlich nicht immer alles so einfach sein?

* * *

Bettina kehrte zwar ohne Großmutter, aber mit Kristina im Bauch aus Polen zurück. Ende Mai 1992 kam nach einer völlig unproblematischen Schwangerschaft und Geburt das Kind zur Welt, mit dem Mathias und Bettina überhaupt nicht mehr gerechnet hatten. Sie waren glücklich.

Im Sommer 1992 schon zog Constanze in das rechte Torhaus ein, das sie sich von Tereza als Wohnsitz auserbeten hatte und dem folglich zuerst die Arbeiter zu Leibe gerückt waren. Nun war sie am Ziel ihrer Träume angelangt, längst wieder ganz zu sich gekommen und unterstützte die Restaurierungsarbeiten nach Kräften mit ihrem Wissen. Nach und nach wurde ein Gebäude nach dem anderen instand gesetzt, die Gärten erblühten neu, die zahlreichen Teiche, die teils kaum zu finden gewesen waren, wurden ausgebaggert, neu angelegt, das Flüsschen in seine alten Bahnen zurückgescheucht, die Böschungen frisch bepflanzt.

Constanze lebte jahrelang auf einer Baustelle, noch lange war das Hauptgebäude nicht fertig. Aber es war ihr recht. Nie wurde es langweilig, Tereza, die selbstverständlich häufig in London und nicht vor Ort war, konnte ihr ohne Weiteres die Aufsicht übertragen. Niemand hätte mehr Interesse am guten Gelingen gehabt als sie. Gesund, wach, zufrieden und einig mit sich und der Welt blieben ihr noch viele Jahre.

Sie war Trauzeugin, als Tereza George zu Weihnachten 1993 in der kleinen Dorfkirche unweit des Schlosses das Jawort gab. Trauzeugin ihres Sohnes. Gemeinsam mit seinem Vater Gordon. Witwer war er vor einigen Monaten geworden und das Wiedersehen, so bewiesen es Bettinas Fotos, war einfach einmalig schön gewesen.

Warthenberg blieb für die gesamte Familie ein Sehnsuchtsort, den es sich niemand nehmen ließ, jedes Jahr ein- oder mehrmals für ein paar Tage oder ganze Ferienwochen zu besuchen, und Weihnachten, diesen Brauch installierte Constanze fest, kamen sowieso alle, auch die Blieschtorfer, zusammen.

Irgendwann, Bettina erinnerte sich nicht mehr genau an das Datum, hatte Constanze Clemens zu sich geholt, in pragmatischer Voraussicht ein Doppelgrab auf dem Dorffriedhof bestellt und überdies die polnische Staatsbürgerschaft angenommen. »Es ist doch wurscht, Kind, welche Fahne an der Grenze weht. Eines Tages sind wir alle einfach nur noch Europäer, du wirst sehen«, hatte sie schelmisch gesagt und hinzugesetzt: »Außerdem ist es doch die Hauptsache, man ist zu Hause.«

* * *

Im Sommer 2004, im gesegneten Alter von dreiundneunzig Jahren, starb Constanze. Die Zugehfrau fand sie frühmorgens in ihrem Schaukelstuhl vor dem geöffneten Rundbogenfenster mit Blick auf den grüngoldenen Schlossteich. Sie schwor, Constanze habe ein glückliches Lächeln auf den Lippen gehabt.

Alle kamen sie.

Traurig. Und doch …

Ein langes, aufregendes, manchmal unendlich beschwerliches Leben war zu Ende gegangen, ja … aber eines war sicher: Es war ein Leben voller Liebe und Erfüllung gewesen.

Mama spielte. Vom Schönen Land. Und sagte Ade.

Und Bettina fand – wie konnte das sein? Ob sie es gewusst hatte? – auf dem niedrigen runden Tischchen neben Großmutters Schaukelstuhl ein Päckchen, dem ein kleiner Zettel anhing. »Für Bettina. In Liebe. Constanze«

Vorsichtig löste sie die blaue Schleife, hob den Deckel der weißen Schachtel.

Auf hellblauer Watte lag eine Brosche in der Form einer schwebend leichten Libelle. Der Leib bestand aus kirschrotem Bernstein und war so perfekt der Natur nachgebildet, dass man regelrecht darauf wartete, das Tierchen würde gleich zu schwirren beginnen. Die Flügelchen waren hauchfein gefertigt aus feinsten Gold- und Silberfädchen, in denen wiederum winzige verschiedenfarbige Bernsteine irisierten. Besondere Sorgfalt hatte der Goldschmied den Augen des zarten Geschöpfes gewidmet. Aus kristallklarem, zitronenfarbenem Bernstein in abertausend winzige Facetten geschliffen, wirkten sie fast unheimlich lebensecht und schienen in ihrer Klarheit Alles und Jedes wahrnehmen und durchschauen zu können.

Nichts sonst und doch so unendlich viel hatte Constanze ihrer Enkelin Bettina hinterlassen. In ihrer Hand lag nun die Leichtigkeit.

Musik in der Warthenberg-Saga

»Heimat, Deine Sterne«
Geschrieben für den NS-Durchhaltefilm »Quax der Bruchpilot« (1941), Verfasser Werner Bochmann und Erich Knauf. Letzterer wurde am 2. Mai 1944 wegen »Wehrkraftzersetzung und Verunglimpfung des Führers« enthauptet. Zuvor wurde jedoch sein Lied häufig auf allen Reichssendern im wöchentlichen »Wunschkonzert für die Wehrmacht« (1939–1941) gewünscht und gespielt, in Schützengräben und Panzern gern gehört und gesungen.

»Ade zur guten Nacht«
Volkslied, entstanden Mitte des 19. Jahrhunderts im deutschsprachigen Raum, Verfasser unbekannt. Ursprünglich als letzter Abschiedsgruß gesungen, bis heute vielfach wiederaufgegriffen.

»Kein schöner Land in dieser Zeit«
Deutsches Volkslied, 1840, Verfasser: Anton Wilhelm von Zuccalmaglio

Wie so viele andere Volkslieder auch im Text dem Wandel der Zeiten angepasst. Und natürlich auch Bestandteil des »SS-Liederbuches«.

»Suzanne«
Erste Veröffentlichung 1966 (Judy Collins), im Folgejahr Bestandteil des Debütalbums Leonard Cohens.

»Sisters of Mercy«
Erste Veröffentlichung 1966 (Judy Collins), 1967 Bestandteil des Cohen-Albums »Leonard Cohen«.

Hat Ihnen dieses Buch gefallen? Möchten Sie informiert werden, wenn Izabelle Jardin ihr nächstes Buch veröffentlicht? **Dann folgen Sie der Autorin auf Amazon.de!**

1) Suchen Sie auf Amazon.de oder in der Amazon App nach dem eben gelesenen Buch.
2) Klicken Sie auf den Namen **der Autorin**, um auf die Autorenseite zu gelangen.
3) Klicken Sie auf den »Folgen«-Button.

Noch schneller gelangen Sie zur Autorenseite, indem Sie diesen QR-Code mit Ihrem Smartphone oder Tablet scannen:

Wenn Sie dieses Buch auf einem Kindle eReader oder in der Kindle App lesen, wird Ihnen automatisch angeboten, **der Autorin** zu folgen, sobald Sie die letzte Seite des Buches erreicht haben.

TINTE & FEDER